Wilde Rosen, weites Land

Maja Schulze-Lackner

Wilde Rosen, weites Land

Roman

Weltbild

Besuchen Sie uns im Internet:
www.weltbild.de

Genehmigte Lizenzausgabe für Verlagsgruppe Weltbild GmbH,
Steinerne Furt, 86167 Augsburg

Umschlaggestaltung: Atelier Seidel – Verlagsgrafik, Teising
Umschlagmotiv: Eigenarchiv Atelier Seidel, Teising
Gesamtherstellung: Bagel Roto-Offset GmbH & Co.KG, Schleinitz
Printed in the EU

ISBN 978-3-8289-9129-3

2011 2010 2009 2008
Die letzte Jahreszahl gibt die aktuelle Lizenzausgabe an.

1869

Das Mädchen weinte bitterlich. Eng an seine Mutter geschmiegt fuhr es im Zug von Potsdam nach Berlin einer ungewissen Zukunft entgegen. Carla von Oerzen war der Entschluss, ihr Kind in ein angesehenes Töchterpensionat zu geben, wahrlich nicht leichtgefallen. Aber es blieb ihr keine andere Wahl. Wenn ihr schon die Mittel für eine Mitgift fehlten, so wollte sie doch, dass Olga eine ordentliche Erziehung bekam. In Potsdam, der kleinen Garnisonsstadt, war das nicht möglich. Seit ihr Mann 1866 in der Schlacht bei Königgrätz gefallen war, lebten sie in äußerst bescheidenen Verhältnissen. Ellart von Oerzen, der unter General von Moltke diente, hatte eine glänzende Karriere vor sich, als er, von einer feindlichen Kugel getroffen, in so jungen Jahren starb. Die geringe Pension und ein Legat eines entfernten Onkels sicherten Mutter und Tochter ein bescheidenes Auskommen. Aber ein gesellschaftliches Leben wie früher gab es nicht mehr.

»Hör auf zu weinen, Olga.« Carla von Oerzen strich dem schluchzenden Kind zärtlich über den Kopf. »Ich habe es dir doch erklärt. Es muss sein. Arm sein ist schon schrecklich genug, aber ungebildet und nicht standesgemäß erzogen zu sein ist ein noch viel größeres Übel.« Sie seufzte tief. Auch sie war den Tränen nahe. »Du weißt, wir haben kein Geld für eine Mitgift. Also versuch, so viel wie möglich zu lernen, das kann dir später niemand mehr nehmen.« Sie nahm Olga in den Arm. »Vergiss nie, dass ich dich sehr lieb habe, mein Kind. Du bist mein Ein und Alles. Also mach uns den Abschied nicht allzu schwer.«

Nachdem sie ihre Tochter bei der Pensionsmutter Frau Wagenheim in der Clausewitzstraße abgegeben hatte, mit dem Versprechen, so oft wie möglich zu schreiben, fuhr sie mit schwerem Herzen nach Potsdam zurück. Ihr graute vor dem leeren kleinen Haus und den nun folgenden einsamen Wochen und Monaten. Aber sie wusste, dass das, was sie getan hatte, das einzig Richtige war für ihr geliebtes Kind.

Olgas erster Brief war noch voller Trennungsschmerz. Sie fand einfach alles schrecklich: die ungewohnte Umgebung, das strenge Fräulein Kremer! Diese gehörte zu der Sorte von Erzieherinnen, die man in jeder Mädchenschule fand. Nicht mehr jung und noch nicht richtig alt, ließen sie ihre Verbitterung über ihr unerfülltes Leben an den ihnen anvertrauten Schülerinnen aus, vorzugsweise an den besonders attraktiven. Fräulein Kremer musste einmal hübsch gewesen sein. Wenn sie lachte, was äußerst selten geschah, bekam ihr blasses Gesicht Farbe, und ihr meist zu einem schmalen Strich zusammengepresster Mund entfaltete volle Lippen. Einmal, spät in der Nacht – Olga war durstig und wollte sich einen Krug Wasser aus der Küche holen –, sah sie dort Fräulein Kremer am Fenster stehen. Ihre sonst straff zusammengebundenen und unter einer schwarzen Haube verborgenen Haare fielen ihr in dicken Locken auf die Schultern, und das von fahlem Mondlicht beschienene Gesicht war tränenüberströmt. Sie sah unendlich traurig aus. Von ihr unentdeckt, schlich Olga sich zurück in ihr Zimmer, ihren Durst vergessend. Nicht einmal Sofia, mit der sie das Zimmer teilte, erzählte sie, was sie in dieser Nacht gesehen hatte.

Bald aber wurden ihre Briefe fröhlicher. Der Unterricht gefiel ihr. Alles war so neu und anders als in der Schule in Potsdam. Es gab Gymnastik- und Turnunterricht, sogar Tanzstunden, natürlich ohne männliche Tänzer. Sie erhielt Stunden in Etikette, Geschichte und Literatur, und nachmittags, wenn das Wetter es erlaubte, unternahmen sie in kleinen Gruppen, in Begleitung einer Erzieherin, Spaziergänge in den Tiergarten. Die Mahlzeiten wurden gemeinsam mit den im Haus wohnenden Erzieherinnen und Lehrkräften in einem großen Speisezimmer eingenommen. Es durfte nicht gesprochen werden, außer das Wort wurde an einen gerichtet. Man hatte aufrecht und gesittet zu sitzen und seinen Teller leer zu essen, ob es einem schmeckte oder nicht. Die Hände mussten gewaschen und die Fingernägel sauber sein, was von Fräulein Kremer peinlich genau kontrolliert wurde. Am Kopfende des Tisches thronte Frau Wagenheim, Witwe eines Kommerzienrates, die einmal in der Woche nach Tisch Sprechstunde abhielt, um sich die Sorgen oder Beschwerden der Schülerinnen anzuhören, aber wenn nötig, auch Tadel auszusprechen oder Strafen zu verhängen, deren schlimmste Form ein Ausgehverbot war.

Das Pensionat beherbergte zwanzig Mädchen zwischen fünfzehn und achtzehn Jahren, die in Zwei- und Vierbettzimmern untergebracht waren. Olga teilte sich ein Zimmer mit Sofia Herzberg, der Tochter eines reichen Berliner Kaufmanns. Zwei Jahre älter als Olga, fühlte sie sich geradezu erwachsen und schloss das kleine unglückliche Mädchen sofort in ihr Herz. »Wir werden Spaß haben zusammen«, tröstete sie es, »du wirst sehen. Und wenn wir Ausgang haben, nehme ich dich mit zu uns nach Hause.« Olga hatte ihrer neuen Freundin ehrlich gesagt, dass ihr die Mittel fehlten, an ihren freien Tagen nach Potsdam zu fahren.

Immer begeisterter wurden die Berichte aus Berlin: *Letzten Sonntag waren wir bei den Herzbergs zum Mittagessen. Du glaubst ja gar nicht, wie prachtvoll die wohnen*, schrieb sie. *Sie haben ein Stadtpalais ganz in der Nähe des Schlosses, und wenn der König seine Parade abnimmt, kann man das von ihren Fenstern aus sehen. Oh Mama, Berlin ist ja so aufregend!*

Ein andermal berichtete sie von dem Salon der Frau Herzberg. *Jeden Dienstag treffen sich dort Schriftsteller, die aus ihren Werken vorlesen, und Schauspieler, die Verse rezitieren. Manchmal, aber nur manchmal, dürfen wir dabei sein. Du weißt, das strenge Fräulein Kremer! Aber am Sonntag gibt ein junger Hausgast der Herzbergs dort ein Klavierkonzert. Er heißt Johannes Brahms und spielt seine eigenen Kompositionen. Wir dürfen dabei sein, Mama. Einfach himmlisch!*

Literatur war bald Olgas Lieblingsfach. Professor Abraham, ein pensionierter Universitätsprofessor, alt, schrullig und immer etwas zerstreut, entfachte bei ihr bereits nach den ersten Stunden eine Begeisterung dafür, die ihr Leben lang anhalten sollte. Wenn ein gemeinsamer Theaterbesuch anstand, wurde das Stück vorher von ihm eingehend besprochen und somit jedes Mal für die Mädchen ein unvergessliches Erlebnis. Olga las Goethe, Schiller, Kleist und Heine, und die Herzberg'sche Bibliothek wurde für sie eine unerschöpfliche Quelle für den interessantesten Lesestoff.

Aber nicht nur anspruchsvolle Literatur, sondern auch die Zeitschrift *Gartenlaube*, die Frau Herzberg abonniert hatte, wurde erst von Sofia und Olga verschlungen und wanderte dann in dem Pensionat von Hand zu Hand. Herrlich, was es da alles zu lesen gab. Am beliebtesten waren die Fortsetzungsromane von Eugenie Marlitt – romantische Liebesgeschichten, die immer tragisch anfingen und natürlich glücklich ausgingen, mit Titeln wie *Die Frau des Kommerzienrates* oder *Die zweite Frau*. Man sah Fotos von Schauspielerinnen und Damen der Demimonde, die bei Theater- oder Opernaufführungen gesehen worden waren, und immer öfter wurden Fürstinnen, Prinzessinnen und Damen der Gesellschaft in Modellen des berühmten Pariser Modeschöpfers Charles Frederick Worth gezeigt. *Gartenlaube* berichtete, dass er, seit 1858 Besitzer eines Salons in der Rue de la Paix, bereits einige Jahre später Kaiserin Eugenie von Frankreich einkleidete und bald darauf der gesamte europäische Hoch- und Geldadel zu seiner Kundschaft zählte. Geschichten über seine Allüren erschienen: In mit Pelz verbrämter Samtjacke, auf dem Kopf ein Barett und um den Hals einen kunstvoll gebundenen Seidenschal, so empfing er, nonchalant auf einem Diwan ruhend, oft arrogant und herablassend, seine exklusive Kundschaft. Missliebige wies er ab. Ohne Voranmeldung empfing er grundsätzlich niemanden, und wenn ihm danach war, ließ er auch hochgestellte Damen stundenlang in seinem Vorzimmer antichambrieren. Seit über zehn Jahren gab es ihn nun schon, den Herrn Worth, und jeder in Europa, der etwas auf sich hielt und es sich leisten konnte, trug seine Kreationen. Die Mädchen waren fasziniert!

Sofia hatte die neueste Ausgabe ihrer Lieblingszeitschrift vor sich. Sie verschlang die dritte Fortsetzung von *Die zweite Frau*.

»Bitte«, sagte Olga flehend, »lies schnell, ich bin so gespannt, wie es weitergeht.«

»Ja, gleich, nur noch eine Seite.« Als Sofia ihrer ungeduldigen Freundin das Heft reichen wollte, schlug sie zufällig eine Seite auf, auf der die Großfürstin Marie, Schwester des russischen Zaren, in einem Worth-Modell abgebildet war. »Nur noch einen Moment!«, rief sie. »Sieh dir das Kleid an. Hast du schon einmal so etwas Schönes gesehen?«

Auch Olga vergaß für einen Augenblick die Lektüre. »Es ist unglaublich«, sagte sie. »Was das wohl kosten mag?«

Sofia, die bereits verlobt war mit Alfred von Benning, Erbe der Benningbank, rief plötzlich: »Bisher hatte ich noch keine Vorstellung von meinem Brautkleid! Nun weiß ich es. Ich wünsche mir für meine Hochzeit ein Kleid von diesem Mann!«

Ihre Freundin starrte sie entgeistert an. »Du bist ja übergeschnappt, Sofia. Wie soll das denn gehen? Und das ist sicher viel zu teuer.« Die Zeitung hatte des Öfteren von den astronomischen Preisen der Kleider berichtet.

»Du hast doch gelesen, dass er sogar Entwürfe nach Amerika liefert. Also wird es wohl auch nach Berlin möglich sein. Und du weißt, Papa kann mir keinen Wunsch abschlagen.«

Seit Jahren verkehrte Professor Abraham im literarischen Salon der inzwischen greisen Fanny Lewald, in dem sich die gesamte geistige Elite Berlins traf. Auch Frau Herzberg war dort regelmäßig, und ein paarmal durften Olga und Sofia sie begleiten. Sie hörten von Henriette Herz und Rahel Varnhagen, deren Salons bereits Anfang des neunzehnten Jahrhunderts Geschichte schrieben: Frauen, die, wie Olga staunend erfuhr, ihren Ehemännern geistig und gesellschaftlich ebenbürtig waren, ihren eigenen Neigungen nachgehen und sich selbst entfalten konnten. Was für eine Welt sich ihr da erschloss! Noch ahnte Olga nicht, dass ein Samenkorn in ihrem Inneren gelegt war, das eines Tages aufgehen und ihr Leben bestimmen sollte. Tief beeindruckt schrieb sie darüber in einem Brief nach Potsdam. Dass sie begann, von einem solchen Leben zu träumen, verschwieg sie Gott sei Dank. Ihre Mutter wäre sonst wohl zu der Überzeugung gelangt, das Kind hätte den Verstand verloren.

Ihre Mutter schrieb regelmäßig. *Ich habe eine neue Aufgabe gefunden*, berichtete sie eines Tages. *In der Nachbarschaft wohnt eine reizende alte Dame, deren Sohn in Ostpreußen lebt. Er arbeitet dort auf einem Gestüt. Sie ist viel allein, und ich kümmere mich um sie. Nun ist mein Leben nicht mehr so einsam. Wir reden über unsere Kinder (obwohl er schon über vierzig ist, spricht sie immer von ihrem »Kind«), wir gehen zusammen spazieren, spielen Karten und tauschen unsere Lektüre aus.*

Olga freute sich für ihre Mutter. Ihr anfänglich schlechtes Gewissen, wenn sie zu begeistert von ihrem neuen Leben berichtete, quälte sie nun nicht mehr.

Ihre Schüchternheit wich bald einem gesunden Selbstbewusstsein. »Du hast kein Geld und bekommst keine Mitgift«, hatte Sofia gesagt, »das ist blöd. Aber du bist bildhübsch. Das ist doch schon mal was. Und dumm bist du auch nicht. Du wirst bald überall eingeladen sein, dafür werde ich sorgen. Also, ich bin mir ganz sicher, dass du mal eine gute Partie machen wirst.«

Olga wurde tatsächlich immer hübscher. In den letzten Monaten war sie ein ordentliches Stück gewachsen. Ihr Babyspeck war verschwunden, was wohl auch der nicht gerade üppigen Kost in dem Pensionat zuzuschreiben war. In ihrem herzförmigen Gesicht funkelten unter schön geschwungenen Brauen große grau-grüne Augen, und ihr voller kirschroter Mund schien immer zu lachen, wobei sich ihr kleines Näschen kräuselte. Die dunklen prachtvollen Haare trug sie in Schnecken über den Ohren. Und als sie und Sofia abends einmal die Flechten lösten und die Locken heimlich zu Hochfrisuren aufsteckten, bemerkte sie zu ihrer Freundin: »Du hast recht, so übel sehe ich wirklich nicht aus.«

Zu Olgas Kummer würde Sofia das Pensionat bald verlassen. Ihre Hochzeit mit Alfred von Benning war für den kommenden Juni festgesetzt, wenn dieser seine Ausbildung bei der Rothschildbank in Frankfurt beendet hatte. »Es wird hier todlangweilig sein ohne dich«, jammerte Olga. »Und wer weiß, mit wem ich dann mein Zimmer teilen muss. Ich werde dich ganz schrecklich vermissen.«

Sofia musste lachen. »Ich wohne doch ganz in der Nähe, und wir werden uns so oft wie möglich sehen, versprochen. Es ist ja nur noch ein Jahr, dann hast du es auch hinter dir.« Es war natürlich keine Frage, dass Olga eine von Sofias Brautjungfern sein würde. Ihre Bedenken, dass sie kein Geld für ein passendes Kleid habe, wurden von Sofia sofort zerstreut. »Mein Vater bezahlt für alle Brautjungfern die Kleider, also mach dir darüber keine Gedanken.«

Olgas neue Zimmergefährtin, Irma Gruber, ein pummeliges, ziemlich unbedarftes Mädchen, kam aus Weimar. *Sie ist ein wenig provinziell*, berichtete sie ihrer Mutter, *und nicht so lustig wie Sofia. Ich kann nicht viel mit ihr anfangen.* Aber als Irma auftaute und so nebenbei erwähnte, dass ihr Großvater ein enger Freund von Goethe gewesen war, war Olga hellauf begeistert. Da schlief neben ihr eine Person, die verwandt war mit jemandem, der Goethe gekannt hatte! Und noch dazu mit ihm eng befreundet gewesen war.

»Wie war er, los, erzähl mal.« Olga bedrängte Irma immer wieder. Die aber hatte ihren Großvater kaum gekannt und keine Ahnung, wie Goethe so war. »Aber irgendwas musst du doch wissen«, insistierte Olga.

Irma erkannte ihre Chance, der schönen und so gescheiten Olga zu imponieren, und begann, Geschichten zu erfinden, die so haarsträubend waren, dass der Geheimrat von Goethe sich im Grabe umdrehen musste. Vorsichtshalber vereinbarte sie mit ihrer faszinierten Zuhörerin absolutes Stillschweigen. »Das ist streng vertraulich, weißt du. Mein Großvater hat mir das alles unter dem Siegel der Verschwiegenheit erzählt. Also kein Wort zu niemandem und vor allem nicht zu Professor Abraham.«

Nicht einmal Sofia erzählte Olga von ihrem aufregenden Geheimnis. Das lag weniger an ihrer Verschwiegenheit als daran, dass sie ihre Freundin zur Zeit kaum zu Gesicht bekam. Die Hochzeitsvorbereitungen nahmen diese dermaßen in Anspruch, dass sie für fast nichts anderes mehr Zeit hatte. Die Gästeliste wurde immer länger. Von überallher kamen Verwandte und Freunde, die standesgemäß untergebracht werden mussten, denn nur die engsten Verwandten konnten im Herzberg'schen Palais wohnen, wo die Brautsoiree stattfinden würde. Die Anproben für das Brautkleid – natürlich hatte Anton Herzberg seiner Tochter den Wunsch erfüllt, bei Worth einen Entwurf zu bestellen – nahmen Stunden in Anspruch. Sogar die Kleider für die Brautjungfern waren von dem Meister entworfen worden.

Olga saß mit Sofia in deren Mädchenzimmer, das nun bald verwaist sein würde. »Du kannst nach der Soiree hier in meinem Zimmer schlafen. Alfred und ich reisen ja in der Nacht noch nach Zoppot. Wir haben dort eine Suite im Grand Hotel. Du weißt, ich liebe das Meer.«

»Ja, meinst du denn, Fräulein Kremer erlaubt das?« Olga blickte ihre Freundin zweifelnd an. »Gestern hat mich sogar die Frau Wagenheim gerügt, weil ich jetzt öfter, als es die Hausordnung erlaubt, unterwegs bin. Die Kremer hat mich wohl verpetzt.«

»Keine Sorge, meine Mutter hat diesbezüglich Frau Wagenheim eine Note geschrieben. Sie hat auch erwähnt, dass du eine große Hilfe bist und mir bei wichtigen Entscheidungen zur Seite stehst.«

Olga lachte hell auf. »Hoffentlich fragt sie mich nicht mal, bei welchen.«

Sofia, die sich wahrlich nicht über mangelnde Hilfe beschweren konnte, wollte überall mitreden. Kein Blumenschmuck in der Kirche und im Haus durfte ohne sie ausgesucht werden. Das Hochzeitsmenü wurde mehrere Male geändert, und bei der Tischordnung durfte ihr nur ihre Mutter helfen. Die hatte ihrem Mann schon erklärt, nach der Hochzeit einen zweimonatigen Kuraufenthalt zu benötigen!

»Du bist zwischen zwei sehr netten Herren platziert«, sagte Sofia. »An einer Seite hast du Alfreds Trauzeugen, Magnus von Berg. Er sieht toll aus und ist ziemlich reich. Leider soll er so gut wie verlobt sein, hat Alfred mir geschrieben.« Sie machte ein betrübtes Gesicht. »Der hätte mir für dich gefallen. Der andere ist ein Cousin von mir, Hans Herzberg. Er sieht zwar nicht so gut aus wie Magnus, aber er ist genauso reich und außerdem noch zu haben.«

Olga musste wieder lachen. »Ach Sofia, was machst du dir nur für Gedanken. Ich will nichts weiter als mich auf deiner Hochzeit amüsieren und tanzen, möglichst die ganze Nacht. Es ist das erste große Fest in meinem Leben. Ich bin schrecklich aufgeregt.«

»Na, was meinst du, was *ich* bin? Wenn wir von unserer Hochzeitsreise zurück sind, ist unsere Wohnung in der Schlossstraße fertig. Alfred hat sie ganz nach meinen Wünschen einrichten lassen. Mein Boudoir wird einfach himmlisch. Die Wände sind bespannt mit hellblauem Damast und die Möbel mit dem gleichen Stoff bezogen. Die dunkelblauen Samtportieren vor den Fenstern sind mit Goldlitzen besetzt. Und die Salons, welch eine Pracht ... Ach, was erzähl ich dir, bald wirst du es ja selbst zu Gesicht bekommen.«

Der Diener hatte mittlerweile Tee und Gebäck serviert und Sofias Redestrom kurz unterbrochen. »Das Fräulein Schmid wäre jetzt da.«

»Sie soll bitte warten, bis die anderen kommen«, sagte Sofia freundlich, »dann führen Sie alle herauf.« Die »anderen« waren drei Freundinnen von Sofia, die auch als Brautjungfern fungierten und heute zum letzten Mal ihre Kleider anprobieren sollten, die Fräulein Schmid nach dem Entwurf von Worth angefertigt hatte.

Der Diener hatte sich gerade entfernt, als kurz darauf die Tür aufflog und ein junger, gut aussehender Mann hereinstürmte.

»Alfred!« Mit einem Jubelschrei fiel Sofia ihrem Bräutigam um den Hals. »Du bist da! Endlich!«

»Ja, gerade angekommen. Du siehst, ich bin noch in Reisekleidung. Unten wartet meine Droschke. Aber du solltest die Erste sein, die ich nach meiner Rückkehr begrüße. Oh, du hast Besuch?«

»Ja, das ist Olga, ich habe dir von ihr geschrieben.«

»Das kann man wohl sagen.« Alfred lachte. »Kein Brief, wo nicht etwas von Ihnen drinstand.« Er reichte Olga die Hand. »Ich freue mich, Sie endlich kennenzulernen. Oder darf ich du sagen?«

»Natürlich.« Olga lächelte schüchtern. Was für ein netter Mann, dieser Alfred von Benning. Sofia hatte so viel über ihn erzählt, dass sie meinte, ihn schon ewig zu kennen. In dem Moment klopfte es, und der Diener führte Fräulein Schmid und Sofias Freundinnen herein.

»Vor so viel Weiblichkeit kann ich nur fliehen«, sagte Alfred schmunzelnd, nachdem er alle begrüßt hatte. »Leb wohl, Liebste. Meine Damen ... Auf bald!«

Die Anprobe verlief zur vollsten Zufriedenheit von Sofia. Fräulein Schmid hatte hervorragende Arbeit geleistet. Die rosafarbenen Seidenkleider, eng bis über die Taille, dann auslaufend in einen weit schwingenden Rock, saßen perfekt. Halsausschnitt, Ärmelenden und Saum waren mit Rüschen aus dem gleichen Stoff besetzt. Auch die passend eingefärbten Schuhe sowie die Blüten für die Hochfrisuren hatte Fräulein Schmid mitgeliefert.

»Wunderschön seid ihr alle«, rief Sofia nach einer Weile, »aber jetzt müsst ihr gehen! Es ist ja noch so viel zu tun.«

Olga verabschiedete sich als Letzte. Ihre Wangen glühten. »Noch nie habe ich ein so schönes Kleid angehabt«, sagte sie. »Ich danke dir, Sofia, für alles.«

»Ach, nun werd mal nicht sentimental, mein Schatz. Du wirst es mir zwar wieder nicht glauben, aber von allen bist du die Hübscheste.«

»Findest du wirklich …?«

»Ja, das finde ich. Und du wirst einen Haufen Verehrer haben, wart's nur ab.« Sofia war sich da ganz sicher.

An diesem Abend schrieb Olga mal wieder einen Brief an ihre Mutter. Sie hatte ein schlechtes Gewissen. Vor einiger Zeit hatte ihre Mutter ihr mitgeteilt, dass ihre Freundin, Frau Lindner, innerhalb kurzer Zeit gestorben war: *Sie hat nur noch auf ihren Sohn gewartet, der auf meine Depesche hin sofort aus Ostpreußen anreiste, dann hat sie ihre Augen für immer geschlossen. Ich bin tieftraurig.* Olga war so beschäftigt gewesen mit Sofias Hochzeit, dass sie den Kummer ihrer Mutter regelrecht vergessen hatte.

Liebe Mama, heute war die letzte Anprobe unserer Kleider für Sofias Hochzeit. Schade, dass du nicht bei der Soiree dabei sein und mich in meinem Kleid sehen kannst. Es ist so wunderschön, und Sofia sagt, ich wäre darin sehr hübsch. Bitte halte mich nicht für eingebildet, ich glaube, sie übertreibt. Aber ich darf das Kleid behalten, und wenn ich in den Ferien nach Hause komme, wirst du es an mir sehen können. Ich bin furchtbar aufgeregt. Es kommen so viele fremde Menschen von überallher. Heute habe ich den Bräutigam von Sofia kennengelernt. Er ist sehr nett und sieht gut aus, wenn er auch nicht so groß ist, wie ich ihn mir vorgestellt habe. Er hat ein ansprechendes Gesicht und liebe Augen, und ich glaube, dass Sofia sehr glücklich mit ihm wird. (Ich hoffe es zumindest.) Wenn du diesen Brief bekommst, ist das große Fest vorbei, und dann kommt schon mein nächster Brief, in dem ich dir alles berichten werde.

Es umarmt dich ganz fest deine dich liebende Tochter Olga.

PS: Sei nicht mehr so traurig, ich bin ja bald bei dir.

Olga hatte schlecht geschlafen. Von Albträumen geplagt, war sie immer wieder schweißgebadet aufgewacht. Einmal war sie auf Sofias Schleier getreten, ein anderes Mal in der Kirche gestolpert. Sie konnte plötzlich keinen Walzer mehr tanzen, ihre Füße klebten am Boden; und als sie wach lag, stellte sie sich vor, ein Rotweinglas würde sich über ihr herrliches Kleid ergießen und es völlig ruinieren.

Die Trauung war auf den Nachmittag festgesetzt. Olga quälte sich durch den morgendlichen Unterricht. Sie war unaufmerksam und musste eine Rüge von Fräulein Kremer einstecken. »Etwas mehr Aufmerksamkeit, Fräulein von Oerzen, wenn ich bitten darf.« Die Lehrerin schlug ihr mit dem Lineal auf die Hand, nicht sehr fest, aber hart genug, um einen roten Striemen auf der kleinen weißen Hand zu hinterlassen. »Sie scheinen mit Ihren Gedanken ja gar nicht bei der Sache zu sein.« Ihre Stimme war schneidend. »Was habe ich Sie eben gefragt?«

Olga lief hochrot an. »Entschuldigung, Fräulein Kremer, ich ... ich habe sehr schlecht geschlafen ...«, stotterte sie.

»So, so, die Hochzeitsfeierlichkeiten scheinen Sie ja schon vorher reichlich mitzunehmen. Wie soll das denn erst morgen sein, nach dem großen Fest?«

»Die Frau Herzberg hat Frau Wagenheim gebeten, mich für morgen zu beurlauben.« Olgas Stimme zitterte. Gleich würde sie in Tränen ausbrechen.

Auf den bleichen Wangen des ältlichen Fräuleins erschienen rote Flecken. Mit den Worten: »Davon ist mir nichts bekannt. Ich werde mich vergewissern, ob Sie die Wahrheit sagen«, verließ sie das Klassenzimmer. Olga war jetzt kurz davor, die Fassung zu verlieren.

»Reg dich nicht auf, die alte Hexe ist nur neidisch, weil du auf die tolle Hochzeit eingeladen bist«, tröstete Irma ihre neue Freundin, die bleich mit dunklen Schatten unter den Augen neben ihr saß.

Kurz darauf erschien die Lehrerin wieder. Sie war schneeweiß im Gesicht und hatte ihre dünnen Lippen zu einem schmalen Strich zusammengepresst. Die Pensionsmutter hatte sie leicht zurechtgewiesen. Das war noch nie passiert. »Sie scheinen mir etwas zu streng mit der kleinen Oerzen«, hatte sie gesagt. »Das Kind ist eine Halbwaise und sehr aufgeregt vor der Hochzeit ihrer besten Freundin. Es ist das erste große Fest, das sie besuchen darf. Das Haus Herzberg gehört zu den ersten Adressen Berlins. Ich kann den Umgang nur begrüßen.« Sie war an das Fenster getreten und hatte zum Himmel geschaut. »Was für ein schöner Tag, um zu heiraten«, sagte sie wie zu sich selbst. »Übrigens ist mir beim Frühstück aufgefallen, dass Olga sehr elend aussieht. Sagen Sie ihr, dass ich sie heute vom Unterricht befreie. Sie soll sich vor dem großen Ereignis noch ein wenig ausruhen. Ich erwarte sie dann morgen zum Nachmittagsunterricht zurück. Ach übrigens, sie wird im Herzberg-Palais nächtigen.«

Ohne eine Erwiderung hatte Fräulein Kremer das Zimmer der Pensionsmutter verlassen. Sie kochte vor Wut! »Sie können auf Ihr Zimmer gehen«, sagte sie jetzt mit harter Stimme zu Olga. »Man erwartet Sie morgen Mittag zurück. Aber pünktlich, wenn ich bitten darf.«

Sofia war eine hinreißende Braut. Wie eine Puppe sah sie aus in ihrem Traum von einem Brautkleid. Dreißig Meter weißer Damast waren nötig gewesen, um dieses Meisterstück der Schneiderkunst herzustellen. Unter der eng geschnürten Taille bauschte sich ein weiter geraffter Rock, der mit weißen Blüten besetzt war. Die Coiffeuse hatte ihr leuchtend rotes Haar zu einer prachtvollen Hochfrisur aufgetürmt, auf der ein Myrtenkranz saß, an dem der Schleier befestigt war. Ihre lustigen kleinen Sommersprossen waren überdeckt von leichtem Puder, sodass ihr Gesicht mit den großen grünen Augen dem einer Porzellanpuppe ähnelte. Sie sah einfach entzückend aus. Die Trauung war ergreifend. Eine berühmte Sängerin sang Mozarts *Ave Maria*, und Frau Herzberg schluchzte laut. War es vor Rührung oder aus Erschöpfung? Herr Herzberg war sich da nicht so sicher.

Der anschließende Empfang fand im Park des Herzberg-Palais statt. Es war ein angenehm warmer Frühsommertag, und die Sonne stand hoch am wolkenlosen Himmel. Auf der überdachten, von Säulen getragenen Terrasse nahm das strahlende Brautpaar die Glückwünsche der Gäste entgegen. Hier und dort hatten sich plaudernde Grüppchen gebildet, einige Paare flanierten über die Kieswege oder fanden sich zusammen im Schatten einer blühenden Kastanie. Scharen von befrackten Dienern servierten Champagner, kleine Erfrischungen und Kanapees.

Olga hatte sich etwas abseits vom Trubel auf eine Bank gesetzt. Sie war glücklich. Alles war gut gegangen, ihr war kein Malheur passiert, und nun konnte sie entspannt das gesellschaftliche Treiben betrachten. Noch nie hatte sie so viele herrliche Roben gesehen. Nicht einmal in der *Gartenlaube*. Eine wandelnde Pracht war das – die mit Reseda gefärbte Seide, der violette Voile, hellblaue Damast und mauve schillernde Taft. Es raschelte und rauschte, und das Klirren der aneinanderstoßenden Champagnergläser mischte sich mit dem Lachen der Gäste. Es herrschte eine heitere Atmosphäre.

Olga dachte an ihre Mutter. Wie schade, dass sie das nicht miterleben konnte. Sie war doch noch so jung, gerade mal sechsunddreißig, und schon sechs Jahre Witwe. Was für ein grausames Schicksal. Olga hatte kurz die Augen geschlossen und bekümmert geseufzt, als plötzlich eine große männliche Gestalt vor ihr stand, zwei volle Champagnergläser in der Hand. »Sie scheinen traurig zu sein, gnädiges Fräulein. Darf ich Sie ein wenig aufheitern?«

Olga errötete. Mein Gott, wie peinlich ihr das war! »Ich habe nur für einen Augenblick an etwas Trauriges gedacht«, sagte sie und zwang sich zu einem Lächeln. »Es ist schon vorbei.«

»Magnus Berg«, stellte der junge Mann sich jetzt mit einer Verbeugung vor, »und Sie sind Olga, meine Tischdame für heute Abend.«

»Woher wissen Sie das denn?«

»Oh, ich habe meine Erkundigungen eingezogen. Erlauben Sie?« Er ließ sich neben Olga auf der Bank nieder und reichte ihr ein Glas.

»Ich weiß nicht, ich habe noch nie Champagner getrunken.« Olga sah ihn zweifelnd an.

»Irgendwann ist immer das erste Mal.« Er lachte, und sein schön geschwungener Mund entblößte eine Reihe blendend weißer Zähne. »Prosit. Auf einen schönen Abend!«

Olga nippte an ihrem Glas und betrachtete ihr Gegenüber. Eben, gegen die gleißende Sonne, hatte sie nur die Umrisse eines groß gewachsenen, schlanken Mannes erkennen können. Sofia hatte wahrlich nicht übertrieben. Was für ein Mann! Magnus von Berg war von bestechendem Aussehen. Das dunkle Haar trug er streng nach hinten gekämmt. Sein schmales aristokratisches Gesicht war glatt rasiert, und unter dichten Augenbrauen leuchteten tiefblaue Augen, die Olga spöttisch ansahen.

»Nun, habe ich den Test bestanden?«

Olga musste lachen. »Sofia hat gesagt, Sie sähen toll aus. Es stimmt.«

»Danke.« Magnus war amüsiert. »So direkt hat mir das noch keine Dame gesagt. Aber wenn Sie mir versprechen, mich nicht zu verraten, sage ich Ihnen jetzt auch etwas.« Er senkte seine Stimme. »Sie waren die hübscheste unter den Brautjungfern. Und wenn Sie nicht schon meine Tischdame wären, würde ich jetzt die Tischkärtchen austauschen.«

Olga schoss wieder das Blut ins Gesicht. Komplimente von jungen Männern war sie nicht gewöhnt. Und so unverblümte schon gar nicht. »Danke, wie nett von Ihnen«, war alles, was ihr dazu einfiel. Sie kam sich total blöd vor. Auf so eine Situation sollte man im Mädchenpensionat vorbereitet werden, dachte sie bei sich, das wäre wirklich wichtiger, als die Sitten bei Tisch zu lernen.

Magnus ignorierte ihre Verlegenheit und redete unbefangen weiter. Nach dem dritten Schluck Champagner verlor auch Olga ihre Schüchternheit. Sie plauderte über die Schule, den schrulligen Professor Abraham und das vertrocknete Fräulein Kremer. Ab und an lachte Magnus laut auf. Was war das doch für ein witziges, entzückendes Mädchen, Sofias beste Freundin.

»Wo ist denn Ihre Braut, ist sie auch hier?«

»Welche Braut?« Magnus sah Olga leicht befremdet an.

»Sofia sagte, Sie seien so gut wie verlobt.« Olga war völlig unbefangen. Es interessierte sie einfach, wie die Frau aussah, die dieser Mann heiraten wollte.

»Ach, Sie meinen Katharina von Wüst. Wir sind noch nicht verlobt. Unsere Familien sind seit Jahren befreundet, und man würde eine Verbindung zwischen uns wohl sehr begrüßen.« Die eben noch so heitere Stimmung war verflogen.

Magnus machte eine wegwerfende Handbewegung. »Aber lassen wir das Thema. Mischen wir uns unters Volk. Ich werde Sie mit einigen interessanten Gästen bekannt machen. Vorausgesetzt natürlich, Sie kennen sie noch nicht.«

»Ich kenne hier fast niemanden«, sagte Olga.

Sie erlebte den Abend wie in einem Rausch. Ihre Tanzkarte war im Nu voll, allerdings hatte Magnus kaum Platz für andere Bewerber gelassen. Hans Herzberg, Sofias Cousin, bemühte sich eifrig um sie, aber gegen Magnus hatte er keine Chance. Dieser absolvierte einige lästige Pflichttänze, und wenn Olga mit anderen Herren über das Parkett flog, ließ er sie nicht aus den Augen.

Sofia war das nicht entgangen. »Was ist denn mit Magnus los?«, fragte sie Alfred. »Er verfolgt Olga ja geradezu.«

»Ich glaube, er hat Feuer gefangen, so kenne ich ihn gar nicht«, sagte dieser amüsiert. »Sie ist aber auch wirklich reizend, deine kleine Freundin.«

»Ich denke, er ist verlobt«, erwiderte Sofia. »Wenn er es wagt, meiner Olga Kummer zu machen, werde ich zur Furie. Sag ihm das bitte.« Sofia war offensichtlich beunruhigt.

»Er ist ein Ehrenmann«, meinte Alfred. »Einen Skandal kann er sich nicht leisten.«

»Weißt du, was meine Großmutter immer gesagt hat? Unsere Gesellschaft hält es mit vornehmen Sündern wie mit Meißner Porzellan. Je öfter gekittet, umso begehrter!«

Darauf wusste Alfred keine Antwort mehr.

In einer Tanzpause zog Magnus Olga auf eine Récamiere am Rande des Tanzsaales. Ihr Gesichtchen glühte. Mit ihrem rosa Fächer fächelte sie sich Luft zu; ihre Augen strahlten. »Oh Magnus, es ist so wundervoll. Ich komme mir vor wie in einem Märchen. Ist Ihnen auch so warm?«

»Es geht«, sagte er und lachte leise, »aber ich tanze ja auch nicht so wild wie Sie.« Er nahm ihre Hand. »Morgen reise ich zu meiner Mutter nach Schloss Hainwerder. Ich muss mich um dringende familiäre Angelegenheiten kümmern und werde eine Weile dort bleiben. Darf ich Ihnen schreiben?«

Olga blickte ihn erschrocken an. »Nein, das geht nicht. Wir dürfen nur Post von Eltern oder Geschwistern bekommen.«

»Dann bin ich ab sofort Ihr Bruder.«

»Das geht auch nicht. Jeder in dem Pensionat weiß, dass ich keine Geschwister habe.«

»Mir wird schon etwas einfallen. Sagen Sie doch, ich sei ein plötzlich aufgetauchter Erbonkel.«

Olga war entsetzt. »Bitte tun Sie das nicht. Die Briefe werden manchmal geöffnet. Erst vor Kurzem ist ein Mädchen sofort nach Hause geschickt worden, weil sie Post von einem Verehrer bekommen hat. Ich kann es meiner Mutter nicht antun, aus dem Pensionat geschmissen zu werden.«

Die Musik hatte wieder begonnen zu spielen, und Hans Herzberg holte Olga zu der ihm versprochenen Polka. Spät nachts, als sie glücklich und erschöpft in Sofias Himmelbett lag, überschlugen sich ihre Gedanken. Immer wieder hörte sie die Worte, die Magnus ihr zum Abschied ins Ohr geflüstert hatte: »Ich werde einen Weg finden, Sie wiederzusehen.« Es dauerte lange, bis sie in einen bleiernen Schlaf fiel.

Die nächsten Wochen erlebte Olga wie in Trance. Ihr erster Gedanke am Morgen und ihr letzter am Abend galt Magnus. Sie war unsterblich verliebt, aber sie wusste, es konnte nicht sein. Ihrer Mutter hatte sie einen begeisterten Brief über die Hochzeit geschrieben. Magnus erwähnte sie mit keiner Silbe. Wozu auch? Sie musste versuchen, ihn aus ihren Träumen zu verbannen. Sie wusste, dass manchmal auch ausgehende Briefe geöffnet und kontrolliert wurden. Fräulein Kremer war dafür zuständig, und dieser traute sie nicht über den Weg. Seit Sofias Hochzeit war sie noch mehr darauf bedacht, Olga bei einer Verfehlung zu ertappen, und dass diese ihr keinen Anlass zur Klage gab, schien sie noch mehr zu verbittern.

Auch Irma gegenüber, mit der sie jetzt enger befreundet war, erwähnte sie seinen Namen nicht. Bereitwillig berichtete sie über das rauschende Fest, wer alles aus der Berliner Gesellschaft da gewesen war, und die prachtvollen Roben beschrieb sie in allen Einzelheiten. Auch dass sie das erste Mal Champagner getrunken hatte, verschwieg sie nicht.

»Hattest du denn gar keinen Flirt?«, wollte Irma wissen. »Hat sich keiner der Herren für dich interessiert?«

»Oh doch, da waren viele«, sagte Olga ausweichend, »aber richtig geflirtet, nein, das habe ich nicht.« Damit musste Irma sich zufriedengeben.

Wie gern hätte Olga ihrer neuen Freundin von Magnus erzählt, wie sehr er sie beeindruckt hatte und dass er ihr schreiben wollte. Aber sie wusste, Irma hätte sie nur ausgelacht. »Er ist so gut wie verlobt, sagt Sofia? Da kannst du sicher sein, er will dich nur benutzen. Vergiss ihn!« Das wären mit Sicherheit ihre Worte gewesen.

Die provinzielle Irma hatte sich als kluge und interessante Person herausgestellt. Nächtelang hatten sie über die Unterdrückung der Frauen diskutiert. »Wir sind nur dazu da, den Männern zu dienen. Sanftmütig und gehorsam sollen wir sein, umsichtige Hausfrauen und musterhafte Gattinnen; dazu werden wir hier doch gedrillt vom Oberfeldwebel Kremer!« Immer wieder redete sie sich in Rage. »Meine Brüder studieren, aber wir Frauen sind angeblich zu blöd dazu.«

»Ja, würdest du das denn wollen? Studieren meine ich?« Olga hatte bisher nie daran gezweifelt, dass die Berufung der Frau in der Familie lag. Die Besuche im Salon der Fanny Lewald, wo sie von Henriette Herz und Rahel Varnhagen gehört hatte, Frauen, die ihren Männern geistig und gesellschaftlich ebenbürtig waren, hatten in ihr zwar den Wunsch keimen lassen, vielleicht auch einmal einen solchen Mann zu finden, aber zu studieren oder womöglich einen Beruf zu erlernen war ihr noch nie in den Sinn gekommen.

»Ich weiß nicht, *was* ich will«, sagte Irma eines Tages, »aber ich weiß, was ich *nicht* will.« Sie erzählte, dass ihre Eltern sie verlobt hätten mit einem wesentlich älteren Mann. »Ich bin sechzehn, Olga«, sagte sie mit Tränen in den Augen. »Mir graut davor, einem alten Mann den Haushalt zu führen und ihm auch sonst zu Diensten zu sein. Keiner hat mich gefragt, ob ich das will.« Sie schluchzte auf. »Ich werde verkümmern, geistig und seelisch. Was soll ich bloß tun?«

Olga war entsetzt. »Das würde meine Mutter mir nie antun«, sagte sie. Aber plötzlich fiel ihr etwas ein. Hatte diese in ihren letzten Briefen nicht öfter einen Herrn erwähnt, einen Witwer mit zwei kleinen Kindern, der sich mehrmals nach ihr erkundigt hatte? Ihre Mutter würde doch wohl nicht wollen …? Sie verdrängte diesen Gedanken sofort. Aber Irma hatte eine Saat gesät, die langsam aufging. Sie wollte sich nicht mit einem ungeliebten Mann verheiraten lassen. Wenn es so weit kommen sollte, würde sie mit Sofia darüber sprechen. Die müsste ihr helfen. Wie, das wusste sie auch nicht. Erst einmal musste sie das Pensionat hinter sich bringen, dann würde man weitersehen. Schließlich war sie ja noch nicht einmal siebzehn.

Außer von ihrer Mutter bekam Olga Post von Sofia. Diese hatte Erlaubnis, ihr zu schreiben. Sie berichtete begeistert von Zoppot: *Der Kaiser ist da mit seiner Familie und der ganzen Entourage. Er hat hier eine Sommerresidenz. Gestern habe ich die Kronprinzessin mit ihrem Gefolge auf der Promenade gesehen. Du weißt, sie ist die Tochter der englischen Königin Victoria und heißt wie ihre Mutter. Der Kronprinz soll sie angeblich Vicky nennen. Du glaubst gar nicht, wie elegant die Frauen hier sind.* Sofia erzählte von reizenden Bekanntschaften, die sie gemacht hatten. Am Abend würde man gemeinsam tanzen gehen oder im Hotel Whist spielen. Und überhaupt sei alles ganz wunderbar und sie überglücklich.

Es war ein paar Tage vor Ferienbeginn, als die Bombe platzte. Olga war blendender Laune.

Morgen sollte Sofia aus Zoppot zurück sein. Sie hatten vereinbart, sich am Nachmittag zum Tee im Herzberg-Palais zu treffen.

»Fräulein von Oerzen, Sie sollen zur Frau Wagenheim kommen.« Das Stubenmädchen stand in der Zimmertür. »Und zwar sofort!«

»O Gott!« Irma blickte ihre Freundin erschrocken an. »Hast du was ausgefressen?«

»Ich bin mir keiner Schuld bewusst«, sagte Olga fröhlich. »Bin gleich wieder da.«

»Wer ist Magnus von Berg?« Fräulein Kremer stand neben der Pensionsmutter, in den zitternden Händen einen geöffneten Brief. Er musste von Sofia sein. Olga sah es an dem rosa Papier. Ihr war alle Farbe aus dem Gesicht gewichen. »Los, reden Sie. Wer ist Magnus von Berg?«

»Er ist ein Freund von Alfred von Benning ... sein Trauzeuge. Ich kenne ihn kaum ...« Ihre Stimme war nicht mehr als ein Flüstern.

»So, Sie kennen ihn kaum. Na, dann hören Sie mal gut zu.« Sie faltete einen weißen Bogen auseinander und begann laut zu lesen: *Geliebte Olga, ich habe Sofia gebeten, Ihnen diese Zeilen zukommen zu lassen. Irgendwie will sie den Brief in das Pensionat schmuggeln, ohne dass das vertrocknete Fräulein Kremer ihn erwischt.* Fräulein Kremer holte empört Luft, bevor sie weiterlas: *Wann kann ich Sie wiedersehen? Ich denke Tag und Nacht an Sie. Bitte geben Sie Sofia Bescheid, wann und wo ich Sie treffen kann. Ich werde da sein. Ich liebe Sie, Ihr Magnus von Berg.*

Mit einem leisen Seufzer war Olga zu Boden gesunken. Sie hatte das Bewusstsein verloren. Als sie wieder zu sich kam, lag sie auf der Chaiselongue der Pensionsmutter, die sich über sie beugte und ihr ein Riechfläschchen unter die Nase hielt. Schlagartig kehrte ihr Gedächtnis zurück. »Das ist eine schlimme Sache, mein Kind«, sagte Frau Wagenheim bekümmert. »Sie kennen die Statuten des Hauses.«

»Ich werde das Pensionat verlassen.« Olga hatte sich aufgesetzt und versuchte, ihre in Unordnung geratenen Kleider zurechtzuziehen. »Ich bin mir aber keiner Schuld bewusst, denn ich habe Herrn von Berg zu keiner Zeit ermutigt, Derartiges zu schreiben.«

»Der Brief schien mir aber ziemlich eindeutig.«

»Das mag so scheinen, aber ich habe den Herrn wirklich nur auf Sofias Hochzeit gesehen und danach nie mehr. Auch wenn Sie mir erlaubten, hierzubleiben, Frau Wagenheim, das ›vertrocknet‹ würde mir das Fräulein Kremer niemals verzeihen. Und dem möchte ich mich ungern aussetzen.« Sie stand auf und wandte sich zum Gehen. »Sie erlauben doch?«, sagte sie, nahm Sofias und Magnus' Briefe, die neben ihr auf dem Schreibtisch lagen, an sich und kam so einem »Nein« der Pensionsmutter zuvor. »Das ist *meine* Post! Leben Sie wohl, Frau Wagenheim. Sie waren immer sehr nett zu mir. Ich werde jetzt packen und den nächsten Zug nach Potsdam nehmen.«

Die Fahrt war eine Tortur. Die Abteile, stickig von der sommerlichen Hitze, waren überfüllt. Olga saß eingeklemmt zwischen einer jungen Frau, deren kleines Kind ununterbrochen schrie, und einem nach Bier und Schweiß riechenden dicken Mann, der die ganze Fahrt über schlief und laut schnarchte. In Olgas Kopf überschlugen sich die Gedanken. Wie konnte Magnus es wagen, ihr so etwas zu schreiben. Schließlich war er so gut wie verlobt. Wie sollte sie das bloß alles ihrer Mutter erklären? Sie war verzweifelt.

Es war schon dunkel, als sie sich ihrem alten Zuhause näherte. Die Vordertür war verschlossen, und im Haus brannte kein Licht. Mama wird doch wohl nicht schon zu Bett gegangen sein, dachte sie, als sie auf die kleine Gartenlaube zuging, in der immer ein Schlüssel für den hinteren Eingang versteckt lag. In der Laube flackerte eine Kerze, und zwei aneinandergeschmiegte Gestalten unterhielten sich leise. Das war doch die Stimme eines Mannes! Er musste gerade etwas Lustiges gesagt haben, denn eine Frau lachte hell auf. Olga erstarrte. »Mama, bist du das?«, rief sie.

»Olga, was machst du denn hier?« Carla von Oerzen war erschrocken aufgesprungen. »Sind denn schon Ferien?«

Olga brach in Tränen aus. »Nein, die Ferien fangen erst nächste Woche an«, sagte sie mit erstickter Stimme und schlang die Arme um den Hals der Mutter. »Bitte sei mir nicht böse, ich werde dir alles erklären.«

»Nun beruhige dich erst mal, mein Herz. Lass uns ins Haus gehen, ich habe dir auch etwas Wichtiges mitzuteilen.«

Der fremde Mann hatte sich die ganze Zeit schweigend im Hintergrund gehalten. »Ich lasse euch wohl besser allein.«

Seine sonore Stimme unterbrach Olgas verzweifeltes Weinen. Bevor sie fragen konnte, wer das denn sei, sagte ihre Mutter: »Nein, Kurt, bitte bleib. Was ich meiner Tochter zu sagen habe, betrifft schließlich auch dich.« Und zu Olga gewandt fuhr sie fort: »Das ist übrigens Kurt Lindner. Wir haben vor einer Woche geheiratet.«

Bis tief in die Nacht saßen die drei beisammen in der gemütlichen kleinen Wohnstube. Carla hatte ihrer Tochter einen Beruhigungstee gekocht, dann begann sie zu erzählen.

»Ich habe dir doch geschrieben, dass meine Freundin, Frau Lindner, so plötzlich gestorben ist. Kurt ist ihr Sohn. Er kam gerade rechtzeitig, um sie noch einmal lebend zu sehen. Dann ist sie friedlich in seinen Armen eingeschlafen.« Sie berichtete weiter, wie sie sich beide Hals über Kopf ineinander verliebt hätten. »Ein *coup de foudre* sozusagen.«

»Ich bin seit einigen Jahren verwitwet«, sagte Kurt. »Und eigentlich wollte ich nie wieder heiraten. Aber als ich deine Mutter sah ...«, er sah Carla verliebt an, »... da war es um mich geschehen. Man soll niemals nie sagen.« Er lachte glücklich.

»Warum hast du mir nichts geschrieben? Ich wäre doch zu eurer Hochzeit gekommen«, sagte Olga.

»Ach, es war so schwer, das alles zu Papier zu bringen. Ich habe es ein paarmal versucht. Und dann habe ich mich entschlossen, es dir persönlich zu sagen.« Carla schwieg einen Moment. »Wir konnten auch nicht warten bis zu deinen Ferien. Kurt muss morgen nach Ostpreußen abreisen. Sein Urlaub ist vorbei, und er wird in Weischkehmen dringend gebraucht. Er ist dort Gestütsmeister. Nach deinen Ferien und wenn hier alles geregelt ist, werde ich da mit ihm leben. Du bist ja noch ein Jahr bei Frau Wagenheim.«

»Dann kannst du, wenn du keine anderen Pläne hast, zu uns kommen«, warf Kurt ein.

»Ich werde nicht mehr in das Pensionat zurückkehren«, sagte Olga mit tonloser Stimme. »Es ist etwas Schreckliches passiert.«

Carla, die gerade noch etwas zu trinken holen wollte, blieb wie erstarrt stehen. »Um Gottes willen, Kind, was ist los?«

»Bitte glaub mir, an dem, was passiert ist, habe ich keine Schuld.« Und nun erzählte Olga alles: von der Hochzeit, von Magnus, in den sie sich hoffnungslos verliebt hatte, obwohl sie wusste, dass es nicht sein durfte. »Deshalb habe ich ihn nie erwähnt. Ich habe wirklich versucht, ihn zu vergessen«, sagte sie verzweifelt. »Und dann kam gestern Sofias und Magnus' Brief. Er ist doch praktisch verlobt, Mama, wie kann er mir denn so etwas schreiben«, sagte sie und begann zu weinen. Sie hatte ihrer Mutter den Brief gegeben, den diese nun, dicht an die Petroleumlampe haltend, laut vorlas.

»Wenn er ein Ehrenmann ist«, brach Kurt das darauffolgende Schweigen, »dann hat er vorher seine Verlobung gelöst. Und wenn nicht, vergiss ihn, Olga. Du bist noch so jung und genauso hübsch wie deine Mutter.« Er strahlte seine Frau an. »Glaub mir, ein anderer Prinz wird dein Herz erobern und dich auf sein Schloss entführen.«

Er ist nett, der neue Mann meiner Mutter, dachte Olga, ich mag ihn. »Verstehst du, Mama, dass ich niemals in das Pensionat zurückkann?«, sagte sie jetzt. »Erstens verbietet es die Hausordnung, auch wenn Frau Wagenheim mir glaubt, dass ich unschuldig bin. Jeder wird inzwischen von dem skandalösen Brief wissen. Und das Fräulein Kremer wird mir das ›vertrocknet‹ niemals verzeihen und mir das Leben zur Hölle machen.« Bei dem Gedanken an die empörte Lehrerin musste sie schon wieder lachen. »Sie ist wirklich ein Besen. Irma nennt sie eine alte Hexe.«

Kurt hatte sich erhoben. »Ihr Lieben, morgen ist auch noch ein Tag. Vor meiner Abreise komme ich vorbei, und wir besprechen, was zu tun ist. Gute Nacht, Liebste«, sagte er und umarmte seine Frau. Dann wandte er sich an Olga: »Sei nicht traurig, Kleines. Glaub mir, das Leben geht weiter, und alle Probleme lösen sich ganz von allein.«

Es dämmerte bereits, als Olga, vollkommen erschöpft, in einen traumlosen Schlaf fiel.

1871

Die Trauung von Magnus und Olga fand in Magnus' Stadthaus am Berliner Tiergarten statt. Dem Ereignis waren turbulente Wochen vorausgegangen. An dem Morgen, als Kurt sich von seiner neuen Familie verabschiedete, hatte er Olga in die Arme genommen. »Sei nicht so traurig, kleines Mädchen. Spätestens in einem Monat kommt Carla zu mir nach Weischkehmen. Sie könnte mir keine größere Freude machen, als dich mitzubringen.«

»Danke.« Olga schluckte ihre Tränen herunter. »Ich danke dir sehr.«

Einige Tage später, es war ein heißer Tag, und in dem kleinen Haus herrschte eine stickige Hitze, saß Olga mit ihrer Mutter in der mit Efeu bewachsenen Laube, die unter einer großen Linde stand. Dort war es angenehm kühl. Den ganzen Tag hatten sie Kisten gepackt, aussortiert, was mitsollte nach Ostpreußen und wovon sie sich trennen wollten. Erinnerungen an Ellart von Oerzen wurden wach, und einige Tränen waren vergossen worden. Olgas anfänglicher Kummer über das unrühmliche Ausscheiden aus dem Pensionat und den skandalösen Brief von Magnus war der Vorfreude auf ihr neues Leben gewichen. Carla hatte ihren Stickrahmen genommen, sie konnte einfach nicht untätig sein. Sie begann zu erzählen. »Nach all dem, was ich von Kurt über Ostpreußen gehört habe, muss es dort herrlich sein. Ein unendlich weites Land mit furchtbar netten Menschen. Nach dem Tod von Kurts Frau haben sich die Goelders, ihnen gehört Weischkehmen, seiner angenommen. Inzwischen sind sie befreundet, und er nimmt auch an ihrem gesellschaftlichen Leben teil. Er hat mir erzählt, sie hätten zwei reizende kleine Jungen und wünschten sich sehnlichst noch eine Tochter.« Sie schwieg eine Weile. »Du weißt, er ist dort Gestütsmeister und liebt seine Tiere sehr. Es geht ihm schrecklich zu Herzen, wenn einer seiner Lieblinge krank ist oder sogar stirbt.«

»Er ist nett, dein Kurt«, sagte Olga. »Ich mag ihn und freue mich wirklich sehr für dich, Mama.«

In dem Moment hörten sie vor dem Haus eine Kutsche halten. »Wer mag das denn sein?«, fragte Carla erstaunt. »Willst du mal nachsehen, Liebes?«

Olga war schon aufgesprungen und um das Haus geeilt. »Magnus ...!«, hörte Carla ihre Tochter rufen. Sie ließ den Stickrahmen sinken. Sollte das wirklich ...?

Olga kam mit einem jungen, hoch gewachsenen Mann an der Hand auf die Laube zu. Ihr Gesicht glühte. »Mama, das ist Magnus von Berg«, sagte sie strahlend. »Er ist hier, um bei dir um meine Hand anzuhalten.«

Als Magnus seiner Mutter mitgeteilt hatte, dass er nicht gedachte, Katharina von Wüst zu heiraten, hatte sie ihm eine schreckliche Szene gemacht. »Ich bin nicht mit ihr verlobt«, hatte er auf die Vorwürfe geantwortet, er würde ein Versprechen brechen. »Ich mag Katharina, ohne Zweifel«, sagte er, »und vor einiger Zeit war ich auch noch bereit, deinem Wunsch nach dieser Verbindung nachzukommen. Aber ich habe mich verliebt und werde alles daransetzen, Olga von Oerzen zu meiner Frau zu machen.«

»Wer ist denn dieses Mädchen überhaupt, ich habe den Namen noch nie gehört. Hat sie Vermögen?«

»Nein, soweit ich weiß, hat sie nicht einmal eine Mitgift«, antwortete er. »Was ist daran so wichtig?«

»Du scheinst zu vergessen, wie reich Katharina ist. Euer beider Vermögen würde dich zu einem mächtigen Mann machen.«

Magnus sah seine Mutter verständnislos an. »Du glaubst doch nicht etwa, ich hätte Katharina ihres Geldes wegen geheiratet? Du kennst mich wirklich schlecht.« Er hatte sich erhoben und ging erregt auf und ab. »Ich will nicht ohne Liebe leben wie du, Mama«, sagte er kalt. »Übrigens, ich habe Geld genug. Und vergiss nicht, Hainwerder gehört mir.«

Dieser Stachel saß tief bei der alten Baronin. Sein Vater hatte es allein ihm vererbt und seiner Frau nur lebenslanges Wohnrecht eingeräumt. Bei einer Verehelichung von Magnus sollte ihr der linke Seitenflügel zugewiesen werden. Seine Mutter hatte ihm mit versteinertem Gesicht zugehört. So hatte Magnus noch nie mit ihr gesprochen.

»Mein Entschluss steht fest. Ich werde noch heute nach Potsdam abreisen und um ihre Hand anhalten«, fuhr er fort. »Vorher allerdings werde ich Katharina informieren. Sie hat ein Recht, es von mir persönlich zu erfahren. Das bin ich ihr schuldig.«

Die Baronin hatte sich wieder gefasst. »Wann hast du die Absicht, diese … dieses Mädchen zu heiraten? Soll das Ganze etwa hier auf Hainwerder stattfinden?« Ihre Augen funkelten böse in ihrem wächsernen Gesicht.

»Eigentlich hatte ich das vor«, sagte Magnus ruhig, »aber unter diesen Umständen werde ich meine Pläne ändern. Ich lasse dich wissen, wann und wo die Vermählung stattfindet.

Es liegt an dir, ob du daran teilnimmst.« Er war, ohne seiner Mutter die Hand zu reichen, zur Tür gegangen, und bevor er sie behutsam hinter sich schloss, sagte er noch: »Sollte ich dich vor meiner Abreise nicht mehr sehen, dann leb wohl.«

Als die Kutsche vorfuhr, um ihn zur Bahnstation zu bringen, ließ ihm seine Mutter von ihrem alten Diener ausrichten, sie sei unpässlich und könne ihn nicht persönlich verabschieden, wünsche ihm aber eine gute Reise.

»Leben Sie wohl, Herr Baron«, sagte der Diener betrübt. »Ich wünsche Ihnen alles erdenklich Gute.«

Magnus musste lächeln. In diesem Schloss haben die Wände Ohren, dachte er. Wahrscheinlich hatte sich der Streit mit seiner Mutter bereits Wort für Wort in der Küche herumgesprochen, war von dort in das Gesindehaus weitergetragen worden und würde in der nächsten Zeit für reichlich Gesprächsstoff sorgen. Er wusste, seine Mutter war im Gegensatz zu seinem verstorbenen Vater und ihm beim Personal nicht sehr beliebt. Sie war eine geborene Prinzessin Lutkowa aus dem Baltikum und hatte sehr reich, aber nicht standesgemäß geheiratet und das ihr Leben lang nicht verwunden. In ihrer Jugend war sie eine Schönheit gewesen, und ihr Mann hatte sie vergöttert. Aber sie hatte ihn nicht geliebt, und so war die Ehe nicht sehr glücklich gewesen. Aber auch Magnus' und Olgas Verbindung sollte unter keinem guten Stern stehen.

Die Hochzeit fand in kleinstem Kreis statt. Sofia und Alfred von Benning fungierten als Trauzeugen. Sofias Eltern, Irma, die extra ihre Ferien in Weimar unterbrach, und ein paar enge Freunde von Magnus waren dabei. Und natürlich Olgas Mutter, die in ein paar Tagen Potsdam für immer verlassen würde. Kurt war leider in Weischkehmen unabkömmlich, was Olga von Herzen bedauerte. Die alte Baronin von Berg war, wie erwartet, der Hochzeit ferngeblieben. In einem höflichen Brief bedauerte sie, nicht kommen zu können. Sie fühle sich gar nicht wohl und könne deshalb unmöglich eine so beschwerliche Reise antreten. Sie wünsche dem Brautpaar alles Gute. Die Kälte dieses Briefes war ein unglaublicher Affront. Die Einzige, die das nicht störte, war Olga. Sie schwebte auf Wolken, nichts, aber auch gar nichts konnte ihr Glück trüben. Zur Hochzeit hatte Magnus ihr einen großen Diamantring geschenkt. Ein Stück von erlesener Schönheit. Nicht einmal Sofia besaß ein vergleichbares Schmuckstück!

Bald kam der erste Brief ihrer Mutter aus Weischkehmen, dem noch viele folgen sollten.

Meine geliebte Tochter,
die Reise hierher war recht anstrengend, obwohl die erste Klasse doch ganz komfortabel war. In Thorn und Allenstein musste ich umsteigen, aber dann ging es direkt bis nach Insterburg. Kurt holte mich in einer offenen Kutsche ab. Das Wetter war herrlich, und so konnte ich die Fahrt durch die wunderschöne Landschaft richtig genießen. Diese unendliche Weite, die leuchtenden Kornfelder und saftigen Weiden – die ganze Landschaft ist von einer unglaublichen Schönheit. Ich bin tief beeindruckt. Weischkehmen ist noch viel schöner, als Kurt es beschrieben hat! Nicht nur das Herrenhaus und der Garten, auch unser neben den Stallungen liegendes kleines Haus – alles ist bewachsen mit wilden Rosen. Sie stehen gerade in voller Blüte, und es duftet und leuchtet, dass einem ganz schwindelig werden kann vor lauter Wonne.

Die Goelders sind reizende Leute. Gleich am Tag unserer Ankunft haben sie zu meinem Empfang ein Abendessen gegeben. Ich fühle mich hier sehr willkommen. Ist das nicht schön? Goelders haben zwei nette kleine Jungen. Carl, er ist sechs und ein rechter Wildfang, und Georg, zwei Jahre jünger, der mir ein wenig stiller scheint. Kurt ist sehr lieb zu mir. Ich habe wieder angefangen zu reiten. Ich bin glücklich, mein Kind. Schreib mir bald, wie es dir so ergeht in der »großen Welt«. Liebe Grüße, auch von Kurt, an euch beide.

Deine dich sehr liebende Mutter.

Die Bergs führten ein luxuriöses Leben. Es war der Beginn der Gründerzeit, und Magnus begann durch Beteiligungen an aufstrebenden Industrieunternehmen sein ererbtes Vermögen noch beträchtlich zu vergrößern. Nicht einmal der spätere Niedergang einiger Unternehmen im Jahr 1874 sollte ihm finanzielle Einbußen bringen. Er betete seine junge, schöne Frau an. Sie war nicht nur geistreich und amüsant, sie war auch eine wundervolle Geliebte, die ihn alle seine früheren Amouren vergessen ließ. Ihre Nächte waren voller Leidenschaft, und oft krochen die ersten Sonnenstrahlen durch die geschlossenen Seidenvorhänge, wenn sie endlich in einen erschöpften Schlaf fielen. Magnus überhäufte Olga mit teuren Kleidern und Juwelen. Zu ihrem siebzehnten Geburtstag überraschte er sie mit großen Diamantohrringen, passend zu ihrem Ring, seinem Hochzeitsgeschenk. Es verging kein Abend ohne Theater- oder Opernbesuche oder eine Einladung zu großen Diners oder Soireen. Jeder wollte die junge Frau kennenlernen, die den begehrten Magnus von Berg so fasziniert hatte, dass er sie dermaßen überstürzt und ohne angemessene Verlobungszeit geheiratet hatte.

Vor Kurzem waren sie bei Hofe eingeladen gewesen. Kronprinz Friedrich Wilhelm hatte sich wohlwollend geäußert über die »entzückende kleine Berg«, was ihm einen strengen Blick seiner Gattin Victoria einbrachte. Magnus nahm sich vor, seiner Mutter davon zu berichten, vielleicht würde die ungeliebte Schwiegertochter in ihren Augen dadurch etwas aufgewertet.

Im Tiergarten, ganz in der Nähe seines Hauses, besaß Magnus einen Reitstall, in dem er mehrere Pferde stehen hatte. Fast täglich ritten er und Olga zusammen aus. Sie liebte es, bei Wind und Wetter durch den Wald zu galoppieren. Kein Hindernis war ihr zu hoch, um übersprungen zu werden. Sie war wild und von ungezügeltem Temperament. Magnus war fasziniert von ihr.

Anfänglich sahen sich Sofia und Olga regelmäßig, vor allem bei den abendlichen Gesellschaften, aber seit Sofia schwanger war, wurden ihre Treffen seltener. Die eine war erfüllt vom Glück einer werdenden Mutter mit den dazugehörigen Begleiterscheinungen wie gelegentlichem Unwohlsein und Müdigkeit, die andere konnte an nichts anderes denken als an ihr Vergnügen und kostete das neue aufregende Leben in vollen Zügen aus.

Am Morgen hatte Magnus eine Note von Alfred von Benning erhalten. »Es tut mir leid, mein Herz«, sagte er bedauernd. »Alfred will mich sehen. Es scheint dringend zu sein. Du musst allein ausreiten.«

Olga, die bereits ihr Reitkostüm anhatte, lächelte ihn an. »Das ist schade, Liebster, aber kein Problem. Ich werde Sofia besuchen. Wir haben uns ewig nicht gesehen.«

Sofia von Benning saß in ihrem an das Schlafzimmer angrenzenden hellblauen Boudoir, vor sich ein üppiges Frühstück. Sie hatte noch keine Toilette gemacht. Es war ja reichlich Zeit, bis Alfred zum Mittagessen nach Hause kommen würde. Sie verschlang gerade die dritte Fortsetzung des tragischen Liebesromans *Goldelse* von Eugenie Marlitt in der neuesten Ausgabe der *Gartenlaube*, als Olga hereinstürmte. Sofia erhob sich, so schnell es ihre Leibesfülle erlaubte, und empfing ihre Freundin mit offenen Armen. »Olga, wie schön, dich zu sehen. Was für eine Überraschung.« Zu dem Diener, der wartend mit vorwurfsvollem Gesicht an der Tür stand – die Baronin hatte es abgelehnt, sich anmelden zu lassen! –, sagte sie: »Bitte, Wilhelm, bringen Sie noch ein Gedeck. Du frühstückst doch mit mir, Olga?«

»Nein danke, das habe ich vorhin schon ausgiebig mit Magnus getan. Aber ich nehme gern eine Tasse Tee.« Sie lachte. »Schließlich will ich nicht so kugelrund werden wie du. Langsam wirst du ja zu einer kleinen Tonne.«

»So ist das eben, wenn man schwanger ist. Warte nur, wenn es bei dir so weit ist.«

»Hoffentlich nicht so bald.« Olga verdrehte die Augen. Eine Schwangerschaft war das Letzte, was sie sich jetzt wünschte. Aber süß sah sie aus, ihre Freundin, wie sie da thronte, ihr Bauch verhüllt von einem weiten rosafarbenen Negligé, mit den wilden roten Locken, die ihr ungebändigt bis über die Schultern fielen.

Sofia hatte sich wieder in ihren Sessel gekuschelt. »Nun erzähl mal, was so los ist in Berlin und was ich in den letzten Wochen alles versäumt habe. Wie geht es übrigens deiner Mutter? Ist sie gut angekommen in Ostpreußen?«

»Ja, sie ist ganz begeistert. Die Goelders sind reizend, mit Frau Goelder hat sie sich schon angefreundet. Und Kurt liebt und verwöhnt sie. Ich bin sehr froh, dass sie noch einmal ihr Glück gefunden hat. Und Weischkehmen muss wunderschön sein, alles ist bewachsen mit wilden Rosen, und sie will, dass wir sie möglichst bald besuchen.«

»Na, dann nichts wie hin«, sagte Sofia und lachte hell auf, »bevor du tatsächlich schwanger wirst.«

»Nun mal den Teufel nicht an die Wand.« Olga wurde leicht ungehalten. Warum sollten plötzlich alle Kinder kriegen, nur weil Sofia das so herrlich fand! »Magnus sagt, sobald es seine Geschäfte erlauben, werden wir Mama besuchen.« Ihr Unmut war sofort wieder verflogen, und sie begann jetzt den neuesten Klatsch aus dem Pensionat zu erzählen, mit dem Irma sie ständig versorgte. »Stell dir vor, die Kremer ist geflogen.«

»Wie geflogen?« Sofia verstand nicht.

»Na, die Wagenheim hat sie rausgeschmissen.«

»Warum?«

»Die Kremer hatte wieder mal ein Mädchen besonders schikaniert, und das war nicht so ein Lämmchen wie ich.« Olga lachte. »Das hat ihr eine freche Antwort gegeben. Daraufhin hat die Kremer ihm eine geknallt. Das Mädchen hatte eine geplatzte Augenbraue und ein blaues Auge. Der Arzt musste kommen und die Kremer gehen. Sie wäre als Pädagogin untragbar, hat die Wagenheim gebrüllt.«

»Da wird Irma aber froh sein«, meinte Sofia schmunzelnd. »Sie hat die Kremer doch gehasst.«

»Das stimmt. Und noch eine gute Nachricht. Du weißt doch, dass die Arme von ihren Eltern mit einem uralten Mann verlobt wurde. Fast fünfzig war der!« Sie machte ein angeekeltes Gesicht.

»Was heißt ›war‹?«, fragte Sofia.

»Er ist gestorben. Irma ist selig! Jetzt kann sie, ohne ungehorsam zu sein, erst mal abwarten.« Olga hatte ihre Stimme gesenkt. »Sie korrespondiert, natürlich postlagernd, mit einer Louise Otto, einer Feministin. Du kennst ja ihre revolutionären Ideen!«

»Ja, natürlich ...« Sofia rollte mit den Augen. »Woher kennt sie überhaupt solche Leute?«

»Im Zug nach Weimar hat sie eine liegen gelassene Zeitung gefunden. Ich glaube, das *Sächsische Tageblatt* oder so ähnlich. Und darin hat sie in einem Artikel dieser Frau Otto gelesen, dass Frauen mehr Rechte haben sollten und sich zusammenschließen müssen. Das war natürlich Wasser auf ihre Mühlen. Ich glaube, ihr Problem ist, dass sie zu viel Verstand hat.«

Sofia machte ein bedenkliches Gesicht. Mit dieser neumodischen Frauenbewegung hatte sie nicht viel im Sinn, und Irmas Probleme fingen an, sie zu langweilen. »Die täte gut daran, sich einen netten Mann zu suchen, anstatt die Welt verbessern zu wollen«, sagte sie und wechselte schnell das Thema.

Während sie tratschten und lachten, saß Magnus bei Alfred in dessen Büro. »Was gibt es so Dringendes, mein Lieber?«, fragte er seinen Freund.

»Setz dich erst mal. Was nimmst du, Cognac oder Kaffee?«

»Erst mal Kaffee«, antwortete Magnus. »Ich will alle meine Sinne beisammenhaben, wenn du mich so dringend sehen möchtest.«

Die beiden hatten sich jeder eine Zigarre angezündet, der Kaffee war serviert, und Alfred begann. »Du weißt von Bismarcks Plänen bezüglich des Kurfürstendamms?«

»Natürlich, die Presse berichtet ja ständig darüber. Eine Champs-Élysées will er bauen.« Er lachte.

»Die Idee ist gar nicht so schlecht«, warf Alfred ein. »Eine Prachtstraße vom Tiergarten bis zum Grunewald würde unserer ständig wachsenden Stadt ein neues Gesicht geben. Schließlich haben wir jetzt einen Kaiser, und Berlin würde bei Staatsbesuchen ganz anders dastehen.« Sie schwiegen eine Weile. »Du weißt, ich habe meine Verbindungen«, nahm Alfred das Gespräch wieder auf. »Bismarck hat dem Kabinett bereits die Breite des auszubauenden Kurfürstendamms mit dreiundfünfzig Metern zwischen den Häuserfronten vorgelegt – für Vorgärten, Fußgänger- und Reitweg sowie eine Mittelpromenade und eine Fahrbahn. Man geht davon aus, dass das Kabinett es bald genehmigt.« Er musste lächeln. »Das ist zwar bei Weitem nicht so breit wie die Champs-Élysées, aber doch ganz beachtlich, was aus dem Knüppeldamm einmal werden soll.«

»Wieso Knüppeldamm?« Magnus blickte ihn fragend an.

»Ach, das weißt du nicht? In früheren Zeiten hieß der Kurfürstendamm Knüppeldamm. Einem Kurfürsten war der Tiergarten als Jagdrevier zu klein geworden. Er ließ sich im Grunewald das Jagdschloss *Zum grünen Wald* bauen. Daher auch der Name Grunewald. Natürlich musste von dort eine Verbindung zum Berliner Stadtschloss geschaffen werden. Da der Weg durch zum Teil sumpfiges Gelände führte, wurde er mit Knüppeln befestigt, damit die kurfürstlichen Reiter nicht im Morast versanken. Und irgendwann benannte ein Kurfürst den Knüppeldamm um in Kurfürstendamm.«

»Interessant«, sagte Magnus, »da habe ich ja wieder etwas dazugelernt. Aber um mir das alles zu erzählen, hast du mich doch sicher nicht herbeordert.«

»Nein, natürlich nicht. Jetzt wird es erst richtig interessant. Wie du weißt, scheiterte bisher der Ausbau der Straße an der Finanzierung. Bismarck wird die Genehmigung vom Kongress nur unter der Bedingung bekommen, dass er eine private Finanzierung auf die Beine stellt. Gestern also war mein Freund John Booth hier. Du weißt, der Besitzer der großen Baumschule.«

Magnus nickte.

»Er ist der Vertrauensmann eines Bankenkonsortiums unter der Leitung der Deutschen Bank.« Alfred holte tief Luft. »Man hat mich, beziehungsweise unsere Bank, aufgefordert, sich an der Finanzierung zu beteiligen. Willst du mit einsteigen?«

»Wo ist der Profit?« Magnus blickte seinen Freund skeptisch an.

»Habe ich dir jemals ein Geschäft ohne Gewinn vorgeschlagen?« Alfred musste lachen. Niemand in der Berliner Gesellschaft ahnte auch nur im Geringsten, was für ein gerissener Geschäftsmann der schöne, charmante Baron von Berg war.

»Nun sag schon, mach es nicht so spannend.« Magnus war gespannt, was sein Freund ihm anbieten würde.

»Also hör zu. Das Konsortium erhält als Sicherheit für die Finanzierung der Bauarbeiten ein Vorkaufsrecht für 234 Hektar Grunewaldgelände zur Anlage einer Villenkolonie. Das ist klug ausgedacht. Dann endet der neue Prachtboulevard nämlich nicht im Wald, sondern in einem neuen Siedlungsgebiet.« Alfred nahm einen tiefen Zug von seiner Zigarre. »Glaub mir, die Sache wird ein Riesengeschäft. Ich habe mir bereits eine Option auf zwei Grundstücke geben lassen. Eines am Halensee und eines am Kurfürstendamm. Jetzt, wo Sofia ein Kind erwartet, wird unsere Wohnung in der Schlossstraße bald zu eng sein, die gesellschaftlichen Verpflichtungen werden immer größer. Ich werde mir dort ein Stadtpalais bauen.«

Die Männer rauchten einige Minuten schweigend. »Gut«, sagte Magnus schließlich. »Was meinst du, mit wie viel soll ich einsteigen?«

»Hunderttausend Goldmark dürften für den Anfang genügen.«

Die Morgensonne fiel, gefiltert durch das Maigrün des riesigen Kastanienbaumes vor dem geöffneten Fenster, in den hellen, mit zierlichen Biedermeiermöbeln eingerichteten kleinen Salon. Es war Olgas Lieblingszimmer, im ersten Stock ihres prachtvollen Hauses. Hier fühlte sie sich wohl, las stundenlang oder schrieb Briefe. Die Salons im Erdgeschoss, die Bibliothek und das riesige Speisezimmer, gedacht für große gesellschaftliche Anlässe, waren ihr für den täglichen Gebrauch zu pompös.

Wie jeden Morgen nahmen sie und Magnus ihr Frühstück hier in ihrem Salon ein. Olga war schlecht gelaunt. »Muss ich denn wirklich mit nach Hainwerder, Magnus?« Sie blickte ihn flehend an. »Du weißt doch, deine Mutter kann mich nicht ausstehen.«

»Sie kennt dich doch noch gar nicht, mein Schatz. Du wirst sehen, sie wird dich sofort in ihr Herz schließen.«

»Das wage ich zu bezweifeln.« Sie war aufgesprungen und lief, ihre Tasse in der Hand, im Zimmer auf und ab. Ihr Busen wogte unter dem leichten Musselinkleid, und das ovale, von braunen Locken umrahmte Gesicht, sonst von vornehmer Blässe, war vor Erregung leicht gerötet. »Sie wird mir nie verzeihen, dass ihr herrlicher Sohn, Schlossherr von Hainwerder, mich, die Tochter eines verarmten Landadeligen, der vermögenden Gräfin Pumpelmus vorgezogen hat. Sag ihr, ich bin unpässlich; sie wird entzückt sein.«

Magnus lächelte amüsiert. Reizend sah sie aus, seine kleine Frau, wenn sie so wütend war. »Sie heißt Katharina von Wüst, meine Süße, und nicht Pumpelmus! Ich hätte sie wahrscheinlich auch nicht geheiratet, wenn du mir nicht über den Weg gelaufen wärest. Und wie du weißt, ist sie inzwischen glücklich verlobt mit einem anderen Herrn. Wir sind wirklich in Freundschaft auseinandergegangen.« Er hatte Olga auf seinen Schoß gezogen. »Komm, sei ein liebes Kind. Mama hat uns zu ihrem Geburtstag eingeladen. Sie plant ein großes Fest. Der Herzog kommt mit seiner ganzen Familie. Es wäre ein zu großer Affront, wenn du nicht erscheinen würdest. Du wirst sehen, ihr werdet euch bald gut verstehen.«

Jetzt brach Olga in schallendes Gelächter aus. »Das glaubst du doch wohl selbst nicht! Aber gut, wenn dir so viel daran liegt, wann reisen wir ab?«

»Übermorgen. Und denk daran – große Toilette. Es gibt ein Konzert und einen Ball. Am Tag werden wir ausreiten, und sicher wird auch Krocket gespielt.«

»Gut, ich werde Anna Anweisung geben zu packen.«

Sie trafen am frühen Nachmittag in Hainwerder ein. Es war ein warmer Spätsommertag, und das Schloss präsentierte sich in erhabener Schönheit. Die breite Kiesauffahrt war gesäumt von üppig blühenden Rhododendronbüschen, und rechts und links des Eingangsportals standen große, mit bunten Blumen bepflanzte Amphoren. Mehrere Lakaien stürzten herbei, um das Gepäck abzuladen. Franz, der alte Diener, bereits im Frack mit weißer Weste, öffnete den Wagenschlag und begrüßte seinen Herrn und dessen junge Frau. Die große, mit edlen Teppichen ausgelegte Halle war angenehm kühl. »Die Frau Baronin hat Ihnen Ihre früheren

Räume herrichten lassen«, sagte Franz, während er voraus die Freitreppe nach oben schritt. »Sie erwartet sie in einer Stunde im Blauen Salon.«

»Und wie ist das weitere Programm?« Magnus sah auf seine Taschenuhr.

»Ab fünf Uhr Tee auf der Terrasse, die Jugend wird Krocket spielen. Um sieben Empfang im Gartensaal, um acht Konzert, danach Diner im großen Speisesaal und anschließend der Ball im Blauen Salon.«

»Wie viele Gäste werden erwartet?«

»Wir haben Anweisung, für sechzig Personen zu decken. Sie wissen, dass der Herzog kommt?«

»Oh ja!« Magnus lachte vergnügt.

»Seit der Herr Baron in Berlin lebt, hatten wir keine so große Gesellschaft mehr«, fuhr Franz fort. Er räusperte sich verlegen. »Wir freuen uns alle sehr, Sie einmal wiederzusehen und die junge Frau Baronin kennenzulernen.«

»Danke, Franz.« Magnus sah erneut auf seine Uhr. »Sagen Sie meiner Mutter, wir werden pünktlich sein.« Es war drei Uhr, also wollte sie Olga erst einmal allein sehen. Und das im Blauen Salon, dem größten und beeindruckendsten Raum im ganzen Schloss. Das war wieder mal typisch für seine Mutter!

Während er mit dem Diener plauderte, hatte Olga sich staunend in Magnus' altem Reich umgesehen. Der ganze Raum war rot. Möbel, Teppiche, selbst die schweren Vorhänge trugen die Farbe eines gereiften Burgunders. Unter einem Kristalllüster stand ein schwerer Schreibtisch aus Ebenholz mit goldenen Beschlägen. An den Wänden befanden sich Regale mit in Leder gebundenen Büchern, auf den Buchrücken mit Gold eingestanzte Titel. Durch eine Tür sah sie ein breites Bett aus dunklem Holz, dessen gedrechselte Pfosten einen Baldachin aus rotem Samt trugen.

Sie trat an eines der hohen Fenster. Auf einem weitläufigen, kurz geschnittenen Rasen waren Lakaien damit beschäftigt, die kleinen eisernen Tore für das Krocketspiel aufzustellen. Schmale Kieswege führten zu einem von Trauerweiden umgebenen Teich, auf dem weiße Schwäne ihre Bahnen zogen. Am Rand der Wege, aufgereiht wie Soldaten, wuchsen kugelförmig geschnittene Buchsbäumchen, dazwischen waren Blumenrabatten in leuchtenden Farben angelegt.

Der Diener war gegangen, und Magnus trat hinter seine Frau. »Gefällt es dir?«, fragte er und legte die Arme um sie.

»Es ist wunderschön. Warum bist du von hier fortgegangen?«

»Ach weißt du, nachdem mein Vater gestorben war, hat mich nichts mehr hier gehalten. Meine Mutter ist kein sehr warmherziger Mensch. Meine Freunde waren ihr zu laut und wohl auch nicht fein genug.« Magnus war frei von jedem Dünkel. Das hatte er wohl von seinem Vater, dessen bester Freund sein Stallmeister war. »Das Schloss gehört zwar mir, wie du weißt, aber ich hatte keine Lust, mir ständig Vorhaltungen anzuhören über meinen nicht standesgemäßen Umgang. Und die alten pensionierten Hofdamen, Geheimräte und Offiziere, die täglich beim Whistspiel oder anderen Vergnügungen hier rumsitzen, haben mich zu Tode gelangweilt.«

»Und nun bringst du auch noch eine nicht standesgemäße Frau in dieses herrliche Haus.« Olga lachte. »Deine Mutter muss ja Qualen ausstehen.« Sie hatte sich von Magnus gelöst. »Gehen wir uns umkleiden, sonst kommen wir zu spät zur Audienz«, spottete sie. »Dann habe ich ja noch schlechtere Karten.«

Ihre lockeren Reden konnten Magnus nicht täuschen. Er sah ihr an, dass sie Angst hatte vor der ersten Begegnung mit seiner Mutter.

Der Blaue Salon war ein Saal von beträchtlicher Größe. Die mit mattblauem Damast bezogenen Sitzmöbel standen aufgereiht an den weißen, mit Gold eingefassten Wänden, dazwischen befanden sich hohe Palmen und Säulen mit üppigen Blumengestecken. Am Ende des langen Raumes stand Tatjana von Berg hoch aufgerichtet in einer hellgrauen Taftrobe; auf dem aufgetürmten weißen Haar lag ein Spitzentuch in der Farbe des Kleides. Sie war eine imposante Erscheinung. Olga hatte sich für ein weißes Musselinkleid entschieden, am Gürtel eine rosa Rose. In ihrer weiß behandschuhten Hand hielt sie einen weißen Sonnenschirm aus Brüsseler Spitze, der mit rosa Seide gefüttert war. Sie sah bezaubernd aus.

Während sie den etwa dreißig Meter langen Raum durchschritten, dachte Magnus, dass seine Mutter sich das wirklich fein ausgedacht hatte, und zu Olga sagte er leise: »Keine Angst, Liebling, sie beißt nicht, auch wenn es so aussieht.«

In letzter Sekunde machte die alte Dame einen Schritt auf die beiden zu und wandte Magnus ihre Wange zur Begrüßung zu. Ihre Hände hielt sie in den üppigen Falten ihres Rockes verborgen, als wollte sie eine Umarmung vermeiden. »Wie schön, dass du kommen konntest, Magnus«, sagte sie. Dann reichte sie ihrer Schwiegertochter langsam eine beringte weiße Hand. »Willkommen auf Hainwerder«, hörte Olga, die sich mit einem tiefen Knicks über die knochigen kalten Finger beugte. Später erzählte sie Sofia, dieses »Willkommen« hätte geklungen, als hätte ihre Schwiegermutter vorher einen Giftbecher gemixt.

Während sie Platz nahmen, war Franz mit einem Tablett voller kühler Getränke lautlos durch eine kleine Seitentür hereingekommen. Die Baronin begann locker zu plaudern. »Weißt du, Magnus, das ganze Haus ist voller Unruhe. Überall Personal. Es kommen ständig Gäste an. Hier ist der einzige Raum, in dem wir uns ungestört unterhalten können. Wie du siehst, ist er schon für den Ball hergerichtet.«

»Du willst dich doch wohl nicht bei mir beklagen«, sagte Magnus spöttisch, »das Fest war schließlich deine Idee. Übrigens herzlichen Glückwunsch zu deinem Geburtstag.«

»Ach, in meinem Alter sollte man so einen Tag gar nicht mehr feiern.« Die alte Dame machte eine wegwerfende Handbewegung. »Du weißt, dass der Herzog mit seiner Familie kommt? Er bringt seinen Hausgast mit, den berühmten Johannes Brahms. Er wird uns heute Abend einige seiner Kompositionen vorspielen.« Sie wandte sich Olga zu. »Sie werden wohl noch nicht von ihm gehört haben.«

Olgas Gesicht wurde eine Spur blasser. Sie richtete sich zu voller Größe auf. »Da muss ich Sie enttäuschen, Frau Schwiegermutter. Ich kenne Herrn Brahms persönlich aus den Salons der Herzbergs und der Fanny Lewald.« Nach einer kurzen Pause fuhr sie fort: »Ich nehme an, Sie haben von *ihr* noch nicht gehört.«

»In der Tat, nein«, sagte die Baronin leicht irritiert. Der Ton dieser jungen Person gefiel ihr überhaupt nicht. Offensichtlich musste sie schwereres Geschütz auffahren, um sie in die Schranken zu weisen. »Und was macht man sonst so in dem Salon der Frau Lewald. Tauschen Sie Stickmotive aus oder …?«

Olga unterbrach sie. »Nein, wir sticken nicht und sprechen auch nicht über Kochrezepte. Wir sprechen über die

Gleichberechtigung der Frauen und diskutieren Aussprüche von Schlegel, nämlich dass, solange die Männer roh sind, die Frauen kokett bleiben müssen, was uns so gar nicht behagt. Oder von Nietzsche, der empfiehlt: ›Gehst du zum Weibe, vergiss die Peitsche nicht.‹ Aber vielleicht haben Sie Letzteres zufällig gelesen und falsch interpretiert.«

Magnus sah seine Frau entgeistert an. Nun war sie entschieden zu weit gegangen! Das Gesicht seiner Mutter überzog sich mit einer wächsernen Blässe. Sie wandte sich an ihren Sohn, als wäre außer ihnen beiden keine weitere Person im Raum. »Ich bitte doch dem Herzog gegenüber um den nötigen Respekt.«

Das brachte Magnus zum Lachen. »Du scheinst meinen letzten Brief nicht bekommen zu haben, Mama. Wir verkehren in Berlin bei Hofe. Letzte Woche hat der Kronprinz lange mit Olga geplaudert.«

Die warf ihm einen dankbaren Blick zu. Sie kochte. Das Ganze war ja schlimmer als erwartet.

In dem Moment stürzte eine hoch gewachsene junge Frau im Reitkostüm herein. »Ah, da kommt ja Katharina!«, rief die Baronin, und zu Magnus gewandt sagte sie: »Ich dachte, du würdest dich freuen, sie zu sehen.« Mit ausgebreiteten Armen ging sie ihrem Gast entgegen.

Olga erstarrte. Was hatte die alte Hexe sich denn noch ausgedacht, um sie zu demütigen? Das war wirklich der Gipfel. Sie erhob sich. Abreisen wollte sie, sofort! Aber ehe sie den Gedanken zu Ende gedacht hatte, war die junge Frau mit offenen Armen auf sie zugegangen. »Du bist also Olga«, sagte sie. »Du bist noch hübscher, als Magnus dich mir beschrieben hat.« Sie strahlte Olga an. »Weißt du überhaupt, vor was für einer Dummheit du uns beide bewahrt hast?«

Hinter ihr hatte ein stattlicher Mann in Magnus' Alter den Saal betreten. »Das ist Heino von Wallersdorf, mein Verlobter. Wir heiraten in zwei Monaten. Ich bestehe darauf, dass ihr zu unserer Hochzeit kommt.«

Die Baronin wahrte mühsam die Contenance. Das hatte sie sich alles ganz anders vorgestellt. Mit einem schiefen Lächeln verabschiedete sie sich von den jungen Leuten, die sich bereits blendend unterhielten. »Lasst euch nicht stören, Kinder«, sagte sie mit gepresster Stimme. »Ich muss mich noch ein wenig ausruhen, bevor wir den Tee nehmen.« Sie verschwand durch die Seitentür, und außer Magnus merkte niemand, dass sie einer Ohnmacht nahe war.

»Liebling, ich fürchte, du bist vorhin ein wenig zu weit gegangen«, sagte Magnus, als sie sich für den Abend umzogen.

»Verzeih, Liebster, du magst recht haben. Aber du musst zugeben, deine Mutter hat mich behandelt wie eine dumme, dahergelaufene und unerzogene Gans. Ich konnte nicht anders, ich musste mich wehren. Die Fronten sind jetzt geklärt. Ich werde niemals mehr hierherkommen. Es tut mir leid.«

Er nahm sie in seine Arme. »Du bist einfach unwiderstehlich, wenn du wütend bist.« Anstatt ihr das Mieder zuzuhaken, worum sie ihn gebeten hatte, warf er es zu Boden. »Komm«, sagte er mit rauer Stimme, »einen Moment haben wir noch Zeit.« Er begann, ihre Brüste zu streicheln, dann glitten seine Hände tiefer.

Sie hatte die Augen geschlossen und bedeckte seinen Hals und seine Brust mit kleinen feuchten Küssen. »Nimm mich«, stöhnte sie. »Schnell, nimm mich.«

Sie liebten sich erst im Stehen, dann trug er sie zu dem Himmelbett. Die Welt um sie herum versank.

Aller Unmut fiel endgültig von Magnus ab, als seine Frau fertig angekleidet vor ihm stand. Sie sah hinreißend aus. Sie trug eine Robe aus mit Reseda gefärbtem Seidenstoff, die eine nicht allzu lange Schleppe besaß. Weite, offene mit einer gleichfarbigen Spitze gefütterte Ärmel fielen bis über ihre Hüfte herab und ließen ihre zarten Arme frei. Das viereckige Dekolleté über dem eng geschnürten Oberteil verhüllte nur knapp die weißen üppigen Brüste. Lange, tropfenförmige, mit Diamanten besetzte Smaragdohrringe machten das Bild komplett.

»Wenn du meine Mutter nicht umbringst, ich meine, verbal«, flüsterte Magnus ihr ins Ohr, »dann nehme ich dich mit.«

Sie schritten die Treppe hinunter, als der Herzog mit seiner Entourage die Halle betrat. Während die Baronin ihn überschwänglich begrüßte, erblickte er Magnus und Olga, die auf der letzten Stufe der Treppe stehen geblieben waren, um die Begrüßung nicht zu stören. »Magnus«, rief der Herzog laut, den Redestrom seiner Gastgeberin unterbrechend, »wie schön, Sie auch einmal wiederzusehen! Und was haben Sie für eine bezaubernde Frau. Warum haben Sie sie uns denn so lange vorenthalten?« Er war auf die beiden zugegangen.

Olga versank in einen tiefen Knicks, und Magnus blickte in Richtung seiner Mutter, die fassungslos zu ihnen herübersah. Aus ihrem Gesicht war alle Farbe gewichen, und ihre Lider zuckten. Das Ganze dauerte nur Sekunden, dann hatte sie sich wieder in der Gewalt und fuhr fort, die anderen Gäste willkommen zu heißen.

»Du hast ihr unbewusst den Todesstoß versetzt«, sagte Magnus, als sie durch die Salons in den Gartensaal schritten. »Nach dem Auftritt eben wird sie dich in Ruhe lassen. Einen Augenblick dachte ich, sie fällt tot um.«

Der Abend war für Olga ein durchschlagender Erfolg. Alle waren entzückt von ihr, und ihre Tanzkarte war im Nu voll. Sogar der Herzog hatte sich als einer der Ersten eingetragen. Johannes Brahms gab ein umjubeltes Konzert. Schon bei dem Empfang hatte er Olga angesprochen. »Ich meine, Sie zu kennen, gnädige Frau«, hatte er gesagt, »bitte helfen Sie mir herauszufinden, woher.«

»Ich verkehre im Salon der Herzbergs in Berlin und habe Sie dort spielen gehört. Damals war ich noch unverheiratet. Darf ich Sie mit meinem Mann, Baron von Berg, bekannt machen?«

»Ah, jetzt entsinne ich mich. Sie waren zusammen mit Ihrer reizenden rothaarigen Freundin dort und besuchten damals ein Mädchenpensionat in Berlin.«

»Ja«, sagte Olga, »Sofia Herzberg ist meine Freundin, und inzwischen sind wir beide glücklich verheiratet.«

All das wurde von der Baronin mit Argusaugen beobachtet. Aber sie bewahrte Haltung. Bei den Glückwünschen zu ihrer entzückenden Schwiegertochter sagte sie: »Ja, sie ist wirklich bezaubernd«, und wechselte sofort das Thema.

Magnus und Olga reisten am nächsten Morgen ab. Seine Mutter wünschte noch nicht gestört zu werden, und so schrieb Magnus ihr eine kurze Notiz. Dringende Geschäfte riefen ihn zurück nach Berlin. Schließlich konnte er ihr nicht sagen, dass seine Frau keine Stunde länger mit ihr unter einem Dach bleiben wollte. Eine Empfehlung von seiner Frau, das Fest wäre wundervoll gewesen, fügte er noch hinzu, und wenn sie ihn brauche, möge sie depeschieren, er würde dann sofort kommen. Dass sie von weiteren Einladungen Abstand nehmen möge, unterließ er zu erwähnen, obwohl Olga darauf bestanden hatte. »Es reicht.« Magnus lachte. »Sie hat auf der ganzen Linie verloren. Du warst der Erfolg des Abends. Katharina ist geradezu vernarrt in dich, und vom Herzog will ich gar nicht reden. Das verwindet meine Mutter nie.«

Zurück in Berlin, erwartete sie ein Stapel Post: Einladungen zu den Portalis, den Arnims und Königsmarcks, zu Theater- und Opernpremieren und ein dicker Brief von Olgas Mutter aus Ostpreußen. Obenauf lag die Geburtsanzeige von Sofias und Alfreds Tochter. Sie musste mit der heutigen Post gekommen sein. »Es ist ein Mädchen und heißt Nina!«, rief Olga. »Gleich morgen werde ich Sofia besuchen und ihre Brut begutachten.«

Während Magnus die Börsenzeitung studierte, las Olga den Brief ihrer Mutter. *Wann besucht ihr uns endlich?*, schrieb sie. *Die Rosen beginnen zu verblühen, und der Herbst kündigt sich bereits mit wilden Stürmen an. Aber noch ist es herrlich, die Tage sind warm, und die Baumfärbe gibt der Landschaft ein ganz anderes Gesicht. Bald beginnt die Jagdsaison, und unsere Freunde, die Goelders, würden sich über euren Besuch fast so freuen wie wir.*

Olga hielt im Lesen inne. »Mama fragt, wann wir sie endlich besuchen kommen.«

Magnus blickte von seiner Lektüre auf. »Demnächst ist die Taufe bei Bennings, dann die Hochzeit von Katharina und Heino in Pommern, und dazwischen muss ich dringend nach Hamburg. Du weißt, ich habe dort Beteiligungen an einer Reederei.« Er machte ein nachdenkliches Gesicht. »Und das Kurfürstendammprojekt wird in Kürze in Angriff genommen. Ich fürchte, in diesem Jahr wird es wohl nichts mehr. Im Winter nach Ostpreußen zu reisen macht wenig Sinn. Es soll dort schrecklich kalt sein. Schreib deiner Mutter, dass wir im nächsten Jahr kommen, bestimmt.« Keiner konnte ahnen, dass Olga das Land mit den wilden Rosen niemals sehen würde.

Es war kurz nach Weihnachten, als Olga merkte, dass etwas mit ihr nicht stimmte. Ihre Regel war ausgeblieben. Aber das war bei ihr nichts Ungewöhnliches. Mal kam sie gar nicht, dann mit ungeheurer Wucht, dass sie für zwei Tage das Bett hüten und alle Einladungen absagen musste. Sie hatte aufgehört, darüber Buch zu führen. Erst schob sie ihr Unwohlsein auf die Ballsaison und die damit verbundenen Anstrengungen, dann auf die exzessiven Nächte. Aber als ihre Brüste anfingen anzuschwellen, ahnte sie, dass sie schwanger war.

»Du solltest Medizinalrat Würz konsultieren«, sagte Magnus eines Morgens. »Er wird dir etwas geben, damit du wieder zu Kräften kommst.« Sie hatte stark an Gewicht verloren, sodass ihm der Gedanke an eine Schwangerschaft gar nicht in den Sinn kam.

»Ich fühle mich nicht gut.« Olga saß blass, mit dunklen Rändern unter den Augen, am Frühstückstisch. Den Teller mit einer angebissenen Scheibe Toast hatte sie weggeschoben. Allein der Anblick verursachte ihr Übelkeit.

»Ich kann das nicht mehr mit ansehen.« Magnus klingelte nach dem Diener. »Schicken Sie nach Medizinalrat Würz«, wies er ihn an. »Er möchte baldmöglichst nach meiner Frau sehen. Sie fühlt sich nicht wohl.«

Die Diagnose des Arztes war eindeutig. »Sie sind schwanger, liebe gnädige Frau. Seit wann ist Ihre Blutung ausgeblieben?«

»Ich weiß es nicht«, sagte Olga müde, »aber sind Sie ganz sicher?«

»Absolut, mein Kind.« Der alte Herr sah sie besorgt an. »Ich kann deutliche Herztöne hören. Sie müssen im dritten

Monat sein. Freuen Sie sich denn gar nicht? Ein Kind ist doch etwas Wunderbares.«

»Ich fühle mich so elend, wie soll ich mich da freuen?«

»Ach, das wird schon wieder. Meistens tritt die Übelkeit nur in den ersten Wochen auf. Sie müssen zu Kräften kommen, regelmäßig essen und spazieren gehen.« Er schickte sich an zu gehen. »Mein Assistent wird Ihnen eine Medizin vorbeibringen. Nehmen Sie davon dreimal täglich zehn Tropfen. Das wird Sie beruhigen.« An der Tür drehte er sich noch einmal um. »Eine Empfehlung an den werdenden Vater. In einigen Tagen werde ich wieder nach Ihnen sehen.«

Magnus war außer sich vor Freude. Olga war nicht krank, sie war schwanger, wie wunderbar! »Du wirst sehen, bald geht es dir wieder besser. Du hast doch gesehen, wie Sofia in ihrer Schwangerschaft aufgeblüht ist.«

Aber nichts wurde besser. Im Gegenteil. Die Schwangerschaft war eine Tortur für Olga. Die Tropfen, die sie regelmäßig einnahm, machten sie benommen und teilnahmslos. Von ständiger Übelkeit geplagt, verbrachte sie die meiste Zeit liegend. Ihr zartes, blasses Gesicht wurde immer durchscheinender, und ihrem schlanken Körper sah man erst nach sechs Monaten an, dass dort ein kleines Wesen heranwuchs. Ihr Haar verlor seinen Glanz, und ihre sonst so wachen Augen blickten nur noch müde oder waren meist geschlossen.

Medizinalrat Würz, der auf Wunsch von Magnus jeden zweiten Tag nach ihr sah, war ratlos. »Ich kann keinerlei Krankheit bei Ihrer Frau feststellen. Das Kind wächst, die Herztöne sind normal. Sorgen Sie dafür, dass sie ausreichend Nahrung zu sich nimmt. Und vor allem darf sie die Tropfen nicht vergessen.« Dieses, sein Allheilmittel, half doch sonst bei allen möglichen Wehwehchen, wieso es hier seinen Dienst versagte, war ihm ein Rätsel. Dass diese Tropfen, ein reines Beruhigungsmittel, die Ursache für Olgas Apathie sein könnten, auf die Idee kam er nicht.

Magnus war verzweifelt. »Was kann ich nur für dich tun?«, fragte er immer wieder. Aber nichts konnte sie erfreuen. Wenn er ihr ein Geschenk mitbrachte, legte sie es achtlos zur Seite, und wenn er sie in den Arm nehmen wollte, schob sie ihn weg. Alles, jede Berührung, war ihr lästig.

Anfänglich besuchte Sofia sie regelmäßig und versuchte sie aufzuheitern. Aber ihre ausschweifenden Erzählungen über ihr Mutterglück und die Fortschritte ihrer kleinen Tochter gingen Olga dermaßen auf die Nerven, dass sie ihre Freundin bat, ihre Besuche einzuschränken.

Sofia war beleidigt. »Ich glaube, Olga ist verrückt geworden«, erzählte sie am Abend Alfred. »Sie ist vollkommen hysterisch. Sie tut, als sei die Schwangerschaft eine Krankheit. Du solltest sie sehen. Sie sieht aus wie ein Gespenst. Sie ist nur noch ein Schatten ihrer selbst.«

»Ich weiß, Magnus ist sehr beunruhigt. Er geht jetzt häufig allein aus. Berlin ist ein gefährliches Pflaster …«

»O Gott«, Sofia sah ihren Mann erschrocken an, »du glaubst doch nicht …?«

»Nein, man sieht ihn nur allein. Bis jetzt! Aber er ist ein junger Mann, und dazu auch noch reich und sehr gut aussehend. Er hat mit mir auch über Olga gesprochen. Er hofft inständig, dass sie nach der Geburt wieder die Alte wird.«

Sofia nahm sich vor, mit ihrer Freundin ein ernstes Wort zu reden. Aber erst, wenn das Kind da war. Jetzt hatte sie das Gefühl, als rede sie gegen eine Wand.

Irmas letztes Jahr im Pensionat ging bald zu Ende. Vor ihrer Abreise aus Berlin wollte sie sich von Olga verabschieden. Der Diener hatte sie mehrere Male nicht vorgelassen. »Die Frau Baronin ist unpässlich und wünscht keinen Besuch«, hatte er gesagt. Aber heute ließ sie sich nicht abweisen. »Ich will mit meiner Freundin sprechen, ›unpässlich‹ hält mich nicht davon ab«, sagte sie und lief an dem entsetzten Diener vorbei in den ersten Stock.

Auf ihr Klopfen erhielt sie keine Antwort. Leise durchschritt sie den Salon und betrat das Schlafzimmer. Nur ein kleiner Lichtstrahl fiel durch die geschlossenen Vorhänge, sodass sie erst nach einigen Augenblicken ihre Freundin erkennen konnte, die mit geschlossenen Augen auf ihrem Bett lag. Die Luft war zum Schneiden, als wäre seit Tagen nicht gelüftet worden. »Olga, Liebes, ich bin es, Irma«, sagte sie leise.

»Oh, Irma, wie schön, dich zu sehen.« Olga versuchte, sich mühsam aufzurichten, fiel aber gleich wieder ermattet in ihre Kissen zurück.

Irma hatte die Vorhänge aufgezogen und die Fenster weit geöffnet. »Du brauchst Luft, es ist herrliches Wetter«, sagte sie. Strahlendes Sonnenlicht fiel in das Zimmer, und jetzt erst erkannte sie Olgas jämmerlichen Zustand. »Was ist mit dir?«, fragte sie entsetzt. »Bist du krank? Ich denke, du bist nur schwanger?«

»Nur ist gut!« Olga lächelte gequält. »Seit Monaten geht es mir schlecht, die Tropfen von Dr. Würz helfen nicht, sie machen mich nur müde. Er hat mir strengste Bettruhe verordnet.«

Irma war ratlos. Ihre Mutter hatte fünf Kinder geboren und bei jedem Kind den Haushalt versorgt bis zum Tag der

Geburt. Was war das denn für ein Schwachsinn, Tropfen und Bettruhe! »Ich war schon mehrmals hier«, sagte sie, »man hat mich immer abgewiesen. Aber heute bin ich einfach reingegangen. Das Gesicht eures Dieners hättest du sehen sollen. Er war einer Ohnmacht nahe.« Sie lachte. »Nur schade, dass ich das nicht beim ersten Mal schon gemacht habe. Du brauchst Luft und Bewegung. Los, steh auf und zieh dich an. Ich helfe dir. Und dann gehen wir ein wenig spazieren.«

»Meinst du wirklich …?«

»Ja, du wirst sehen, das tut dir gut. Und hör auf, diese Tropfen zu nehmen, wenigstens ein paar Tage. Vielleicht geht es dir ja dann besser.«

»Aber der Medizinalrat …«

»Sag es ihm einfach nicht, und wenn es dir wirklich besser geht, behaupte, die Tropfen hätten nun endlich gewirkt.«

Irma besuchte Olga jetzt täglich. Nachdem diese die Medizin nicht mehr einnahm, erholte sie sich zusehends. Die Müdigkeit verschwand, und auch die tägliche Übelkeit hörte auf. Jeden Nachmittag gingen die beiden im Tiergarten spazieren. Es war Frühsommer, und die Luft war mild. Sie begegneten Freunden und Bekannten in Kutschen, zu Pferd und zu Fuß. Olga begann aufzublühen. Ihr Gesicht nahm wieder Farbe an, und ihre Locken bekamen ihren alten Glanz zurück.

Magnus war glücklich. Die letzten Monate hatten ihn fast verzweifeln lassen. Seine geliebte Olga war zu einem fremden Wesen mutiert, abwesend, teilnahmslos, und seine Freude über ihr gemeinsames Kind schien sie nicht zu teilen. Er hatte doch die Frau geheiratet, die er liebte, und nicht die, die seine Eltern für ihn ausgesucht hatten, wie das in dieser Zeit üblich war! Außer Alfred und Sofia kannte er kaum ein glückliches Paar. Nun schöpfte er wieder Hoffnung, dass alles bald so werden würde wie früher. Sie nahmen wieder gemeinsam das Frühstück ein, Olga ließ ihn die Bewegungen des Kindes spüren, wenn es gegen ihren kleinen Bauch boxte. Sofia kam zu Besuch und versorgte sie mit Klatsch, und sie fing sogar wieder an, am gesellschaftlichen Leben Gefallen zu finden. Nur wenn er mehr von ihr wollte als einen Gutenachtkuss, wies sie ihn ab. »Bitte, Magnus, lass mich, mir ist gar nicht danach«, sagte sie dann.

»Ich bewundere dich«, sagte Alfred, mit dem Magnus alle seine Probleme, auch die persönlichen, besprach. »Ich liebe Sofia zwar sehr, aber ich weiß nicht, ob ich mir so ein Theater von ihr hätte bieten lassen. Das geht doch schon seit Monaten so.«

»Seit einigen Wochen geht es ihr ja viel besser, und wenn das Kind da ist, wird sich auch alles andere wieder einspielen. Ich muss und will Geduld haben.« Magnus sah seinen Freund ernst an. »Meine Eltern haben eine unglückliche Ehe geführt. Keiner hat auf den anderen Rücksicht genommen. Ich gebe die Hoffnung nicht auf, dass alles gut wird.«

Seine Hoffnung sollte sich nicht erfüllen. Die Geburt kostete Olga fast das Leben. Zwölf Stunden dauerten die Wehen, und als es das Kind endlich geschafft hatte, das Licht der Welt zu erblicken, schwor sie sich: Nie wieder will ich das mitmachen. Sie nannten ihre Tochter Maria. Olgas Brüste hatten kaum Milch, und eine Amme musste engagiert werden. Sie verkroch sich wieder in ihrem Zimmer und weigerte sich, Besuch zu empfangen. Sie fühlte sich tieftraurig und weinte viel. Im fernen Wien begann gerade der junge Siegmund

Freund mit der Erforschung dieser Art von Erkrankung, die er später eine Postnatale Depression nannte. Aber noch waren diese Erkenntnisse nicht über Wiens Stadtgrenzen hinausgedrungen. Als hysterisch wurde so etwas abgetan, und dagegen gab es kein Mittel.

Anfänglich interessierte sie sich nicht einmal für ihr Kind, und auch ihren ehelichen Pflichten kam sie nur noch widerwillig nach. Immer öfter täuschte sie Unwohlsein oder Kopfschmerz vor. Die Angst vor einer erneuten Schwangerschaft hatte alle Leidenschaft in ihr erlöschen lassen. »Lass mir Zeit, Magnus«, sagte sie anfangs, wenn er verzweifelt fragte, warum sie sich so verändert habe. »Ich muss mich erst einmal erholen.«

Magnus begann wieder, allein auszugehen. Immer öfter kam er spätnachts nach Alkohol und fremden Parfüms riechend nach Hause. Dann nahm er sich mit Gewalt das, von dem er meinte, dass es ihm zustehe. Am nächsten Tag war er zerknirscht, es tat ihm leid. Aber es änderte sich nichts. Olga machte keinerlei Anstalten, ihr früheres Leben wieder aufzunehmen. Und irgendwann gab Magnus es auf, um sie zu kämpfen. »Ich werde mir ein Schlafzimmer neben der Bibliothek einrichten«, sagte er eines Tages mit kalter Stimme. »Ich nehme an, es ist dir recht.«

»Aber natürlich, mein Lieber.« Man sah ihr die Erleichterung an.

»Und noch etwas, Olga, ich werde jetzt öfter aushäusig nächtigen und verbitte mir deswegen jegliche Szenen!« Niemals hatte er so zu ihr gesprochen.

»Warum sollte ich dir Vorhaltungen machen?« Olga lächelte hilflos. »Du kannst selbstverständlich machen, was du willst.«

Magnus blieb nun nächtelang weg, man sah sich nur noch unregelmäßig zu den Mahlzeiten oder im Kinderzimmer. Olgas ganzer Lebensinhalt wurde jetzt ihre Tochter. Von nun an verband sie und Magnus nur noch die Liebe zu Maria. Sie vergötterten sie geradezu, und Olga wusste, solange das Kind im Haus war, würde er sie niemals verlassen.

Maria war ein entzückendes Kind, fast sträflich verwöhnt von ihrem Vater. Mit fünf bekam sie ihr erstes Pony, mit sieben den ersten Pelzmantel, und als sie zehn wurde, stellte man eine französische Gouvernante ein. Sie wuchs zu einer schönen jungen Frau heran. Sie besaß die zarte Figur ihrer Mutter, wurde aber um einiges größer als diese. Ihre braunen Locken durchzogen natürliche helle Strähnen, sodass es aussah, als reflektiere sich Licht in ihrer Hochfrisur. Durch die hohen Wangenknochen wirkte ihr Gesicht herzförmig, und wenn sie lachte, entblößten ihre schön geschwungenen Lippen eine Reihe perlmuttfarbener Zähne. Ihre großen braunen Augen schienen immer zu lachen. Sie war wild und ungestüm. Man sah ihr an, sie liebte das Leben. Sie ist wie früher ihre Mutter, dachte Magnus oft. Und dann überkam ihn eine große Traurigkeit. Maria hatte eine Schar von Verehrern, aber wenn einer begann, ernsthafte Absichten zu zeigen, lachte sie nur – zur Erleichterung ihrer Mutter, der vor dem Augenblick graute, an dem ihre Tochter das Haus verlassen könnte. Dann würde das letzte Band, das Olga und Magnus noch zusammenhielt, endgültig zerreißen. »Es prüfe, wer sich ewig binde«, war ihr ständiger Mahnspruch, und Maria sagte dann immer lachend: »Keine Sorge, Mama, das ist noch lange hin.«

In ihren Kinderjahren merkte Maria nicht, dass in der Ehe ihrer Eltern etwas nicht stimmte. Sie war daran gewöhnt, dass Papa viel auf Reisen war, von denen er immer aufregende Geschenke mitbrachte. Und Mama war oft unpässlich, dann durfte sie nicht gestört und im Haus musste leise gesprochen werden. Besonders traurig war ihre Mutter, wenn Post aus Ostpreußen kam. Maria wusste, dort lebte ihre Großmutter auf einem Gut mit vielen Pferden und Tieren. Sie war glücklich da und liebte Land und Menschen. Diese Briefe las Olga ihrer Tochter immer vor. Die Post allerdings, die sie von Irma bekam, verschwand sofort nach der Lektüre im Geheimfach ihres Sekretärs. Zu aufrührerisch und revolutionär waren diese Briefe. Auf keinen Fall durften sie Magnus in die Hände fallen. In all den Jahren ihres Elends und ihrer Einsamkeit waren sie für sie ein Strohhalm, an den sie sich klammerte, wenn sie drohte, unterzugehen. Dann sah sie Irma vor sich, die sich nicht in ihr Schicksal ergeben, sondern einer erneuten Zwangsverheiratung getrotzt und völlig mittellos ihr Elternhaus verlassen hatte.

Ich bin jetzt in Leipzig, berichtete sie, *und habe mich dem Deutschen Frauenverein angeschlossen. Ich mache Schreibarbeiten für Henriette Goldschmid und Louise Otto. Ich bin frei!*, jubelte sie. *Bewunderst du mich nicht für meinen Mut, einfach wegzugehen und mich meiner »Bestimmung« zu verweigern – wie meine Eltern mir verbittert vorwerfen –, eine ehrbare, brave Hausfrau zu werden? Ich wäre meines Lebens nicht froh geworden, liebste Olga, hätte ich mich dem mir erneut zugedachten Mann antrauen lassen.*

Du bist zu klug für eine Frau, antwortete ihr Olga. *Deine Eltern können sich nur selbst vorwerfen, dir zu viel Verstand mitgegeben zu haben.*

Manchmal, wenn wieder ein Brief von Irma eintraf, in dem sie von ihrem freien Leben und den Zielen, für die sie jetzt lebte, schwärmte – *obwohl es beileibe nicht ohne Entbehrungen ist, liebste Freundin* –, wollte Olga ausbrechen aus ihrem goldenen Käfig. Aber das waren nur kurze Momente, dann fiel sie zurück in ihre Lethargie, und nichts änderte sich.

Es wurde immer wieder mal darüber gesprochen, Carla und Kurt Lindner in Weischkehmen zu besuchen, aber stets kam etwas dazwischen. Maria ahnte nicht, dass ihre Mutter in ihren Briefen dorthin immer von ihrer glücklichen Ehe sprach und unter allen Umständen vermeiden wollte, dass dieses Bild zerstört wurde. In ihrem letzten Brief hatte Carla berichtet, dass ihre Freundin Agathe Goelder endlich wieder schwanger sei und hoffe, eine Tochter zu bekommen. Ein paar Monate später kam ein verzweifelter Brief. Agathe war bei der Geburt des heiß ersehnten Mädchens gestorben. Olga möge sie doch nun endlich einmal besuchen und Maria mitbringen. Sie wünsche sich so sehr, ihr Enkelkind kennenzulernen. Sie sollten kommen, wenn der schrecklich lange Winter vorbei sei und die wilden Rosen wieder blühten.

Magnus erklärte sich bereit, Mutter und Tochter reisen zu lassen. Olga verfügte über keine eigenen Mittel, und es wäre in jedem Fall undenkbar gewesen, ohne seine Erlaubnis zu fahren. Dringende Geschäfte hielten ihn allerdings davon ab, sie zu begleiten. Sie hatte nichts anderes erwartet.

Olga lebte auf. Pläne wurden gemacht, auf der Rückreise wollten sie ein paar Tage in Kranz an der Ostsee verbringen. Maria war noch nie am Meer gewesen. Mutter und Tochter machten Einkäufe, eine neue Garderobe musste bestellt werden, und des Öfteren besuchten sie Sofia und Nina, die Marias beste Freundin war. Schon seit einiger Zeit waren keine Depressionen aufgetreten. Sofia hatte schon lange aufgehört, nach Olgas und Magnus' Beziehung zu fragen. Alfred hatte ihr gesagt, dass das sinnlos sei, Magnus hätte sich anderweitig orientiert. Einmal, die Kinder waren außer Hörweite, fragte sie Olga: »Weißt du, dass er eine Mätresse hat?«

»Nein, aber ich ahne es.«

Es versetzte Sofia einen Stich, das so deutlich zu hören. »Ich bin deine beste Freundin, Olga«, sagte sie. »Bitte sei mir nicht böse, dass ich es dir gesagt habe.«

»Es ist alles meine Schuld.« Olga hatte zu weinen begonnen. »Aber wenn die Melancholie über mich kommt, bin ich so *hilflos*, ich kann nichts dagegen tun. Das kann doch kein Mann aushalten.« Sie schluchzte: »Ich liebe ihn immer noch, Sofia, aber ich fürchte, ich habe ihn verloren.«

Sofia wusste keinen Trost.

Es war wenige Wochen vor ihrer Abreise. Magnus nahm mal wieder mit ihnen die Mittagsmahlzeit ein. Anna servierte gerade den Nachtisch, als es leise klopfte. Der Diener stand in der Tür. »Was gibt es Walter?«

»Eine Depesche, Herr Baron. Es scheint wichtig.«

»Das kann doch wohl warten.« Er hasste es, bei Tisch unangenehme geschäftliche Nachrichten zu erhalten, und was sollte es anderes sein.

»Es scheint wirklich dringend.« Walters Stimme war eindringlich. »Es ist aus Ostpreußen.«

Ungehalten riss Magnus das Telegramm auf. Dann wurde er blass. »Mein Gott, Olga, Liebes …!«

»Was ist?« Olga war aufgesprungen, ihre zerknüllte Serviette fest an die Brust gedrückt.

»Deine Mutter und Kurt ... sie sind tot. Sie sind bei einem Brand in ihrem Haus ums Leben gekommen.«

»Oh nein, bitte nicht ...« Dann fing Magnus sie auf. Sie war ohnmächtig geworden. Es war das erste Mal seit Jahren, dass er sie wieder in seinen Armen hielt.

Olga war untröstlich. Tagelang war sie in Tränen aufgelöst. Magnus blieb zu Hause. Er machte sich Vorwürfe, jahrelang die Reisen nach Ostpreußen verhindert zu haben. Er und Maria wachten abwechselnd an ihrem Bett, aber nichts konnte ihr Trost geben.

Bald nach der Depesche kam ein Brief von Gustav Goelder. Er schrieb, wie rührend sich Carla nach dem Tod seiner geliebten Frau um das Neugeborene und seine halbwüchsigen Söhne gekümmert und wie sehr Kurt ihm zur Seite gestanden habe. Und nun seien auch sie, seine besten Freunde, nicht mehr da. *So sehr haben sie sich gefreut auf den Besuch von Tochter und Enkelin. Außer sich sind sie gewesen, dass es endlich so weit war. Maria ist doch nur ein paar Jahre jünger als meine Jungen, was hätten sie für einen Spaß gehabt ...*

Danach fiel Olga wieder in eine schwere Depression. Sie schloss sich in ihr Zimmer ein und war für nichts und niemanden zugänglich. Magnus nahm sein früheres Leben wieder auf. Alles war wie zuvor.

Maria liebte ihre Eltern beide von Herzen, aber mit ihrem Vater verband sie ein besonderes Verhältnis. Magnus und sie waren begeisterte Reiter. Bei Wind und Wetter gingen sie zu Fuß durch den Tiergarten zu ihrem Reitstall. Von klein auf hatte sie alles mit ihrem Vater besprochen, was sie beschäftigte. Als sie ungefähr zehn Jahre alt war, begann sie zu merken, dass in der Ehe ihrer Eltern etwas nicht stimmte. »Was ist eigentlich los mit dir und Mama«, fragte sie eines Morgens, »liebst du sie nicht mehr?«

»Wieso fragst du?« Magnus war erstaunt. »Wie kommst du darauf?«

»Na ja ...« – sie wusste nicht so richtig, wie sie es ihm erklären sollte – »du gehst immer allein aus, wir haben nie Gesellschaften wie die Bennings und die Kramps und ...« – nach Nina von Benning war Alma Kramps ihre zweitbeste Freundin – »... und ihr habt jeder euer eigenes Schlafzimmer. Bei Ninas und Almas Eltern ist das nicht so.«

»Die Menschen sind eben verschieden«, antwortete ihr Vater ernst. »Ich habe deine Mutter einmal sehr geliebt, aber nun haben wir uns ein wenig auseinandergelebt. Du weißt ja, sie ist sehr zart und leicht ermüdet. Gesellschaften zu Hause sind ihr zuwider und Ausgehen erst recht. Und ich bin nun mal ein geselliger Mensch. Aber mach dir keine Sorgen, sonst ist alles in Ordnung.« Damit war das Thema für ihn erledigt, und Maria fragte auch nie wieder. Aber als sie älter wurde, machte sie sich ihre eigenen Gedanken.

Einige Jahre später, es war am Morgen des 9. März 1888, sah Magnus in der *Berliner Illustrirten Zeitung* die Abbildung eines Halbbluthengstes aus der Zucht Goelder in Ostpreußen. Den wollte er haben. Das war ein wunderbares Geschenk für seine Tochter zum sechzehnten Geburtstag! Nach dem Tod von Olgas Mutter war die Verbindung zu der Familie Goelder abgebrochen. Wie es dem Witwer wohl ging? Die Söhne mussten ja jetzt erwachsen sein.

»Ich werde Maria dieses Pferd zum Geburtstag schenken.« Er hielt Olga die Zeitung mit der Fotografie hin. »Stell dir vor, es ist aus der Zucht Goelder in Weischkehmen.«

»Nein, was für ein Zufall.« Olga lächelte erfreut. Es kam selten vor, dass Magnus sie in ihrem Boudoir aufsuchte, um sich mit ihr zu unterhalten. »Wie es der Familie jetzt wohl geht? Wenn ich mich recht erinnere, hatten sie zwei Söhne und eine Tochter.«

»Ja«, sagte Magnus, »daran habe ich auch gerade gedacht. Ich werde sofort an Goelder schreiben, um …« In dem Moment hörten sie durch das geöffnete Fenster einen Zeitungsjungen brüllen: »*Extrablatt!* Der Kaiser ist tot! *Extrablatt!*«

Bevor sie etwas sagen konnten, klopfte es, und Walter, der Diener, erschien, auf dem silbernen Tablett das *Extrablatt*. »Ich habe mir erlaubt, Herr Baron …«, sagte er. Er war tief betrübt.

Tagelang wurde über nichts anderes gesprochen. »Kaiser Wilhelm war schließlich einundneunzig Jahre alt«, sagte Magnus.

»Ja, so uralt, dass mit seinem Ableben schon keiner mehr gerechnet hat«, meinte Olga mit einem Anflug ihres früheren Humors. »Vor allem Kronprinzessin Victoria nicht.«

Ihr Freund Philipp Eulenburg, genannt Phili, war gerade da. Er musste lachen. »Du hast recht, Olga. Seit mehr als dreißig Jahren hofft sie, endlich Kaiserin zu werden. Wilhelm kann ein Lied davon singen.« Der neue Kronprinz war sein bester Freund. Dann wurde er ernst. »Lange wird sie wohl nicht Kaiserin sein. Friedrich Wilhelm ist schwer krank.«

»Man weiß ja, dass es ihm nicht gut geht«, warf Magnus ein. »Er befand sich wohl zur Kur im Ausland, als er die Nachricht vom Tod seines Vaters erhielt.«

»Ja, es geht ihm sehr schlecht. Er kann nicht mehr sprechen. Die Ärzte haben ihm sogar untersagt, an der morgigen Beerdigung teilzunehmen.«

»Stimmt es, dass er Krebs hat? Einige Zeitungen haben darüber berichtet.«

»Ja, Kehlkopf und Stimmbänder sind davon befallen. Er scheint furchtbar zu leiden.«

Nun fühlte Olga doch etwas Mitleid mit der neuen Kaiserin. »Die Arme, sie soll ihn ja wirklich sehr lieben.«

»Ihn ja, aber ihren Sohn weniger.« Philis Stimme klang traurig. »Sie hat sich immer wegen der Behinderung seines Armes geniert. Der arme Junge, er konnte doch nun wirklich am allerwenigsten dafür. Jahrelang wurde er von Ärzten gequält, nichts hat geholfen.« Er redete sich in Rage. »Und dann die Erzieher! Mit ihrem vollen Einverständnis haben sie ihn tyrannisiert ...« Plötzlich schwieg er, als hätte er schon zu viel gesagt. »Bitte vergesst, was ich euch da erzählt habe. Wilhelm wird wohl schon bald unser neuer Kaiser sein.«

»Du glaubst wirklich, dass es so schlecht steht um Friedrich Wilhelm?«, fragte Magnus. »Dann hätten wir ja ein Drei-Kaiser-Jahr.«

Kurz darauf begann eine lebhafte Korrespondenz zwischen Magnus und Gustav Goelder. Fotografien wurden geschickt, und der nicht unbeträchtliche Kaufpreis wurde ausgehandelt. Am Morgen des Geburtstages sollte Dark Sparker, so hieß das Pferd, in Berlin ankommen, begleitet von Carl Goelder, dem älteren Sohn des Züchters.

Schon Tage zuvor war Magnus so nervös, dass Maria fragte: »Was hast du denn, Papa, geht es dir nicht gut?«

»Du wirst sechzehn, mein Kind, das ist ein Einschnitt in deinem Leben. Du wirst langsam erwachsen. Verstehst du nicht, dass mich das beunruhigt?«

»Nein, also wirklich nicht«, erwiderte Maria lachend, »das ist doch nur eine Zahl. Wenn *ich* nervös wäre, könnte man das ja noch verstehen, aber du ...« Sie hielt ihren Vater für leicht übergeschnappt. Vielleicht hatte er Ärger mit seiner Mätresse. Längst wusste sie darüber Bescheid.

Erst kürzlich hatte sie ein Gespräch zwischen der Köchin Lisa und Anna, einem der beiden Stubenmädchen, belauscht. »Die gnädige Frau hat heute wieder ganz verheulte Augen gehabt«, berichtete Anna in der Küche, worauf Lisa bemerkte: »Keen Wunder nich! Der Herr Baron is mal wieder nich nach Hause jekommen. Hat wohl bei seiner kleenen Tänzerin jenächticht.« Lisa wusste Bescheid. Ihr Bruder war Portier in dem Haus, in dem Magnus für seine Geliebte eine Wohnung angemietet hatte, und so waren sie und das restliche Personal immer bestens informiert.

Maria hatte nie wieder mit ihrem Vater über die häuslichen Probleme gesprochen, aber es war ihr nicht entgangen, dass ihre Mutter schon seit einiger Zeit sehr darunter litt. Mit Nina hatte sie einmal darüber geredet, aber diese hatte nur gesagt: »Das geht dich nichts an. Du wirst deinen Vater nicht ändern können. Meine Mutter sagt, alle Männer sind so.«

»Wie, du meinst, dein Vater hat auch eine Mätresse?« Maria war entsetzt.

»Keine Ahnung.« Nina hatte mit den Achseln gezuckt und das Thema gewechselt.

Endlich war Marias großer Tag da. Ausnahmsweise nahm Olga am gemeinsamen Frühstück teil. Sie verließ sonst fast nie vor Mittag ihr Boudoir. Auf Marias Teller lag ein kleines, mit Seidenbändern verschnürtes Päckchen. »Mach es auf, mein Liebling. Es ist mein Geburtstagsgeschenk«, sagte Olga, nachdem sie ihre Tochter innig umarmt und ihr herzlich gratuliert hatte.

Maria ließ sich ihr Erstaunen nicht anmerken. *Ihr* Geschenk, hatte ihre Mutter gesagt. Sie sah nichts, was ein Geschenk ihres Vaters sein könnte. Dieser lächelte verschmitzt. »Nun sieh schon nach, was deine Mutter sich für dich ausgedacht hat.«

Maria hatte die Bänder gelöst und das feine Seidenpapier auseinandergefaltet. Ein kleines dunkelrotes Lederkästchen mit einem Goldrand kam zum Vorschein. Als sie es aufmachte, funkelte ihr ein großer Diamant entgegen. »Mama, das ist doch *dein* Ring, Papas Hochzeitsgeschenk!«

»Ja, mein Kind, ich habe ihn früher viel getragen. Aber jetzt brauche ich ihn nicht mehr. Du weißt, ich gehe kaum noch aus, und für dich fängt das gesellschaftliche Leben ja jetzt richtig an.« Für einen Moment wurde ihr Blick traurig, aber nun lächelte sie schon wieder. »Ihn nur in meinem Boudoir aufzubewahren wäre reine Verschwendung«, sagte sie. »Nun probier ihn schon an.«

Maria hatte das prachtvolle Stück über ihren Ringfinger geschoben.

»Wie wundervoll er dir steht.« Olga war begeistert. »*Dir* soll er Glück bringen.« Die Betonung auf »dir« war Maria, die ihrer Mutter um den Hals gefallen war, gar nicht aufgefallen.

Magnus' Gesichtsausdruck war kurz ernst geworden, aber als auch er von seiner Tochter heftig umarmt wurde, strahlte er schon wieder. »Der Ring ist von deiner Mutter.

Ich habe noch eine kleine Überraschung für dich, etwas später.«

Was mochte das denn sein? Sie sah ihre Mutter fragend an.

»Ich habe keine Ahnung, was es ist. Dein Vater hat darum ein großes Geheimnis gemacht«, schwindelte diese.

Aber ehe Maria weiter darüber nachdenken konnte, klopfte es, und die beiden Stubenmädchen kamen herein, um zu gratulieren. Hinter ihnen stand Lisa, mit einer selbstgebackenen Geburtstagstorte, auf der sechzehn Kerzen brannten. Maria war erst einmal abgelenkt.

Er hat etwas zugenommen, dachte Olga, als Magnus auf seine goldene Taschenuhr sah. Die Uhrkette spannt über seinem Bauch. Aber er ist immer noch ein schöner Mann.

Seine schwarzen Haare waren inzwischen von grauen Strähnen durchzogen. Das aristokratische Gesicht war bis auf einen hochgezwirbelten Kaiser-Wilhelm-Bart glatt rasiert und von den täglichen Ausritten leicht gebräunt. Aber hinter seiner randlosen Brille konnte man leichte Tränensäcke erkennen, die von seinem ausschweifenden Lebenswandel herrühren mochten.

»Zieh dich um, mein Kind. Lass uns in den Stall gehen. Ich brauche wieder mal frische Luft.« In den letzten Tagen hatte Magnus wegen wichtiger geschäftlicher Angelegenheiten seine morgendlichen Ausritte ausfallen lassen.

»Ja, Lilly muss dringend bewegt werden«, sagte Maria. Lilly war ihre betagte Lieblingsstute, die in der letzten Zeit etwas gekränkelt hatte.

»Seid bitte pünktlich zum Mittagessen zurück!«, rief Olga Maria zu, die schon an der Tür stand. »Wir müssen uns noch ein wenig ausruhen, bevor Frau Steckel kommt, um uns die Frisuren zu richten.« Am Abend fand im Hotel Kaiserhof am Wilhelmsplatz eine große Geburtstagssoiree für Maria statt, zu der alle ihre Freunde und Verwandten eingeladen waren.

»Keine Sorge, Mama, wir sind rechtzeitig wieder da.« Sie warf ihrer Mutter eine Kusshand zu. »Und pass gut auf meinen Ring auf.«

Arm in Arm spazierten Vater und Tochter in Richtung des Reitstalles. Es war ein lauer Frühlingstag. Die Vögel zwitscherten, an den Bäumen spross das erste Grün, und die Krokusse reckten ihre farbigen kleinen Köpfe der Sonne entgegen.

»Ist es nicht ein herrlicher Tag, Papa?«, sagte Maria, »und ich habe Geburtstag.« Sie plauderte aufgeregt über dies und das. »Übrigens, mein Kleid für heute Abend ist wunderschön; danke noch mal, Papa.« Sie drückte ihm einen Kuss auf die Wange. Magnus hatte ihr ein Abendkleid bei Gerson, *dem* Modesalon Berlins, anfertigen lassen. Sogar zu den Anproben war er einige Male mitgegangen. Er wollte, dass sie an ihrem großen Tag die Schönste war. »Es ist gestern geliefert worden«, fuhr sie fort. »Nina und Alma waren gerade da, und sie finden es umwerfend. Ich habe Alma versprochen, es ihr zu leihen, wenn sie es mal braucht.«

»So, so«, warf Magnus schmunzelnd ein. »Ihr Vater ist reicher als ich, soll er ihr doch ein Kleid kaufen.«

»Ach, weißt du, sie muss immer zu ihrer Hausschneiderin gehen. Gerson findet Herr Kramp viel zu teuer. Nicht alle Väter sind so großzügig wie du!«

Als sie am Stall ankamen, stand im Hof bereits Prielke, der Stallknecht, mit dem gesattelten Rappen von Magnus.

»Ich geh und sattle Lilly!«, rief Maria und lief in den Stall. Es bereitete ihr immer ein besonderes Vergnügen, mit ihrer

Stute zu sprechen und ihr ein Stück Zucker zu geben, während sie ihr das Zaumzeug anlegte. Lillys Box war leer und ihr Namensschild abgeschraubt.

»Papa, Papa!« Marias Stimme überschlug sich, als sie auf den Hof rannte. »Lilly ist weg, wo ist sie?« Dann blieb sie wie angewurzelt stehen. Neben ihrem Vater stand ein gut aussehender junger Mann mit einem wunderschönen schwarz glänzenden Hengst, zwischen den Augen eine Blesse. Das Tier warf unruhig seinen Kopf hin und her und scharrte nervös mit den Hufen, während der junge Mann beruhigend auf den Hengst einsprach.

»Was für ein herrliches Pferd«, sagte Maria, die für einen Moment ihre Sorge um Lilly vergaß. »Wem gehört es?«

»Dir, mein Liebling. Es ist mein Geburtstagsgeschenk.«

Maria starrte ihren Vater entgeistert an. »Nein, das glaube ich nicht. Ist das wirklich wahr? Aber was ist mit Lilly, wo ist sie?«

»Sie steht in Wannsee auf der Koppel. Mach dir keine Sorgen, es geht ihr gut. Am Sonntag machen wir einen Ausflug und besuchen sie.«

Langsam begann Maria zu begreifen, dass dieses Prachtexemplar tatsächlich ihr gehörte. »Mein Gott, Papa, ist der schön.« Und zu dem Pferd gewandt sagte sie: »Wie heißt du denn?«

»Dark Sparker, gnädiges Fräulein«, ertönte neben ihr eine sonore Stimme, und ihr Vater sagte: »Verzeih, Maria, ich hätte euch längst bekannt machen müssen. Das ist Carl Goelder aus Ostpreußen, meine Tochter Maria. Dark Sparker stammt aus der Zucht Goelder in Weischkehmen. Du erinnerst dich sicher, deine Großmutter hat dort bis zu ihrem tragischen Tod gelebt.«

»Oh ja, natürlich …« Maria gab Goelder flüchtig die Hand und wandte sich wieder ihrem neuen Pferd zu, während die Männer sich angeregt über die Pferdezucht unterhielten. »Du gehörst jetzt mir, Sparker«, flüsterte sie und strich ihm sanft über die Nüstern. »Ich werde dich genauso lieb haben wie Lilly, das verspreche ich dir.«

Sparkers Ohren bewegten sich, als verstünde er genau, was seine neue Besitzerin ihm sagte. Die Stimme ihres Vaters holte sie aus ihren Träumen in die Wirklichkeit zurück. »Lass uns ein Stück ausreiten, Maria. Herr Goelder wird uns begleiten. Der Braune wird gerade für ihn gesattelt.«

Während sie auf das Pferd warteten, fragte Magnus den jungen Mann: »Wo logieren Sie denn in Berlin?«

»Bei meinem Vetter Victor von der Halst. Er ist Arzt und praktiziert an der Charité. Später will er sich in Insterburg niederlassen.«

Auf ihrem Ausritt begegneten sie Bekannten und Freunden zu Pferde und in offenen Kutschen, die ihnen zuwinkten. Das herrliche Wetter hatte sie herausgelockt. »Bis heute Abend!« und »Was für ein herrliches Tier!« rief man ihnen zu, während sie durch die laue Luft trabten. Hin und wieder beugte Maria sich herunter, streichelte Dark Sparker den Hals und flüsterte ihm zärtliche Worte ins Ohr.

Als sie sich von Carl Goelder verabschiedeten, sagte Magnus: »Ich würde mich freuen, wenn Sie heute Abend unser Gast wären. Und bringen Sie doch auch Ihren Vetter mit. Um acht Uhr im Hotel Kaiserhof. Cut oder Frack.«

»Wir kommen mit dem größten Vergnügen«, sagte Carl und verabschiedete sich mit einem festen Handschlag von Magnus und von Maria mit einem Handkuss.

Der Ballsaal des Hotels Kaiserhof war festlich geschmückt. Auf mannshohen Alabastersäulen thronten prachtvolle Blumenarrangements, deren betörender Duft sich mit den Parfüms der Damen mischte. Riesige Kronleuchter und auf den Tischen Kandelaber mit Hunderten von Kerzen spendeten ein warmes Licht. Ein Orchester am Ende des Saales spielte leise, während die Familie von Berg an der großen Flügeltür ihre Gäste begrüßte – Magnus im Frack mit Orden, Olga und Maria in ihren neuen Abendkleidern. So prüde die Mode für den Tag war, so freizügig waren die neuen, von dem Pariser Modeschöpfer Worth und neuerdings auch von dem jungen Poiret beeinflussten Roben für den Abend.

Maria trug einen Traum aus zartrosa Taft. Das trägerlose, eng geschnürte Mieder, rundherum mit einer Rüsche aus dem gleichen Stoff besetzt, reichte bis unterhalb der Taille. Der vorn schmale Rock, aus dem nur die Spitzen der gleichfarbigen Schuhe herauslugten – mehr galt als unschicklich –, war nach hinten mit üppigen Volants zu einer Tournüre gearbeitet und endete in einer Schleppe. Mit einem perlenbesetzten rosa Fächer fächelte sie sich Luft zu, wobei der neue Diamantring mit ihren Augen um die Wette funkelte.

Olga stand ihrer Tochter in nichts nach. Bevor sie zu dem Fest aufbrachen, hatte Magnus seine beiden Damen gebeten, mit ihm allein auf den Geburtstag anzustoßen. Olga betrat den Salon als Erste. Magnus hielt den Atem an. So hatte er seine Frau seit vielen Jahren nicht mehr gesehen. Sie sah umwerfend aus. Im Gegensatz zu Maria, deren Kleid er ja schon bei den Anproben gesehen hatte, war Olgas Robe ein Geheimnis geblieben. Es hatte ihn allerdings auch nicht sonderlich interessiert. Aber damit hatte er nicht gerechnet. Gerson war ein Meisterstück gelungen. Wenn er demnächst die

Rechnung beglich – sie würde nicht unbeträchtlich sein –, musste er ihm gratulieren. Das in der Taille eng geschnürte burgunderfarbene Samtkleid ließ ihre Figur noch filigraner wirken. Das tiefe Dekolleté war besetzt mit Straußenfedern in derselben Farbe, und ihre Haut schimmerte weiß wie Alabaster. Der schmale, in einer Schleppe endende Rock hatte einen Saum aus den gleichen Federn, mit denen auch der Fächer besetzt war, den sie lose in der Hand hielt. Frau Steckel hatte ihr Haar zu einer kunstvollen Hochfrisur aufgetürmt, die mit diamantenbesetzten Kämmen gehalten wurde. Um den zarten Hals trug sie ein *Collier de chien* aus Rubinen und Diamanten, und an ihren Ohren funkelten die dazu passenden Chandelier-Ohrringe, beides Magnus' Geschenk zu Marias Geburt. Er konnte sich nicht erinnern, wann sie diesen Schmuck zuletzt getragen hatte.

»Olga, meine Liebe, du siehst hinreißend aus«, sagte er und küsste ihre Hand.

Eine zarte Röte überzog ihr Gesicht, aber bevor sie etwas erwidern konnte, wirbelte Maria herein. »Entschuldigt, ich bin ein wenig zu spät. Aber Anna hat mein Mieder nicht zubekommen. Sie ist manchmal wirklich zu ungeschickt.«

Gleichzeitig, wie aus einem Munde, riefen ihre Eltern: »Wie entzückend du aussiehst!« Was hatten sie doch für eine schöne Tochter. Man sah ihnen an, wie stolz sie waren.

Maria drehte sich und hob kokett den Rocksaum, um ihre neuen Schuhe zu zeigen. »Die will ich heute Nacht durchtanzen!«, rief sie übermütig.

Während ihr Vater den von dem Diener bereitgestellten Champagner in die Kristallgläser goss, betrachtete Maria ihre Mutter. »Mama, bist du schön! So solltest du immer aussehen. Findest du nicht auch, Papa?«

»Da bin ich ganz deiner Meinung, mein Kind. Ich habe deine Mutter lange nicht mehr so gesehen. Vielleicht findet sie ja mal wieder Geschmack an dem gesellschaftlichen Leben Berlins.« Er hatte sein Glas erhoben. »Auf meine wunderschönen Frauen und einen unvergesslichen Abend.«

Kurz darauf meldete der Diener, dass die Kutsche vorgefahren sei, und man verließ eilig das Haus.

Der Abend war ein überwältigender Erfolg. Nach dem Diner wurde getanzt. Carl Goelder hatte sich gleich nach der Begrüßung der Gastgeber in Marias Tanzkarte eingetragen. Was war das für eine entzückende Person! Er hatte sie nett gefunden, am Morgen, bei ihrem gemeinsamen Ausritt. Aber als er sie jetzt dort stehen sah, während sie mit ihren Eltern die Gäste begrüßte, war er einfach hingerissen.

Sofia traute ihren Augen kaum, als sie Olga sah. »Du siehst fantastisch aus«, flüsterte sie ihr bei der Begrüßung ins Ohr. »Wie hast du das denn hinbekommen? So habe ich dich ja seit Jahren nicht gesehen.«

Olga lächelte geheimnisvoll. »Wir reden später«, sagte sie. »Lass mich das hier erst mal überstehen.«

Nachdem beide die ersten Pflichttänze hinter sich gebracht hatten, setzten sie sich zusammen auf eine der zahlreichen Récamieres, die am Rand der Tanzfläche standen und von denen aus einige der älteren Herrschaften der Jugend beim Tanzen zusahen.

»So, nun erzähl mal«, drängte Sofia, »wer hat dir das tolle Kleid genäht?«

»Na, wer schon«, sagte Olga. »Gerson natürlich, nach einem Entwurf von Poiret, du weißt, der neue Star am Pariser Modehimmel.«

»Es ist atemberaubend.« Sofia war voller Bewunderung. »Das ist sogar Alfred aufgefallen.«

»Dann muss es ja wirklich toll sein, Alfred hat ja sonst nur einen Blick für möglichst große Banknoten.«

Sofia lachte gequält. »Oder für junge Schauspielerinnen.«

»Woher weißt du ...«

»Du kennst doch die lieben Freundinnen. Man hat es mir zugetragen.«

Olga sah ihre Freundin mitleidig an. »Ich dachte, dieser Kelch ginge an dir vorüber. Aber anscheinend sind alle Männer gleich. Hast du mit ihm darüber gesprochen?«

»Ich habe ihm eine Szene gemacht, die hat sich gewaschen. Ich habe geheult und geschrien. Aber er streitet natürlich alles ab.«

Olga seufzte. »Es ist unser Los, sich alles gefallen zu lassen. Und wenn eine Frau sich das Gleiche herausnimmt, wird sie verstoßen. Irma hat recht, gegen die Unterdrückung der Frauen zu kämpfen. Wenn ich doch nur ein wenig mehr Mut hätte ...«

»Würdest du denn wie Irma in einem möblierten Zimmer leben wollen, ohne geregeltes Einkommen? Nein ...« Sofia schüttelte den Kopf. Dann ertrug sie lieber die Eskapaden ihres Mannes. Sie wechselte das Thema. »Was hat denn Magnus zu deinem Aussehen gesagt? Ist es ihm überhaupt aufgefallen?«

Olga errötete. »Ja, er macht mir schon den ganzen Abend Komplimente. Sieh mal, da kommt er.«

Magnus war quer durch den Saal auf sie zugekommen. »Olga, Liebste, wirst du mir den nächsten Tanz schenken?«

Sofia glaubte, sich verhört zu haben. Was waren das denn für neue Töne!

»Sie tanzen wunderbar, gnädiges Fräulein«, hatte Carl Goelder bei seinem ersten Tanz mit Maria die Unterhaltung begonnen, worauf seine Tanzpartnerin antwortete: »Bitte lassen Sie doch das gnädige Fräulein weg. Ich heiße Maria. Und wie heißen Sie?«

»Carl«, hatte er lächelnd geantwortet. »Wie schön, dass die Berlinerinnen so unkompliziert sind.«

Immer wieder hatte er sie zum Tanzen aufgefordert, und bevor er sich verabschiedete, hatte er gefragt, ob sie morgen noch einmal zusammen ausreiten könnten. »Mein Zug nach Insterburg geht erst am Abend, und ich würde mich so gern von Dark Sparker verabschieden.« Dass er eher Maria wiedersehen wollte, war seinen leuchtenden Augen anzusehen.

»Gern«, antwortete Maria, der natürlich nicht entgangen war, dass sie einen neuen Verehrer hatte. »Morgen um zehn im Reitstall. Und zum Mittagessen kommen Sie mit zu uns nach Hause, damit Sie gestärkt die Heimreise antreten können. Außerdem ist meine Mutter ganz begierig darauf, mit Ihnen über meine Großmutter zu sprechen. Sie haben sie doch gekannt.«

»Ja, und wir haben sie alle sehr gern gehabt. Sie war wie eine Mutter zu uns.«

Es war wieder ein strahlender Morgen. Carl war voller Ungeduld eine halbe Stunde zu früh zum Reitstall gekommen. Als Maria pünktlich um zehn erschien, stand er schon mit den gesattelten Pferden im Hof.

»Guten Morgen, Carl«, sagte Maria, der man die durchtanzte Nacht nicht ansah. »Sie sehen etwas blass aus. Haben Sie nicht geschlafen, oder sind Sie noch durch das Berliner Nachtleben gezogen?«

»Nein, keineswegs. Ich bin nur sehr früh aufgewacht. In Weischkehmen stehe ich immer im Morgengrauen auf. Auf einem Gut geht die Arbeit schon zeitig los.« Dass er vor Aufregung kein Auge zugemacht hatte, konnte er ja schlecht sagen.

»Übrigens, falls wir mal wieder zusammen ausreiten«, meinte Maria beiläufig, »ich sattle mein Pferd immer gern selbst.«

»Ich werde es mir merken. Aber so bald wird das ja wohl leider nicht sein.«

»Ist es nicht ein herrlicher Tag«, sagte Maria, während sie durch den sonnigen Tiergarten ritten. »Erzählen Sie doch ein wenig über Ostpreußen. Es soll dort wunderschön sein. Ich erinnere mich dunkel an die Briefe meiner Großmutter. Leider haben wir es nie geschafft, sie zu besuchen.« Sie schwieg. Fast hätte sie ihm von der Melancholie ihrer Mutter erzählt und wie traurig sie das selbst oft gemacht hatte. Aber was ging das diesen fremden jungen Mann aus Ostpreußen an?

Carl begann von den unendlichen Weiten der Landschaft zu schwärmen, von den Seen und Wäldern. »Weischkehmen ist umgeben von wilden Rosen. Es liegt direkt am Eichenwalder Forst. Mitten im Wald ist ein kleiner See, zu dem wir im Sommer reiten und wo wir schwimmen und picknicken.« Er erzählte begeistert von seiner Liebe zu den Pferden, den Jagdgesellschaften im Herbst, zu denen sich die Gutsbesitzer gegenseitig einluden, und den langen kalten Wintern.

Als die Pferde in Galopp verfielen, rief Maria: »Sie müssen nachher weitererzählen! Meine Eltern wollen das alles sicher auch hören.« Und so schwiegen sie – ab und zu tauschten sie Blicke –, bis sie erhitzt wieder im Stall ankamen.

»Lass uns du sagen«, schlug Maria auf dem Heimweg vor. »Ich bin sechzehn, und du bist wohl auch nicht viel älter.«

»Ein paar Jahre schon, ich bin vierundzwanzig«, entgegnete Carl mit einem Lachen.

»Bist du verheiratet oder verlobt?« Maria sah keinen Ring an seiner Hand.

»Weder noch. Ich habe die Richtige noch nicht gefunden.« Insgeheim dachte er, dass das so nicht stimmte. Die Richtige hatte ihm gerade das Du angeboten.

Die Bergs erwarteten die beiden schon ungeduldig. »War es schön, mein Kind?«, wollte Magnus wissen. »Wie geht es mit dir und Dark Sparker?«

»Wunderbar, Papa. Er ist ein herrliches Tier. Ich danke dir so sehr.«

»Und Ihre Tochter ist eine exzellente Reiterin mit einem großen Pferdeverstand.«

»Ich weiß, ich weiß, mein junger Freund.«

»Du siehst erhitzt aus, mein Liebling«, warf Olga ein. »Leg dir ein Tuch um, damit du dich nicht erkältest.«

»Aber Mama, mir geht es wunderbar. Wir sind eine Weile galoppiert, deshalb ist mir nur ein wenig warm.« Maria lachte. »Ich bin doch kein kleines Kind mehr. Du musst dich nicht immer um mich sorgen.«

Die Unterhaltung bei Tisch war äußerst anregend. Olga beteiligte sich lebhaft an den Gesprächen. Sie wollte alles wissen über ihre Mutter und Kurt, ihren Stiefvater. Sie konnte nicht genug davon hören, wie gern die Familie Goelder sie gehabt hatte und wie glücklich die beiden bis zu ihrem tragischen Tod waren.

»Fast hätten wir uns ja damals schon kennengelernt«, sagte Olga. »Die Reise nach Ostpreußen war fest eingeplant, als das schreckliche Unglück geschah.« Für einen Moment legte sich die Erinnerung wie ein trauriger Schleier über ihr

Gesicht, aber dann lachte und strahlte sie wieder. Fast schien es, als flirte sie ein wenig mit ihrem jungen Gast.

Mama ist wie ausgewechselt, dachte Maria. So kannte sie ihre Mutter gar nicht. Jetzt bekam sie eine vage Vorstellung davon, wie Olga früher einmal gewesen sein musste. So, wie Tante Sofia sie ihr beschrieben hatte, wie in ihrer Jugend, vor ihrer Gemütskrankheit. Auch ihr Vater kam ihr verändert vor. Ihre Eltern, die sonst meist schweigend ihre Mahlzeiten eingenommen hatten, als seien sie Fremde, redeten plötzlich miteinander, lachten und scherzten. Irgendetwas musste geschehen sein, da war Maria sich sicher. Aber sie dachte nicht weiter darüber nach, die Erzählungen ihres Gastes zogen sie zu sehr in ihren Bann.

»Ich war schon einmal in Königsberg, geschäftlich. Ich habe dort eine Beteiligung an einer Schifffahrtsgesellschaft. Aber weiter als bis über das Haff nach Pillau bin ich nicht gekommen«, sagte Magnus. »Von Ihrem herrlichen Land habe ich leider gar nichts gesehen.«

»Warum besuchen Sie uns nicht alle einmal in Weischkehmen. Mein Vater wird entzückt sein, Sie als seine Gäste zu begrüßen.« Carl wurde ganz aufgeregt bei dem Gedanken.

»Was für eine wundervolle Idee!«, rief Olga begeistert, und Maria sagte, leicht errötend: »Dann vergiss aber nicht, dass ich mein Pferd gern selbst sattle.«

Magnus war nicht ganz so begeistert wie seine beiden Frauen. »Mal sehen, wann meine Geschäfte es erlauben. Wir bleiben in Kontakt.«

Als Carl sich verabschiedete, versehen mit einem Proviantkorb von Lisa für die lange Reise, versprach er, so bald wie möglich zu schreiben.

»Das wäre schön«, strahlte Maria. »Und ich berichte dir vom Berliner Gesellschaftsleben und natürlich, wie es Dark Sparker bei uns ergeht.«

Magnus und Olga nahmen noch einen Mokka in der Bibliothek. Maria hatte sich mit einem »Bis später« verabschiedet und war zu Nina gegangen, um ihr von dem morgendlichen Ausritt und dem gemeinsamen Mittagessen zu berichten.

»Ich glaube, unsere Tochter hat sich verliebt«, bemerkte Olga nach einer Weile des Schweigens. »Ob wohl mehr daraus wird?«

»So schnell schießen die Preußen nicht«, polterte Magnus »Nun mal den Teufel nicht an die Wand.«

»Maria ist sechzehn, sie ist im heiratsfähigen Alter.«

»Ja, aber Ostpreußen! Das ist doch am Ende der Welt!« Magnus sah unglücklich aus. Er zog bedächtig an seiner Zigarre. Nein, nein, so schnell schießen die Preußen nicht, beruhigte er sich und goss sich einen kräftigen Schluck Cognac ein.

In der Nacht nach dem Ball hatte Magnus an Olgas Tür geklopft. Sie war nicht verschlossen. Olga empfing ihn in einer *Robe d'intérieur,* einem zartrosa Musselinkleid, über und über bestickt mit korallenfarbenen Steinen, das nur vorn lose mit Satinbändern geschlossen war. Darunter war sie nackt. Sie lag auf einer mit grünem Damast bezogenen Récamiere, neben sich, auf einem zierlichen Beistelltisch, eine offene Flasche Champagner und zwei Gläser. Ihre vorher aufgesteckten Locken, nun befreit von den glitzernden Kämmen, umrahmten ihr Gesicht und fielen über Hals und Schultern. Überall brannten Kerzen. Ihr Anblick glich einem Gemälde von Renoir.

Sie streckte Magnus ihre Arme entgegen. »Ich habe dich erwartet, Liebster«, flüsterte sie.

Er sank vor ihr auf die Knie. »Wie schön du bist«, sagte er mit rauer Stimme. »Wie lange habe ich auf diesen Augenblick gewartet.«

Er bedeckte ihr Gesicht mit Küssen, während sie den Gürtel seines seidenen Morgenmantels löste. Ihr Kleid fiel auseinander, und sein Mund wanderte über ihren Hals zu ihren Brüsten, tiefer und tiefer.

Olga stöhnte. »Ich habe dich so vermisst, Liebster. Du glaubst gar nicht, wie sehr.«

Sie liebten sich in dieser Nacht, als hätte es kein Gestern gegeben. Die letzten Kerzen waren längst verloschen, und der Morgen graute bereits, als sie erschöpft und eng aneinandergeschmiegt einschliefen.

»Ich muss der gnädigen Frau das Reitkostüm aufbügeln«, berichtete Anna ein paar Tage später in der Küche.

»Na sowat, die Jnädije is doch seit Jahren nich mehr jeritten«, meinte Lisa, die seit über sechzehn Jahren im Hause Berg diente, ungläubig.

»Ja, und sie lacht und singt.« Anna hatte ihre Herrin noch nie so vergnügt und ausgelassen gesehen.

»So war se früher immer«, bemerkte Lisa, »aber seit dat Mariachen uff de Welt is, hat se ihr janz doll verändert.« Sie hatte aufgehört, mit dem Geschirr zu hantieren. »Die Melancholie hat se jekricht, die Arme, und der Herr Baron hat sich woanders Trost jesucht! So is dat mit die Männer.«

Kurz darauf hörte sie von ihrem Bruder, dass der Herr Baron schon seit Tagen nicht mehr bei seiner Tänzerin war und diese mit verheulten Augen herumlief. »Nachtijall, ik hör dir trapsen«, sagte sie zu Anna. »Ik jlobe, die Jnädije is aus ihrem Winterschlaf uffjewacht.«

Olga war wie ausgewechselt. Sie nahm wieder an den gemeinsamen Mahlzeiten teil, ließ sich bei Gerson einige neue Kleider machen und besuchte mit Magnus Opern- und Theateraufführungen.

Es war der 15. Juni, ein lauer Sommertag. Die Familie saß beim Mittagessen. Die Fenster waren weit geöffnet, um die warme Luft hereinzulassen. »Hast du Phili in der letzten Zeit gesprochen?«, fragte Olga. »Wie mag es wohl dem Kaiser gehen?«

»Phili meint, es steht sehr schlecht um ihn. Er hat ihn das letzte Mal gesehen, als er Ende Mai die Parade abgenommen hat. Er muss einen jammervollen Eindruck gemacht haben.«

»Was sagt denn der Kronprinz? Unser Freund sitzt doch sozusagen direkt an der Quelle?«

»Phili ist äußerst diskret. Er will sich dazu nicht äußern.«

In dem Moment ertönte ein lautes »*Extrablatt!* Der Kaiser ist tot!« zu ihnen herauf.

»Mein Gott, nun ist es doch so schnell gegangen«, sagte Olga. »Nicht einmal drei Monate war Victoria Kaiserin.« Fast hatte sie Mitleid mit der Frau, die sie nicht ausstehen konnte, und Magnus meinte versonnen: »Nun haben wir tatsächlich ein Drei-Kaiser-Jahr. Das wird es wohl nie wieder geben.«

Den Bennings war Olgas Veränderung auch nicht entgangen. »Ich glaube, sie hat ihr Schlafzimmer wieder aufgeschlossen«, sagte Alfred zu Sofia, »und ich hoffe, sie hat den Schlüssel weit weg geworfen, sonst geht das Elend bald wieder los.« Er hatte nicht das geringste Verständnis aufbringen können für Olgas, wie er sich ausdrückte, »hysterisches Verhalten«. Sofia musste sich sehr zusammennehmen, um ihm nicht ins Gesicht zu schleudern, was sie gerade dachte. Ihre Schlafzimmertür war immer offen, und trotzdem hatte er seit Jahren eine Geliebte.

»Was sagt denn Magnus?«, fragte sie, nachdem sie sich innerlich beruhigt hatte.

»Er scheint mir im Moment ganz zufrieden«, war Alfreds lapidare Antwort.

Na reizend, ganz zufrieden! Sofia befürchtete das Schlimmste. Sie wusste, nähme Magnus sein altes Leben wieder auf, würde es zu einer Katastrophe kommen.

Ein paar Tage nach diesem Gespräch saß Maria bei Nina in deren entzückendem Mädchenzimmer. Vorhänge und Bezüge der kleinen Sessel waren aus geblümtem Chintz, und in jeder Ecke lagen mit Spitze und Stickereien besetzte Kissen in allen Größen. Überall stand Nippes herum, und auf jedem freien Platz saß eine Porzellanpuppe, gekleidet in Seide und Brokat. Sie hatte sich einfach noch nicht davon trennen können.

»Ich weiß nicht, was mit Mama los ist«, sagte Maria. »Seit meinem Geburtstag ist sie so anders. Sie lacht und redet mit Papa über Dinge, die sie sonst gar nicht interessiert haben. Haben deine Eltern was gesagt? Es muss ihnen doch aufgefallen sein.«

»Keine Ahnung«, meinte Nina. Im Moment interessierte sie sich nur für eines, nämlich Victor von der Halst, den sie auf Marias Ball kennengelernt hatte. »Hast du etwas von Carl gehört?«, fragte sie ihre Freundin.

»Nein«, sagte Maria unglücklich, »er ist doch schon über vier Wochen weg und hat versprochen, sofort zu schreiben.

Bis jetzt habe ich nichts, aber auch gar nichts von ihm gehört. Ich fürchte, er mag mich doch nicht.«

»Das glaube ich nicht. Victor hat mir gesagt, dass Carl ganz hingerissen war von dir. Auch er hat noch keine Post von ihm bekommen. Er sagt, jetzt im Frühjahr ist auf dem Gestüt besonders viel zu tun. Da kommen nämlich die Fohlen auf die Welt. Er wird schon schreiben, dein Carl, bestimmt.« Nina rutschte aufgeregt auf ihrem Stuhl hin und her. »Ich muss dir was sagen, Maria«, flüsterte sie. »Du darfst es aber niemandem weitererzählen.«

»Was ist, nun sag schon.«

»Victor hat mich gestern gefragt, ob ich ihn heiraten will.«

»Was, du hast Victor allein gesehen? Ja, wann denn und wo?« Normalerweise war sie immer in der Nähe, wenn die beiden sich heimlich trafen.

»Meine Eltern waren aus, und die Dienerschaft hat in der Küche gesessen.« Ihre Stimme war kaum noch zu verstehen. Sie wusste, die Wände hatten Ohren. »Ich habe ihn zur Hintertür hereingelassen. Er war fast die ganze Nacht hier.«

Maria starrte ihre Freundin fassungslos an. »Du hast aber Mut«, sagte sie, nun ebenfalls im Flüsterton. Mein Gott, wenn Alfred von Benning die beiden erwischt hätte! Nicht auszudenken, was dann passiert wäre. Ein Duell womöglich … »Und was hast du geantwortet?«

»Ja, natürlich ja! Ich liebe ihn, das weißt du doch.« Sie blickte Maria strahlend an. »Er ist heute nach Insterburg gefahren zur Hochzeit seiner Schwester Freya. Wenn er zurück ist, will er bei meinem Vater um meine Hand anhalten. Und später will er sich in Insterburg niederlassen.« Sie war aufgesprungen und ging aufgeregt in dem Zimmer hin und her. »Ich werde dann in Ostpreußen leben. Wäre es nicht schön, wenn du in meiner Nähe wohnen würdest? Das Gut seiner Eltern, es heißt Berschallen, ist ganz in der Nähe von Weischkehmen.«

»Du bist gut«, erwiderte Maria lachend. »Bis jetzt habe ich noch keinen, der mich nach Ostpreußen holen will.«

Einige Tage später, die Familie saß beim gemeinsamen Frühstück, und Olga und Maria besprachen, was sie zu dem nachmittäglichen Jour fixe bei den Bennings anziehen sollten, brachte der Diener auf einem Tablett die Post.

Magnus, der wie immer morgens die Börsenberichte las, unterbrach seine Lektüre. »Für dich, Maria«, sagte er, das oberste Kuvert hochhaltend, »von deinem Verehrer aus Ostpreußen. Hat ja recht lange gedauert, dass er mal von sich hören lässt.«

Marias Gesicht war rot angelaufen, und ihr Herz klopfte so laut, dass sie befürchtete, ihre Eltern könnten es hören. Sie legte den Brief achtlos neben ihren Teller.

»Ach, da ist ja auch einer für uns, Olga.« Magnus hatte das Kuvert mit seinem silbernen Brieföffner aufgeschlitzt und begann laut vorzulesen: *Sehr geehrter Baron, sehr verehrte gnädige Frau, auch im Namen meines Vaters möchte ich mich von Herzen bedanken für die überaus freundliche Aufnahme in Ihrem Hause. Mein Berlin-Aufenthalt ist so für mich zu einem unvergesslichen Erlebnis geworden.*

Mein Vater bittet mich, Ihnen mitzuteilen, wie sehr er sich freut, dass Dark Sparker in so gute Hände gekommen ist und von einer so bezaubernden Frau geritten wird.

»Hört, hört«, sagte Magnus und schaute seine Tochter über den Rand seiner Brille hinweg an. Diese war erneut puterrot geworden und blickte verschämt auf ihren Teller.

Ihre im Schoß liegenden Hände zitterten. Magnus fuhr fort: *Ich möchte meine Einladung nach Weischkehmen, die ich kurz vor meiner Abreise ausgesprochen habe, wiederholen. Mein Vater schließt sich diesem Wunsch von Herzen an.*

Mit den besten Grüßen verbleibe ich

Ihr sehr ergebener Carl Goelder.

»Was für ein reizender Brief«, sagte Olga und wandte sich an Maria. »Was ist, Kind, willst du deinen nicht auch aufmachen?«

»Ich lese ihn später, Mama.«

Es waren kaum fünf Minuten vergangen, als Maria aufsprang. »Ich habe keinen Hunger, bitte entschuldigt mich.« Damit stürmte sie in ihr Zimmer.

»Nun hat sie es aber doch eilig«, brummte Magnus, und Olga lächelte. »Hast du nicht bemerkt, wie sehr sie auf diesen Brief gewartet hat? Sie ist verliebt, unsere Tochter. Gewöhn dich dran!«

»Ach was, sie kennt ihn doch kaum, diesen jungen Burschen aus Ostpreußen.« Magnus war jetzt sichtlich schlecht gelaunt. Die guten Börsennachrichten, die ihn vorhin noch in eine so ausgelassene Stimmung versetzt hatten, waren vergessen.

»Jedenfalls so gut, dass sie sich das erste Mal ernsthaft für einen ihrer Verehrer interessiert.«

»Aber Ostpreußen ist doch so schrecklich weit weg«, sagte Magnus ungehalten. »Kann sie sich nicht in jemanden in Berlin oder Umgebung verlieben?« Er verschanzte sich wieder hinter seiner Zeitung, und Olga meinte beschwichtigend: »Wie sagst du immer? So schnell schießen die Preußen nicht.«

Maria hatte mit zitternden Händen das Kuvert aufgerissen. Fünf eng beschriebene Seiten fielen ihr entgegen. Carl schrieb, wie sehr er sich gefreut hätte, sie getroffen zu haben. Im Moment sei besonders viel zu tun auf dem Gestüt. Nach dem Tod von Kurt Lindner hätten sie immer noch nicht den richtigen Gestütsmeister gefunden, und er müsse sehr viel arbeiten, deshalb auch jetzt erst sein Brief. Sie möge ihm verzeihen.

Gestern habe ich Victor gesehen. Er will Nina heiraten, weißt du das schon? Falls nicht, bitte verrate mich nicht. Wenn er zurück in Berlin ist, hält er offiziell um ihre Hand an. Wir schwelgen in Erinnerung an unsere gemeinsamen Tage in Berlin und an deinen wunderbaren Geburtstagsball. Hier ist ja alles etwas ländlicher und nicht so elegant. Wusstest du, dass ich mir von Victor einen Cut leihen musste? Fast hätte ich zu deinem Fest gar nicht kommen können. Was für ein schrecklicher Gedanke! Dann hätten wir uns vielleicht gar nicht näher kennengelernt.

Er schrieb weiter, dass er auch ihren Eltern geschrieben und seine Einladung nach Weischkehmen wiederholt habe.

Leb wohl für heute, meine Schöne. Bitte schreib mir bald, dein dich sehr verehrender Carl.

»Lass uns zu Fuß gehen«, sagte Olga, als der Diener meldete, die Kutsche sei vorgefahren. »Es ist ja nicht weit zu den Bennings, und ich brauche etwas frische Luft.«

Arm in Arm schritten Mutter und Tochter auf dem neuen Spazierweg des Kurfürstendamms in Richtung des Benning-Palais. Neu angepflanzte Platanen spendeten einen angenehmen Schatten. Damen aus vorbeifahrenden Kutschen und ihnen bekannte Reiter grüßten und winkten.

Nachdem sie eine Weile schweigend gegangen waren, fragte Maria: »Was meinst du, Mama, wird Papa mit uns nach Ostpreußen fahren?«

»Ich weiß nicht, mein Herz. Möchtest du es denn gern?«

»Ja, ich wünsche es mir sehr. Aber Papa wird immer so brummig, wenn er von Carl spricht. Was hat er nur?« Ihre Wangen glühten.

»Ich glaube, er ist ein wenig eifersüchtig, dein Vater«, sagte Olga mit einem Lächeln. »Das ist ganz normal und wird sich schon geben. Aber was hat dein Carl denn überhaupt geschrieben?«

»Noch ist er nicht mein Carl«, erwiderte Maria und lachte, »aber vielleicht wird er es ja mal.« Jetzt erzählte sie ihrer Mutter von seinem Brief. Dass sie immer noch keinen richtigen Ersatz für Kurt Lindner gefunden hätten und er sehr viel arbeiten müsse und deshalb erst jetzt hätte schreiben können. Sie schwieg einen Augenblick, und dann brach es aus ihr heraus. »Ich bin verliebt, Mama, so verliebt wie noch nie.«

»Ich weiß, mein Kind.« Olga drückte Marias Arm.

Sie waren an dem neuen Palais der Bennings angekommen, einem der imposantesten Neubauten am Kurfürstendamm. Ein gusseiserner Zaun umgab den Vorgarten, in dessen Mitte ein Springbrunnen plätscherte. Ein gepflegter Rasen mit Blumenrabatten säumte einen breiten, geschwungenen Kiesweg. Ein mächtiges Tor, flankiert von eckigen Granitsäulen, auf denen Amphoren aus dem gleichen Stein standen, verwehrte Unbefugten den Zutritt.

In der großen, mit Carrera-Marmor ausgelegten Halle herrschte eine angenehme Kühle. Ein Diener in Livree empfing sie. »Wenn Sie mir bitte folgen wollen«, sagte er und führte sie in den Salon.

Hier wiederholte sich die äußere Pracht. Kostbare Teppiche bedeckten den Boden, an den Wänden hingen Gemälde alter Meister, und über der großen Sitzgruppe sahen sie einen aus chinesischer Seide gestickten Gobelin. Die Farbe der üppigen Vorhänge wiederholte sich in den Bezügen der Sessel und Bänke. Auf Etageren und Beistelltischchen standen Nippes und Blumenarrangements.

Es herrschte bereits eine angeregte Unterhaltung. Sofia eilte ihren neuen Gästen entgegen. »Wie schön, dass ihr da seid. Nina erwartet dich schon sehnsüchtig, Maria. Geh nur gleich nach oben. Alma ist auch da, sicher tauschen sie wieder Geheimnisse aus.« Zu Olga sagte sie leise: »Ich freue mich, dass du wieder die Alte bist. Blendend siehst du aus. Komm, ich stelle dich den Damen vor, die du noch nicht kennst.«

Die Unterhaltung stockte kurz, aber als Olga auf einem der zierlichen Barocksessel Platz genommen und der Diener sie mit einer Tasse Tee versorgt hatte, ging es nahtlos weiter.

»Ich habe gerade erzählt«, sagte die Frau Kommerzienrat Brachmann wichtig an Olga gewandt, »dass die Schwiegertochter des Barons von Stein ... Sie wissen, wer das ist?« Olga nickte. »Also Ines von Stein hat über Nacht ihren Mann verlassen.« Sie schnaubte empört. »Sie ist mit beiden Kindern zurück zu ihren Eltern nach Hamburg gegangen.«

»Warum, was ist denn passiert?« Olga hatte in den letzten Jahren nicht allzu viel vom Geschehen in der Berliner Gesellschaft mitbekommen.

»Ihr Mann, der junge von Stein, hat sie ständig betrogen ...« Frau Brachmann hielt plötzlich inne. Hatte der Baron von Berg nicht auch ...? Aber Olgas unbeteiligtes Gesicht ließ sie fortfahren. »Außerdem soll er ein Spieler sein. Ihre ganze Mitgift hat er verspielt. Aber trotz alledem, da geht man doch nicht. Man hat doch eine Verantwortung!«

»Und nur einen Zettel hat sie hinterlassen, in der Halle, auf dem Tisch. DU KANNST MICH MAL! stand drauf. Bevor der Baron morgens nach Hause kam, hatte das Personal ihn gelesen und dafür gesorgt, dass die halbe Stadt es schon vor ihm wusste«, berichtete eine der Damen.

»Bravo!«, sagte eine elegante junge Frau, die Olga gegenübersaß. »Endlich wagt es einmal jemand, sich zu wehren.«

Frau Brachmann, eine füllige Matrone in den Sechzigern, blickte diese entgeistert an. Alle sprachen jetzt durcheinander.

»O Gott, das würde ich nie wagen.«

»Das kann man doch unmöglich gutheißen.«

»Ich wüsste gar nicht, wo ich hingehen sollte.«

»Also, wenn das Schule macht, ist ja die halbe Stadt verwaist«, sagte eine, was einen Heiterkeitsausbruch unter den Damen auslöste und die angespannte Stimmung etwas entschärfte.

»Ich finde es ungeheuer mutig«, warf Olgas Gegenüber nun ein. »Man muss sich von den Männern doch nicht alles gefallen lassen. Die junge Baronin hat offensichtlich Eltern, die Verständnis für sie zeigen. Aber kaum einer Frau ergeht es so. Wir Frauen müssen mehr Rechte bekommen in unserer Gesellschaft.«

»Also, Fräulein von Brüning«, fiel ihr Frau Brachmann empört ins Wort, »wir wissen ja, dass Sie sich für die Frauenrechte einsetzen. Sie sollten ihre Energie besser darauf verwenden, einen Ehemann zu finden!«

»Wer sagt denn, dass ich einen suche?«, antwortete diese ruhig.

Die Frau Kommerzienrat starrte ihr Gegenüber entsetzt an. Die war ja genauso unmöglich wie die von Stein!

Zu Sofias Erleichterung unterbrachen neu angekommene Gäste die erregte Diskussion. Die Gemüter hatten sich beruhigt, und man sprach über allgemeine Themen.

Währenddessen hatte Maria ihren Freundinnen Carls Brief vorgelesen.

»Siehst du«, sagte Nina, »er liebt dich. Ich habe es dir doch gesagt«, und Alma, die in alles eingeweiht war, bemerkte traurig: »Was mache ich bloß, wenn ihr beide in Ostpreußen lebt, so schrecklich weit weg.«

»Also, bisher hat er mir noch keinen Antrag gemacht«, meinte Maria lachend. »Mein Vater sagt immer, so schnell schießen die Preußen nicht.«

Aber Alma fürchtete, dass es bald so weit sein würde. Der Brief sprach doch Bände.

Auf dem Heimweg fragte Olga ihre Tochter, ob sie das Fräulein von Brüning kenne, die junge hübsche Person, ihr Gegenüber beim Tee.

»Ich habe von ihr gehört. Sie setzt sich für die Frauenrechte ein. Kürzlich stand etwas über sie in der Zeitung.«

»Eine interessante Frau«, sagte Olga. »Die gefällt mir.«

Victor war aus Insterburg zurück. Sein erster Weg führte ihn in das Haus Benning. Er hatte seinen Besuch schriftlich angekündigt, also konnte er sicher sein, dass er erwartet wurde. Der Diener nahm seine Visitenkarte auf einem silbernen Tablett entgegen. Einen Augenblick später führte er ihn in die Bibliothek.

»Was kann ich für Sie tun, junger Freund?«, begrüßte ihn Alfred von Benning jovial. Diese Frage stellte er immer. Die meisten Besucher wollten etwas von ihm; im Zweifelsfall war es Geld. »Nehmen Sie doch Platz. Kann ich Ihnen etwas anbieten? Einen Sherry vielleicht?«

»Nein, vielen Dank.« Victor war sichtlich nervös. Nina hatte ihm gesagt, ihr Vater wisse nichts von seinen Absichten.

»Nun, was gibt's? Ich höre, Sie waren gerade in Insterburg auf einer Hochzeit. Nina hat davon gesprochen.«

»Ja, meine Schwester hat geheiratet. Und das ist auch der Grund, warum ich hier bin.«

»So, so«, sagte Benning leicht erstaunt. Wollte der junge Mann einen Kredit, weil er eine Familie gründen und ein Haus kaufen wollte?

Victor war aufgesprungen. Es hielt ihn nicht mehr auf seinem Stuhl. »Ich möchte auch heiraten. Ich bitte Sie um die Hand Ihrer Tochter.«

Benning starrte ihn entgeistert an. »Das kommt aber jetzt ein bisschen plötzlich«, sagte er. »Haben Sie schon mit Nina gesprochen?«

»Ja, selbstverständlich. Wir lieben uns.«

Benning hatte sich einen Cognac eingeschenkt und ging nun auf und ab. Er musste sich erst mal beruhigen. »Ich höre, Sie sind Arzt in der Charité …«

Jetzt kam der schwierigere Part. Nina hatte Victor gewarnt. »Ja, noch für ein paar Monate. Dann werde ich mich niederlassen. Aber nicht in Berlin, sondern in Insterburg.«

»Waaaas … In Insterburg? Das kommt überhaupt nicht in Frage. Meine Tochter will nach Ostpreußen?« Für einen Moment hatte Benning die Contenance verloren. Er war auf seinen Sessel gesunken, und alle Autorität, die er noch vor wenigen Augenblicken ausgestrahlt hatte, war verschwunden. »Können Sie meine Tochter denn überhaupt standesgemäß ernähren?« Er hatte sich wieder gefasst. »Natürlich kann sie eine stattliche Mitgift erwarten …«

»Ihre Mitgift interessiert mich nicht«, unterbrach ihn Victor ruhig. »Ich werde mit Sicherheit genug verdienen, um sie, wie Sie sagen, standesgemäß zu unterhalten. Es gibt nicht so viele Ärzte in Insterburg und Umgebung. Herr von Benning, ich liebe Ihre Tochter, und sie liebt mich. Bitte geben Sie uns Ihre Erlaubnis zu unserer Hochzeit.«

Alfred von Benning hatte sich erhoben. »Das kommt alles wirklich ein bisschen zu plötzlich. Ich muss erst mit Nina sprechen. Ich werde Ihnen baldmöglichst eine Note zukommen lassen. Leben Sie wohl, Herr von der Halst.«

Wie von Geisterhand öffnete sich die Tür zur Halle, und der Diener erschien, um Victor hinauszubegleiten.

Natürlich konnte Benning seiner Tochter die Erlaubnis zur Hochzeit mit Victor nicht verweigern. Noch nie hatte er ihr einen Wunsch abschlagen können. Aber warum ausgerechnet Ostpreußen, so weit weg! »Hier werden doch auch Ärzte gebraucht«, wandte der unglückliche Vater ein. »Ich richte ihm eine Praxis ein, wo immer er will in Berlin.« Aber Victor ließ sich nicht kaufen. Er wollte zurück in seine Heimat, auch die verlockendsten Angebote konnten ihn nicht davon abhalten.

Tatsächlich sprach nichts gegen den jungen Mann. Er stammte aus einer guten Familie, die Eltern waren begütert, und er hatte einen ordentlichen Beruf. Bald wurde die Hochzeit auf das kommende Frühjahr festgesetzt.

Die Zeit verging wie im Flug. Zwischen Maria und Carl war ein regelmäßiger Briefwechsel entstanden, der immer intimer wurde. »Wann kommt ihr bloß?«, fragte Carl immer wieder. »Ich kann es kaum erwarten, dich in meinen Armen zu halten.«

Aber Magnus schob ständig dringende Geschäfte vor, die ihn in Berlin hielten, und als der Winter kam, war an eine so lange Reise in das ferne Ostpreußen nicht mehr zu denken.

Im Januar wurden die Einladungen zu Ninas Hochzeit verschickt. Carl war einer der Ersten, der zusagte.

»Maria, Carl kommt zu meiner Hochzeit, ist das nicht wunderbar?«, sagte Nina aufgeregt zu ihrer Freundin.

»Ich weiß, er hat es mir geschrieben, und er hat mich gefragt, ob ich ihn heiraten will.«

»Na endlich, es wurde aber auch Zeit.« Nina fand, bei ihr sei das alles viel schneller gegangen.

»Wenn er kommt, will er bei Papa um meine Hand anhalten.« Maria lachte. »Ich habe also noch genug Zeit, ihn darauf vorzubereiten. Gott sei Dank ist Mama auf meiner Seite.« Und dann fuhr sie flüsternd fort: »Wenn Papa es nicht erlaubt, brenne ich einfach mit ihm durch. Ich bin sicher, Mama würde mir dabei helfen.«

Nina war ihrer Freundin um den Hals gefallen. »Keine Sorge, so weit wird es bestimmt nicht kommen. Ich bin ja so glücklich. Wir werden Nachbarn sein, Maria, ist das nicht herrlich? Berschallen, das Gut von Victors Eltern, ist nur einen Zehn-Minuten-Ritt von Weischkehmen entfernt und Insterburg eine halbe Stunde. Wir können uns sehen, sooft wir wollen.« Sie lachten und machten Pläne, wie ihr späteres Leben aussehen sollte. Sie ahnten nicht, was das Schicksal noch alles für sie bereithielt.

1889

Mit einem Ruck, prustend und weiße Dampfwolken ausstoßend, hielt der Zug an dem kleinen Bahnsteig.

»Iiiiinsterrburch …« Wie durch eine Nebelwand drang die Stimme des Stationsvorstehers in Marias Unterbewusstsein.

»Wir sind da Liebling, wach auf.«

Mit einem Schlag war sie hellwach. »Warum hast du mich nicht geweckt, Carl?«, sagte sie mit einem leisen Vorwurf in der Stimme. »Ich habe ja gar nichts von der Landschaft gesehen.«

»Seit Posen hast du geschlafen wie eine Tote.« Carl lachte leise. »Ich habe es einfach nicht übers Herz gebracht, dich zu wecken.«

Während Maria versuchte, ihre Locken unter ihrem Hut zu verstauen, hielt Carl Ausschau nach Bruno, dem alten Kutscher. Auf dem Bahnsteig herrschte geschäftiges Treiben. Vertraute Sätze wie: »Nu mach et man jut, Marjellchen«, »Eij, wie jet et man so, und wat macht Omchen?«, »Einsteijen, Jungchen, dat Schaffnerche hat man schon jepfiffen …« waren zu hören und immer wieder »Erbarmung«, ein Lieblingswort der Ostpreußen, das sich etwa so anhörte: Errbarrmunk!

Carl lächelte. Er war wieder zu Hause. »Wir müssen aussteigen, sonst fährt der Zug noch mit uns weiter«, trieb er seine junge Frau zur Eile an.

Sie drängten sich an den neu zugestiegenen Fahrgästen vorbei. Kaum standen sie auf dem Bahnsteig, ertönte auch schon der dritte Pfiff des Vorstehers, und die Lok setzte sich mit einem Ruck in Bewegung, erneut gewaltige weiße Dampfwolken ausstoßend.

Der Bahnsteig hatte sich fast geleert, und nun entdeckte Carl Bruno, der mit einem strahlenden Gesicht auf sie zukam. »Herzlich willkommen, jnädije Frau«, begrüßte er Maria in breitestem Ostpreußisch. Dann wandte er sich an Carl: »Tach, Jungchen, schön, dat de wieder da bist.«

Bruno war seit mehr als dreißig Jahren in den Diensten der Goelders und seiner Herrschaft zutiefst ergeben. Er hatte die Kinder heranwachsen sehen, ihnen das Kutschenfahren und auch sonst einiges beigebracht, und er war ein begnadeter Witzeerzähler. Unter dröhnendem Gelächter gab er immer die neuesten zum Besten. Carl und sein jüngerer Bruder Georg, die anfänglich überhaupt nicht verstanden, was daran so komisch war, erzählten sie todernst ihrem Vater, der jedes Mal vor Lachen brüllte und ihnen den Auftrag gab, ihm jeden neuen Witz sofort zu überbringen.

Bruno hatte seine Melone, die er zur Begrüßung fest an seine Brust gedrückt hatte, wieder aufgesetzt und die Reisetaschen hinten auf dem Landauer verstaut. Das große Gepäck war zusammen mit Dark Sparker schon von Berlin vorausgeschickt worden. Mit einem lauten Peitschenknall und Brunos »Na denn man los« setzte sich der Wagen in Bewegung. In gemächlicher Fahrt ging es durch die Wilhelmstraße.

»Da ist das Fotoatelier Schmid«, sagte Carl und deutete nach links. »Dort lässt sich jeder, der etwas auf sich hält, porträtieren, und da drüben ist das Möbelhaus Glück. Und dort«, er zeigte auf ein Haus gegenüber, »ist die Kanzlei von Albert Lackner, unserem Rechtsanwalt.«

Sie fuhren vorbei an der Burg, und als sie am Gawehner Teich vorbeikamen, deutete er auf eine prachtvolle Villa. »Hier baut Baron Orlov. Er lebt mit seiner Frau in Indien. Aber ihr bekommt das Klima dort nicht, und sie wollen in Zukunft in Insterburg wohnen.«

Kurz darauf lag Insterburg hinter ihnen. Bruno schnalzte mit der Zunge, und das Pferd verfiel in leichten Trab. Maria hatte den Hut abgenommen, und ihre Locken flatterten im Fahrtwind. Es war Anfang Juni. Die Luft war warm, und die Sonne strahlte von einem wolkenlosen Himmel.

»Willkommen in deiner neuen Heimat«, flüsterte Carl ihr ins Ohr. Er hatte den Arm um sie gelegt, als wolle er sie nie mehr loslassen.

Maria drückte seine Hand. Sie konnte nicht sprechen, so überwältigt war sie von dem, was sie sah. Wogende Kornfelder, in der Sonne glänzend wie Gold, durchsetzt mit feuerroten Mohnblüten und leuchtend blauen Kornblumen. Dazwischen von riesigen Kastanienbäumen beschattete Koppeln, unter denen Pferde Schutz vor der Sonne suchten. Über bewaldeten Seen kreisten Kormorane, und neben einzelnen Gehöften grasten Kühe und Schafe auf saftigen Weiden. Sie fuhren durch Birkenwälder und über endlose Alleen, deren knorrige Stämme davon zeugten, dass sie schon seit Urzeiten die Wege säumten.

»Es ist wunderschön«, sagte Maria nach einer Weile. »Du hast in deinen Erzählungen nicht übertrieben.«

Carl strich ihr liebevoll über die Wange. »Ich weiß, es ist herrlich hier, vor allem im Sommer. Aber die Winter sind lang. Mach mir später nicht den Vorwurf, dass ich dich nicht gewarnt hätte.«

Während sie durch die herrliche Landschaft fuhren, kehrten Marias Gedanken zurück zu ihrer festlichen Hochzeit im Stadtpalais ihrer Eltern, einer Feier von drei Tagen. Sie hatte nicht mit Carl durchbrennen müssen. Ihr Vater hatte nach kurzem Lamentieren – »Warum denn nur ein Ostpreuße, das ist so schrecklich weit weg« – sein Einverständnis gegeben. Er hatte für sie ein Fest ausgerichtet, über das man noch lange sprach. Alles, was in Berlin Rang und Namen hatte, war geladen. Die Bennings, Arnims, Donnersmarcks, die alten Herzbergs und Philipp Graf Eulenburg, ihr geliebter Onkel Phili, der beste Freund des Kaisers. Aus Ostpreußen waren Carls Bruder Georg und Vater Gustav angereist, beides reizende, blendend aussehende Männer, die Maria sofort ins Herz schloss. Zur Hochzeit hatte ihnen ihr Vater eine Reise nach Venedig geschenkt, von der sie gerade zurückkehrten, in eine Welt und ein Leben, das so anders sein würde als das, was sie bisher gelebt hatte.

Gerade hatten sie das Dorf Paschkallnischken durchfahren, als Bruno die Fahrt verlangsamte. Er war nach rechts in eine Lindenallee abgebogen, deren gewaltige Baumkronen ein Schatten spendendes Dach bildeten.

»Wir sind gleich da!«, rief Carl, und Maria versuchte, ihre Locken zu bändigen und wieder unter dem Hut zu verstauen.

»Lass man«, sagte Carl und lachte, »das ist nicht nötig. Wir sind hier nicht auf dem Kurfürstendamm, sondern auf dem Land. Da trägt man den Hut nur sonntags beim Kirchgang.«

In Weischkehmen herrschte seit Tagen große Aufregung. Nun war der Tag der Ankunft da. Schon seit Wochen war die Mamsell damit beschäftigt, das große Fest zur Begrüßung der Brautleute vorzubereiten, zu dem für den heutigen Abend

Freunde und Verwandte aus Insterburg und der Nachbarschaft erwartet wurden. Schweine und Hühner waren geschlachtet, und die Kühlkammern bis unter das Dach gefüllt worden mit Pasteten, Sülzen, Würsten und kalten Braten. Bruno hatte Hektoliter Schnaps gebrannt, und zur Feier des Tages war eine große Weinlieferung aus Königsberg eingetroffen. Alles musste im Überfluss vorhanden sein. Es wurde gefressen und gesoffen in Ostpreußen. Anders konnte man die Völlerei nicht bezeichnen, von der Maria später in ihren Briefen nach Berlin berichtete.

Carls kleine Schwester Clara, von allen Clärchen genannt, saß am Fenster ihres Zimmers im obersten Stock des Gutshauses, um die Ankunft von Carl und Maria anzukündigen. Bereits um zehn Uhr morgens hatte sie sich dort postiert.

»Vor zwölf können sie unmöglich da sein«, hatte die Hausdame, Fräulein von Karow, gelacht. »Hilf lieber den Stubenmädchen beim Tischdecken.«

Aber Clärchen ließ sich nicht von ihrem Posten vertreiben. »Vielleicht fährt der Zug ja schneller und sie kommen früher«, sagte sie.

»Na, dann pass man schön auf.« Zärtlich hatte Fräulein von Karow ihrem Liebling über den Kopf gestrichen und war ihrer Arbeit nachgegangen.

Isa von Karow war bald nach dem Tod von Agathe Goelder als Hausdame eingestellt worden. Sie stammte aus verarmtem Adel, war unverheiratet – man munkelte von einer unglücklichen Liebe – und hatte den Haushalt sofort in festem Griff, zum anfänglichen Ärger der Mamsell. Agathe hatte sich mehr für Pferde als für Küche und Haushalt interessiert und die Mamsell nach deren Gutdünken schalten und walten lassen.

Isa von Karow war dreißig Jahre alt gewesen, als sie zu den Goelders kam. Sie war eine aristokratische Erscheinung, groß gewachsen, schlank mit einem aufrechten Gang. Sie hatte ein fein geschnittenes Gesicht mit einer leicht gebogenen Nase, einem schön geschwungenen Mund und wachen dunklen Augen. Man konnte sie als hübsch bezeichnen. Nur fiel das niemandem auf. Anfänglich war sie charmant, versuchte Gustav Goelder zu gefallen, was in der Küche ausgiebig diskutiert wurde. Aber dieser war so versunken in seinem Schmerz über den Tod seiner Frau, dass alle Versuche weiblicher Annäherung oder auch nur harmloser Ablenkung an ihm abprallten.

Und so dauerte es nicht lange, dass Fräulein von Karow sich damit abfand, ihr Leben als alte Jungfer zu beenden. Ihre Lippen wurden schmaler, die vollen dunklen Haare, inzwischen ergraut, waren zu einem festen Knoten zusammengesteckt, und ihre Augen hatten ihren Glanz verloren. Stets in Schwarz gekleidet, wurde sie immer unscheinbarer. War sie in den ersten Jahren noch bemüht, bei Tisch Konversation zu machen, so hatte sie auch das irgendwann aufgegeben. Sie war still, unauffällig und eigentlich unersetzbar, wie ein Möbel, das man erst vermisst, wenn es nicht mehr da ist.

Als sie ins Haus kam, war Clara noch nicht mal ein Jahr alt. All ihre Liebe gab sie diesem Kind. Als die Amme nicht mehr gebraucht wurde, lehnte sie es ab, ein Kindermädchen einzustellen. Clärchen war ihr Baby, das Kind, das sie selbst niemals würde bekommen können. Die Liebe zu diesem Wesen entschädigte sie für alles, was das Leben ihr vorenthalten hatte.

Carl und Georg konnte und wollte sie die Mutter nicht ersetzen. Die Jungen, anfänglich erstarrt in ihrem Schmerz, waren bald abgelenkt durch das Geschehen auf dem Gestüt und in der Schule. Sie versuchte, ihnen eine gute Freundin zu sein, was ihr auch gelang. Wenn sie etwas ausgefressen und Angst vor Strafe hatten, kamen sie als Erstes zu ihr, und meistens gelang es ihr auch, die Gemüter zu beruhigen. Wenn sie ohne Abendbrot auf ihr Zimmer geschickt wurden, fanden sie unter dem Kopfkissen ein Butterbrot oder ein Stück Wurst, von Isachen, wie sie sie heimlich nannten. Sie offiziell Isachen zu nennen, war den Jungen nicht erlaubt. Ihrem Vater war zu große Vertraulichkeit verhasst. Erst als es zu spät war, sollte er feststellen, was für ein Juwel diese Frau gewesen war.

In dem großen, über der Eingangshalle liegenden Festsaal, der nur zu Weihnachten, Jagdgesellschaften und größeren Festen benutzt wurde, herrschte reges Treiben. Die Fenster standen weit offen, um die laue Sommerluft hereinzulassen. Unter der strengen Aufsicht der Hausdame hatten die Stubenmädchen die Tische mit bodenlangen weißen Damasttüchern geschmückt und das frisch geputzte Silber und das gute Meißengeschirr aufgedeckt. Servietten mit Stockflecken mussten noch einmal gewaschen, gestärkt und gebügelt und die großen Kandelaber abgestaubt und mit Kerzen versehen werden.

Fräulein von Karow inspizierte zum letzten Mal die lange Tafel. Das feine Geschirr, Kristallgläser und Silberschalen voller duftender Rosen glänzten um die Wette. Sie kontrollierte noch einmal die Tischkarten und ermahnte Grete, eines der Mädchen, nicht zu vergessen, kurz vor dem Essen die Rosengirlanden um die Gedecke des Brautpaares zu legen. »Ich verlasse mich darauf, dass sie frisch sind«, sagte sie. »Und nun zieht euch um, sie werden bald da sein.«

In dem Moment stürmte Clärchen in den Saal. »Sie kommen, Isachen, sie kommen.«

»Na endlich, mein Liebling.« Isa von Karow strich dem strahlenden Kind über die feuchte Stirn. Wie aufgeregt es war! Seit Tagen redete Clärchen von nichts anderem als der Heimkehr ihres geliebten Bruders und seiner schönen Frau. Zur Hochzeit nach Berlin konnte sie nicht mitreisen. Wieder einmal hatten ihre Fieberanfälle sie geplagt. Eine Katastrophe war das gewesen. Tagelang hatte sie geweint, und das Fieber war nur sehr langsam wieder zurückgegangen. Sie sollte eine der Brautjungfern sein. Ihr Kleid hing fertig im Schrank, und nur der Gedanke, es wenigstens auf dem Empfangsball für Carl und Maria zu tragen, hatte sie etwas trösten können.

»Lauf, und sag in der Küche Bescheid, und schlag den Gong in der Halle, damit sich alle zum Empfang versammeln«, sagte Fräulein von Karow. Sie begab sich in ihr Zimmer, um noch einmal zu kontrollieren, ob Frisur und Kleid in Ordnung waren.

Als sie vor das Gutshaus trat, war das Empfangskomitee schon vollzählig versammelt. Aus allen Richtungen waren sie herbeigeeilt. Die Mamsell und die Küchenmädchen mit frischen weißen Hauben und Schürzen. Die Stubenmädchen in rosa-weiß gestreiften Kleidern, und der Diener Meier, seinen Vornamen kannte keiner, in gestreifter Jacke und schwarzer Hose. Gustav Goelder war wie immer in Breeches, Reitstiefeln und einer alten, ausgebeulten Tweedjacke. »Wer trägt eigentlich deine Sachen, wenn sie neu sind?«, hatte einmal ein Freund gefragt, was bei allen Anwesenden einen Heiterkeitsausbruch ausgelöst hatte. Neben Gustav saß sein Lieblingshund Hasso. Herr und Hund waren eine Einheit. Fast nie sah man den einen ohne den anderen.

Als der Landauer aus dem Schatten der Lindenallee herausfuhr, war Maria kurz von der grellen Sonne geblendet, die jetzt hoch am Himmel stand. Sie schützte ihre Augen mit der rechten Hand und erblickte nun in einiger Entfernung das Herrenhaus, ein zweistöckiges Gebäude mit einem Türmchen an der linken Seite. Rechter Hand schloss sich ein Flachbau an, in dem sich Waschküche, Gärtner- und Kutscherwohnung sowie die Kammern des Küchenpersonals und Gesindes befanden, die nicht täglich aus den benachbarten Dörfern auf das Gut zur Arbeit kamen, wie Carl ihr erklärte. Rechts und links des Weges lagen bewaldete, mit weißen Zaunlatten eingezäunte Koppeln, auf denen Pferde weideten. Einige spitzten ihre Ohren und trabten ein Stück mit, als wollten sie den heimkommenden Carl begrüßen. Hinter einer hohen Hecke konnte man die Dächer der Ställe sehen, von denen das Wiehern der Pferde herüberdrang. Noch war die Front des Hauses von den ausladenden Zweigen einer hohen Linde verdeckt, aber als sie in die Auffahrt einbogen, hielt Maria den Atem an. Die Hausfront war über und über mit wilden Rosen bewachsen.

Bevor sie sich von ihrer Überraschung erholen konnte, lief ihnen ein zierliches weizenblondes Kind entgegen. Carl war aus dem Wagen gesprungen und hatte es mit ausgebreiteten Armen aufgefangen. »Clärchen, mein Liebling, wie schön, dich wohlauf zu sehen.« Er hob sie in den Wagen. »Das ist Maria, meine Frau, und das ist meine kleine Schwester Clara.«

Das Kind ist krank, schoss es Maria als Erstes durch den Kopf. Trotz der leicht gebräunten Haut sieht es ganz durchscheinend aus.

»Darf ich dir einen Kuss geben?«, fragte sie das Mädchen, das sich schüchtern an seinen Bruder drückte. »Ich bin ja jetzt so etwas wie deine Schwester.«

»Natürlich.« Clara strahlte.

Die Kutsche hielt nun vor dem Portal des Hauses, vor dem die Bediensteten zum Empfang bereitstanden. Als Erstes wurde Maria überschwänglich von ihrem Schwiegervater begrüßt. »Willkommen, meine Liebe«, dröhnte er begeistert. »Endlich wieder eine Frau im Haus und noch dazu eine so schöne!«

Irrte sie sich, oder war Fräulein von Karow, die neben Gustav stand, eine Spur blasser geworden? »Herzlich willkommen auf Weischkehmen. Wie schön, dass Sie da sind«, begrüßte sie Maria lächelnd. »Ich freue mich sehr für Carl.«

Sie ist nett, aber sehr traurig, dachte Maria, während sie mit Carl an dem knicksenden Personal vorbeiging, dessen aller Namen sie schlagartig wieder vergaß. Nur Meier konnte sie sich merken. In Berlin hatten sie einen Kutscher, der genauso hieß.

»Die Karow wird dir helfen, die Namen zu behalten«, meinte Carl später schmunzelnd. »Sie läuft immer rum, als hätte sie einen Stock verschluckt, aber im Grunde ist sie eine Seele von Mensch, und Clärchen vergöttert sie.«

»Das glaube ich gern«, sagte Maria, und damit meinte sie beides.

»Fräulein von Karow hat die Turmzimmer hergerichtet«, sagte Gustav, als die Begrüßung vorbei war und die Dienerschaft sich zerstreut hatte. »Sicher wollt ihr euch nach der anstrengenden Reise ein wenig frisch machen. Wir treffen uns dann auf der Terrasse zu einem kleinen Imbiss. Danach könnt ihr euch ausruhen für den Abend.«

Sie betraten die kühle, mit eckigen Steinquadern ausgelegte Halle. Linker Hand führte eine Treppe in die Turmgemächer. Im ersten Stock befand sich ein gemütlich eingerichtetes Boudoir mit blauen Samtportieren, einer blau-gold gemusterten Seidentapete und einer Sitzgruppe, die mit dem gleichen Stoff bezogen war. Kleine Beistelltischchen mit allerlei Nippes, Silberschälchen und -kannen und mit frischen Blumen gefüllte Vasen erzeugten eine gemütliche Atmosphäre. Vor dem Fenster stand ein zierlicher Schreibtisch mit Briefpapier, Tintenfass und Schreibutensilien.

»Das ist nun dein Reich«, sagte Carl und nahm seine Frau in die Arme. »Früher gehörte es meiner Mutter. Seit ihrem Tod hat sich hier nichts geändert. Ich hoffe, es gefällt dir.«

»Sehr«, sagte Maria.

»Aber nun komm.« Carl zog sie mit sich. »Jetzt zeige ich dir noch unser Schlafzimmer, und dann lass uns bald runtergehen, ich habe einen riesigen Hunger.«

Kurz darauf, Maria hatte sich gerade mal die Hände gewaschen und ihre vom Fahrtwind in Unordnung geratene Frisur richten können, gingen sie nach unten. Durch die Halle betraten sie den sogenannten Gartensaal, einen hellen, großen Raum mit weiß lackierten Türen, einer blau-weiß gestreiften Tapete und geblümten Vorhängen. Um einen riesigen Kamin befand sich eine Sitzgruppe aus weißen Korbmöbeln. Durch die weit geöffneten Flügeltüren traten sie auf eine überdachte, von mehreren Säulen gestützte Terrasse, an denen sich wilde Rosen in allen Farben emporrankten, die einen betörenden Duft verströmten. In einiger Entfernung, umgeben von einem gepflegten Rasen, war ein Teich, eingerahmt von Schilf und Wasserlilien. Und überall Büsche wilder Rosen. Dahinter, so weit das Auge reichte, weites Land.

Kornfelder, von leichtem Wind bewegt, mal silbrig, mal gold schimmernd. An einem Fluss, der in sanften Biegungen träge dahinfloss, standen einzelne Baumgruppen, unter denen das Vieh Schatten suchte.

Maria stand wie verzaubert da. »Es ist wunderschön«, sagte sie. »Einfach unbeschreiblich.«

»Siehst du«, meinte Carl lächelnd, »mit Worten kann man es wirklich nicht beschreiben, obwohl ich mein Bestes versucht habe. Aber nun komm, alle haben Hunger. Die Mamsell hat einige Köstlichkeiten hergerichtet. Lass uns endlich etwas essen. Papa wartet bestimmt schon auf uns.«

Gustav Goelder war eine imposante Erscheinung. Er war sehr groß und schlank, man konnte ihn fast drahtig nennen, und in seinem glatt rasierten, von der Sonne gegerbten Gesicht blitzten stahlblaue Augen. Nur ein paar graue Strähnen waren in seinen dunklen, nach hinten gekämmten Haaren zu erkennen. Am auffälligsten war sein großer, schön geschwungener Mund. Olga hatte ihn als wahrhaft schönen Mann bezeichnet, und auf Carls und Marias Hochzeit in Berlin hatte ihn manch begehrlicher Blick der anwesenden Damen getroffen.

Gustav und sein Zwillingsbruder Mathias, Besitzer des nicht weit entfernt liegenden Gutes Ashruten, hatten eigentlich beschlossen, nie zu heiraten. Mathias, der sich von seinem Bruder nur durch einen feuerroten Haarschopf unterschied, meinte, das Leben sei zu aufregend, um es mit nur einer Frau zu verschwenden, und Gustav war absolut seiner Meinung. Im ganzen Landkreis waren sie berüchtigt, die Goelder-Brüder, sogar in Königsberg waren sie als Herzensbrecher bekannt. Bis Gustav Agathe traf. Sie war anders als alle Frauen, die er bisher kennengelernt hatte. Eine Diplomatentochter aus Riga, kultiviert und elegant, war sie geprägt vom gesellschaftlichen Leben in der Botschaft. Auf der anderen Seite aber wild, unkonventionell und nicht im Geringsten daran interessiert, den Rest ihres Lebens als brave Hausfrau auf einem Gut in Ostpreußen zu verbringen. Auf der Hochzeit eines gemeinsamen Freundes in Tilsit verliebten sie sich ineinander, und drei Monate später waren sie verheiratet. Sie war die Liebe seines Lebens.

Gustav und Mathias hatten noch eine ältere Schwester, Charlotta. Als die Zwillinge sechs Jahre alt waren, heiratete sie, gerade mal sechzehn, einen russischen Fürsten und zog nach Petersburg. Ihre seltenen, kurzen Besuche in Weischkehmen waren gefürchtet. Sie erschien mit eigenem Personal, hatte die ausgefallensten Speisewünsche, was zu ständigem Streit zwischen ihrem Koch und der Mamsell führte, und wollte ununterbrochen unterhalten werden. Sie war auffallend schön und bekannt für ihre außerehelichen Eskapaden. Sie nahm sich, was ihr gefiel, ohne Rücksicht auf den gesellschaftlichen Stand des Objektes ihrer Begierde. Ein hübscher Stallbursche war ihr genauso recht wie der Mann einer alten Schulfreundin.

Agathes plötzlicher Tod hatte Gustav in tiefe Trauer gestürzt. Ein Bild von einem Mann, noch keine vierzig und mit einem beträchtlichen Vermögen, war er ein begehrter Heiratskandidat. Aber er hatte eine unsichtbare Mauer um sich errichtet. Er interessierte sich für nichts außer für seine Pferde. Das tat er mehr aus Pflichtbewusstsein als mit der Freude, die er früher dabei gehabt hatte. Agathe hatte alles mit ihm geteilt, und nun war sie nicht mehr da. Er war verzweifelt. Er ließ niemanden an sich heran, nicht einmal seine Kinder. Einladungen zu Jagden oder nachbarschaftlichen Treffen lehnte er ab. Nur Bruno gelang es, ihn mit seinen ostpreußischen Witzen zum Lachen zu bringen.

Bruno war genauso alt wie Gustav und Mathias. Schon sein Vater war Kutscher bei den Goelders gewesen, und so war es selbstverständlich, dass auch er in die Dienste der Familie treten würde. Als Kinder hatten sie miteinander gespielt, die wildesten Streiche ausgeheckt und zusammengehalten wie Pech und Schwefel. Bruno war der Einzige, dem Gustav sich öffnete, und manchmal kam auch Mathias dazu. Dann saßen sie im Kutscherhaus und tranken Brunos selbstgebrannten Schnaps. Wenn Gustav betrunken war, weinte er oft. »Ich vermisse Agathe so sehr, was soll ich nur tun?« Dann klopfte Bruno ihm unbeholfen auf die Schulter und sagte: »Dat wird schon wieder, Justav, die Zeit, Justav, die Zeit heilt alle Wunden.« Und sein Bruder stützte ihn auf dem Weg zurück zum Gutshaus, wo beide in Gustavs Ehebett ihren Rausch ausschliefen.

Am ersten Todestag von Agathe erschien Gustav wieder bei seinem Freund. Er war in einem schrecklichen Zustand. Den ganzen Tag hatte er an ihrem Grab gesessen. Es hatte geregnet. Seine Kleider waren verschmutzt und die Augen rot vom Weinen. Sie saßen eine Weile schweigend beieinander, als Gustav sagte: »Ich halte es nicht mehr aus, Bruno. Ich werde mich erschießen.«

Bruno war aufgesprungen. »Eij, nu nich doch!« Sein Gesicht war rot angelaufen. Er war empört. »Dat will ik nich jehört haben. Wat is mit die Jungchen und dat Clärchen? Nu nimm dir mal zusammen, Justav! Du hast da 'ne Verantwortung.« Er hatte mehrere Schnäpse hintereinander heruntergeschüttet und rannte aufgeregt hin und her. »Nie nich will ik sowat noch mal hören, nie nich! Sonst bin ik dein Freund nich mehr.« Dann hatten sie zusammen schweigend die Flasche geleert und diesen Abend nie mehr erwähnt.

Irgendwann hatte das Leben Gustav wieder. Immer öfter hörten die Bewohner des Gutes dröhnendes Gelächter aus dem Kutscherhaus. Er begann sich wieder für seine Kinder zu interessieren, mit den Jungen auszureiten und ihre Erziehung in die Hand zu nehmen. Clärchen liebte er innig. Sie war das Abbild von Agathe, nur dass sie zarter und anfälliger war für allerlei Krankheiten. Noch aber bestand kein Anlass zu echter Sorge. Gustav begann wieder Einladungen zu Jagden und Gesellschaften anzunehmen, und auch das weibliche Geschlecht schien er nicht mehr zu ignorieren. Aber da war das ehemals hübsche Fräulein von Karow bereits zu einer grauen Maus mutiert und wurde von ihm als Frau nicht mehr wahrgenommen. Er begann längere Reisen zu machen und auch regelmäßig nach Königsberg zu fahren, wo er dann einige Tage blieb. Ab und zu sah man ihn dort in Begleitung einer schönen Unbekannten, mal beim Diner im Berliner Hof oder in der Oper. Der Klatsch blühte. Mal sollte es eine Dame aus der Berliner Demimonde sein, dann wieder eine baltische Gräfin, natürlich verheiratet! Aber niemand wusste etwas Genaues, und so umgab Gustav Goelder stets ein Geheimnis, was ihn nur noch interessanter machte.

»Setz dich zu mir, meine Schöne.« Gustav hatte sich erhoben und Maria mit einem Handkuss neben sich auf die Bank an der Hauswand gezogen. Zu seinen Füßen lag Hasso, der sie neugierig beschnüffelte. »Hier kannst du weiter den schönen Blick genießen und dabei etwas essen.«

»Ich habe gar keinen Hunger, ich bin viel zu aufgeregt.«

Aber Carl hatte ihr schon einen Teller mit Pastete und kaltem Braten hingestellt, und als ihr der Geruch des frisch gebackenen Brotes in die Nase stieg, kam der Appetit von allein. Während sie Fräulein von Karow beobachtete, wie sie mit liebevoller Strenge versuchte, Clärchen dazu zu bewegen, ihr Leberwurstbrot aufzuessen – »Du musst heute Abend bei Kräften sein, Clara, es wird spät werden, also iss bitte.« –, lauschte sie mit halbem Ohr der Unterhaltung zwischen Carl und seinem Vater.

»Die Fohlen gedeihen prächtig, besonders der Sohn von Honorable scheint ein Prachtexemplar zu werden …«

»Wie geht es Lady Hampton, hat sie immer noch so starke Koliken?«

»Ja, der Tierarzt war erst gestern da. Übrigens haben wir Knut vor zwei Wochen begraben.«

»Was ist passiert, er war doch gar nicht krank.«

»Es kam ganz plötzlich, war wohl das Herz, er war schließlich schon zwölf.«

Maria blickte Carl entsetzt an. »Wer war Knut, ein Kind?«

»Nein!« Carl musste lachen. »Knut war einer von Papas Jagdhunden.«

»Aber Tanja hat geworfen«, fuhr Gustav fort, »vier Rüden und zwei Weibchen. Für Nachwuchs ist also gesorgt. Die Welpen fangen gerade an, ihre Augen zu öffnen.«

Maria wurde schläfrig. Ihre Gedanken schweiften zurück zu ihrer Hochzeit, der prachtvollen Brautsoiree und ihrer wunderschönen Hochzeitsreise nach Venedig. Gerade sah sie sich wieder mit Carl in der Gondel durch die kleinen Kanäle fahren, als der Name ihres Pferdes sie aus ihren Träumen riss. »Was ist mit Dark Sparker? Ihr habt gerade über ihn gesprochen.«

»Ich habe Vater gefragt, ob er unbeschadet angekommen ist.«

»Es geht ihm gut, er hat die Reise bestens überstanden«, beruhigte sie ihr Schwiegervater.

»Kann ich ihn sehen?« Wieso hatte sie nicht früher an ihren Liebling gedacht!

»Jetzt ist es zu spät. Er steht auf der Koppel. Morgen früh lasse ich ihn holen. Zuerst zeige ich dir die Ställe, und dann reiten wir zum Vorwerk hinüber, du natürlich auf Dark Sparker.«

Carl lachte. »Und dann kommen noch ein paar Namen auf dich zu, die du dir merken musst.«

»So, Kinder« – Gustav war mit unsicheren Bewegungen aufgestanden, die obligatorischen Verdauungsschnäpse hatten ihre Wirkung nicht verfehlt –, »ich brauche jetzt eine Mütze Schlaf. Ihr solltet euch auch ein wenig ausruhen. Um acht kommen die Gäste. Wir treffen uns hier auf der Terrasse.« Und zu seiner Schwiegertochter gewandt sagte er: »Du solltest auf keinen Fall den Sonnenuntergang verpassen.«

Maria war in ihrem Reisekleid auf das Bett gesunken und sofort in einen bleiernen Schlaf gefallen. Ihr schien, als sei sie gerade erst eingeschlafen, als sie Carl, frisch rasiert und bereits im Smoking, mit leiser Stimme weckte. »Maria, Liebling, du musst aufstehen. Ich höre bereits die ersten Gäste kommen.«

Tatsächlich drang durch das geöffnete Fenster das Rattern von Rädern und Hufegeklapper. Brunos Stimme drang gedämpft nach oben. Er hatte den Auftrag, die Kutschen auf dem großen Hof vor den Ställen zu parken und die Kutscher zu bewirten, mit der strengsten Anweisung, den Schnaps zu rationieren, nachdem es einmal zu einem schrecklichen

Unfall gekommen war. Einem total betrunkenen Kutscher waren die Pferde durchgegangen, und er und seine nicht viel nüchternere Fracht in Abendkleid und Smoking waren in einem morastigen Graben gelandet, wo sie am nächsten Morgen halb erfroren von einem zufällig vorbeikommenden Milchwagen gerettet wurden.

»O Gott, Carl, warum bist du immer so rücksichtsvoll?« Maria war aufgesprungen und in Windeseile in ihr rosa Taftkleid geschlüpft, das frisch gebügelt an der Schranktür hing. »Bitte mach mir das Mieder zu«, bat sie ihn, während sie sich die Nase puderte und etwas Rouge auflegte.

Mit ein paar Bürstenstrichen hatte sie ihre Locken zu einer Hochfrisur aufgesteckt, als Carl ans Fenster stürzte. »Georg ist da. Ich habe seine Stimme gehört«, sagte er und beugte sich aus dem Fenster: »Hallo Georg, wir sind gleich unten!« Maria war bereits fertig. »Du siehst bezaubernd aus«, sagte er. »Ich liebe dich.«

Georg, Carls zwei Jahre jüngerer Bruder, war das Ebenbild seines Vaters, während Carl, unwesentlich kleiner, mehr seiner Mutter glich. Carl war blond und seit seiner Jugend damit beschäftigt, seine Locken zu bändigen – als Kind mit Zuckerwasser oder Seife, nun mit Brillantine. Nicht nur im Aussehen, auch in ihren Neigungen konnten die Brüder nicht unterschiedlicher sein. Carl interessierte sich von Kindheit an für die Pferdezucht, hatte Landwirtschaft studiert, und es war klar, dass er einmal das Gestüt erben würde. Georg dagegen war ein Schöngeist. Bereits mit zehn Jahren las er Kleist, Kant und Goethe, und nach seinem Literaturstudium in Königsberg, wo auch Carl studierte, nahm er sich dort eine Wohnung. Im Gegensatz zu Carl liebte er das Landleben nicht sonderlich, nahm aber an allen Familienfeiern und Jagden teil. Er ritt leidenschaftlich gern, schließlich war er auf dem Rücken der Pferde groß geworden, und auch in Königsberg hatte er ein Reitpferd für seinen täglichen Ausritt. Er ging keiner geregelten Beschäftigung nach. Das Erbe seiner Mutter ermöglichte ihm ein sorgenfreies Leben. Er reiste viel, schrieb Abhandlungen darüber und kleine Essays, die in diversen Zeitungen abgedruckt wurden. So konnte er sich zu Recht Schriftsteller nennen.

Georg war ein Dandy. Er rauchte Zigaretten in einer Spitze und war immer nach der neuesten Mode gekleidet. Er war ungeheuer charmant und witzig und überall ein gern gesehener Gast. Er war ein auffallend schöner Mann. Seine etwas zu langen schwarzen Haare trug er glatt nach hinten gekämmt, und in seinem blassen, immer etwas müden Gesicht leuchteten die blauen Augen seines Vaters. Was ihn jedoch gravierend von diesem unterschied, war der weibliche Zug um seinen Mund.

Die Brüder waren einander sehr zugetan. Die Trauer um die geliebte Mutter und das Wissen um den Kummer des Vaters hatten sie zusammengeschweißt. Georg hatte nicht die Absicht zu heiraten. Er interessierte sich nicht besonders für Frauen. Aber niemand, nicht einmal sein Bruder wusste von seinen verborgenen Neigungen. Immer wenn er in Weischkehmen war, erzählte er von besonders schönen Frauen, deren außergewöhnliche Eleganz er detailliert beschreiben konnte, die aber meistens leider schon gebunden waren. So erübrigte sich die Frage nach einer Heirat. »Ich mache es wie Onkel Mathias«, erklärte er dann zur Erheiterung der ganzen Familie, »ich schwängere die weiblichen Dienstboten und verheirate sie danach mit meinem jeweiligen Diener.«

Auf Mathias Goelders Gutshof wimmelte es bereits von Rotschöpfen allen Alters. Jede junge, hübsche Magd wurde von ihm erst in seinem Schlafzimmer auf ihre Tauglichkeit geprüft, und wenn sie schwanger wurde, was häufig vorkam, verheiratete er sie mit einem Knecht, Gärtner oder einem anderen Mann aus seinem zahlreichen Gesinde. Er ließ ihnen eine Kate bauen und sie vom Möbelhaus Glück mit einem Wohn- und Schlafzimmer einrichten. Beim ersten Mal hatte er bei Herrn Glück, der die Möbel für sein Geschäft selbst produzierte, eine Standardeinrichtung ausgesucht. Von da an kam er in den Laden und sagte nur: »Das Übliche«, was von Herrn Glück mit den Worten kommentiert wurde: »Wat! Is et schon wieder so weit?«

»Wie geht es dir, alter Lorbas?« Georg umarmte seinen Bruder herzlich. »Die Ehe scheint dir bestens zu bekommen, du siehst blendend aus.« Und zu Maria sagte er: »Du bist ja noch hübscher geworden, liebe Schwägerin. Wie gefällt dir dein neues Zuhause?«

»Was ich bisher gesehen habe, ist wunderschön. Morgen zeigt mir Carl das Gestüt, und dann sehe ich meinen geliebten Dark Sparker wieder.«

»Aus was für Zufällen Schicksale entstehen«, sagte Georg. »Ohne ihn wärest du jetzt wohl gar nicht hier.«

Nun strömten nacheinander die Gäste herein. Als Erster kam Mathias Goelder, der bis auf seinen feuerroten Haarschopf tatsächlich seinem Bruder zum Verwechseln ähnlich sah. Er umarmte Maria so heftig, als wollte er sie gar nicht mehr loslassen. »Was für ein hübsches Marijellche hast du da nach Weischkehmen jebracht, du Luntrus«, sagte er zu Carl, der laut lachte.

»Eij, nu lass sie man wieder los, wir brauchen keine Standardeinrichtung vom Glück«, meinte Carl, was bei den Anwesenden zu Heiterkeitsausbrüchen führte. Im Landkreis Insterburg kannte jeder diese Geschichte.

Neue Gesichter und Namen rauschten an Maria vorbei. »Das ist Albert Lackner aus Insterburg«, stellte Carl vor. »Ich habe dir von ihm erzählt. Albert ist unser Anwalt. Das sind unsere Nachbarn Anna und Ingolf von Steckel aus Budschißken, Christine und Fritz Gotthelf aus Purtznuken, Onkel Eberhard und Tante Ilse aus Jucknischken …«

Was waren das nur für komische Namen! Maria schwirrte der Kopf. Als dann der Ortsname Kratznapupschen fiel, rettete nur die Ankunft ihrer Freundin Nina sie vor einem Lachkrampf. Die beiden lagen sich in den Armen. »Ich freu mich ja so, dich zu sehen.«

»Und ich, dass du endlich da bist.« Nina strahlte.

»Hast du zugenommen, oder bist du etwa …?« Maria sah ihre Freundin fragend an.

»Ja, ich bin schwanger, im siebten Monat. Wir müssen uns so bald wie möglich sehen, allein. Ich will alles wissen, von deiner Hochzeitsreise und von Berlin.« Maria und Carl hatten dort auf ihrer Rückreise aus den Flitterwochen Station gemacht.

»Ich besuche dich in den nächsten Tagen in Insterburg. Dann kannst du mir dort auch alles zeigen. Erst einmal will ich mein neues Zuhause kennenlernen.«

Neue Gäste kamen. »Hermann und Grete Lackner aus Harpenthal«, stellte Carl vor. »Hermann ist der Bruder von Albert, du weißt, unserem Rechtsanwalt.«

Die Sonne stand inzwischen wie eine riesige rote Scheibe tief am Himmel und versank langsam, begleitet von einem Ah und Oh der Anwesenden, hinter dem Horizont. Die durch dieses Naturschauspiel unterbrochene Unterhaltung ging angeregt weiter. Alle kannten sich, tauschten Tratsch und Neuigkeiten aus und freuten sich über die Abwechslung des täglichen Einerleis. Erst wenn die Ernte eingefahren war und im Herbst die Jagdsaison begann, würde man sich wieder öfter sehen.

Carls Hochzeit mit einer reichen Berlinerin hatte schon monatelang für Gesprächsstoff gesorgt. Wie mochte sie wohl aussehen, diese Maria, die sich einen der begehrtesten Junggesellen der ganzen Umgebung geangelt hatte. Ungeheuer verwöhnt musste sie sein, was man so hörte. Erst schenkte ihr Vater ihr den teuersten Hengst aus der Goelder'schen Zucht, dann Carls Einladung zu ihrem Geburtstagsfest. Und ein Jahr darauf eine pompöse Hochzeit in Berlin mit anschließender Hochzeitsreise nach Venedig! »Errbarrmunk …«, hatte die Mamsell mit gen Himmel gerichteten Augen gestöhnt, »und sowat ham wa nu bald bi uns.« Nicht nur in Schlössern hatten die Wände Ohren, auch in jedem großen Haus mit dienstbaren Geistern wurde alles bei der Herrschaft Gesprochene aufgeschnappt und in der Küche und Gesindestube eingehend besprochen. Dann machte es die Runde. Wie mit einer Buschtrommel hatten sich die Neuigkeiten zwischen Insterburg und Gumbinnen verbreitet. In kürzester Zeit wusste jeder etwas. »Nur nüscht jenaut weiß man nich«, pflegte Bruno dann grinsend zu sagen, wenn wieder eine Geschichte aufgebauscht bei ihm ankam.

Auch dieser Abend würde erneut für eine Weile die Gemüter bewegen. Nicht nur, dass die Braut bildhübsch war – einige Damen hatten wohl gehofft, Carls Entschluss, eine

Berlinerin zu heiraten, hätte mehr mit ihrer stattlichen Mitgift als mit ihrer Schönheit zu tun –, nun hatten sie auch noch einen Apparat mitgebracht, aus dem Musik herauskam.

Während Maria schlief, hatte Carl zusammen mit Diener Meier und Bruno die Kiste ausgepackt, in der das Platten-Grammofon – so hieß das erst vor einigen Jahren erfundene Wunderding – mit dem anderen Gepäck aus Berlin angekommen war. Clärchen, viel zu aufgeregt, um ihren Mittagsschlaf zu machen, durfte die Kurbel drehen. Dann legte Carl vorsichtig eine große schwarze Scheibe in die Mitte des Apparates, setzte einen Hebel mit einer Nadel darauf, und aus einem großen, trompetenartigen Trichter ertönte ein Wiener Walzer. Alles, was an Gesinde in der Nähe war, lief zusammen und bestaunte dieses von einem Herrn Berliner erfundene Ding. Die Mamsell schlug die Hände über dem Kopf zusammen und rief mehrere Male »Errbarrmunk ...!« – ihr Lieblingswort, wenn sie fassungslos war.

Die Dämmerung war hereingebrochen. Glühwürmchen tanzten über die Wiese und um den Teich, und am Rand des Rasens wurden Fackeln angezündet. Es herrschte eine gelockerte Stimmung, nicht zuletzt durch den Champagner und die reichlich angebotenen Schnäpse. Endlich erklang aus der Halle der Gong, der zum Essen in den Festsaal rief.

Grete hatte gerade noch rechtzeitig die Rosengirlanden um die Gedecke des Brautpaares gelegt. Fräulein von Karow, die den Gong geschlagen und als Erste nach oben gegangen war, um einen letzten Blick auf ihr Werk zu werfen, hatte diese strafend angesehen. »Das war aber man knapp!«

»Die Mamsell, Se kennen ihr doch ...«, stotterte das verschreckte Mädchen und verschwand eilig wieder in der Küche.

Unter großem Hallo und Rufen, was das für ein herrlicher Tisch sei und dass er wunderbar aussähe, suchten die Gäste ihre Plätze. Der Duft der frischen Blumen füllte den Raum, und Hunderte von Kerzen ließen Silber und Geschirr funkeln und einige Damen schöner aussehen, als sie es eigentlich waren.

Maria war am Kopf des Tisches zwischen Carl und ihrem Schwiegervater platziert. »Wie bezaubernd das ist«, sagte sie zu Gustav, »die Tischdekoration, und überall die frischen Blumen. Wer hat das alles gemacht?«

»Na, wer schon! Für so was ist hier die Karow zuständig«, antwortete der beiläufig und wandte sich Georg zu, der gerade zwischen Clärchen und Fräulein von Karow Platz genommen hatte. »Na, du Lachodder, wann bringst du uns denn so was Schönes wie die Maria ins Haus?«, woraufhin Georg antwortete: »So etwas Hübsches gibt es doch gar kein zweites Mal!«

Einige Gäste hatten ihre Plätze noch nicht gefunden und suchten unter großem Hallo und viel Gelächter ihre Tischkarten. Offensichtlich war Fräulein von Karow auch verantwortlich für die Tischordnung. Sie hatte die Ehepaare weit auseinandergesetzt. Sie wusste wohl, dass das mehr Spaß brachte und sehr zu dem Erfolg eines Abends beitragen konnte.

»Grete, wie schön, dich neben mir zu haben«, dröhnte Mathias, worauf Hermann rief: »Pass bloß auf, ich bin groß und stark und rasend eifersüchtig!«

Anna von Steckel war entzückt, neben Fritz Gotthelf zu sitzen, einem sehr attraktiven Mann. »Ich liege nachher wieder mit Ingolf im Bett, da muss ich ihn nicht noch den ganzen Abend ertragen …« Ihr dankbarer Blick traf Fräulein von Karow.

Es dauerte noch eine Weile, bis alle saßen. Maria betrachtete die sich angeregt unterhaltenden Menschen. Es war ein festliches Bild. Irgendwie ist es anders als in Berlin, dachte sie. Es ist so viel lockerer und ungezwungener. Die Herren waren alle im Smoking und die Damen in Abendkleidern, aber einigen Anzügen sah man an, dass sie schon länger getragen wurden, und auch einige Abendkleider waren nicht gerade *à la mode*. Aber irgendwie passt es hierher, dachte sie amüsiert. Es gefällt mir.

Anna von Steckel und die Gräfin Donnersmarck waren Maria als besonders elegant aufgefallen. Sie trugen Modellkleider, die ihr bekannt vorkamen. Das von Anna glaubte sie vor einiger Zeit in der *Berliner Illustrirten Zeitung* an der Schauspielerin Eleonora Duse gesehen zu haben. Bei Gelegenheit wollte sie Anna nach der Adresse ihrer Schneiderin fragen, für spätere Fälle.

Die Vorspeisen wurden aufgetragen, Suppen, Pasteten und Sülzen. Man aß mit großem Appetit, und der Wein floss in Strömen.

Als die Teller des ersten Ganges abserviert waren und das Klappern des Geschirrs leiser wurde, erhob sich Gustav Goelder. Er klopfte mit seiner Gabel an sein Glas, um sich Gehör zu verschaffen. »Liebe Verwandte und Freunde. Endlich ist es so weit. Es gibt wieder eine Frau in Weischkehmen. Carl hat seine Maria nach Hause gebracht, jetzt kommt neues Leben ins Haus mit hoffentlich vielen kleinen Goelders.«

Maria wurde rot. Die Bemerkung fand sie nun wirklich unangebracht. Aber außer ihr schien das keiner peinlich zu finden.

Unter den Rufen »Na, denn man los!« fuhr Gustav fort. »Lasst uns unser neues Familienmitglied willkommen heißen.«

Aus vielen Kehlen schallte ihr ein »Herzlich willkommen in Ostpreußen« entgegen. Maria war gerührt. Sie sah in strahlende, von Wein und Schnaps gerötete Gesichter. Nur Fräulein von Karow schien von der allgemeinen Fröhlichkeit nicht angesteckt. Wieder spürte Maria Mitleid mit dieser Frau, die seit Jahren dem Goelder'schen Haushalt vorstand, Clärchen die Mutter ersetzte und den heutigen Abend so liebevoll vorbereitet hatte. Gut, sie war eine Angestellte, aber ein wenig Anerkennung hatte sie wirklich verdient. Bei Gelegenheit wollte sie ihren Schwiegervater einmal darauf ansprechen.

Und dann tat sie etwas, was später bei den Damen im Landkreis Insterburg für heftige Diskussionen sorgte. Sie erhob sich und bat für einen Augenblick um Aufmerksamkeit. Mehr als vierzig Augenpaare blickten sie an, einige erstaunt, andere skeptisch. Seit wann ergriffen Frauen das Wort, tat man das im fernen Berlin? »Lieber Schwiegervater, ich danke dir und allen hier Anwesenden für euer herzliches Willkommen. Niemals hätte ich gedacht, dass es mich einmal von Berlin in das so weit entfernte Ostpreußen verschlagen würde. Ich glaube, ich spreche da auch für meine liebste Freundin Nina von der Halst.« Diese nickte heftig und prostete ihr zu. »Bei uns beiden war es die Liebe, die das zuwege gebracht hat. Und noch etwas liegt mir am Herzen.« Sie wandte sich jetzt direkt an die Hausdame. »Es ist heute Abend alles so wunderschön. Ich weiß, Fräulein von Karow, dass das in erster Linie Ihr Werk ist. Ich danke Ihnen von Herzen.«

Ihre Knie zitterten, als sie sich setzte. Fräulein von Karow, deren blasses Gesicht mit einer zarten Röte überzogen war, blickte sie dankbar an. Für einen Moment herrschte Stille. Dann erhob Mathias sein Glas und rief mit dröhnender Stimme: »Ein Prosit auf Maria, und hoch soll sie leben!« Und alle stimmten mit ein.

»Donnerwetter, mein Mädchen«, sagte ihr Schwiegervater dann, immer noch überrascht, »du bringst hier ja man gleich frischen Wind rein.«

Carl hatte den Arm um sie gelegt und ihr einen Kuss auf die Wange gedrückt. »Das hast du gut gemacht«, flüsterte er ihr ins Ohr. »Das wird dem Isachen guttun.«

Maria hörte auf zu zittern.

Ein Schwarm von Bediensteten hatte während Marias kurzer Rede mit den dampfenden Hauptspeisen an der Tür gestanden. Braten, Wild und Geflügel wurden nun auf riesigen Silberplatten hereingetragen.

»Wer soll das denn alles essen? Ich bin ja schon satt von den Vorspeisen«, sagte Maria.

»Du wirst dich wundern«, erwiderte Carl schmunzelnd, »gleich kommt noch Nachschub.«

Tatsächlich waren die Platten bald leer, und erneut wurden Schüsseln gereicht mit diversen Fischgerichten.

»Ich habe noch nie in meinem Leben Menschen so viel essen sehen.« Maria war fassungslos.

»Daran wirst du dich gewöhnen müssen, mein Schatz«, sagte Carl und legte sich noch ein großes Stück Schleie auf den Teller.

»Und auch mit dem Trinken ist man hier nicht zimperlich«, mischte Gustav sich ein. »Es trinkt der Mensch, es säuft das Pferd, in Ostpreußen ist es umgekehrt.« Daraufhin brachen die in ihrer Nähe Sitzenden in lautes Gelächter aus.

In der Küche herrschte helle Aufregung. »Wat is'che, wo bleibt ihr denn?«, herrschte die Mamsell die Mädchen an, als sie mit ihren leeren Platten zurückkamen.

»Die junge Jnädije hat ’ne Rede jehalten.«

Die Mamsell machte ein ungläubiges Gesicht. »Erbarmerche, wat hat se denn jesacht?«

Für einen Moment stand der Kochbetrieb still. Das war ja nun zu interessant!

»Dat die Liebe ihr hierherjebracht hat.«

»Dem Fräulein von Karow hat se jedankt für dat schöne Fest.«

»Und dat se nie nich jedacht hätte, dat et ihr mal nach Ostpreußen verschlagen würde.« Die Berichte der Mädchen überschlugen sich.

»Und wat haben die Gäste jesacht?«

»Die alte Kunze hat dem Oberst zujezischt, dat sind ja feine neue Sitten hier, jetzt halten hier die Frauen Reden.«

»Und der Goelder aus Ashruten hat zu der Frau Lackner jesacht, die jefällt mir, dat Marijellche vom Carl.« Das sorgte in der Küche für besondere Heiterkeit, denn zu was dieser Ausspruch führen konnte, sah man auf Mathias’ Hof herumtoben.

»Da kann ik man bloß sagen … Errbarrmunk!« Damit wandte die Mamsell sich wieder ihrer Arbeit zu.

Die Stimmung im Festsaal wurde immer ausgelassener. Man trank ordentlich viele Verdauungsschnäpse; auch das war so üblich, wie Carl Maria erklärte. »Sonst wird einem ja schlecht.«

Ach, dachte Maria, mir wird schon beim Zusehen schlecht, aber sie hielt vorsichtshalber den Mund. Für heute hatte sie sich schon reichlich weit aus dem Fenster gelehnt. Müde von der langen Reise und leicht benebelt von dem ungewohnten Genuss des schweren Weins, lauschte sie den Unterhaltungen um sie herum.

»Wie lange gedenkst du zu bleiben«, fragte Carl seinen Bruder, der sich offensichtlich nicht festlegen wollte.

»Mal sehen ...«, antwortete er vage und zog an seiner Zigarettenspitze.

»Einer meiner Jagdhunde ist gestorben. Du hast doch einen neuen Wurf, kann ich mir einen aussuchen?«, wurde Gustav gefragt.

Anna von Steckel flirtete so unverschämt mit Fritz Gotthelf, dass Georg leise zu seinem Vater sagte: »Na, wenn das man keinen Ärger gibt.«

Christine Gotthelf, eine füllige Blondine mittleren Alters, warf ihrem Mann schon seit einiger Zeit giftige Blicke zu.

Ingolf von Steckel dagegen war in eine angeregte Unterhaltung über Politik mit Oberbürgermeister Kirchhoff verwickelt. Was seine Frau da trieb, war ihm herzlich egal. »Die *Hartungsche Zeitung* hat gerade von einem Treffen der Sozialdemokraten in Berlin berichtet. Friedrich Engels ist extra aus London gekommen«, sagte er. »Diese Sozis machen mir Angst. Sie sollen einen ungeheuren Zulauf haben.«

»Ach was.« Kirchhoff lachte. »Unsere Monarchie steht auf festen Beinen, da lassen Sie sich man nicht bange machen.«

Oberst von Möllendorf war gerade dabei, sanft zu entschlafen, als durch die geöffneten Fenster die Klänge eines Wiener Walzers nach oben drangen. Die angeregte Unterhaltung erstarb. »Wo kommt denn die Musik her?«, fragte jemand erstaunt.

Gustav hatte sich erhoben. »Das werdet ihr gleich sehen. Lasst euch überraschen. Darf ich nun zum Tanzen in den Gartensaal bitten?«

»Wie ... Was, ich soll tanzen?«

Die Frau Kommerzienrat hatte den Oberst unsanft geweckt.

»Kommen Sie, mein Lieber, schlafen können Sie, wenn Sie tot sind.«

Aufgeregt drängten die Gäste jetzt nach unten.

»Ein Grammofon!«

»Das ist ja doll!«

»Ich habe darüber im *Ostpreußischen Tageblatt* gelesen.« Alle umstanden staunend den unglaublichen Apparat, aus dem die Musik heraustönte. Gehört hatte man ja schon davon, aber niemand von ihnen hatte ihn bis dahin gesehen, geschweige denn gehört.

Man begann zu tanzen. Es gab drei Platten mit Walzern und zwei mit Polkas, die abwechselnd von Meier aufgelegt wurden. Einige Herren hatten sich in die Bibliothek zurückgezogen. Sie rauchten die obligatorischen Zigarren, einige diskutierten über Politik, andere über die für dieses Jahr anstehende viel versprechende Ernte, und alle machten dabei ihren Rausch komplett. Im hintersten Eck in einem Ohrensessel schnarchte der Oberst. Nach einem Walzer hatte er sich völlig außer Atem mit einem »Ich muss mal schnell verschwinden« aus den Armen der Frau Kommerzienrat befreit und war danach nicht mehr aufgetaucht.

Maria war wieder hellwach. Sie flog von einem Arm in den anderen, einmal tanzte sie auch mit Clärchen, die partout nicht ins Bett wollte. Ihre Augen glänzten, als hätte sie Fieber, und ihre blonden Locken waren verschwitzt, aber sie sah so glücklich aus, dass nicht einmal Fräulein von Karow es fertigbrachte, ein Machtwort zu sprechen. Es dämmerte bereits, als die letzten Gäste das Fest verließen und Maria und Carl wie Steine ins Bett fielen.

Als Maria erwachte, war das Bett neben ihr leer. Es dauerte einen Moment, bis sie wieder wusste, wo sie sich befand. Im Nebenzimmer hörte sie leise Geräusche. »Carl, bist du das?«

An der Tür erschien Grete, Marias Abendkleid über dem Arm. »Entschuldijung, Frau Goelder, dat ik Ihnen jeweckt hab. Bin dabei, ein bisschen Ordnung zu machen.«

»Du störst mich nicht, Grete.« Maria gähnte. »Wo ist mein Mann, ist er schon auf?«

»Schon auf?!« Das Mädchen verkniff sich ein Grinsen. »Der Herr Carl nimmt jerade dat zweite Frühstück ein.«

In dem Moment schlug die Turmuhr elf Mal. Maria war mit einem Schlag hellwach. Sie sprang aus dem Bett und machte in Windeseile Toilette. »Wo finde ich meinen Mann?«

»Die Herren sind auf der Terrasse.«

Carl saß mit seinem Vater und einem etwa vierzigjährigen Mann, der ihr vage bekannt vorkam, an einem reich gedeckten Tisch im Schatten der Pergola. »Du erinnerst dich an Herrn Markowsky, unseren Gestütsmeister?«, fragte Carl, nachdem er sie liebevoll begrüßt hatte.

»Ja, natürlich.« Gestern Abend war ihr seine hübsche Frau aufgefallen. Sie hatte wie verrückt getanzt, eifersüchtig beobachtet von ihrem Mann. Irgendwie passten die beiden so gar nicht zusammen – sie jung, zart und wild, er dagegen grobschlächtig mit einem runden, bäuerlichen Gesicht. »Es tut mir leid, dass ich verschlafen habe«, sagte sie bedauernd. »Wir wollten doch ganz früh ausreiten. Bist du schon lange auf, Carl?«

Carl lächelte amüsiert. »Um sechs Uhr habe ich mit Vater gefrühstückt. Dann sind wir zum Vorwerk geritten, um nach Lady Hampton, der kranken Stute, zu sehen, und auf dem Rückweg haben wir Dark Sparker von der Koppel geholt.

Herr Markowsky hat uns begleitet und mir berichtet, was in meiner Abwesenheit so alles passiert ist.«

»Erwartet ihr noch jemanden?« Auf dem Tisch stand eine große Schüssel mit weich gekochten Eiern, auf Platten lagen dicke Leber- und Blutwürste, Schinken und Käse.

»Nein, nur Georg, aber der frühstückt nicht«, sagte Carl.

»Wieso?«

»Ja, wer soll das denn alles essen?«

Gustav und Carl brachen in Gelächter aus, während Herr Markowsky schmunzelnd sein sechstes Ei köpfte.

»Unser Berliner Pflänzchen wird sich schon daran gewöhnen, dass man in Ostpreußen anständig zu essen bekommt. Nu lang man zu, mien Deern«, sagte Gustav gutmütig. »Bist ja viel zu dünn für eine Landfrau.«

Ihre Meinung dazu behielt Maria lieber für sich. Sie eine dicke Bauersfrau, also wirklich nicht!

In dem Moment erschien Georg. »Bleib bloß, wie du bist«, sagte er. »Dicke Frauen sind schrecklich.« Er machte ein angeekeltes Gesicht.

»Eine, die dir gefällt, muss ja wohl erst noch geboren werden«, meinte sein Vater lakonisch.

Georg hatte sich schweigend eine Zigarette angezündet. Mina, eines der Küchenmädchen, brachte frischen Kaffee und eine Kanne kuhwarmer Milch. »Danke, Minchen, für mich nur Kaffee, schwarz«, wehrte Georg ab, als sie ihm ein Gedeck hinstellen wollte. »Ich werde schon davon satt, euch beim Essen zuzusehen«, sagte er zu den drei Männern, die weiter kräftig zulangten.

»Einer, der ab und an nur die Schreibfeder hält, braucht ja auch nicht so viel.« Carl lachte gutmütig. »Vor allem, wenn er bis mittags schläft.«

Georg ignorierte die Bemerkung seines Bruders.

Maria sah fasziniert, wie eine frische Schüssel mit Eiern in Windeseile wieder leer war. *Es ist mir ein Rätsel, wie Carl und Gustav so schlank bleiben können, bei den Massen, die sie essen. Fünfzehn bis zwanzig Eier isst jeder zum Frühstück, hast du so was schon mal gehört?*, schrieb sie später ihrer Mutter.

»Wie lange bleibst du?«, fragte Gustav seinen Sohn.

»Ich weiß noch nicht, vielleicht bis morgen.« Georg hatte seine Zigarette ausgedrückt. »Ich werde mal nach Clärchen sehen. Fräulein von Karow sagt, sie hat wieder leichtes Fieber. Ich sehe euch später.«

Der Gestütsmeister verabschiedete sich auch.

»Bis nachher«, sagte Carl. »Ich zeige meiner Frau erst den Hof und die Ställe, dann reiten wir zu Ihnen auf das Vorwerk.«

Das Gutshaus war durch eine hohe Hecke von dem Gehöft getrennt. In dieser befand sich ein großes weißes Tor, das nur für die Reiter und Kutschen geöffnet wurde. Seitlich davon war eine Tür, durch die Carl und Maria jetzt den Hof betraten. Es herrschte geschäftiges Treiben. Knechte und Mägde gingen ihrer täglichen Arbeit nach. Als sie Carl und Maria sahen, grüßten sie freundlich. Jeden Einzelnen stellte Carl seiner Frau vor. Die Männer zogen ihre Mützen, und die Mädchen knicksten. Wieder fiel Maria auf, wie freundlich die Menschen alle waren. Das Gehöft bestand aus mehreren lang gestreckten Ställen und Scheunen, die den großen Hof in einem weiten Karree umgaben. Vereinzelt waren Pferdegewieher und das Muhen von Kühen zu hören. Ein Hahn krähte, und aus dem Hundezwinger drang lautes Bellen.

Ein großer, kräftiger Mann kam auf sie zu. Sein breitknochiges Gesicht war eingerahmt von einem dichten Bart, und seine Augen strahlten. »Tachchen, Carl, schön, dat de wieder da bist.« Und mit einer Verbeugung zu Maria sagte er: »Herzlich willkommen auf Weischkehmen.«

»Das ist August, Brunos Sohn«, sagte Carl. »Er ist unser Stallmeister. Und Lischen, seine Tochter, ist Claras beste Freundin.«

»Wo ist Dark Sparker, geht es ihm gut?«, fragte Maria aufgeregt.

»War wohl ein bisschen uffjerecht von der langen Reise, dat Tierchen. Ham wir ihm müssen einen Maulkorb anlegen für zwei Tage. Is aber wieder janz ruhig jetzt«, sagte August in breitestem Ostpreußisch. »Wir freuen uns alle, dat Sparker wieder bei uns is. War ja jarnich so lange von zu Hause wech.« Er lächelte. »Soll ik ihm satteln?«

»Nein, lass man, August. Das macht Maria immer selber. Da ist sie ganz eigen. Aber du kannst Sattel und Zaumzeug bereitlegen. Wir reiten erst nach dem Hofrundgang. Und mir kannst du dann meinen Braunen satteln.«

Als Erstes betraten sie nun die Sattelkammer. Es roch nach frisch gewienertem Leder, und die silbernen Schnallen waren auf Hochglanz poliert. An den Wänden hingen, ähnlich wie Geweihe in Jagdstuben, glänzende Sättel, und über einer Stange lagen karierte Pferdedecken. In dem anschließenden Stall war eine Pferdebox an der anderen, nicht alle besetzt.

»Hier stehen die Reit- und Kutschpferde und auch die Arbeitspferde, die für die Landwirtschaft gebraucht werden«, erklärte Carl. »Die meisten sind jetzt draußen.«

»Wo ist Dark Sparker?« Maria konnte ihn nicht entdecken.

»Er ist drüben im Stall der Zuchthengste. Die meisten sind bei dem schönen Wetter auf der Koppel. Dort hat er seine Ruhe.«

In der angrenzenden Remise standen die Kutschwagen: Ein- und Zweispänner, ein Coupé für Fahrten bei schlechtem Wetter und ein Sechsspänner. »In dem sind meine Eltern jedes Jahr nach Venedig gefahren«, sagte Carl.

Sie durchschritten den Kuh- und Schweinestall. »Hier ist man autark«, erklärte Carl weiter. »Alles, was wir essen, kommt aus unserer Landwirtschaft.«

Überall begegneten ihnen freundlich grüßende Menschen. Sie besichtigten den Obst- und Gemüsegarten hinter der Scheune. »Der ganze Stolz der Mamsell«, sagte Carl lächelnd. Daneben befand sich ein eingezäunter Hühnerhof und unweit davon der Hundezwinger. Freudiges Gebell empfing sie. Abgetrennt in einer Ecke lag Tanja mit ihren sechs Welpen, einem Haufen quiekender kleiner Wollknäule. Maria war entzückt. »Sind die süß. Darf ich sie anfassen?«

»Klar, du darfst dir auch einen aussuchen.«

»Wie, du meinst, der gehört dann nur mir?«

»Natürlich, wenn du das möchtest. Ich schenke dir einen.«

Ein weißes Hündchen war auf wackeligen Beinen auf Maria zugelaufen und hatte sich auf ihre Füße gelegt.

»Den will ich haben!«, rief sie. »Der hat sich mich ausgesucht.« Vorsichtig nahm sie das Tier auf den Arm, während Carl beruhigend auf Tanja einsprach, die das Ganze leise knurrend mit ansah. »Ganz brav, Tanja«, sagte er. »Wir nehmen dir noch keins von deinen Kindern weg.« Dann wandte er sich Maria zu: »Sieh doch mal nach, ob es ein Rüde oder ein Weibchen ist.«

»Woran erkenne ich das denn?« Sie besaß keinerlei anatomische Kenntnisse bei Tieren.

»Na, dann lass mich mal, du Stadtpflanze.« Carl hatte den Welpen umgedreht. »Es ist ein Weibchen. Das ist gut, dann gibt es mit Hasso kein Problem. Er ist nämlich der Herr im Haus. Und so sieht ein Rüde aus.« Er hob einen anderen Welpen vom Boden auf und zeigte ihn ihr. »Wie willst du sie denn nennen?«

»Flocke«, sagte Maria. »Sie ist weiß und weich wie eine Schneeflocke. Ja, sie soll Flocke heißen.«

»Na, dann gib Flocke mal ihrer Mutter zurück, sie guckt schon ganz kiebig. Eine Weile muss sie noch bei ihr bleiben. Aber du kannst sie ja jeden Tag besuchen. Dann gewöhnt ihr euch aneinander, und auch Tanja wird freundlicher zu dir sein.«

»Bis morgen«, flüsterte sie ihrem Hundekind ins Ohr, das auf ihrem Arm eingeschlafen war, und setzte es zurück auf den Boden.

Sie gingen weiter, vorbei an der Reithalle und der danebenliegenden eingezäunten Reitbahn. Nun waren sie bei dem Stall der Hengste angekommen. Maria wurde bereits ungeduldig. Sie wollte endlich zu ihrem Pferd. Rechts und links von einem mit Sägespänen bestreuten Gang waren die Boxen. Es roch nach Leder und den Ausdünstungen der Tiere. Die wenigen Hengste im Stall spitzten die Ohren und scharrten unruhig mit den Hufen, als sie Carls und Marias Stimmen hörten. Nur das Tier am Ende des langen Ganges begann laut zu wiehern und mit den Hufen auszuschlagen.

»Sparker!« Maria flog förmlich zu ihm hin. Sie nahm seinen Kopf zwischen die Hände und legte ihre Stirn gegen seine. »Ich bin wieder da, mein Liebling«, flüsterte sie. »Ich habe dich ja so vermisst.« Liebevoll strich sie ihm über die Nüstern und steckte ihm ein Stück Zucker ins Maul.

»Da kann man ja direkt eifersüchtig werden«, amüsierte sich Carl. »Jetzt hört mal auf zu schmusen. Wir müssen los, sonst sind wir nicht rechtzeitig zum Abendbrot zurück.«

Im Galopp ritten sie durch wogende Felder und vorbei an bewaldeten Koppeln, auf denen prachtvolle Hengste und Stuten weideten. Carl kannte alle beim Namen und erklärte Maria die jeweiligen Vorzüge und Schwächen. »Der da mit der Blesse und den weißen Manschetten an den Beinen ist Honorable, einer unserer besten Zuchthengste. Und der Braune da hinten ist Magie, ein tolles Pferd.«

Sie passierten einen Birkenhain, und an einem kleinen mit Schilf bewachsenen See machten sie Rast. Carl war abgesprungen und begann sich auszuziehen. »Komm, lass uns schwimmen. Das wird uns erfrischen.«

Splitternackt lief er ins Wasser. Maria zögerte einen Moment. Sollte sie etwa ... nackt? Dann warf sie ihre Kleider ab und stürzte sich auch in das kühle Nass. Ausgelassen tobten sie in dem klaren Wasser. Von ihrem Lachen und Quietschen aufgeschreckte Kormorane erhoben sich laut flatternd und ließen sich erst in sicherer Entfernung wieder nieder. Als sie müde und erschöpft auf dem Rasen lagen, um sich von der Sonne trocknen zu lassen, war nur noch das Zirpen der Grillen und Quaken der Frösche zu hören. Ab und an schnaubte eines ihrer Pferde, die im Schatten einer Trauerweide grasten. Maria hatte ihre Augen geschlossen. Sie glaubte zu schweben, als Carl zärtlich begann, die Wassertropfen von ihrem Gesicht zu küssen. Seine Hände strichen sanft über ihren Körper, streichelten ihre kleinen festen Brüste und wanderten weiter und weiter … Und dann liebten sie sich. Maria versank in einem Meer von Wonne.

Als sie etwas verspätet auf dem Vorwerk ankamen, wurden sie schon von dem Gestütsmeister erwartet. »Meine Frau hat einen kleinen Imbiss für Sie vorbereitet«, begrüßte er Carl und Maria. »Vielleicht machen wir erst den Rundgang, dann können Sie sich vor dem Heimritt etwas stärken und ausruhen.«

Maria hörte nur noch mit halbem Ohr zu. Die Vorzüge und Namen der Mutterstuten, die auf dem Vorwerk untergebracht waren, rauschten an ihrem Ohr vorbei. Qualität und die zu erzielenden Preise der Fohlen nahm sie nicht mehr auf. Zu viel war an diesem, ihrem ersten Tag in Weischkehmen auf sie eingestürmt.

Sie war todmüde und selig, als sie endlich im Garten der Markowskys saß, eine kalte Limonade vor sich. Während Carl und der Gestütsmeister sich über die bevorstehenden Auktionen unterhielten – nur ein Viertel der pro Jahr geborenen Hengste und Stuten wurde für die Zucht behalten, der Rest als Reitpferde verkauft –, beobachtete Maria Rieke Markowsky, die aufgeregt zwischen Garten und Haus hin- und herlief und Platten mit Wurst, Schinken, Pasteten und Kuchen heranschleppte. Sie konnte nicht älter sein als sechzehn. Ihr rundes, hübsches Gesicht mit einer kleinen Stupsnase, einem kirschroten Mund und vor Aufregung glühenden Wangen, war umrahmt von blonden Locken. Die noch knackigen Brüste, ihre schmale Taille und die bäuerliche Hüfte ließen bereits jetzt ahnen, dass sie in einigen Jahren zu einer Matrone mutieren würde. Carl hatte Maria erzählt, dass sie mit fünfzehn als Hausmädchen aus dem Dorf Tamowischken zu Markowsky gekommen war. Dieser, mit über vierzig noch Junggeselle, hatte sich unsterblich in sie verliebt und sie sofort geheiratet – für Rieke ein ungeahnter und vor allem unglaublicher gesellschaftlicher Aufstieg.

»Eij, Riekchen, nu setz dich man zu uns.« Markowsky hielt seine Frau, die schon wieder weglaufen wollte, am Schürzenzipfel fest. »Ich bin ganz sicher, dass wir von dem, was auf dem Tisch steht, alle satt werden.«

Dieser Meinung war Maria auch.

»Eij nu, Frau Goelder, ham Se denn jar keinen Hunger nich«, bemühte sich Rieke jetzt, mit Maria Konversation zu machen. »Sie essen ja nüscht nich.«

»Ich bin ein wenig erschöpft«, lächelte Maria, »aber ein Stück von Ihrem Kuchen nehme ich gern.«

»Meine Rieke ist eine fabelhafte Köchin«, sagte Markowsky stolz, und es war ihm anzusehen, dass sie auch anderweitig über ausgezeichnete Qualitäten verfügte.

»Wenn das man gut geht mit den beiden«, bemerkte Maria auf dem Heimweg. »Ist dir gestern Abend aufgefallen, wie sie mit den Männern geflirtet und getanzt und wie eifersüchtig er sie beobachtet hat? Der Mann könnte ja ihr Vater sein.«

»Nun mal den Teufel nicht an die Wand«, entgegnete Carl. »Er ist der erste Gestütsmeister nach Kurt Lindner, der wirklich etwas taugt. Also wenn die Rieke ihm wegläuft … nein, an so was will ich gar nicht denken …!«

Sie verfielen in Galopp und kamen gerade noch rechtzeitig zum gemeinsamen Abendessen zu Hause an.

Georg reiste am nächsten Morgen ab. »Wenn es dir hier auf dem Land zu langweilig wird, meine schöne Schwägerin, besuch mich doch mal in Königsberg«, sagte er zum Abschied zu Maria. »Es ist zwar nicht Berlin, aber ein wenig mehr Unterhaltung als hier hat die Stadt schon zu bieten.«

»Da komm ich lieber mit«, warf Carl ein, und Maria sagte fröhlich: »Mit dem größten Vergnügen, lieber Georg. Aber erst einmal will ich mich hier einleben, die Gegend kennenlernen und Nina in Insterburg besuchen. Dann steht Königsberg auf dem Programm.«

Er vergaß, ihr zu sagen, sich vorher anzumelden, was einmal fatale Folgen haben sollte.

Es dauerte nicht lange, dann hatte sich Maria, die »Berliner Pflanze«, wie ihr Schwiegervater sie liebevoll nannte, in ihrem neuen Zuhause eingelebt. Sie passte sich ohne Probleme dem Tagesrhythmus des Hauses an. Zur großen Freude von Gustav erschien sie morgens mit Carl in bester Laune zum ersten Frühstück, ritt mit den Männern die Koppeln ab und lauschte interessiert ihren Gesprächen über die Pferdezucht. So erfuhr sie, dass nicht nur reine Züchter wie die Goelders Pferde züchteten, sondern auch Bauern und Landwirte – teils zum eigenen Gebrauch, teils, um zusätzlich Geld zu verdienen –, dass die ihre Fohlen schon verkauften, wenn sie von der Mutter abgesetzt wurden, und dass es sogenannte »Vermittler« gab, die mit Interessenten auf die Höfe kamen. Diese kannten alle in ihrem Kreis geborenen Fohlen genauso wie den Pferdeverstand der Käufer. Sie lernte, dass im ersten Drittel des Jahres die Fohlen auf die Welt kamen und dass nicht jedes der Tiere das Erbgut des prachtvollen Erzeugers oder den Preis der gekrönten Mutterstute haben musste.

Täglich besuchte sie Flocke, die ihr schon bald freudig entgegenlief, und auch Tanja begrüßte sie nach kurzer Zeit mit einem freundlichen Wedeln. Clärchen, die vormittags von ihrem Hauslehrer, Herrn Bergland, einem jungen Studenten aus Königsberg, unterrichtet wurde, folgte ihr, wann immer es ging, auf Schritt und Tritt. »Erzähl mir von Berlin«, bat sie Maria. »Hast du schon einmal den Kaiser gesehen, und wie sieht die Kaiserin aus?« Alles wollte sie wissen, über die Paraden, die Kleider der Damen und auch, was die jungen Mädchen in ihrem Alter in der Großstadt trugen. Als das erste Exemplar der von Maria abonnierten *Gartenlaube* kam, stürzte sie sich mit Begeisterung darauf und las sie von der ersten bis zur letzten Zeile.

Clärchen hatte sich von ihrem heftigen Fieberanfall nach Marias und Carls Empfangsfest wieder erholt. Victor von der Halst, Ninas Mann, war täglich vorbeigekommen, um nach ihr zu sehen. »Das Kind macht mir Sorgen«, sagte er zu Maria. »Sie hat zwar kein Fieber mehr, aber das Rasseln in ihrer Lunge beunruhigt mich. Das warme Wetter und die Sonne tun ihr gut. Aber wenn der Winter kommt, und die monatelange eisige Kälte …« Er machte ein bedenkliches Gesicht. Schnell wechselte er das Thema. »Wann besuchst du endlich Nina? Sie erwartet dich schon sehnsüchtig.«

»Morgen.« Maria wandte sich an Carl, der gerade hereingekommen war. »Sagtest du nicht, dass du in Insterburg zu tun hast? Da kann ich doch mitkommen.«

»Natürlich kannst du das. Ich muss dringend zur Bank und habe eine lange Liste von Besorgungen. Ich bringe dich morgens zu Nina, und wenn ich alles erledigt habe, hole ich dich wieder ab.«

Maria strahlte, und Victor meinte: »Da wird sich Nina aber sehr freuen.«

Die von der Halsts bewohnten in Insterburg ein nicht allzu großes zweistöckiges Haus in der Theaterstraße, unweit des Ulmenplatzes.

»In ein paar Stunden bin ich wieder da, dann werdet ihr ja wohl alles besprochen haben!«, rief Carl seiner Frau nach, die bereits aus der Kutsche sprang, bevor er sie anhalten konnte.

Nina war ihrer Freundin, so schnell es ihre Leibesfülle erlaubte, durch den kleinen Vorgarten entgegengelaufen. »Endlich, Maria«, strahlte sie. »Ich freue mich ja so, dass du mich besuchst.«

»Es ging wirklich nicht früher«, entschuldigte sich Maria. »Ich kenne immer noch nicht das ganze Weischkehmen. Es ist ja so weitläufig. Aber heute passte es gut. Carl hat in der Stadt zu tun. Und nun weiß ich den Weg und kann ja auch mal allein herkommen.«

Nina führte ihre Freundin durch das Haus. »Hier links ist die Praxis von Victor.« Sie betraten ein geräumiges Wartezimmer, daran grenzte der Behandlungsraum.

»Wo sind die Patienten?«, fragte Maria verwundert.

»Heute Vormittag macht Victor Hausbesuche. Die Patienten kommen am Nachmittag. Du würdest dich wundern, wie voll es manchmal ist.«

Rechts des Ganges war eine große Küche, daneben befand sich ein kleines Esszimmer. Durch eine Tapetentür betraten sie den Salon, der sich über die ganze Breite des Hauses erstreckte und mit erlesenen Möbeln aus Kirschholz, Damastvorhängen und Smyrnateppichen ausgestattet war. Durch hohe Fenster und eine weit geöffnete Flügeltür blickte man in einen kleinen, uneinsehbaren Garten mit blühenden Büschen und einem Springbrunnen.

»Papa, du kennst ihn ja, hat uns dieses Haus zur Hochzeit geschenkt und es sich nicht nehmen lassen, es so teuer auszustatten.« Nina musste lachen, als sie Marias erstauntes Gesicht sah ob dieser unerwarteten Pracht. »Victor ist das alles viel zu pompös. Er findet, es passt nicht zu einem kleinen Landarzt. Aber nun ist es mal da, und langsam gewöhnt er sich daran.«

»Es bleibt ihm ja wohl auch nichts anderes übrig«, konnte Maria sich nicht verkneifen zu sagen.

Nina zog ihre Freundin die Treppe hinauf. »Komm, ich zeig dir noch die Schlaf- und Kinderzimmer. Dann setzen wir uns in den Garten und schwatzen.«

»Dein Haus gefällt mir«, sagte Maria. »Es ist elegant und trotzdem nicht übertrieben.«

Sie saßen im Schatten einer Pergola. Jette, das Hausmädchen, hatte Limonade und Kekse gebracht. »Ik jeh dann mal einkaufen, Frau Doktor. Bin aber bald zurück.«

»Ist gut, Jette.« Nina rollte mit den Augen. »Hundertmal habe ich ihr gesagt, sie soll mich nicht Frau Doktor nennen. Aber es ist ihr nicht auszutreiben. Nun habe ich es aufgegeben. Aber sie ist fleißig und willig, und wenn sie den Haushalt erledigt hat, geht sie sogar manchmal Victor zur Hand. Sie ist ganz geschickt beim Wechseln von Verbänden, sterilisiert Spritzen und Geräte und besorgt Medikamente aus der Apotheke. Aber die Praxis wird immer größer, und wenn das Baby da ist, wird er sich wohl eine feste Kraft anstellen müssen.«

»Und wie geht es dir so. Wie bekommt dir die Schwangerschaft, und hast du schon Freunde gefunden?«

»Wenn du meinst, ob ich mich einsam fühle oder langweile? Nein, wirklich nicht! Fast jeden Sonntag fahren wir nach Berschallen zu Victors Eltern. Da trifft sich die ganze Familie, und es ist immer sehr lustig und unterhaltsam. Bis vor Kurzem bin ich immer noch mit ausgeritten« – sie zeigte lachend auf ihren dicken Bauch –, »aber das geht ja nun leider nicht mehr. Es gibt immer Unmengen zu essen ...«

»... und zu trinken!«, warf Maria ein. »An beides muss ich mich erst mal gewöhnen.«

»Ich auch; noch nie habe ich Menschen solche Mengen verschlingen sehen.«

Die Freundinnen waren sich einig. Das kannten sie aus Berlin nicht.

»In so einer großen Familie ist immer was los«, erzählte Nina weiter. »Es wird diskutiert, gestritten und gelacht. Die deftigsten Witze werden erzählt, und alle, auch die Damen, finden es überhaupt nicht anstößig! Zuerst bin ich immer rot angelaufen, was alle noch mehr erheitert hat.«

»Ach Nina, was wohl unsere schicken Berliner Verehrer dazu sagen würden, wenn sie uns hier so sitzen sähen und hören könnten, über was wir uns unterhalten.« Maria lachte. »Aber erzähl, was machst du sonst so?«

»Victors Schwester Freya, du weißt, sie hat ein Jahr vor uns geheiratet«, fuhr Nina fort, »hat mich mit offenen Armen aufgenommen. Jeden Mittwochnachmittag hat sie einen Jour fixe. Dann wird über Literatur gesprochen, man diskutiert, und manchmal wird mit verteilten Rollen gelesen. Es ist nicht ganz so elitär wie die Salons in Berlin. Aber das erwartet man ja auch gar nicht. Es macht Spaß und ist sehr unterhaltsam. Ich bin sicher, Freya würde sich freuen, wenn du daran teilnehmen würdest.«

»Sehr gern, später einmal. Ich bin ja noch gar nicht richtig in Weischkehmen angekommen. Unzählige Kisten sind noch nicht ausgepackt, und ich muss auch erst mal herausfinden, was für Pflichten ich auf dem Gut übernehmen kann.« Sie erzählte Nina von ihrem Hündchen Flocke, das so süß sei und ihr überallhin hinterherliefe, von Clara, die Victor so große Sorgen mache mit ihrer Lungenkrankheit, und von Fräulein von Karow. »Ich mag sie«, sagte Maria, »und ich möchte ihr auf keinen Fall das Gefühl geben, sie von ihrem Platz verdrängen zu wollen. Schließlich hat sie seit mehr als zwölf Jahren das Haus geführt. Außerdem habe ich ja keine Ahnung, wie man so etwas macht, einem so riesigen Haushalt vorzustehen. Wie soll ich mich bloß verhalten?«

»Einen Rat kann ich dir da nicht geben. Aber genieß doch erst mal dein Leben, und gewöhn dich ein. Meistens lösen sich solche Probleme von ganz allein.«

»Das sagt Carl auch!«

»Siehst du«, sagte Nina, »und nun erzähl endlich von deiner Hochzeitsreise und von Berlin. Wie geht es meinen Eltern, hast du sie gesehen? Und was macht deine Mutter …?«

»Langsam, langsam, nicht alles auf einmal. Mit was soll ich anfangen, mit Venedig?« Maria begann zu erzählen, von der langen Reise, abwechselnd mit der Eisenbahn und dann wieder mit Leihkutschen. »Wie in einem Traum sind die Landschaften an mir vorbeigeflogen. Wir haben nirgends länger Station gemacht. So schnell wie möglich wollten wir an unser Ziel.« Sie nahm einen Schluck Limonade. »In Padua sind wir mit dem Schiff auf der Brenta weitergefahren, vorbei an kleinen Ortschaften, dann wieder an von herrlichen Gärten umgebenen Villen, alle im gleichen Stil erbaut von Palladio, wie uns ein Mitreisender erklärte. Dort verbringen die reichen Venezianer den Sommer. Ab und an kam eine Schleuse, wo man an Land gehen und Obst und Erfrischungen kaufen konnte. Dann nähert man sich Venedig, fährt in die Lagune ein. Gondeln umkreisen das Schiff, und langsam tauchen in der Ferne der Markusturm, Kuppeln, Türme und Dächer der Stadt auf.« Sie hielt kurz in ihrer Erzählung inne. Die Erinnerung schien sie zu überwältigen. »Nina, es ist einfach unbeschreiblich schön.« Wieder schwieg sie einen Moment. »Papa hatte uns im Danieli eine Suite gebucht. Es ist das erste Haus am Platz, ganz in der Nähe des Markusplatzes. Aber wir waren kaum im Hotel. Eigentlich nur zum Schlafen und Ausruhen zwischen unseren Ausflügen. Stundenlang haben wir die Stadt durchstreift, versucht, sie zu erkunden und kennenzulernen. Vorbei an prächtigen Palästen, man nennt sie Palazzi, über kleine Brücken und durch enge Gassen kommt man auf einen Platz, genannt Piazza, und merkt, dass man sich verlaufen hat. Erschöpft trinkt man in einer kleinen Bottega ein Glas Wein und lässt sich in einer Gondel heimfahren ins Danieli, todmüde, aber selig und trunken von der Schönheit und dem Zauber dieser Stadt, die nie schläft.«

Nina hörte ihrer Freundin fasziniert zu.

»Nach dem Abendessen auf der Terrasse am Canal Grande – ständig fahren singende Gondoliere mit verliebten Paaren vorbei – hielt es uns nicht im Hotel. Jeden Abend verbrachten wir auf dem Markusplatz, mal im Café Florian, dann im Café Quadris. Immer spielt dort eine Kapelle, deren Musik sich vermischt mit dem Gesang der Gondoliere. Der Platz ist voller Leben – ein Gemisch von Einheimischen, elegant gekleideten Fremden und Offizieren in Uniform. Man trinkt, lacht, macht Konversation mit den an den benachbarten Tischen sitzenden Menschen, die man vielleicht nie wiedersieht. Am nächsten Tag hielt uns wieder nichts in unserem Hotel. Wir waren auf den Spuren Casanovas im Dogenpalast, in den Bleikammern und auf der Seufzerbrücke, und wieder landet man an einem Ort, der einem bekannt vorkommt, weil sich alles so ähnelt in dieser geheimnisvollen, schönen Stadt. Jeder Platz hat eine Geschichte. Goethe war da, Wagner ist dort gestorben, und Mozart hat einige Wochen hier verbracht. Vierhundert Brücken hat die Stadt. Das Wasser trennt nicht, es verbindet die Gassen und Plätze, Paläste und Kirchen. Es gibt so viele davon, dass du gar nicht alle besichtigen kannst. Oh Nina, ich muss da wieder hin!«

»Was, du bist doch gerade erst zurückgekommen!«

»Ich weiß, du hältst mich für übergeschnappt.« Maria seufzte. »Ich verstehe jetzt, dass Carls Eltern jahrelang im Frühjahr mit ihrem Sechspänner nach Venedig gefahren sind. Eine rechte Sucht sei es gewesen von seiner Mutter, hat Carl gesagt.« Und leise, als hätte sie Angst, jemand könnte sie belauschen, flüsterte sie: »Carl hat mir versprochen, wenn alles auf dem Gestüt gut läuft, werden wir auch mal mit der Kutsche nach Venedig fahren.«

Nina wechselte schnell das Thema, irgendwie fand sie ihre Freundin jetzt etwas befremdlich. »Nun erzähl mal von Berlin. Wie geht es deiner Mutter, und hast du meine Eltern gesehen?«

»Wir waren ja nur zwei Tage dort. Carl hatte es plötzlich schrecklich eilig, nach Hause zu kommen.« Ihren Eltern ginge es gut, berichtete Maria. Sofia wollte ihr einen Brief an sie mitgeben, hätte ihn aber vergessen, als sie sich am Abend im Wintergarten-Varieté trafen.

»Wahrscheinlich hat sie gar keinen geschrieben«, erwiderte Nina lächelnd. »Ich kenne doch meine Mutter. Sie ist ja immer beschäftigt mit Nichtstun!«

»Ja, und meine Eltern schienen mir ganz normal. Sie waren so froh, mich gesund und wohl wiederzusehen. Ich kann nur hoffen, dass meine Mutter nicht wieder in ihre Melancholie verfällt. Ich glaube, mein Vater hätte kein Verständnis mehr dafür.« Sie blickte ihre Freundin traurig an. »Was dann passiert, daran mag ich gar nicht denken. »Übrigens, erinnerst du dich an das Fräulein von Brüning?«

»Meinst du die Frauenrechtlerin?«

»Ja; Mama erwähnte, dass sie sich mit ihr angefreundet habe. Papa schien darüber nicht gerade erfreut.«

»Kein Wunder«, sagte Nina, die sich genau wie ihre Mutter in keinster Weise mit den Ideen dieser Suffragetten, wie diese Frauen mittlerweile in der Presse genannt wurden, anfreunden konnte. »Was will sie denn mit der?«

»Mama findet sie interessant. Sie bewundert sie.«

»Waaas …?«

Bevor Maria sich weiter über die neue Freundin ihrer Mutter äußern konnte, erlöste Carls Ankunft sie aus diesem Gespräch. Sie wusste nämlich auch nicht, was sie davon halten sollte.

Es dauerte eine Weile, bis Maria den ostpreußischen Dialekt verstand, der von Gesinde und Hauspersonal in reinster Form gesprochen und anfänglich von ihr nur bruchstückweise verstanden wurde. In der Familie sprach man Hochdeutsch, mit dem unverkennbaren singenden Tonfall und Auf und Ab der Sprache, versetzt mit Ausdrücken wie »knaddrich«, wenn die Mamsell mal schlecht gelaunt war, oder »kiebich«, wenn eines der Küchenmädchen wagte, frech zu sein. »Sei doch nicht so ein Ruscheldups«, wurde Clärchen ermahnt, wenn sie mal wieder nicht still sitzen konnte, und nach dem Essen trank man ein »Schlubberchen« Schnaps, oder auch zwei! »Mein Gott, ich werd langsam klabastrich« war ein Lieblingsausspruch von Gustav, wenn er sich angeblich schwach und alt fühlte, was sein blendendes Aussehen Lügen strafte. Immer und überall hörte sie das Wort »Errbarrmunk«, was so viel wie »Um Gottes willen« hieß.

Der Gebrauch des ostpreußischen Diminutivs – an alles wurde ein »chen« angehängt – wurde auch Maria bald zur Gewohnheit. Ihr geliebter Hund war bald nicht mehr Flocke, sondern Flöckchen, Grete Gretchen. Nur Carl blieb Carl. Ihn Carlchen zu nennen, fand sie wirklich zu albern.

Zu den gemeinsamen Abendessen – jetzt im Sommer auf der Terrasse, bei schlechtem Wetter und im Winter im Gartensaal – zog man sich um. Nicht zu elegant, das tat man nur zu besonderen Gelegenheiten. Gegessen wurde auch nicht vom feinen Meißener, sondern von Steingut, und zu deftiger Hausmannskost gab es statt Wein Milch und Wasser.

Mit der Familie am Tisch waren der Hauslehrer, Herr Bergland, Fräulein von Karow und der seit Kurzem verwitwete Gutsinspektor Kromberg, sehr zum Vergnügen von Gustav, der es liebte, von diesem mit Klatsch aus Insterburg und Umgebung versorgt zu werden. Fast immer waren ein oder mehrere Hausgäste da. Das war üblich auf den ostpreußischen Gütern. Manche blieben nur ein Wochenende, andere Monate. Bei Tisch wurden die Ereignisse des Tages besprochen, geklatscht, über Politik diskutiert und manchmal auch heftig debattiert. Langweilig war es nie!

Nach dem Essen rauchten die Herren ihre Zigarre und tranken ein oder mehrere »Schlubberchen« Schnaps. Die Damen lasen oder stickten, und Clärchen fand immer jemanden, der mit ihr Halma oder Dame spielte. Ab und an ergab sich noch eine Runde Whist, aber spätestens um zehn lagen alle in ihren Betten. Man musste ja wieder früh raus.

Maria liebte ihr neues Zuhause. Berlin mit all seinen Vergnügungen – Theatern, Opern, Bällen und sonstigen Amüsements –, die ihr früheres Leben ausgefüllt hatten, war nichts als eine schöne Erinnerung. Sie vermisste es in keinster Weise. Regelmäßig berichtete sie ihren Eltern nach Berlin, wie schön es in Ostpreußen war und was alles so um sie herum passierte. Begeistert schrieb sie von ihrem Liebling Flöckchen. *Es ist so schön, einen Hund zu haben.* Und: *Nina hat einen strammen Jungen bekommen, Carl ist Pate.* Dann: *Clärchen hat schon eine Weile nicht mehr gehustet. Victor hofft, dass sie ihre Lungenkrankheit besiegt hat.* Ein andermal: *Charlotta, Gustavs Schwester, hat für den Herbst ihren Besuch angekündigt. Der Fürst soll sehr krank sein, und sie hat angedroht, ihr Alter in Weischkehmen verbringen zu wollen. Georg war gerade zu Besuch und schlug vor, sie zu vergiften, bevor sie ihre Drohung wahr machen könne, während Gustav einen Jagdunfall vorschlug, das wäre weniger verdächtig. Du siehst, Mama, auch hier ist was los!*

Anfänglich kamen Olgas Antworten postwendend. Sie berichtete über Klatsch aus der Hauptstadt, Diners bei den Arnims und Donnersmarcks. *Wir haben das neue Programm im Wintergarten gesehen. Sehr amüsant.* Dann, vor einigen Wochen, in ihrem letzten Brief: *Anna hat gekündigt. Sie will heiraten. Ich werde keinen Ersatz für sie su-*

chen, ich brauche keine zwei Dienstmädchen. Übrigens, deine Großmutter ist gestorben. Papa ist in Hainwerder, um die Beerdigung zu veranlassen und den Nachlass zu ordnen. Er wird für eine Weile dort bleiben und lässt dich grüßen.

Bei Maria klingelte kurz eine Alarmglocke. Wieso nur *ein* Dienstmädchen? Aber dann dachte sie nicht weiter darüber nach. Sie erinnerte sich plötzlich an die einzige Begegnung mit ihrer Großmutter. Als sie ungefähr fünf Jahre alt war, hatte ihr Vater sie einmal mit dorthin genommen auf sein Schloss, in der Annahme, dass seiner Mutter bei dem Anblick ihres einzigen Enkelkindes das Herz aufgehen würde. »So, so, das ist also deine Tochter«, hatte diese gesagt, Maria kurz mit ihren kalten, knochigen Fingern in die Wange gekniffen und sie dann keines Blickes mehr gewürdigt. Maria hatte sich gefürchtet vor dieser hochmütigen Frau, die ihr vorkam wie ein böser großer Vogel in ihrem schwarzen raschelnden Taftgewand. Sie hatte ihre Großmutter nie wiedergesehen, und soweit sie wusste, war Magnus seitdem nie mehr nach Hainwerder gefahren.

Maria fuhr jetzt regelmäßig mit der Kutsche nach Insterburg, um Besorgungen zu machen und natürlich Nina zu besuchen, die in ihrer Mutterrolle aufging. Jedes Mal musste sie sich erst einmal anhören, welche Fortschritte Carlchen in der letzten Zeit gemacht hatte. »Es ist fantastisch«, neckte sie dann ihre Freundin, »wenn das so weitergeht mit deinem Wunderkind, spricht es mit drei Jahren mehrere Sprachen, macht mit zehn Abitur und übernimmt mit fünfzehn Victors Praxis.«

»Du bist unernst«, sagte Nina dann. »Warte mal ab, bis du dein erstes Kind hast.« Sie war kein bisschen beleidigt.

Oft spazierten sie durch die Straßen, flanierten über den Ulmenplatz und tranken eine heiße Schokolade in der Konditorei Stallken, während Jette zu Hause auf Carlchen aufpasste.

Es war ein herrlicher Spätsommertag. Von einem wolkenlosen Himmel strahlte eine milde Sonne. Nach dem gestrigen starken Regen schien die große Hitze vorbei. Der Himmel hatte alle Schleusen geöffnet und das Wasser wie aus Kübeln über das durstige Land geschüttet. Maria war heute statt mit dem Einsitzer mit dem offenen Zweisitzer unterwegs nach Insterburg. Fräulein von Karow hatte ihr eine lange Einkaufsliste mitgegeben. Neben Kerzen, Petroleum für die Lampen, Kernseife und Wäscheknöpfen war auch noch Minchens Spinnrad abzuholen. »Es ist bei Glück zur Reparatur«, hatte Fräulein von Karow gesagt, »und es ist etwas sperrig. Es wäre besser, einen größeren Wagen zu nehmen.«

Seit ihrer letzten Fahrt in die Stadt hatte die Landschaft sich verändert. Die wogenden Kornfelder waren abgeerntet, das Getreide war in regelmäßigen Abständen in großen Hocken aufgereiht, und das helle Grün der Birken begann sich bereits gelb zu färben. »Bald werden die Störche und Singvögel davonziehen«, hatte Carl ihr vor ein paar Tagen gesagt, »danach die Kraniche und die Wildgänse. Dann wird es Herbst.« Seitdem galt Marias erster Blick am Morgen dem Storchennest auf dem Baum neben der großen Scheune. Heute Morgen waren die Störche noch da gewesen. Gottlob!

Nachdem alles von Fräulein von Karow Gewünschte besorgt war, betrat sie als Letztes das Möbelhaus Glück. Herr Glück war gerade dabei, einer älteren Frau ein Sofa in einer undefinierbaren Farbe zu verkaufen. »Bin jleich bei Ihnen,

Frau Goelder!«, rief er Maria zu, um seelenruhig weiter mit der Frau zu plaudern. »Wie jefällt Ihnen dies, Frau Pluschke?«, fragte Herr Glück. »Dat kann ik mir man jut vorstellen inne jute Stube von Ihnen.«

Frau Pluschke sah nicht sehr begeistert aus. »Eij nu, die Couleur de Nuschel, ik weeß man nich …«

Herr Glück machte ein etwas beleidigtes Gesicht.

»Wat macht denn dat Jungchen, is ja woll schon inne Schule?«, versuchte nun Frau Pluschke, Herrn Glück von ihrer nicht ganz unberechtigten Kritik abzulenken.

»Ja, letzte Woche is Heinzchen man sechs jeworden«, sagte dieser stolz. »Eij, und da muss ik Ihnen ja eijne Jeschichte erzählen, eij nu, die is ja man zu komisch.« Und zu Maria gewandt meinte er: »Bin jleich bei Ihnen, Frau Goelder.«

»Ja, ja, ich bin nicht in Eile«, sagte Maria, was nicht ganz stimmte. Sie war erschöpft und durstig. In der Stadt war es heiß und furchtbar voll, überall Gedränge, und sie wünschte sich nichts sehnlicher, als schnell bei Nina im schattigen Garten zu sitzen bei einer kalten Limonade. Aber hier war es nicht üblich, es eilig zu haben. Da musste man warten, wenn jemand eine Geschichte erzählte oder auch nur schwatzte.

Herr Glück legte los. Die Lehrerin hatte den Kindern eine Geschichte vorgelesen, in der es heißt: »… und die Königin gebar dem König einen Sohn …«

»›Und was heißt dat, jebar?‹, hat mein Heinzchen jefracht. ›Eij nu, se hat ihrem Mann ein Kindchen jeschenkt‹, hat die Lehrerin ihm erklärt. Jestern war dat Heinzchen hier bei mir im Jeschäft. Da kam die Frau Jeheimrat Richter und hat dat Heinzchen jefragt, wie alt er denn man is. Heinzchen hat erzählt, dat er gerade sechs jeworden is. ›Und was war dein schönstes Geschenk?‹, hat die Frau Jeheimrat ihn jefragt.

Darauf antwortet er doch jlatt: ›Meijne Tante Irmchen jebar mir einen Dackel!‹«

Maria prustete los. Das Warten hatte sich gelohnt. Diese Geschichte war mal wieder was für Gustav. Beim Abendessen würde sie sie zum Besten geben.

»Herr Glück, ich muss jetzt, wirklich …«, drängte Maria nun, als dieser Frau Pluschke seelenruhig nötigte, auf einem grellgrünen Sofa probezusitzen.

»Bin sofort bei Ihnen!«, rief er, und zu Frau Pluschke: »Ham Se schon jehört von Apotheker Markow? Erzähl ik Ihnen jleich.« Daraufhin verschwand er in den hinteren Räumen, um das Spinnrad zu holen.

Endlich war es auf dem Sitz neben ihr verstaut, und versehen »mit den besten Grüßen an den Herrn Jemahl und den werten Herrn Schwiejervater« fuhr sie endlich in Richtung Nina. Sie benötigte die doppelte Zeit wie sonst, um am Wasserwerk vorbei den Ulmenplatz zu überqueren. Als sie in die Theaterstraße einbiegen wollte, versperrte ein Ochsenfuhrwerk die Zufahrt. Es dauerte mehr als zehn Minuten, bis ein geduldig auf das Tier einredender Kutscher es dazu brachte, sich wieder in Bewegung zu setzen. Marias Geduld wurde auf eine harte Probe gestellt!

Endlich war sie da, erschöpft und genervt. Carlchen musste heute nur kurz bewundert werden. »Er zahnt und ist quengelig«, sagte Nina und bat Jette, mit ihm spazieren zu gehen. »Was gibt es Neues in Berlin?«, fragte sie beiläufig, als das Dienstmädchen außer Hörweite war. »Was schreibt deine Mutter?«

»Wieso fragst du?« Maria war irritiert. »Ich habe schon eine Weile nichts von Mama gehört. Meine Großmutter ist gestorben …«

»Du weißt es also noch nicht?«

»Was meinst du? Was weiß ich nicht …?« Maria war aufgesprungen und lief aufgeregt hin und her.

»Meine Mutter hat sich mal wieder aufgerafft und mir einen langen Brief geschrieben«, sagte Nina, »mit sehr unerfreulichen Nachrichten. Aber nun setz dich erst mal wieder hin. Du machst mich ganz nervös, wenn du hier wie ein aufgeregtes Huhn herumflatterst.«

Maria nahm einen Schluck Limonade, ihre Hand zitterte. »Also, nun red schon. Was ist los?«

»Dein Vater hat seit Längerem wieder eine Geliebte«, begann Nina. »Das weiß ich schon eine Weile, über so was hält meine Mutter mich gern auf dem Laufenden! Aber ich habe es dir nicht erzählt, um dich nicht zu beunruhigen. Du könntest es ja auch nicht ändern. Olga hat wohl wieder ihre Schlafzimmertür verschlossen, wie sich Mama auszudrücken beliebt. Wenn sie sich nicht in ihrem Zimmer einschließt, trifft sie sich mit diesem Fräulein von Brüning. Kürzlich hat sie sogar gemeinsam mit ihr und einer alten Schulfreundin, sie heißt Irma Gruber – auch eine von diesen Suffragetten –, an einer Demonstration teilgenommen. Sie sind inhaftiert worden, und dein Vater musste sie von der Wache abholen.« Nina lachte. »Kannst du dir diesen Skandal vorstellen?«

Maria war nicht zum Lachen zumute.

»Also, jedenfalls hat dein Vater ihr jeden weiteren Umgang mit diesen Damen verboten und ist auf sein Schloss abgedampft, um die alte Hexe, die seine Mutter war, unter die Erde zu bringen.«

»Ich weiß …« Marias Stimme war nur noch ein Flüstern. »Und weiter …?«

»Es hat wohl einen heftigen Streit gegeben. Wenn dein Vater aus Hainwerder zurück ist, will er euer Stadtpalais verkaufen und in Zukunft auf seinem Schloss leben. Er hat deine Mutter vor die Wahl gestellt. Entweder geht sie mit ihm oder sie trennen sich. Eine Scheidung kommt für ihn nicht infrage. Er wird selbstverständlich für sie sorgen, wenn sie in Berlin bleiben will. Aber nur unter der Bedingung, dass sie jeden Skandal vermeidet und jeglichen Kontakt zu den Damen der Frauenbewegung abbricht.«

»Und wie hat meine Mutter reagiert?« Maria war den Tränen nahe.

»Ich weiß es nicht. Mama schreibt, sie hätte deine Mutter angefleht, mit nach Hainwerder zu gehen. Aber diese fiele von einem Extrem ins andere. Mal sagt sie, sie geht mit ihm, sie liebe ihn ja noch, dann wieder, sie könne sich nicht einsperren lassen.«

Die beiden jungen Frauen schwiegen eine Weile.

»Es tut mir so leid, Maria, dass ich dir diese schreckliche Nachricht überbringen musste. Aber Victor meinte, ich müsse es dir sagen.«

»Ja, natürlich. Irgendwann hätte ich es sowieso erfahren.« Sie blickte ihre Freundin sorgenvoll an. »Was soll ich bloß tun, Nina? Ich liebe meine Eltern, ich kann sie sogar verstehen, beide. Aber ich kann ihnen ja nicht helfen. Ich fühle mich so hilflos.« Sie hatte zu weinen begonnen.

»Du kannst gar nichts tun, Maria. Meine Mutter hat früher schon immer gesagt, Magnus und Olga können nicht miteinander, aber auch nicht ohneeinander. Vielleicht wird ja doch noch alles gut.«

»Am liebsten würde ich sofort nach Berlin fahren. Aber es geht nicht. Nächste Woche sind wir in Königsberg. Georg hat einen Opernbesuch organisiert, und an seinem Geburtstag gibt er eine große Abendgesellschaft in seinem Haus. Diese traurige Nachricht hat mir gründlich die Freude daran verdorben.«

Dicke schwarze Wolken hatten sich mittlerweile vor die Sonne geschoben. Maria fröstelte. »Ich werde gehen. Es sieht nach Regen aus. Hoffentlich komme ich noch trocken nach Hause.« Hastig verabschiedete sie sich von ihrer Freundin, die ihr traurig nachwinkte.

»Ist mein Mann schon zu Hause?«, fragte sie Fräulein von Karow, als sie in Weischkehmen ankam.

»Nein, Frau Goelder. Aber ihr Schwiegervater sitzt mit Herrn Kromberg auf der Terrasse. Der war heute in Insterburg auf dem Bullenmarkt und berichtet gerade den neuesten Klatsch.« Sie lächelte. Jeder im Haus wusste, wie sehr Gustav das liebte. »Möchten Sie, dass ich Ihnen draußen einen Tee servieren lasse?«

»Nein, danke. Sehr freundlich von Ihnen. Ich bin furchtbar erschöpft und werde mich einen Moment ausruhen. Wenn mein Mann kommt, bitten Sie ihn doch, mich zu wecken.« Wie gern würde sie mit jemandem reden, ihren Kummer loswerden. Aber ihren Schwiegervater bei seinem größten Vergnügen zu stören und auch noch mit solch deprimierenden Nachrichten, das wollte sie ihm nun wirklich nicht antun.

Während sie auf ihrem Bett lag, lauschte sie durch das geöffnete Fenster der Stimme Krombergs und dem dröhnenden Gelächter Gustavs. Sie war wirklich sehr erschöpft. Die schrecklichen Nachrichten aus Berlin hatten sie furchtbar mitgenommen. Dann das Gedränge und Geschiebe in der Stadt und die vollen Geschäfte. Der Bullenmarkt, wie hatte sie das vergessen können! Von überallher kamen die Bauern in die Stadt. Einige brachten ihre Frauen mit, die, dankbar für die Abwechslung, die Geschäfte füllten, Klatsch austauschten und vor allem die nötigen Besorgungen machten.

Sie döste vor sich hin. Da fiel der Name Markow. War das nicht der Apotheker, über den Herr Glück vorhin Frau Pluschke etwas erzählen wollte? »Ein Skandal«, hörte sie Kromberg sagen, »die ganze Stadt spricht heute davon.«

»Was ist denn passiert?«, fragte Gustav.

»Markow reitet seit Jahr und Tag jeden Morgen um sechs Uhr aus, bei Wind und Wetter. Um acht Uhr ist er zurück zum Frühstück, und um Punkt neun macht er die Apotheke auf. Seit Jahr und Tag ...«

»Ja, und ...?«

»Also gestern hat es doch aus Kübeln gegossen. Auch in Insterburg. Der Markow ist zwar losgeritten, aber nach zehn Minuten wieder zurückgekommen. Das hat er noch nie gemacht! In all den Jahren nicht. Frau Schukat von gegenüber, Sie wissen, die Frau vom Metzgermeister, weiß das genau, sie sieht ihn ja jeden Tag durch ihre Schaufensterscheibe.«

»Na ja, der Markow ist ja man auch nicht mehr der Jüngste«, warf Gustav ein. »Die alten Knochen und die Feuchtigkeit ...«

»Also, der Markow ist zurückgekommen und zu seiner Frau ins Bett gekrochen und hat leise gesagt: ›So ein Mistwetter heute‹, worauf die junge Frau – Sie wissen, sie ist dreißig Jahre jünger als ihr Mann –, also die Frau Markow hat gesagt: ›Und bei dem Scheißwetter reitet mein Alter aus, Knut.‹«

»Was, wie ...?«, hörte Maria ihren Schwiegervater begeistert rufen. »Hat das auch die Schukat beobachtet?«

»Nein«, sagte Kromberg und musste nun auch lachen. »Knut ist der Gehilfe von Markow. Er wollte wie jeden Morgen die Frau Apotheker beglücken und konnte sich gerade noch hinter der Tür verstecken, als er seinen Chef heraufkommen sah. Er hat das gehört und ist halbnackt zu seiner Schwester, der Frau vom Klempner Botzki, ins Nachbarhaus geflüchtet. Die ist nun wiederum die beste Freundin von der Schukat. Sie tauschen immer gegenseitig die neuesten Nachrichten aus. Frau Botzki erhält ja alle Neuigkeiten aus erster Quelle, sozusagen aus jeder geplatzten Rohrleitung.«

Gustav kicherte.

»Und die Schukat, die von morgens bis abends hinter ihrem Tresen steht, gibt sie dann weiter.«

Gustav brüllte jetzt vor Lachen. Das war wieder mal etwas nach seinem Geschmack.

»Ja, und so wusste bereits jeder, der mittags ein Schnitzel oder Kotelett vom Metzger Schukat auf dem Teller hatte, was im Hause des Apothekers passiert war«, berichtete Kromberg weiter. »Und die, die es noch nicht wussten, haben wenig später Frau Markow gesehen, wie sie heulend einen Leiterwagen, auf dem ihre paar Habseligkeiten lagen, die sie mit in die Ehe gebracht hat, zum Bahnhof zog. Sie ist nach Willpischken zurückgefahren, von wo sie vor gar nicht so langer Zeit hergekommen war. Und wo sie genau hinpasste, wie Herr Markow ihr fuchsteufelswild nachgebrüllt haben soll. Laut Aussage von Frau Schukat!«

Die Geschichte entbehrte nicht einer gewissen Komik, wie auch Maria fand, aber der Bedarf an Ehedramen war für heute für sie gedeckt. Und so hörte sie nicht mehr zu, was Herr Kromberg noch so vom Bullenmarkt zu berichten hatte. Es schien auch nicht mehr ganz so lustig zu sein, denn das Lachen ihres Schwiegervaters wurde leiser, und so glitt sie langsam in einen tiefen, von Albträumen geplagten Schlaf. »Mama, geh mit Papa nach Hainwerder, ihr werdet doch sonst beide nur unglücklich!«, rief sie ihrer Mutter darin zu. Aber diese schien sie nicht zu hören. Immer, wenn Maria sie umarmen wollte, entglitt sie ihr. Sie lief ihr nach und rief: »Mama, Mama, warum hörst du mich nicht, Mama …!«

»Maria, was ist mit dir?« Carl beugte sich besorgt über seine Frau. »Warum liegst du am Nachmittag im Bett und rufst nach deiner Mutter?« Er strich ihr über die schweißnasse Stirn. »Hast du Post aus Berlin, haben sie mal wieder von sich hören lassen?«

»Ach Carl, es ist ganz schrecklich …« Sie brach in Tränen aus. »Weder mein Vater noch Mama haben mir geschrieben. Du weißt es ja, seit Wochen nicht. Aber Nina hat einen Brief von Sofia bekommen. Es hat einen Skandal gegeben, und nun wollen meine Eltern sich trennen. Papa will nach Hainwerden ziehen und …«

Angelockt von Marias lautem Schluchzen, steckte Clara ihren Kopf zur Tür herein. »Was ist, warum weinst du?«

»Lass man Clärchen. Maria hat Kummer. Wir erzählen es dir später«, flüsterte Carl, und seine Schwester schloss leise wieder die Tür. »Jetzt beruhige dich erst mal, und erzähl der Reihe nach, was passiert ist.«

Maria berichtete nun, immer wieder von Schluchzen unterbrochen, was Nina aus Berlin gehört hatte. »Ich habe das Gefühl, etwas tun zu müssen, Carl«, sagte sie verzweifelt, »aber ich weiß einfach nicht, was. Soll ich nach Berlin fahren?«

»Deine Eltern sind erwachsen. Du kannst da gar nichts machen. Aber wenn du willst, reise nach Berlin. Es geht nur nicht sofort. Erst nach Georgs Geburtstag. Er freut sich so sehr auf unseren Besuch. Er gibt vor allem dir zu Ehren diese große Abendgesellschaft. Du kannst ihm jetzt unmöglich absagen.«

Maria lächelte ihren Mann dankbar an. »Dann fahren wir gleich von Königsberg aus.«

»Du musst allein reisen, Liebes. Ich kann hier unmöglich weg. In vierzehn Tagen fahren wir die Ernte ein, da wird jede Hand gebraucht. Dann kommt der Fotograf Schmid aus Insterburg, um Venus aufzunehmen; du weißt, die Stute, die nach Hamburg verkauft ist. Ich bin hier frühestens in sechs Wochen entbehrlich. Und dann beginnt auch schon die Jagdsaison.«

»Also gut.« Maria kühlte ihre verweinten Augen mit einem feuchten Waschlappen. »Wenn wir aus Königsberg zurück sind, entscheide ich, was ich tun werde.«

Carl ließ Flocke herein, die ungeduldig an der Tür kratzte.

»Flöckchen, mein Liebling, hast du mich vermisst?« Maria lächelte schon wieder, als sie ihren kleinen Hund auf den Arm nahm. »Du bist ja so süß.«

»Vielleicht hat sich bis dahin ja auch alles zum Guten gewendet«, sagte Carl hoffnungsvoll. Seine Hoffnung sollte sich nicht erfüllen. Im Gegenteil, es sollte noch viel schlimmer kommen.

Die Vorbereitungen zu ihrem ersten Besuch in Königsberg lenkten Maria von ihrem Kummer ab. Die Garderobe, das meiste von Gerson und wohl für Insterburg und vor allem Weischkehmen viel zu elegant, musste gelüftet und gebügelt werden. Mit Hilfe von Grete probierte sie jedes Kleid an, um zu sehen, ob eine Naht geplatzt war, irgendwo ein Haken oder Knopf fehlte und vor allem, ob es noch passte. Sie war glücklich, kein Gramm hatte sie zugenommen!

»Wunderschön hat die Jnädije ausjesehen in die herrlichen Kleider«, berichtete Grete später in der Küche. »Sowat kennt man ja bloß aus de *Gartenlaube*.« Heimlich blätterte sie immer darin, wenn sie Marias Zimmer aufräumte. Insgeheim träumte sie davon, so wie Rieke, auch mal was »Besseres« zu heiraten. Sie kam wie Rieke aus Tamowischken, und es grämte sie sehr, die jetzt zwischen den Herrschaften sitzen zu sehen und auch noch bedienen zu müssen. »Die tut tatsächlich so, als ob se mir nich mehr kennt«, hatte sie empört der Mamsell berichtet. »Die soll mir man nur mal alleene bejegnen!«

In Königsberg nahmen sie Quartier im Berliner Hof. Georg hatte ihnen angeboten, bei ihm zu nächtigen, aber Carl wollte das nicht, und Georg war darüber in keiner Weise verärgert. Im Gegenteil, er schien Maria direkt erleichtert. »Ich kenne doch meinen Bruder«, hatte Carl gelacht. »Er ist ein eingefleischter Junggeselle. Vor elf Uhr morgens steht er nicht auf, und zu Bett geht er nicht vor Mitternacht. Wir würden seinen Tagesrhythmus nur stören. Glaub mir, im Hotel haben wir es bequemer.«

Es war früher Abend, als sie im Berliner Hof eintrafen. In der Halle herrschte reges Treiben. Livriertes Personal rannte geschäftig hin und her und brachte das Gepäck der ankommenden Gäste herein, befrackte Diener servierten den in den tiefen Fauteuils sitzenden Gästen diverse Getränke. Der Empfangschef begrüßte sie überschwänglich. »Herr Goelder, gnädige Frau, herzlich willkommen! Wir haben Ihnen die Suite 23 reserviert. Ich habe einige Nachrichten für Sie«, sagte er zu Carl und überreichte ihm einige Kuverts. Einem eleganten Herrn, der an der Rezeption vorbeieilte, rief er »*Bonne Soiree*, Exzellenz!« zu.

Während Carl die Anmeldung ausfüllte, betrachtete Maria die bunt gemischte Gesellschaft. Die Frauen waren elegant gekleidet, fast alle in Abendgarderobe, die Herren in Smoking oder Frack, einige Offiziere in Uniform, Königsberg war eine Garnisonsstadt. Gesprächsfetzen in allerlei Sprachen drangen an ihr Ohr, Englisch, Französisch, aber auch Laute, die sie nicht einordnen konnte. Es könnte Russisch oder Polnisch sein, dachte sie. Einige der Herren rauchten, und der Tabakgeruch vermischte sich mit dem Parfüm der Damen und dem Duft der üppigen Blumenarrangements, die überall in der Halle auf Tischen, Etageren und Säulen platziert waren. Maria fühlte sich zurückversetzt nach Berlin. So provinziell, wie sie zu Hause immer über Königsberg geredet haben, kommt es mir nun wirklich nicht vor, dachte sie. Wie gut, dass ich meine ganzen Kleider von Gerson mitgebracht habe.

Plötzlich wurde das Stimmengewirr leiser, und alle Blicke richteten sich auf ein Paar, das die breite Treppe am Ende der Halle herunterschritt. Die Frau war auffallend schön. Die zu einer kunstvollen Frisur aufgetürmten feuerroten Locken wurden gehalten von mit Smaragden und Diamanten besetzten Kämmen. In dem porzellanfarbenen Gesicht leuchteten grüne, von schwarzen Wimpern umrandete Augen, und die vollen Lippen waren korallenrot geschminkt. Das grüne Taftkleid, eng geschnürt, vorn schmal mit einer nach hinten ausladenden Tournüre, ließ einen weißen, üppigen Busen frei. In der behandschuhten Hand trug sie einen mit grünen Steinen besetzten Fächer, mit dem sie sich Luft zufächelte, die allgemeine Aufmerksamkeit ignorierend, die sie erregte. Die Frau war sehr groß und auffallend schlank, kaum kleiner als der wesentlich jüngere Mann an ihrer Seite. Sie war nicht mehr jung, aber auch nicht alt. Irgendwie kam sie Maria bekannt vor.

»Komm, Liebes, wir müssen uns umziehen«, sagte Carl und wandte sich zur Treppe. Er blieb wie erstarrt stehen. »Mein Gott, Tante Charlotta!«

»Du sollst mich doch nicht Tante nennen«, begrüßte die Dame ihn mit ausgebreiteten Armen. »Die Buschtrommel hat mir bereits verkündet, dass ihr in der Stadt seid.« Und zu Maria gewandt sagte sie: »Das ist also deine Frau, die kleine Baronesse von Berg aus Berlin. Du bist ja noch hübscher, als ich gehört habe.«

»Von wem haben Sie von mir gehört?«, fragte Maria erstaunt.

»Ich kenne deinen Vater … flüchtig.« Ihr Lächeln strafte das »flüchtig« Lügen. Bevor Maria noch etwas sagen konnte, fuhr sie fort. »Übrigens, das ist Graf Esterházy«, stellte sie ihren jugendlichen Begleiter vor.

»Und wo ist der verehrte Onkel, der Fürst? Geht es ihm wieder besser?«, konnte Carl sich nicht verkneifen zu fragen. »Wir wähnten dich an seinem Krankenbett.«

»Mein Gott, er kränkelt nun schon seit Jahren. Ich brauchte unbedingt ein paar Tage Abwechslung. Man wird mir depeschieren, wenn es ihm schlechter geht. Königsberg ist ja nicht so weit entfernt von Petersburg.« Sie nahm wieder den Arm ihres jungen Begleiters. »Komm, mein Lieber, wir müssen.« Und zu Carl: »Die Dohnas geben vor der Oper ein kleines Souper. Ich sehe euch später. Kommt doch in der Pause auf ein Glas Champagner und ein paar Häppchen Kaviar in meine Loge!«, rief sie im Gehen und ließ einen entgeisterten Carl und eine faszinierte Maria zurück.

»Woher weiß sie, dass wir auch in die Oper gehen?«, fragte Maria, als sie in aller Eile die Kleider wechselten.

»Du hast doch gehört, die Buschtrommel …«

»Sie kam mir übrigens gleich bekannt vor, als ich sie die Treppe herunterkommen sah. Kein Wunder, sie und ihre Brüder sehen sich wirklich sehr ähnlich.«

»Findest du?«

»Ja, und sie sieht umwerfend aus, deine Tante.«

»Nenn sie bloß nicht Tante«, ermahnte Carl. »Sie findet, dass sie das älter macht. Du hast ja gehört, sie will Charlotta genannt werden.«

»Wie alt ist sie denn?«

Carl musste kurz nachdenken. »Sie ist zehn Jahre älter als Papa … also ist sie jetzt sechzig.«

»Unglaublich, so möchte ich in dem Alter auch aussehen.«

»Waaas?«, rief Carl mit gespieltem Entsetzen. »Dann musst du ständig zu Kuren fahren – sie verbringt Monate im Jahr in Karlsbad oder Marienbad und was weiß ich noch wo –, musst dir immer jüngere Liebhaber nehmen, dich beim Essen kasteien und darfst niemals schwanger werden, das ruiniert angeblich die Figur.« In komischer Verzweiflung rang er die Hände. »Und ich muss mir junge Mägde ins Bett holen wie Onkel Mathias, schließlich bin ich nicht alt und kränkelnd wie der Fürst Kropotkin.«

»Also wenn es nur mit diesen Methoden geht, werde ich wohl in Würde altern müssen.« Maria musste nun ebenfalls lachen.

Carl war wieder ernst geworden. »Sie kann hinreißend sein, meine schöne Tante, liebenswürdig und charmant. Aber auch bösartig wie eine Schlange. Hüte dich vor ihr.« Nach einem kurzen Blick auf seine Taschenuhr sagte er: »Meine Güte, wir müssen gehen. Die Oper beginnt in einer halben Stunde. Georg wartet sicher schon mit seiner Kutsche auf uns. Er ist immer pünktlich.«

Auf der Fahrt zur Oper berichtete Carl seinem Bruder von der Begegnung mit ihrer ungeliebten Tante und ihrem aufsehenerregenden Auftritt im Hotel.

»Ich weiß.« Georg rollte mit den Augen. »Ich bin ihr vorgestern bei einem Abendessen im Haus von Staatsanwalt Hecht in die Arme gelaufen. Frag mich nicht, von wem, aber sie wusste bereits, dass ich an meinem Geburtstag eine Gesellschaft gebe und dass du und Maria dazu in die Stadt kommt. Es blieb mir gar nichts anderes übrig, als sie auch einzuladen. Hatte sie ihren neuen Liebhaber dabei?«

»Ja, den kleinen Esterházy.«

»Die ganze Stadt lästert schon darüber. Aber du kennst sie ja. Das stört sie in keinster Weise.«

»Stell dir vor, sie kennt meinen Vater«, sagte Maria aufgeregt. »Merkwürdig, ihren Namen hat Papa zu Hause nie erwähnt.«

Georg sah seinen Bruder ungläubig an. War seine kleine Schwägerin wirklich so naiv, oder tat sie nur so?

Zu Carls Erleichterung waren sie in dem Moment vor der Oper angekommen, und er war einer Antwort enthoben. Das Foyer war schon fast leer, und es klingelte bereits zum dritten Mal, als sie in Georgs Loge Platz nahmen.

Von allen Seiten sah Maria Operngläser auf sich gerichtet. »Was ist, warum starren die uns alle so an?«, flüsterte sie Carl ins Ohr, der nach allen Seiten freundlich grüßte.

»Wir sind hier ziemlich bekannt«, flüsterte er zurück. »Alle wissen, dass ich eine Berlinerin geheiratet habe. Sie sind einfach neugierig.«

Zu Marias Erleichterung ging in dem Moment das Licht aus, und aus dem Orchestergraben erklang die Ouvertüre zu *Figaros Hochzeit*.

»Ich glaube, die meisten Leute gehen nur in die Oper, um gesehen zu werden«, sagte Georg, als sie sich in der Pause mühsam einen Weg durch die plaudernde und lachende Menge bahnten. »Der alte General von Brietzke da drüben hat die ganze Zeit während des ersten Aktes geschlafen, und die Geheimrätin Merz sieht auch noch ganz verpennt aus.«

Sie kamen kaum vorwärts. Immer wieder trafen sie Bekannte, Maria wurde vorgestellt, Namen rauschten an ihr vorbei, und Carl hörte fortwährend: »Was bist du doch für ein Glückspilz.« Maria bekam Komplimente, wie entzückend sie aussähe, sie wurde gefragt, woher sie ihr Kleid hätte, und die Leute hießen sie in der Provinz willkommen. Wieder musste sie daran denken, dass sie es so provinziell gar nicht fand. Einige Roben konnten sich mit denen der Berlinerinnen weiß Gott messen.

In der Loge von Charlotta wurden sie mit lautem Hallo begrüßt. Wieder neue Namen, Gesichter, Komplimente. Charlotta kam auf sie zu, an der Hand einen schönen jungen Mann. »Sieh nur, Georg, wer hier ist – Edgar, er hat kürzlich geheiratet.«

»Wie schön für dich, Edgar, gratuliere.« Georgs Gesicht war eine Spur blasser geworden. Er lächelte nicht. Irrte sich Maria, oder hatte Charlotta ihm gerade »Contenance, mein Lieber« ins Ohr gezischt? Aber Georg hatte sich schon wieder in der Gewalt. »Wirklich herzlichen Glückwunsch,

Edgar. Maria, darf ich dir meinen alten Freund Edgar von Witzleben vorstellen?« Und zu Edgar sagte er: »Maria ist Carls junge Frau. Leider hat er sie vor mir kennengelernt, sonst hätte ich sie nämlich geheiratet.«

Carl, der die ganze Szene nicht mitbekommen hatte, zog Maria jetzt mit sich fort. »Da ist ein alter Studienfreund von mir, ich muss dich unbedingt mit ihm bekanntmachen.«

Maria sah, wie Georg und Edgar, die sich in eine Ecke zurückgezogen hatten, erregt miteinander diskutierten. Sie schienen Streit zu haben. Ob es wohl wegen einer Frau war? Vielleicht war Georg deshalb noch nicht verheiratet. Gelegentlich wollte sie Carl danach fragen.

Die Tage in Königsberg vergingen wie im Flug. Maria wurde überall mit offenen Armen aufgenommen. Jeden Abend gingen sie entweder ins Theater, zu Freunden zum Essen oder in eines der erstklassigen Restaurants der Stadt. Tagsüber zeigte Carl seiner Frau die Stadt. Sie besichtigten den Dom und die Universität, fuhren zum Hafen und spazierten durch den Stadtpark.

Am letzten Abend war Georgs Geburtstagsfest. Er hatte Carl und Maria gebeten, schon etwas früher als die anderen Gäste zu kommen. Er wollte Maria das Haus zeigen und in Ruhe noch ein wenig mit ihnen plaudern, da sie am nächsten Morgen nach Weischkehmen zurückfahren wollten und er in der nächsten Zeit auf Reisen sein würde. Erst zur Jagdsaison im Herbst wollte er zurück sein. Georg bewohnte eine Villa in der Mendelssohnstraße in den Hufen, dem elegantesten Viertel der Stadt. Von außen unterschied sich das in roten Klinkersteinen erbaute Haus kaum von den anderen Häusern in dieser Gegend. Aber innen war es von opulenter Eleganz. An eine ovale, mit schwarz-weißem Marmor ausgelegte Halle schlossen sich zwei ineinander übergehende Salons an, ausgestattet mit Möbeln aus edelstem Rosenholz, hochlehnigen, gepolsterten Armstühlen und weichen Fauteuils. Vor den Fenstern hingen üppige, mit Goldlitzen besetzte Samtportieren, und auf den Fußböden lagen weiche Smyrnateppiche, die die gleiche Farbe wie die Bezüge und Vorhänge hatten. An den Wänden hingen Gemälde alter Meister, und auf Tischen und Konsolen standen kostbarer Nippes, Silberschalen und Blumengestecke in Vasen aus feinstem chinesischen Porzellan. Die Wände der Bibliothek waren bespannt mit hellbraunem Leder und die mit goldenen Leisten verzierten Regale voll mit Erstausgaben berühmter Schriftsteller. Vor dem Fenster stand ein runder Tisch mit prachtvollen Figuren und Dosen aus Jade. »Ich liebe diesen Stein«, sagte Georg. »Ich habe einmal eine Person sehr geliebt, die Augen in dieser Farbe hat.« Vor dem offenen Kamin befand sich eine lederne Sitzgruppe, und in allen Räumen waren die Decken mit Stuck verziert. Überall standen sechs- und achtarmige Kandelaber, deren Kerzen wohl erst später angezündet würden, wenn die Dunkelheit hereinbrach. Noch herrschte helles Tageslicht.

Während sie die Räume durchschritten, plauderten die Brüder, nannten Namen, die Maria nichts sagten, und so konnte sie in Ruhe all die schönen Dinge betrachten. Ab und zu erklärte Georg eine seiner Kostbarkeiten: »Das ist ein früher Brueghel« oder: »Dieses Fabergé-Ei habe ich in Petersburg erstanden.« Eine wunderschöne Kommode stammte aus Paris. *»Louis-seize«*, sagte er, »und dieser Leuchter ist aus der Zeit Ludwig des Vierzehnten. Ein ganz kostbares Stück.«

Maria war tief beeindruckt. Besonders die Bibliothek hatte es ihr angetan. »Darf ich mir einmal etwas von dir ausleihen?«, fragte sie. »Ich lese für mein Leben gern.«

»Aber natürlich, jederzeit, allerliebste Schwägerin«, lächelte Georg. »Nun, wie gefällt dir mein Haus?«

»Ehrlich gesagt, nicht einmal in Berlin habe ich etwas so Geschmackvolles gesehen«, sagte sie bewundernd. »Es ist wirklich von ungeheurer Eleganz.«

»Danke für das Kompliment. Hier ist das Speisezimmer.« Die Tür war geschlossen. Durch einen Türspalt sah er, dass das Personal noch mit den letzten Vorbereitungen beschäftigt war. »Ich möchte, dass ihr es seht, wenn fertig eingedeckt ist. Lasst uns ein Glas Champagner auf der Terrasse nehmen. Bald werden die Gäste eintrudeln.«

»Mein Gott, wie hübsch!«, rief Maria, als sie durch die weit geöffnete Flügeltür auf die Terrasse traten, an die sich ein kleiner, aber wunderschön angelegter Garten anschloss. In der Mitte des Rasens plätscherte ein Springbrunnen, dessen Rand besetzt war mit aus Marmor gehauenen Knabenfiguren. Ein breiter Kiesweg, gesäumt von rund und spitz zugeschnittenen Buchsbäumchen, führte zu einem kleinen Pavillon, in dem die gleichen weißen Korbmöbel standen wie auf der großen Terrasse. Ein bildschöner junger Diener – Maria hielt ihn zuerst für ein Mädchen – servierte die Getränke und bot ihnen auf einem schweren Silbertablett kleine mit Kaviar und Lachs belegte Brötchen an.

»Ich bin tief beeindruckt, Georg«, sagte Maria. »Du hast wirklich einen erlesenen Geschmack.« Sie hob ihr Glas. »Danke für die Einladung.«

»Ach, Georg«, sagte nun Carl. »Ich habe dir ja noch gar nicht dein Geburtstagsgeschenk gegeben.« Er zog ein Blatt Papier aus der Tasche. »Es ist von Papa und mir. Und gezeichnet hat es Maria.« Das Bild zeigte einen wunderschönen Rappen.

»Danke, Carl, und sag auch Vater meinen herzlichsten Dank.« Georg war sichtlich beeindruckt. »Was für ein herrliches Tier. Wie heißt er?«

»Vater meint, du sollst ihm selbst einen Namen geben und ihn vielleicht auch selber zureiten. Wir beginnen damit in ungefähr einem Monat.«

»Eine wunderbare Idee. Spätestens dann werde ich von meiner Reise zurück sein.«

Der Diener meldete die Ankunft der ersten Gäste. Es dauerte nicht lange, dann waren die Salons voll mit elegant gekleideten Menschen. Einigen war Maria schon in der Oper und im Hotel begegnet. »Bleib bloß in meiner Nähe«, flüsterte sie Carl zu. »Ich erinnere mich an einige Gesichter, aber die Namen …«

»Keine Sorge, Liebling, ich stehe dir bei. Ach, da kommt ja Feda.«

Eine schöne junge Frau, am Arm einen Offizier in Uniform, kam auf sie zu. »Hallo, Carl!«, rief sie. »Wie schön, dich mal wiederzusehen. Ich habe gehört, du hast geheiratet?«

»Ja, das ist Maria, meine Frau. Und das ist Feodora von Harden, die glücklichste Witwe Königsbergs.«

»Du bist frech wie immer«, erwiderte sie lachend und schlug ihm mit ihrem Fächer leicht auf die Wange. Zu Maria sagte sie: »Ich hoffe, Sie können ihn zähmen.«

»Was meinst du mit ›glückliche Witwe‹?«, fragte Maria, als die beiden außer Hörweite waren.

»Sie wurde von ihren Eltern in eine Ehe mit einem wesentlich älteren, aber sehr reichen Mann gezwungen.« Er drückte ihren Arm. »Nicht jeder hat so ein Glück wie wir.

Liebesheiraten sind heutzutage eigentlich nicht vorgesehen! Jedenfalls ist der Gute schon bald nach der Hochzeit bei einem Jagdunfall ums Leben gekommen. Und das hat sie nicht in allzu große Trauer gestürzt.«

»Aber sie hat ihn doch wohl nicht selber …?«, fragte Maria entsetzt. Sie erinnerte sich an das Gespräch ihrer ostpreußischen Familie über eine eventuelle Eliminierung der ungeliebten Charlotta.

»Nein!«, rief Carl und lachte. »Keine Sorge, hier wird nicht pausenlos gemordet. Feda war bei der Jagd gar nicht dabei, wenn dich das beruhigt. Sie ist jetzt eine steinreiche Frau und genießt ihr Leben. Sie hat einen Verschleiß an Männern, Junge, Junge! Und einen Ruf wie Donnerhall. Aber wir mögen sie alle; sie ist immer lustig und für jeden Spaß zu haben. Du wirst sie sicher noch öfter sehen und sie auch gernhaben.« Carl hielt inne. Charlotta war eben angekommen, begleitet von ihrem jungen Liebhaber und Edgar von Witzleben. »Georg scheint sich mit Edgar wieder versöhnt zu haben«, sagte Carl. »Während unserer Studienzeit waren sie unzertrennlich. Sie haben sich sogar eine Wohnung geteilt. Er ist genauso eine Nachteule wie mein Bruder. Erst haben Georg und ich zusammen gewohnt. Aber unsere Wohnung war immer bis spät in die Nacht voller Kommilitonen. Irgendwann wurde mir das zu laut, und ich bin in Edgars Junggesellenbude gezogen und er zu Georg.«

»Und warum waren sie zerstritten?«

»Keine Ahnung. Georg wollte nicht darüber reden. Irgendwann war Edgar nicht mehr da. Er musste wohl das Gut seines Vaters in Masuren übernehmen, und dann kam die Nachricht von seiner Verlobung. Warum Georg sich so darüber aufgeregt hat? Keine Ahnung.«

Die Flügeltüren des Speisezimmers wurden geöffnet und die Gäste zu Tisch gebeten. Ein Meer von Kerzen in den Wandarmen an den mit Trompe-l'œils bemalten Wänden und in den auf dem langen Tisch platzierten Leuchtern tauchten den Raum in ein warmes Licht. Das kostbare Sèvres-Porzellan, Silberbestecke und Kristallgläser kamen auf dem bodenlangen dunkelgrünen Damasttischtuch besonders zur Geltung. Zwischen den Kandelabern standen mit Blumen gefüllte Silberschalen, und vor jedem Gedeck war ein Tischkärtchen aus Büttenpapier, von Georg mit Hand geschrieben. Er hatte Marias Arm genommen. »Du bist meine Tischdame, liebste Schwägerin. Dann kann ich dir in Ruhe erklären, wer wer ist in dieser Stadt. Es sind ein paar ganz interessante Menschen da.«

Während die Gäste ihre Plätze suchten, was wie immer mit Gelächter und Scherzen verbunden war, fragte Maria ihren Schwager: »Wer hat dir diese wunderschöne Tischdekoration gemacht, und das viele Personal, sind das alles deine Leute?«

»Um Gottes willen, nein. Ich habe nur eine Köchin, ein Dienstmädchen und meinen Diener Arndt, der junge Mann, der uns den Champagner auf der Terrasse serviert hat. Die anderen sind Leihpersonal.« Er lachte. »Die würden mir ja die Haare vom Kopf fressen, wenn ich sie das ganze Jahr beschäftigen und bezahlen müsste. Die Köchin und das Mädchen wohnen über der Remise. Nur Arndt lebt hier im Haus zu meiner persönlichen Bedienung. Und er kümmert sich darum, dass nach solchen Gesellschaften wie heute Abend mein Silber noch vollständig ist. Die Leute klauen doch wie die Raben.«

Ihre Unterhaltung wurde kurz unterbrochen. Rechts von ihr hatte Edgar von Witzleben Platz genommen. »Sie sind doch Nina von der Halsts beste Freundin«, sagte er. »Gestern habe ich Victor in der Stadt getroffen. Er war übrigens in Begleitung seines Schwiegervaters.«

»Waaas, Alfred von Benning ist hier?«, fragte Maria aufgeregt. »Nina hat mir gar nicht gesagt, dass sie ihn erwartet. Wissen Sie den Grund seines Besuches?«

»Nein, keine Ahnung.« Er wechselte das Thema. »Sie wollten wissen, wer für die Tischdekoration verantwortlich ist. Das macht allein Georg. Er liebt schöne Dinge. Sie sehen es ja an seiner exquisiten Einrichtung. Von jeder Reise bringt er eine neue Kostbarkeit mit. Wenn er so weitermacht, ist sein Haus bald zu klein.«

Er ist ein schöner Mann, dieser Edgar, dachte Maria. Noch nie hatte sie so grüne Augen gesehen.

Während die Speisen aufgetragen wurden, erklärte Georg Maria seine Gäste. »Der Herr neben Charlotta ist Superintendent Hundertmark, ein sehr wichtiger Mann in der Stadt. An ihrer anderen Seite sitzt der Sänger Sandor Andrash. Er hat gestern den Figaro gesungen.« Charlotta lachte gerade laut auf. »Er ist ein Weiberheld, dieser Andrash. Es würde mich nicht wundern, wenn er demnächst in Charlottas Bett landet. Bestimmt spielt dabei auch eine Rolle, dass sie in Petersburg über sehr gute Beziehungen verfügt und ihm dort mit Sicherheit ein Engagement verschaffen kann.« Er lachte. »Der Zweck heiligt die Mittel, meine Liebe. Das wirst du auch noch lernen. Überall auf der Welt ist es das Gleiche.«

Maria amüsierte sich köstlich. Wenn Georg sie nicht mit Anekdoten über seine illustren Gäste unterhielt, erzählte Edgar ihr von Masuren. »Es ist wunderschön dort. Überall große und kleine Seen und unendliche Wälder …«

»... und im Sommer Tausende von Mücken«, warf Georg bissig ein.

»Sie und Carl müssen uns einmal dort besuchen«, redete Edgar unbeirrt weiter. »Meine Frau wird sich sicher genauso freuen wie ich. Sie ist übrigens schwanger.«

»So, du wirst Vater!« Georgs Stimme war schneidend. »Na, hoffentlich wird es ein strammer Junge.«

Was ist nur zwischen den beiden?, dachte Maria wieder. Irgendetwas geht da vor. Aber die eigenartige Stimmung war so schnell, wie sie gekommen war, auch wieder vorbei.

Der Wein floss in Strömen, es wurde gelacht und geflirtet. Der junge Esterházy widmete sich mit besonderer Hingabe seiner Tischdame, einer jungen aufstrebenden Schauspielerin vom Königsberger Theater, was Charlotta gar nicht zu gefallen schien. Sie warf dem sich angeregt unterhaltenden Paar finstere Blicke zu, und ihr Gesicht, vor Kurzem noch so schön wie das einer Statue, zeigte die ersten Sprünge.

Georg beobachtete schon seit einiger Zeit amüsiert das sich anbahnende Drama. Maria hatte ihn im Verdacht, das Ganze geradezu zu genießen. »Ich werde jetzt die Tafel aufheben«, sagte er leise zu ihr, »bevor meine reizende Tante ihrem jungen Liebhaber mit dem nackten Hintern ins Gesicht springt. Du hast ja keine Ahnung, zu was die fähig ist.« Er erhob sich. »Wir nehmen den Kaffee im Salon.«

Die Gesellschaft folgte ihm lachend und plaudernd in die angrenzenden Räume.

»Carl, wusstest du, dass Ninas Vater in Königsberg ist?« Maria hatte noch keine Gelegenheit gehabt, ihn zu fragen.

»Nein, woher auch, wir sind ja schon seit Tagen von zu Hause weg.«

Bei Tisch herrschte eine gedrückte Stimmung. Es wurde wenig gesprochen, und die immer reichlich gefüllten Schüsseln und Platten wurden kaum angerührt. Keiner hatte Appetit.

»Magnus hat mich zu seinem Testamentsvollstrecker ernannt«, sagte Benning nach dem Essen zu Maria. »Es gibt einiges zu besprechen, ich brauche Vollmachten, du musst Entscheidungen treffen. Fühlst du dich in der Lage ...?«

Maria unterbrach ihn. »Onkel Alfred, meine Eltern sind tot. Sollten wir nicht erst einmal über ihre Beerdigung sprechen?«

Benning sah sie entsetzt an. »Habe ich das gestern nicht erwähnt? Dein Vater hatte verfügt, dass beide sofort und ohne irgendeine Zeremonie in Hainwerder bestattet werden. Es gibt auch keinen Grabstein.«

Maria blickte ihn fassungslos an. »Das ist ja schrecklich. Was hat er sich nur dabei gedacht?«

»Ich weiß es nicht, mein Kind. Aber ich habe seinen letzten Willen selbstverständlich erfüllt. Ich habe das für meine Pflicht gehalten. Danach bin ich sofort hierhergereist. Auch darum hat er mich gebeten. Er wollte nicht, dass du die Nachricht aus einer Depesche erfährst.«

Maria war verzweifelt. »Nicht einmal ein Grab gibt es! Wie soll ich mich denn von ihnen verabschieden?«

»Was soll ich dazu sagen, mein Kind? Dein Vater wollte es so.«

»Wie ein kleines, verlorenes Kind hat sie ausgesehen«, erzählte Carl später Georg, als der von seiner Reise zurückkam.

»Gib mir Zeit bis morgen, Onkel Alfred«, sagte Maria nun. »Mir ist ganz elend. Ich weiß, deine Zeit ist begrenzt.

Aber heute fühle ich mich wirklich nicht in der Lage, irgendetwas zu entscheiden.«

»Natürlich hat es Zeit bis morgen, mein armes Kind. Aber etwas möchte ich dir noch sagen. Niemanden auf der Welt haben Olga und Magnus mehr geliebt als dich. Du warst ihr Ein und Alles. Und dass du hier bei Carl und seiner Familie dein Glück gefunden hast, war ein großer Trost für sie. Immer wieder hat Magnus mir das versichert.« Wieder nahm er die weinende Maria in den Arm. »Ich weiß, es gibt keinen Trost. Aber deine Eltern haben sich in der letzten Zeit gegenseitig das Leben zur Hölle gemacht, obwohl sie sich sehr geliebt haben. Deine Mutter war nicht wie andere Frauen, sie hatte durch diese Suffragetten derart neumodische Ansichten ... Na ja, lassen wir das. Jetzt haben sie ihren Frieden.«

Auf Drängen von Victor hatte Maria doch ein Beruhigungsmittel genommen und so die Nacht ohne Unterbrechung durchgeschlafen.

»Ich bin nun in der Lage, alles Nötige mit dir zu besprechen, Onkel Alfred«, sagte sie nach dem Frühstück.

Sie zogen sich in die Bibliothek zurück. »Du bist jetzt eine sehr reiche Frau«, begann Benning. »Abgesehen von einigen Legaten für alte Bedienstete bist du die Alleinerbin eines großen Vermögens. Hast du dir schon Gedanken gemacht, was mit Hainwerder und dem Stadtpalais geschehen soll?«

»Ich weiß erst seit ein paar Stunden, dass meine Eltern tot und sogar auch schon begraben sind, und da fragst du mich, ob ich über solche Dinge nachgedacht habe? Nein, wirklich nicht!«

»Bitte verzeih, das war unüberlegt von mir«, murmelte Benning in seinen Bart, während er mehrere Papiere auf dem

Schreibtisch ausbreitete. Auch diverse Schmuckschatullen und -beutel holte er aus einer großen Tasche. »Das ist der Schmuck von Olga. Er gehört dir.«

»Was soll ich hier damit, zwischen all den Pferden und Kühen?« Sie hatte das Collier de chien aus dem mit Samt ausgelegten Lederetui genommen. »Das hat Mama auf meinem sechzehnten Geburtstag getragen. Erinnerst du dich daran, Onkel Alfred? Sie sah so wunderschön damit aus.«

»Oh ja, natürlich erinnere ich mich. Dein Vater war so stolz auf euch beide.«

Wieder stiegen ihr die Tränen in die Augen. Wehmütig betrachtete sie Ohrringe, Colliers und Ringe, alles prachtvolle Stücke. Ihr Vater musste ein Vermögen dafür ausgegeben haben. »›Perlen bedeuten Tränen‹ hat Mama immer gesagt.« Sie ließ eine sechsreihige Perlenkette und das Collier de chien durch ihre Hände gleiten.

»Bei ihr hat es wohl gestimmt«, sagte Benning. »Aber du solltest den Schmuck behalten. Erst einmal ist es eine Wertanlage, und außerdem hast du später, wenn ihr auf einer großen Gesellschaft eingeladen seid, vielleicht Lust, ihn zu tragen. Deine Mutter hätte sich gefreut, da bin ich mir ganz sicher.«

»Also gut, ich werde es in Insterburg bei der Bank in einen Safe legen. Nun zu den anderen Dingen. Bitte verkauf das Stadtpalais so schnell wie möglich.«

»Was soll mit dem Inventar geschehen?«

»Ich würde mich freuen, wenn Sofia und du einige Dinge nehmt, die euch an Papa und Mama erinnern. Ich weiß, dass du den Watteau aus dem großen Salon immer sehr bewundert hast.«

»Aber der ist sehr wertvoll, ich könnte dafür einen sehr guten Preis erzielen.«

»Ach, Onkel Alfred, Geld interessiert mich nicht. Und außerdem bleibt ja noch genug übrig.«

»Willst du nicht erst mal deinen Mann fragen. Er hat ja wohl auch darüber zu entscheiden.«

»Carl!« Maria lachte. »Der hat noch nicht mal meine Mitgift angerührt. Er wollte auch nicht bei unserer Besprechung dabei sein. Er ist zum Vorwerk geritten. Eine der Zuchtstuten hat Koliken. ›Das ist mir wichtiger als dein Erbe‹, hat er gesagt.«

»Magnus und ich haben offensichtlich großes Glück mit unseren Schwiegersöhnen«, lächelte Benning.

»Also der Watteau ist für dich. Vielleicht gibt es ja noch etwas, was du haben möchtest, und Sofia soll sich bitte auch nehmen, was ihr gefällt. Den Rest kannst du verkaufen.«

»Ich danke dir, mein Kind. Und was ist mit Hainwerder?«

»Ich war nur einmal als Kind dort und empfand es als bedrückend. Wie du sagst, gibt es nicht einmal eine Grabstelle meiner Eltern. Also verkauf es bitte auch.«

»Was soll mit dem Erlös geschehen? Außerdem gibt es noch Wertpapiere und Beteiligungen an diversen Unternehmen. Soll ich dein Vermögen weiterverwalten, oder möchtest du das selber machen oder in Carls Hände legen?«

»Um Gottes willen!« Maria musste lachen. »Ich habe keine Ahnung von so etwas, und Carl hat mir gesagt, mein Geld interessiere ihn nicht. Du hast dich immer um Papas Finanzen gekümmert, und soweit ich weiß zu seiner vollsten Zufriedenheit. Also leg den erzielten Erlös an, und überweis mir die anfallenden Zinsen. Wenn ich etwas von meinem Kapital brauche, lasse ich es dich wissen.«

»Danke für dein Vertrauen, Maria.«

Nachdem sie die nötigen Papiere unterschrieben hatte, gesellten sie sich zu Nina und Carlchen, die auf der Terrasse die letzten warmen Strahlen der Herbstsonne genossen. Am nächsten Morgen waren die Störche weg.

Das Leben ging weiter. Dieser Satz, den Maria von allen Seiten als Trost zu hören bekommen hatte und den sie abgrundtief verabscheute, bewahrheitete sich. Der Schmerz um den Verlust der Eltern war da, mal stärker, dann wieder verdrängt von dem Geschehen auf dem Gut. Adonis, einer der Zuchthengste, hatte sich den Huf gebrochen, der Tierarzt musste kommen. Man war in großer Sorge. Dann kalbte eine Kuh zu früh. Bis auf eine Magd waren alle Knechte, Mägde und Tagelöhner auf den Feldern, um die Ernte einzufahren. Das Barometer war gefallen, es kündigte Regen an. Aber noch war das Wetter prächtig, das musste ausgenutzt werden.

Maria überquerte, begleitet von Flocke, mit einem Eimer voll Fressen für die Jagdhunde den Hof, als sie aus der Scheune das laute Stöhnen einer Kuh und die verzweifelte Stimme der Magd hörte, die offensichtlich versuchte, das Tier zu beruhigen. »Et wird schon werden, Lenchen, nu streng dir man an.«

»Was ist, Käthe?« Maria stellte den Eimer ab und betrat die Scheune.

»Lene kalbt, Frau Goelder, eijentlich is et noch jar nich so weit. Aber dat Kälbchen will man wohl schon raus, und ik bin hier janz alleene.«

»Soll ich den Tierarzt holen?«

»Nee, man nu nich! Dat dauert viel zu lange. Is auch nich nötich. Kieken Se mal, die Hufchen sin schon zu sehen.« Ihre Stimme zitterte. »Ik schaff dat nich alleene …«

»*Ich* bin doch da«, sagte Maria beruhigend. »Ich werde dir helfen, so gut ich kann. Was soll ich tun?« Sie krempelte ihre Ärmel hoch. »Na, dann wolln wir mal.«

Käthe hatte einen Strick genommen und um die kleinen Hufe gebunden, während sie fortwährend vor sich hin murmelte. »Jott sei Dank is et keene Steißjeburt. Wir schaffen dat schon, Lenchen, wir schaffen dat schon.« Dann sagte sie zu Maria: »So, nu müssen wir ordentlich ziehen.«

»Was meinst du damit, keine Steißgeburt?«, fragte Maria, während sie und Käthe mit aller Kraft gemeinsam an dem Strick zogen, fast so laut stöhnend wie die kalbende Kuh.

»Dat sin die Vorderhufe, wat Se da sehen. Dat heißt, dat Kälbchen liecht richtich.«

»Ach so.« Maria hatte keine Ahnung, was Käthe meinte.

Nur millimeterweise bewegten sich die kleinen Beine aus dem Mutterleib heraus.

»Ich muss mal einen Moment Pause machen«, sagte Maria und wischte sich den Schweiß aus ihrem Gesicht. »Ich bring den Hunden schnell ihr Fressen.«

»Is jut«, sagte Käthe, für die die ganze Prozedur nur halb so anstrengend zu sein schien wie für Maria. »Ik hol man noch en bisken Stroh, damit dat Kleene schön weich fällt.«

Nachdem sie nun unterhalb der heraushängenden kleinen Hufe einen Haufen frischen Strohs aufgehäuft hatte, zogen sie weiter. Immer wieder rief Käthe: »Nu mach man hinne, Lenchen, streng dir man an!«

Plötzlich erschien ein rosafarbenes Maul, dann der Kopf. »Jut, Lenchen, jut!«, brüllte Käthe.

Sie zogen weiter, Maria kam es wie eine Ewigkeit vor. Und dann, mit einem Mal, lag vor ihnen ein nasses kleines Tier, weiß mit schwarzen Flecken. Es schien ihr wie ein Wunder.

»Brav haste dat jemacht, Lenchen«, redete die Magd auf die Kuh ein, die aufgehört hatte zu stöhnen. »Komm, nu leck et man schön ab, dein Kleinerchen.«

Maria war neben dem Kalb in das Stroh gesunken, zu Tode erschöpft und so glücklich wie nie, Flocke dicht neben sich, die das Ganze aufmerksam beobachtet hatte.

Nachdem Lene aufgehört hatte zu lecken, rieben Maria und Käthe mit einer Handvoll Stroh den Rest des noch vorhandenen Schleims ab.

»Danke, Frau Goelder, dat ham Se prima jemacht«, sagte Käthe strahlend. »Alleene hätte ik dat nich jeschafft.« Sie stellte der Kuh einen Eimer voll Wasser hin, den diese gierig aussoff. »Nu jehn Se Ihnen man erholen«, meinte sie. »Wenn Se wollen, kommen Se in zwei Stunden wieder. Dann wird dat Kleene aufjestanden sein und hoffentlich schon trinken.«

Als Maria den Stall verließ, war die vor noch einigen Stunden sengende Sonne von schwarzen Wolken verdeckt, und starke Windböen kündigten ein Gewitter an. Auf dem Hof herrschte noch regeres Treiben als sonst. Mit abenteuerlicher Geschwindigkeit und lautem »Hühü« fuhren die Knechte die vollen Wagen in die Scheunen, um die Ernte noch vor dem Einsetzen des Regens in Sicherheit zu bringen. Das Federvieh wurde in den Stall getrieben, und die Luken an den Häusern und Ställen wurden geschlossen. Maria hatte sich auf ihr Bett gelegt; nur einen Moment wollte sie sich ausruhen.

Lautes Donnern weckte sie. Es waren mehr als zwei Stunden vergangen. Als sie wieder in den Stall kam, standen mehrere Knechte und Mägde um Lene und das Jungtier, das bereits an dem Euter seiner Mutter saugte. »Bravo, Frau Goelder«, hörte sie die Bediensteten sagen. »Dat ham Se aber jut jemacht. Käthe is ja man janz bejeistert von Ihnen.«

»Danke.« Maria strahlte. »Das war das Aufregendste, was ich jemals erlebt habe.«

»Dein Ansehen beim Gesinde ist ja enorm gestiegen«, sagte Carl am Abend stolz zu seiner Frau, und Gustav rief begeistert: »Unser Berliner Pflänzchen bringt ein Kalb auf die Welt, das ist ja doll! Darauf müssen wir ein Schlubberchen trinken.« Ein Grund für sein Schnäpschen fand sich immer!

»Es war ja nicht einmal eine Steißgeburt«, sagte Maria, »also so wild ist das doch gar nicht!«

Carl musste schmunzeln. Er war sich sicher, dass seine Frau keine Ahnung hatte, was eine Steißgeburt war.

Am kommenden Sonntag, der Regen war vorbei, das Barometer wieder gestiegen, war das Erntefest. Die aus Ähren geflochtene Krone – die Erntekrone – stand schon seit einigen Tagen in der großen Scheune. Mehrere Schweine waren geschlachtet worden, Gustav war auf Hasenjagd gegangen, und Bruno hatte im nahe gelegenen Weiher eimerweise Forellen gefangen. Die Mamsell und die Küchenmädchen waren seit Tagen damit beschäftigt, Suppen, Pasteten, Sülzen und Würste für das große Fest vorzubereiten. Es wurde gebraten und gebacken, und immer wieder hörte man das verzweifelte »Errbarrmunk!« der Mamsell aus der Küche, wenn mal etwas nicht zu ihrer Zufriedenheit ausgefallen war.

Bruno hatte schon vor Wochen angefangen, Schnaps zu brennen. Bei dem größten Fest des Jahres musste alles im Überfluss vorhanden sein.

Endlich war der große Tag da. Im Hof waren lange Tische aufgestellt, von Fräulein von Karow, Clärchen und Maria liebevoll geschmückt mit Ähren, den letzten Mohn-

und Kornblumen und den noch immer blühenden Rosen. Eine warme Sonne schien von einem strahlend blauen Himmel. Die Familie Goelder, Isa von Karow, Gutsinspektor Krombach, der Pastor Clemens aus Paschkallnischken und der Hauslehrer Bergland hatten am Ende des großen Hofes Aufstellung genommen. In dem Moment bewegte sich der Festzug, an der Spitze Bruno und sein Sohn August, die die Erntekrone trugen, auf die Familie zu. Hinter ihnen das gesamte Gesinde. Mägde, Knechte und die Tagelöhner aus den benachbarten Dörfern mit Frauen, Kindern, Omas und Opas, alle in Festtagskleidung. Die Männer mit geschniegelten Haaren und Bärten und die Kinder und jungen Mädchen mit Blumenkränzen im Haar.

Als Erstes segnete der Pastor die Ernte. Danach sagten einige Kinder Gedichte auf, in denen immer wieder von reichlichem Kindersegen die Rede war.

Maria rollte mit den Augen. »Meinen die etwa uns?«, flüsterte sie Carl zu.

»Das machen sie immer. Auch als ich noch nicht verheiratet war. Aber was hast du dagegen? Gegen einen reichen Kindersegen, meine ich?« Er grinste.

»Nichts«, zischte Maria zurück, »aber nicht so schnell.«

Zum Schluss hielt Gustav eine kleine Ansprache. »Liebe Leute! Wie jedes Jahr feiern wir wieder unser Erntefest. Ihr alle habt einen Anteil daran, dass sie so gut und in diesem Jahr besonders reichlich ausgefallen ist. Ich danke euch für euren Fleiß. Lasst uns gemeinsam feiern. Esst und trinkt, so viel ihr könnt. Es ist von allem reichlich da.«

Die Feuerwehrkapelle spielte einen Tusch, das Zeichen, Platz zu nehmen. Die Hierarchie der Tischordnung war seit jeher dieselbe und allen bekannt. Am oberen Ende saß die

Familie, dann kamen die höheren Angestellten, dann das fest angestellte Gesinde und am unteren Ende die Tagelöhner mit ihren Familien.

Dank Brunos Schnaps, dem reichlich zugesprochen wurde, wich die anfängliche Befangenheit bald einer frohen und ausgelassenen Stimmung. Große Suppenschüsseln, Platten mit Geselchtem, Schweinebraten, Sülzen und Pasteten wurden aufgetragen, in Windeseile geleert und wieder durch neue ersetzt.

Mathias war gekommen, freudig von allen begrüßt. Dann erschien zur Überraschung der ganzen Familie Georg. »Da bist du ja schon wieder, alter Lorbas. Wir haben dich erst zum Anreiten erwartet!«, rief Carl.

»Ich hatte Sehnsucht nach meiner reizenden Schwägerin«, sagte er und zwinkerte Maria zu. »Und außerdem auch mal wieder Lust auf deftiges Essen.« Keiner fragte, wo er gewesen war und warum er so plötzlich auftauchte. Er war da, und das war gut so!

Kurz darauf erschienen Nina und Victor mit Carlchen, der sofort von Clärchen in Beschlag genommen wurde. »Wie schön, dich so wohlauf zu sehen«, begrüßte Nina ihre Freundin und umarmte sie herzlich. »Ich hoffe sehr, dass es dir wieder besser geht. Wir sind ein wenig spät, Victor hatte noch einen Patienten. Aber wir bleiben über Nacht.«

Bevor Georg fragen konnte, was Maria denn gefehlt habe, blies die Kapelle erneut einen Tusch. Dann begann sie eine Polka zu spielen, das Zeichen für Gustav, den Tanz zu eröffnen. »Letztes Jahr war es noch Frau Krombach«, hatte Carl Maria vorher eingeweiht, »aber nun ist sie ja nicht mehr, und Vater möchte unbedingt den ersten Tanz mit dir tanzen.«

Erst drehten sie einige Runden allein. Das war der Brauch. Dann aber war der von den Knechten am Vortag zusammengezimmerte und von den Mägden mit Girlanden geschmückte Tanzboden im Nu voll.

Während Maria mit ihrem Schwiegervater tanzte, erzählte Carl seinem Bruder kurz, was mit Marias Eltern passiert war und dass er sie jetzt nicht darauf ansprechen sollte. »Sie ist heute so fröhlich. Lass sie das Fest genießen.«

Unermüdlich spielte die Kapelle Walzer, Galopp und Polka. Als die Dämmerung hereinbrach, wurden Fackeln angezündet, erneut Würste, Pasteten und Brot aufgetragen und die Krüge mit Schnaps gefüllt. Die Stimmung wurde immer ausgelassener. Mathias, wie immer bester Laune, hatte alle Damen des Hauses ausgiebig »betanzt«, wie er sich ausdrückte, als er plötzlich ein Auge auf Rieke warf. Er zog sie auf die Tanzfläche, eifersüchtig beobachtet von Gestütsmeister Markowsky.

Maria war das Ganze nicht entgangen. »Du musst etwas unternehmen, Carl«, sagte sie. »Der Markowsky ist schon ganz grün vor Wut.«

Carl tat das einzig Richtige. »Komm«, sagte er, »wir klatschen ab.«

Mathias und Rieke tanzten inzwischen eng umschlungen.

»Diesen Walzer möchte ich unbedingt mit dir tanzen, Onkel Mathias«, sagte Maria. Sie strahlte ihn an und klatschte in die Hände. »Du bist ja so ein fabelhafter Tänzer.«

»So, findest du?« Mathias schien nicht so begeistert.

Carl drehte zwei Runden mit Rieke und lieferte sie dann bei ihrem Mann ab, der ihn dankbar ansah. Kurz darauf verließen die beiden laut streitend das Fest.

Einige Zeit später saß die Familie auf der Terrasse, die von einem fast vollen Mond in fahles Licht getaucht war. Vom Hof klang der gedämpfte Lärm der Musik und das fröhliche Lachen der Leute herüber. Gustav hatte noch eine Flasche von dem guten Riesling aufgemacht, um den Abend ausklingen zu lassen.

Mathias war nur widerwillig mitgekommen. »Warum habt ihr mir das süße Marijellchen entführt, wie hieß sie noch?«, lamentierte er.

»Rieke Markowsky.« Gustav lachte gutmütig. »Und sie ist die Frau unseres Gestütsmeisters, der Beste, den wir seit Langem haben. Also wildere gefälligst in deinem eigenen Revier.«

Es war weit nach Mitternacht, als die kleine Gesellschaft sich auflöste und zu Bett ging, während auf dem Hof bis in die frühen Morgenstunden weitergefeiert wurde.

Zu Carls Freude zeigte Maria immer mehr Interesse an der Pferdezucht. Sie kannte inzwischen alle Zuchthengste und Mutterstuten beim Namen, wusste ihre Vorzüge und besonderen Eigenschaften. Sie vermochte Rappen, Füchse, Schwarz-Braune und Braune zu unterscheiden und sollte auch bald lernen, bei Neugeborenen festzustellen, welche Schwachstellen sie hatten und ob sie zur Zucht taugten oder als Reitpferde verkauft werden sollten. Später, wenn die Tiere größer waren, konnte das nur noch ein ausgebildeter Fachmann beurteilen.

Schon lange nahm sie mit Gustav und Carl das erste Frühstück ein. Seit einigen Tagen war im Gartensaal gedeckt. »Es wird Herbst. Morgens ist es doch schon ganz schön frisch. Jedenfalls zu kalt für meine alten Knochen«, stöhnte Gustav und köpfte sein fünftes Ei.

»Wenigstens leidest du nicht an Appetitlosigkeit«, sagte Maria schmunzelnd.

»Kommt nicht heute der Schmid, um Venus aufzunehmen?«, fragte er Carl. Marias Bemerkung ignorierte er.

»Ja, wir reiten nachher zum Vorwerk. Maria kann sich gar nicht vorstellen, dass jemand, der Menschen fotografiert, auch Pferde porträtieren kann.«

»Vor allem weiß ich nicht, was daran so schwierig sein soll«, warf diese ein.

»Na, dann lass dich mal überraschen«, erwiderte Gustav, der diese Prozedur jahrelang mitgemacht hatte, und lächelte. Immer wieder mussten Pferde, die verschickt oder Interessenten in entfernten Städten angeboten wurden, fotografiert werden, und Gustav war froh, dass er sich darum nicht mehr kümmern musste.

Die milde Wärme der Sonne hatte die morgendliche Frische vertrieben. Carl und Maria ritten, begleitet von Flocke, über endlose Stoppelfelder und gemähte Wiesen, deren Klee, in »Krespe« gesetzt, demnächst eingefahren würde, um im Winter an das Vieh verfüttert zu werden. Die Bäume auf den bewaldeten Koppeln und im nicht weit entfernten Eichenwalder Forst trugen bereits die leuchtenden Farben des Herbstes, Dunkelrot mischte sich mit Goldgelb und Braun. Wenn in nicht allzu langer Zeit die Herbststürme einsetzten, würden als Erstes die jetzt hellgelben Blätter der Birken und bald darauf auch das letzte Laub von den Bäumen fallen. Nur das Immergrün der Tannen und die Blätter der Korkeichen würden der Landschaft dann noch etwas Farbe geben.

Die letzte Viertelstunde ritten Carl und Maria im Galopp, und als sie erhitzt auf dem Hof des Vorwerkes ankamen, hatte Herr Schmid bereits seine Kamera, einen großen braunen Kasten auf einem stämmigen Stativ, aufgebaut. Ein Reitknecht striegelte Venus, eine wunderschöne schwarze Stute, um sie auf Hochglanz zu bürsten.

»Tachchen, Herr Goelder, Tach, Frau Goelder«, begrüßte sie Herr Schmid, während er unter einem schwarzen Tuch, das über dem Fotografierapparat lag, herauskam. »Ich bin noch nicht ganz so weit. Die Sonne steht nicht hoch genug.« Nach einem prüfenden Blick zum Himmel meinte er: »In einer halben Stunde, denke ich, können wir anfangen.«

Markowsky war dazugekommen und bat Carl und Maria auf eine Erfrischung ins Haus. Flocke hatte ihren Durst in der Pferdetränke gestillt und sich gleich darauf im Schatten der Hauswand zur Ruhe gelegt. Sie würde sich erst wieder rühren, wenn ihr Frauchen zum Aufbruch rief.

Der Gestütsmeister und Carl hatten wie immer einiges zu bereden. Venus war nach Hamburg verkauft, die Verschickung musste besprochen werden. »Alma hustet. Sie kam ganz verschwitzt von der Koppel. Der Tierarzt war da, meint aber, es wäre nichts Ernstes.«

»Fein.« Carl war froh, oft genug gab es schlechtere Nachrichten. »In einer Woche beginnen wir mit dem Zureiten. Wenn sie dann noch hustet, wäre das fatal. Sehen Sie zu, dass sie bis dahin in Ordnung ist.«

»Unbedingt. In vierzehn Tagen ist das Herbstturnier in Insterburg. Es haben sich bereits Käufer angesagt.«

»Gut.« Carl nickte zufrieden. »Ich werde mit meiner Frau auch dort sein. Einige Pferde aus unserer Zucht nehmen an dem Turnier teil, schließlich kommen Reiter aus ganz Deutschland.«

Es klopfte. Herr Schmid steckte seinen Kopf zur Tür herein. »Ich wäre dann so weit.«

Carl sprang auf und zog Maria an der Hand hinter sich her. »In ein paar Stunden wirst du wieder etwas dazugelernt haben.«

Es dauerte tatsächlich bis in den späten Nachmittag, bis Herr Schmid mit dem Ergebnis seiner Arbeit zufrieden war. Das arme Tier musste stillstehen, dazu noch halbseitig, den Kopf dem Fotografen zugewandt. Das linke Vorderbein nach vorn, das Hinterbein nach hinten. Mal war zu viel Schatten, mal zu viel Licht. Eine Platte nach der anderen wurde in den Apparat geschoben, Herr Schmid verschwand unter dem schwarzen Tuch und rief: »Jetzt!« Ständig wurde unterbrochen. Venus, die immer nervöser wurde, musste beruhigt und von dem Reitknecht im Hof herumgeführt und mit einer Möhre oder einem Stück Zucker bei Laune gehalten werden.

Wieder war die Sonne gewandert, das Stativ an einen anderen Platz gestellt worden, und alles ging von vorn los. Herr Schmid war in Schweiß gebadet und nahm dankbar die Einladung von Markowsky zu einer Erfischung an, nachdem er die letzte Platte belichtet hatte.

»Gott sei Dank bin ich kein Pferd«, sagte Maria, als das arme Tier endlich erlöst war. »Wenn Porträts bei Menschen auch so lange dauern würden, gäbe es nie eine Fotografie von mir.«

»Ich bin auch ziemlich froh, dass du kein Pferd bist.« Carl lachte.

Als sie im Dunst der inzwischen tief stehenden Sonne nach Hause ritten, zogen Schwärme von Singvögeln über ihre Köpfe Richtung Süden. Maria wurde schwer ums Herz!

Gustav war schlechter Stimmung. Im *Ostpreußischen Tageblatt*, seiner täglichen Lektüre, hatte er die Todesanzeige eines alten Freundes gefunden. Und nicht nur das, auch einige politische Ereignisse in Berlin hatten seine Laune auf den Nullpunkt sinken lassen. »Diese Sozis«, schimpfte er, »kann man denen nicht endlich einmal Einhalt gebieten?!« Es erboste ihn immer wieder zutiefst, wenn er lesen musste, dass die Sozialdemokraten mehr und mehr Einfluss im Reichstag bekamen. »Warum lässt der Bismarck das denn bloß zu?« Wenn er die Namen Bebel und Liebknecht in der Zeitung las, war er für Stunden ungenießbar. Und nun kam auch noch Carl wieder an mit seinen neumodischen Ideen.

Es war einen Tag vor dem Anreiten der Jungtiere. Mehrfach hatte er versucht, mit seinem Vater über eine andere Methode des Anreitens zu sprechen als die, die von jeher in Weischkehmen praktiziert wurde. Solange die Goelders Pferde züchteten, wurden die Tiere einige Tage longiert, das heißt, an einer Leine im Reitstall im Kreis herumgeführt, was sie gar nicht gewöhnt waren. Dann legte man ihnen einen Sattel auf, was sie erst recht nicht mochten. Danach longierte man sie wieder, und zu guter Letzt wurden sie von einem Reiter bestiegen, den sie, nun richtig ärgerlich, meist sofort wieder abwarfen.

»Du weißt, Vater, wie oft die Männer Knochenbrüche oder noch schwerere Verletzungen davongetragen haben«, sagte Carl.

»Ja und? Gestorben ist bisher noch keiner daran!«

»Nein, Gott sei Dank nicht. Willst du so lange warten, bis das passiert? Vielleicht wärest du dann einsichtiger.« Carl war inzwischen reichlich ungehalten. Wie oft hatten sie schon darüber gestritten. Diese Diskussionen gingen ihm langsam auf die Nerven. »Warum lässt du es uns nicht einmal versuchen, wie sie es mit den Trakehnern machen?« Carl hatte in Trakehnen beim Grafen Lehndorf ein paar Monate volontiert und war begeistert von deren Methode des Zureitens. »Glaub mir, Vater, es ist viel einfacher, ihnen in der Box den Sattel aufzulegen, sie gleich in den Reitstall zu führen und sofort den Reiter in den Sattel zu heben. Ein Reitknecht, den sie kennen und dem sie vertrauen, führt Pferd und Reiter ein paarmal im Kreis, und bevor sie Kraft gesammelt haben, um sich zu wehren, haben sie sich schon an den neuen Zustand gewöhnt. Sie werden quasi überrumpelt.«

»Mir gefällt das gar nicht …«, brummte Gustav missmutig, »solche neumodischen Ideen.«

»Also wirklich, Vater! Was heißt hier neu? In Trakehnen wird das seit Jahr und Tag so gemacht. Und glaub mir, es gibt nur ganz selten Verletzte.« Carl war wütend. Manchmal war sein Vater wirklich zu stur.

Maria war dazugekommen. »Ich kenne weder die eine noch die andere Methode«, sagte sie, »und eigentlich kann ich gar nichts dazu sagen. Aber warum lässt du es Carl nicht wenigstens einmal versuchen, Vater? Wenn es nicht funktioniert, macht ihr es wieder wie früher.«

»In Gottes Namen. Ich werde es mir morgen ansehen. Aber wenn es nicht reibungslos funktioniert, wird sofort wieder longiert. Komm, Hasso, wir gehen ein Stück!« Schlecht gelaunt verließ er den Raum.

»Was für eine Laus ist ihm denn über die Leber gelaufen?«, fragte Georg und blickte seinem Vater nach, der mit großen Schritten über den Rasen davonstürmte.

»Es ging mal wieder um das morgige Anreiten. Du weißt doch, wie angetan ich von der Trakehner-Methode bin. Vater wollte sich schon wieder stur stellen. Aber Maria hat es geschafft, dass wir es wenigstens mal versuchen können.«

»Wunderbar. Ich biete mich an, es als Erster mit Arthur zu probieren.« Er lächelte seine Schwägerin an. »Und wenn ich runterfliege und mir die Knochen breche, muss Maria mich gesund pflegen. Wie gefällt euch überhaupt der Name für mein Geburtstagsgeschenk?«

»Gut«, sagte Carl. »Er passt zu dem Tier. Und danke, dass du mich unterstützt. Also streng dich an. Vater hat angedroht, wenn es nicht gleich beim ersten Mal klappt, es sofort wieder zu machen wie immer.«

»Wird schon schiefgehen«, sagte Georg lächelnd.

Clärchen stürmte herein, um ihren geliebten Bruder zu begrüßen. Man wechselte das Thema. Wie ein Lauffeuer hatte sich herumgesprochen, dass Carl sich durchgesetzt hatte und das Anreiten diesmal anders als sonst vonstatten gehen sollte. In der Gesindestube war schon seit Längerem darüber debattiert worden, Gegner und Befürworter hielten sich die Waage. In einem waren sich aber alle einig: Wenn es gut ginge, würde man viel Zeit sparen, und angeblich sollte es ja auch ungefährlicher sein.

Im Reitstall herrschte eine angespannte Stimmung. Alle, die nicht dringend woanders gebraucht wurden, waren gekommen, um mitzuerleben, wie das Duell Vater gegen Sohn ausgehen würde. Gustav war da, mit ausdrucksloser Miene, neben sich Hasso. Außer den Pferdeknechten, die später zureiten würden, waren Bruno und sein Sohn August anwesend. Auch Markowsky war vom Vorwerk herübergeritten. Das Schauspiel wollte er sich nicht entgehen lassen. Als Letzter erschien Victor.

»Was willst du denn hier?«, fragte Carl.

»Dein Vater hat mich herbeordert. Mit Sicherheit werden wir einen Arzt brauchen, hat er gesagt. Das war immer so.«

»Das ist typisch Gustav, er gibt nicht auf«, sagte Maria und flüsterte Georg »Toi, toi, toi« zu, als er in die Box ging, um Arthur zu satteln. Er hatte darauf bestanden, das selbst zu tun.

Während er die nötigen Handgriffe machte, redete er beruhigend auf das Tier ein. »Brav bist du«, sagte er mit leiser Stimme und gab ihm ab und zu ein Stück Zucker. »Wir werden das jetzt öfter machen. Ganz brav bist du.« Arthurs Ohren waren aufgestellt und seine Augen weit aufgerissen. So ganz geheuer schien ihm die Sache nicht.

Dann gab Georg einem bereitstehenden Reitknecht die Zügel, um das Pferd in den Reitstall zu führen. Er ging dicht neben Arthur her, redete weiter leise auf ihn ein und strich ihm über den Hals und die Nüstern. »Jetzt gib ihm eine Möhre«, sagte er zu dem Reitknecht, »und wenn ich aufsitze, führ ihn ein paarmal im Kreis herum.«

Alle hielten den Atem an. Würde es gelingen? Die erste Runde; nichts passierte. Die zweite. Die dritte! Arthur muckte nicht. Er ging, als wäre es das Normalste auf der Welt. Erst als Georg abgestiegen und Arthur, versehen mit einer süßen Belohnung, in die Box zurückgeführt wurde, löste sich die Spannung.

»Donnerwetter, dat is ja doll!«

»Haste jut jemacht, Georg!«

»Hätt ik nich jedacht!«, hörte man von allen Seiten.

Carl umarmte seinen Bruder. Er war glücklich. »Danke, alter Lorbas, das hast du wirklich prima gemacht.«

Nur Gustav brummte: »Wir wollen doch erst mal sehen, ob das bei allen Tieren so klappt.«

Ein Pferd nach dem anderen wurde jetzt gesattelt in den Reitstall geführt, von einem Reitknecht bestiegen und problemlos zugeritten. Ab und zu bockte ein Tier mal kurz, auch wurde einmal ein Reiter abgeworfen, aber das Ganze ging ohne große Blessuren ab.

»Ich werde hier offensichtlich heute nicht gebraucht«, sagte Victor schmunzelnd. »Ich geh dann mal wieder. Sollte es doch noch Tote oder Verletzte geben, schafft sie zu mir in die Praxis.« Und zu Carl gewandt fuhr er leise fort: »Gratuliere, alter Freund, ich glaube, du hast gewonnen.«

Gustav hatte sich irgendwann davongestohlen und war in Begleitung von Hasso über die Felder geritten. Beim Abendessen war er schweigsam. Irgendwann am Abend, kurz bevor man zu Bett gehen wollte, hob er sein Glas, prostete Carl zu und sagte: »Gut gemacht, mein Junge.« Danach wurde nie mehr über dieses Thema gesprochen.

Das Herbstturnier in Insterburg war das gesellschaftliche Ereignis des Jahres, bevor die Jagdsaison begann. Reiter aus ganz Deutschland kamen mit ihren Pferden angereist, und für eine Woche war die kleine Garnisonsstadt bevölkert von eleganten Damen und Herren aus der Oberschicht des Landes. Alle Hotels in Insterburg und Umgebung waren schon seit Monaten ausgebucht, und diejenigen, die Freunde oder Verwandte in der näheren Umgebung hatten, waren dort gern gesehene Hausgäste. Nirgends war man gastfreundlicher als in Ostpreußen.

Carl und Maria hatten sich entschlossen, die ganze Woche bei Nina und Victor zu logieren. Jeden Abend gab es eine Einladung, und sie wollten nicht jedes Mal bei Nacht und Nebel die Heimfahrt mit der Kutsche auf sich nehmen.

Noch waren die Kraniche und Kormorane nicht davongezogen, aber die Nächte wurden kühler, und womöglich wurde das Wetter unbeständiger. Nina war selig. Eine ganze Woche würde sie mit ihrer Freundin zusammen sein. Einfach herrlich!

Marias juchtenlederne Koffer waren ausgepackt. Jette bügelte das Kleid für heute Abend auf, und die beiden Freundinnen hatten es sich im Salon gemütlich gemacht. Carl war sofort auf den Turnierplatz geeilt, und Victor machte noch Hausbesuche. Carlchen spielte zufrieden zu ihren Füßen mit seinen Bauklötzen. »Letzte Woche war ich bei Freyas Jour fixe; du weißt, Victors Schwester. Sie fragt übrigens jedes Mal, wann du denn endlich einmal dazukommst«, sagte Nina.

»Bei uns ist immer so viel los«, meinte Maria, »aber wenn der endlos lange Winter kommt, von dem hier alle immer reden, werde ich froh sein, wenn ich kommen darf.«

»Stell dir vor«, fuhr Nina fort, »bei Freya waren zwei junge Frauen, die ich noch nicht kannte. Eine hieß Ida Henkiel und wohnt in Klein Darkehmen, und die andere wohnt in Königsberg und heißt Feodora von Harden, genannt Feda.«

»Ach«, rief Maria, »die habe ich bei Georg kennengelernt! Carl nennt sie die ›glücklichste Witwe Ostpreußens‹, und er meint, sie wäre sehr lustig und nett.«

»Das ist sie«, sagte Nina, »und auch Ida ist reizend. Sie ist nicht verheiratet, obwohl sie demnächst schon vierundzwanzig wird.«

»Warum, ist sie hässlich?«

»Im Gegenteil.« Nina lachte. »Aber sie hat erzählt, ständig würden ihre Eltern ihr irgendwelche Heiratskandidaten präsentieren, aber sie dächte nicht daran, einen Mann zu heiraten, den sie nicht liebt. Eher würde sie eine alte Jungfer. Nicht jeder hätte so ein Glück wie Feda, einen ungeliebten Mann zu heiraten und ihn durch eine so göttliche Fügung wie einen Jagdunfall so schnell wieder loszuwerden. Dann haben sie sich kaputtgelacht.«

»Diese Einstellung erinnert mich an die der Freundinnen meiner Mutter«, meinte Maria traurig, »aber vielleicht ist es ja gar nicht so falsch. Stell dir mal vor, wir hätten Männer, die wir nicht ausstehen können!«

Nina goss ihrer Freundin eine frische Tasse Tee ein. »Nun erzähl mal, was tut sich in Weischkehmen. Wir haben uns ja schon eine Weile nicht gesehen.«

»Wir mussten Bergland, den Hauslehrer, entlassen«, berichtete Maria. »Er hatte ein Verhältnis mit Grete. Das haben wir gar nicht mitgekriegt. Danach hat er was mit Minchen angefangen. Erst als die beiden sich in den Haaren lagen, flog die Geschichte auf. Und die Karow meinte, er wäre nicht mehr tragbar.« Sie nahm einen Schluck Tee. »Clärchen hat sich furchtbar darüber aufgeregt. Jetzt unterrichten Fräulein von Karow und ich sie abwechselnd, bis ein neuer Lehrer kommt. Das ist auch einer der Gründe, dass ich so eingespannt bin.« Sie schwieg einen Moment. »Clärchen hat seit einiger Zeit wieder leichtes Fieber und ist furchtbar schnell erschöpft. Sie hustet auch wieder.«

Nina sah sie traurig an. »Eigentlich wollte ich Victor nicht vorgreifen«, sagte sie, »aber der Grund, warum ich seit dem Erntefest nicht mehr mit Carlchen in Weischkehmen war, ist Clärchens Krankheit.«

»Du meinst, sie ist ernsthaft krank?« Maria war entsetzt.

»Ja, Victor will mit euch darüber sprechen, bevor ihr wieder abreist. Er glaubt, dass sie die Schwindsucht hat – das ist eine schreckliche Lungenkrankheit –, und fürchtet, Carlchen könnte sich anstecken.« Nina blickte ihre Freundin besorgt an. »Bitte sag Carl nichts davon. Und auch kein Wort zu Victor, dass ich es dir schon gesagt habe. Ihr sollt die Tage hier genießen und nicht mit solchen Sorgen belastet sein. Vielleicht ist es ja auch gar nicht so schlimm.«

Sie wechselten das Thema, und Marias Unbekümmertheit war schnell wieder da. Nina hatte recht, es würde schon nicht so schlimm sein.

Der Insterburger Turnierplatz war eine außergewöhnlich gepflegte Anlage. Neben dem Parcours für das Reit- und Springturnier befand sich ein Areal mit Zelten für die Turnierpferde und davor ein Arbeitsplatz, um die Tiere warm zu machen. Nicht weit davon entfernt fand ein Pferdemarkt statt, wo Reit- und Arbeitspferde verkauft wurden. Überall herrschte geschäftiges Treiben. Vor dem Eingang an den Wettschaltern drängten sich Männer aller Stände, um ihre Wetten abzugeben. Herren mit Zylindern, Offiziere in Uniform und Bauern im Sonntagsanzug. Jeden Tag seit Beginn des Turniers das gleiche Bild. Auch heute wieder, am letzten Tag. Auf dem Weg zur überdachten Tribüne – Maria und Carl hatten dort ihre festen Plätze – kamen sie kaum vorwärts. Bekannte und Freunde begrüßten sie, jeder wollte ein paar Worte mit ihnen wechseln, und Kaufinteressenten baten um einen Termin in Weischkehmen für die kommende Woche.

Maria fächelte sich mit einem Fächer Luft zu. Schon seit Tagen fühlte sie sich nicht ganz wohl. Sie führte das auf die Anstrengungen der Turnierwoche zurück – tagsüber auf dem Turnierplatz und jeden Abend eine Einladung mit zu viel Essen und noch mehr Wein. Maria war das nicht gewöhnt. Zudem war es ungewöhnlich warm für die Jahreszeit. Sie fühlte sich erschöpft. »Ist was mit dir?«, hatte Nina ein paarmal gefragt. »Fühlst du dich nicht gut?« Aber Maria hatte gelacht. »Nein, mir geht es blendend, aber ich bin wohl schon eine Landpomeranze. Jeden Abend bis in die Puppen ausgehen bin ich nicht mehr gewöhnt.« An einem Abend bei Victors Schwester Freya, ihr Mann war Direktor der Deutschen Bank in Insterburg, hatte sie Ida Henkiel kennengelernt und Feda von Harden wiedergesehen. Sie hatte sich köstlich über die beiden amüsiert. Sie waren wirklich außergewöhnlich unkonventionell.

»Du bist so blass, Liebes«, sagte Carl, als sie endlich ihre Tribünenplätze erreicht hatten. »Ist dir nicht gut?«

»Es ist die Hitze«, sagte Maria. »Mach dir keine Sorgen, es ist gleich vorbei.« Dann begann auch schon das Turnier. Carl war abgelenkt.

Den letzten Abend verbrachten sie allein mit Nina und Victor in deren Haus. Maria hatte sich kurz hingelegt und kam sichtlich erholt dazu, als Carl und Victor sich über Clärchen unterhielten. »Was ist mit ihr? Du klingst ernstlich besorgt.«

»Ja«, sagte Victor, »das bin ich auch. Schon bei dem Erntefest habe ich bemerkt, dass das Fieber zurückgekommen ist, es aber auf die Aufregung des Festes zurückgeführt. Als ich nach dem Zureiten nach ihr gesehen habe, hat sie stark gehustet. Auch das Fieber ist nicht weg. Hat sie schon einmal Blut gehustet?«

»Nicht, dass ich wüsste«, sagte Carl. »Weißt du etwas, Maria?«

»Nein, und Fräulein von Karow hätte es uns bestimmt gesagt.«

»Ich fürchte, deine Schwester hat die Schwindsucht. Das ist eine sehr ernst zu nehmende Krankheit«, fuhr Victor fort. »Der kalte Winter wird die Symptome verschlechtern.«

»Was, meinst du, können wir tun?«

»Schickt sie über die kalten Monate in wärmere Gefilde. Madeira hat ein sehr mildes Klima, oder Süditalien.«

»Fräulein von Karow müsste sie begleiten, das wird eine Stange Geld kosten ...«

»Was gibt es da zu überlegen?«, mischte sich Maria jetzt ein. »Ich habe genug Geld. Wir werden alles tun, damit das Kind wieder gesund wird.«

Als sie am nächsten Tag nach Hause kamen, lief ihnen Clärchen, begleitet von Flocke und Hasso, strahlend entgegen. »Da seid ihr ja endlich!«, rief sie. »Papa erwartet euch schon sehnsüchtig.«

»Und wie geht es meinem kleinen Schwesterchen?«, fragte Carl. »Was macht der Husten?«

»Ich huste doch gar nicht«, sagte Clärchen trotzig. »Und Isachen sagt, mein Fieber ist auch zurückgegangen.«

Tatsächlich, Clara war seit ein paar Tagen fieberfrei, wie Fräulein von Karow ihnen später bestätigte. Sie waren erleichtert. Vielleicht hatte Victor doch übertrieben.

Marias morgendliche Übelkeit blieb. Aber die vielen Gäste und Käufer der letzten Tage und der damit verbundene Trubel ließen sie nicht weiter darüber nachdenken. Carl war höchst zufrieden. Fast alle zum Verkauf stehenden Pferde waren verkauft, die Zuchtstuten gedeckt. Jetzt wollte er die beginnende Jagdsaison genießen. Die Mamsell und das

Küchenpersonal waren schon wieder seit einiger Zeit damit beschäftigt, die für die anstehenden Festivitäten nötigen Speisen vorzubereiten. Und wie immer erklang das klagende »Errbarrmunk« der Mamsell aus der Küche, wenn eines der Mädchen etwas nicht richtig gemacht hatte.

Die Brunftzeit war angebrochen. Schon seit Tagen reisten die Jagdgäste an. Das Haus war bereits voll bis unter das Dach. Einige der Gäste würden die ganze Jagdsaison bleiben, andere nur ein oder zwei Tage. Genau wusste das niemand, aber es würde auch keinem in den Sinn kommen, danach zu fragen. Die Gäste konnten bleiben, solange sie wollten. Das war so üblich in Ostpreußen. Wenn es einem der Gastgeber mal zu viel wurde, zog er sich in seine Zimmer zurück und tauchte erst wieder auf, wenn er Lust auf Gesellschaft hatte. Und die gab es ja reichlich. Im Gartensaal, der Bibliothek und den beiden Salons fand sich immer jemand, mit dem man plaudern oder eine Partie Whist spielen konnte. Die meisten der Gäste kannten sich. Aber ab und zu kam es auch vor, dass wildfremde Menschen anreisten, die Gustav auf einer seiner Reisen kennengelernt und eingeladen hatte. Meist hatte er keine Ahnung mehr, wer die Leute waren. Trotzdem wurden sie herzlich willkommen geheißen und blieben, manchmal wochenlang.

Zur Freude der ganzen Familie war Georg als Erster angekommen. Für Maria hatte er reichlich Lesestoff mitgebracht. Bücher von Dumas, Flaubert und Fontane, sogar die Erstausgabe von Goethes *Italienische Reise* war dabei. »Diese Lektüre wird dir den langen Winter erträglicher machen«, sagte er, »und Goethes Tagebuchaufzeichnungen lassen sicher Erinnerungen an eure Hochzeitsreise aufkommen.«

Maria war begeistert. »Danke, Georg, wie lieb von dir. Ich gebe die Bücher auch bestimmt zurück.«

»Bei Gelegenheit, meine Liebe. Es hat überhaupt keine Eile.«

Für die morgige Hirschjagd hatte sich auch Victor angesagt. Er kam erst spät am Abend, auf dem Weg nach Weischkehmen hatte er noch Hausbesuche gemacht.

»Kommt Carlchen morgen auch?«, fragte Clärchen, die gerade zu Bett gehen wollte.

»Nein, Nina wird wohl allein kommen zu dem abendlichen Jagdessen«, sagte er bedauernd. »Carlchen ist stark erkältet.«

»Dafür geht es unserem Clärchen bestens«, sagte Maria, die wusste, dass er log. »Sie hustet kaum noch, und das Fieber ist auch seit ein paar Tagen weg.«

»Das ist fein.« Victor klang nicht sehr überzeugt. »Ich werde mich morgen nach der Jagd davon überzeugen.« Er hatte Maria zur Seite genommen. »Und wie geht es *dir*? Carl sagt, du fühlst dich morgens oft nicht wohl.«

»Ach, es ist nichts. Carl übertreibt. Es geht immer schnell wieder vorbei.«

»Na, dann werde ich morgen nicht nur nach Clärchen sehen, sondern auch dich mal genauer untersuchen.« Er konnte sich ein Grinsen nicht verkneifen. Die Diagnose lag ja wohl auf der Hand!

Maria hatte vehement abgelehnt, mit auf die Jagd zu gehen. »Ich kann keine Tiere erschießen«, hatte sie gesagt. »Und dabei zusehen will ich auch nicht.«

»Aber die Stimmung, wenn man auf die Pirsch geht, ist einfach unbeschreiblich«, versuchte Carl sie zu überzeugen, »wenn die Sonne aufgeht, die ersten Strahlen auf die

Lichtung fallen und der Tau in den Gräsern wie Edelsteine funkelt. Die unglaubliche Stille, du musst das einmal erlebt haben.«

»Tiermörder ...«

»Liebling«, sagte Carl, »wir tun das nicht nur zum Spaß, der Bestand des Wildes muss niedrig gehalten werden.«

»Was soll das denn heißen, den Bestand niedrig halten? Das klingt ja schrecklich! Womöglich kommt euch demnächst in den Sinn, den Bestand von Onkel Mathias' Fehltritten niedrig zu halten, und ihr jagt kleine Rotschöpfe in Ashruten.«

Mit einer Engelsgeduld redete Carl auf sie ein. »Die Tiere vermehren sich ständig. Sie haben kaum noch natürliche Feinde. Eine gewisse Anzahl muss einfach geschossen werden, sonst fressen sie uns die Wälder und schließlich auch noch die Felder kahl. Und irgendwann die Haare vom Kopf.«

»Trotzdem Tiermörder!«

»Außerdem gibt es abgekommenes Wild«, fuhr er fort. »Ach, entschuldige, das ist Jägersprache. Also Tiere, die alt und krank sind. Die zu schießen ist eine Gnade. Sie würden während des eisigen Winters qualvoll verenden.«

»Immer noch Tiermörder«, sagte Maria trotzig, aber es klang schon nicht mehr ganz so überzeugt wie zu Anfang der Diskussion.

Es war fünf Uhr morgens und noch stockfinster, als im Haus schon wieder reges Treiben herrschte. Die ersten Gäste saßen bereits taufrisch im Gartensaal am Frühstückstisch, plauderten und erzählten sich offensichtlich Witze, bei deren Pointe ein orkanartiges Lachen bis ins Turmzimmer schallte. Maria hatte das Gefühl, die ganze Nacht kein Auge zugetan zu haben. Das letzte Mal hatte sie die Turmuhr drei schlagen hören! »Sind denn die Ostpreußen überhaupt nicht totzukriegen? Die sind doch gerade erst ins Bett gegangen«, fragte sie Carl, der versuchte, sich so leise wie möglich anzuziehen.

»Wieso schläfst du nicht, Liebling?«

»Bei dem Krach? Du hast wirklich Nerven.« Maria war hellwach. »Geht das jetzt die ganze Jagdsaison so?«

Carl lachte laut auf. »Ich fürchte, ja. Das Beste wäre, du machst einfach mit.«

»Das kann ja heiter werden. Ich fürchte, danach muss ich mit Charlotta zur Kur. Schade, dass sie abgesagt hat, dann hätten wir das gleich besprechen können!«

»Bitte keine solchen Drohungen um fünf Uhr morgens. Bis später, Schatz«, und weg war er.

Charlotta war zur Freude Gustavs und ihrer Neffen verhindert. Dem Fürsten gehe es schlechter, hatte sie geschrieben. »Seit wann nimmt sie denn darauf Rücksicht?«, war Georgs bissiger Kommentar.

An Schlaf war nun wirklich nicht mehr zu denken. Vor dem Haus kamen die Kutschen an, die die Jagdgesellschaft zum nahe gelegenen Eichenwalder Forst bringen würden. Pferde wieherten, und Bruno besprach mit den angestellten Jägern, wer zu welchem Ansitz gebracht werden sollte, und das in keiner Weise mit gedämpfter Stimme. Die Jagdgehilfen wurden angewiesen, die Büchsen der Herrschaften auf die Wagen zu verladen, und dann schrie Bruno: »Wir müssen dann man wohl.«

Man hatte ihn offensichtlich auch im Gartensaal gehört. Unter lautem Lachen und den Rufen »Waidmanns Heil!« und »Guter Anlauf!« bestieg die Gesellschaft die Wagen. Nach ein paar Peitschenknallen und lauten Rufen der Kutscher herrschte endlich Ruhe. Maria fiel in einen tiefen, erholsamen Schlaf.

Gegen Mittag war das Haus wieder voll mit lärmenden, von den Jagderlebnissen erfüllten Männern. Meier servierte, unterstützt von Grete und Mine, eine kräftige Brotzeit. Der Tisch bog sich unter Blut- und Leberwürsten, Schinken, Pasteten und frisch gebackenem Brot, und mehr als ein Schlubberchen Schnaps wurde getrunken.

Als Gustav stolz berichtete: »Ich hab einen kapitalen Bock geschossen«, zischte Maria Carl »Tiermörder!« ins Ohr und verließ die über Jagdgeschichten schwadronierende Männerrunde. Sie machte sich in Begleitung von Flocke auf den Weg, die Hunde zu füttern. Der Anblick, der sich ihr auf dem Hof bot, war nicht dazu angetan, ihre Meinung über die Jagd zu ändern. Im Schatten der großen Kastanie lag nebeneinander aufgereiht das am Morgen erlegte Wild. Die Jagdgehilfen waren dabei, die Tiere aufzubrechen, die Eingeweide herauszunehmen und das Wildbret zum Ablagern vorzubereiten. Sie ging schnell weiter. Der Anblick verursachte ihr Übelkeit. Aber sie hatte natürlich inzwischen begriffen, dass das Jagen einen Sinn hatte und notwendig war. Sie wusste, ein Teil des Wildbrets kam in die unterirdische Kühlkammer als Vorrat für den Winter, ein Teil wurde an die angestellten Jäger und das Gesinde verteilt, und in einigen Tagen würden die Wildhändler den nicht unbeträchtlichen Rest aufkaufen. Sie beschloss, das Wort Tiermörder aus ihrem Sprachschatz zu streichen. Jedenfalls, was die Jagd anging.

Victors Diagnose war eindeutig. »Gratuliere, Maria. Du bist schwanger. Seit wann ist deine Periode ausgeblieben?«

»Ich weiß nicht ... keine Ahnung. Vielleicht zwei oder drei Monate.« Man merkte ihr an, es war ihr peinlich, über so etwas zu sprechen.

»Also, nun stell dich nicht so an«, sagte Victor, »ich bin Arzt. Ich denke, du bist im vierten Monat.« Er hatte sein Hörrohr noch einmal angesetzt. »Es ist ganz eindeutig. Ich kann schon leise Herztöne hören.« Er sah Maria fragend an. »Freust du dich denn gar nicht?«

»Ich weiß nicht so recht ...«

Aber Carls und Gustavs überschäumende Freude über den zu erwartenden Nachwuchs riss sie bald mit. Und Clärchen konnte das Glück gar nicht fassen. »Wir bekommen ein Kind!«, berichtete sie aufgeregt in der Küche. Dann rannte sie auf den Hof, um die Nachricht ihrer Freundin Lischen zu überbringen, die dann dafür sorgte, dass in Windeseile ganz Weischkehmen darüber Bescheid wusste.

Das große Glück wurde nur gedämpft von Victors Bericht über Clärchens Gesundheitszustand. »Es tut mir leid«, sagte er, nachdem er sie noch einmal gründlich untersucht hatte. »Clara ist in keinster Weise gesund. Diese Krankheit verläuft in Schüben, und ihr solltet wirklich ernsthaft in Erwägung ziehen, sie den Winter in wärmeren Gefilden verbringen zu lassen.«

Als Clärchen hörte, dass man sie für ein Dreivierteljahr ins Ausland schicken wollte, bekam sie hysterische Anfälle. »Ich will nicht weg!«, schrie sie. »Ich will sehen, wie das Baby wächst, ich will auch da sein, wenn es kommt!« Sie war kaum zu beruhigen. Mit Argumenten wie: »Es ist doch nur zu deinem Besten« und »Du wirst sehen, die Zeit vergeht wie im Flug« versuchte man sie zu überreden. Aber nichts half. Also wurde die Entscheidung verschoben. Noch war es warm. Und eigentlich ging es dem Kind ja doch gut. Man würde sehen. Später!

Die letzten Jagdgäste waren abgereist. Nach dem ersten Schnee, zur Saujagd, würden sie wiederkommen. Bald darauf, es war bereits merklich kühler geworden, sah Maria am roten Abendhimmel die letzten Vögel gen Süden ziehen. Kraniche und Wildgänse in exakter Formation. Sie wusste, nun würde es nicht mehr lange dauern, bis die schwermütige, dunkle Zeit begann.

Schon kurz danach, das Barometer war gefallen, setzte ein sintflutartiger Regen ein. Es goss wie aus Kübeln. Heftige Stürme trieben die schwarzen Wolken am Himmel vor sich her und rissen das letzte Laub von den Bäumen. In kürzester Zeit waren die Wege aufgeweicht, und die Fahrten nach Insterburg wurden zu einem gefährlichen Abenteuer. Groß war die Gefahr, im Schlamm stecken zu bleiben.

Maria begann, ihre Schwangerschaft zu genießen. Die morgendliche Übelkeit war schon lange vorbei, und sonstige Beschwerden hatten sich nicht eingestellt. Jeder im Haus war nur um ihr Wohlergehen besorgt. Die Mamsell kochte ihre Leibgerichte. An erster Stelle standen Königsberger Klopse. Maria war verrückt nach Kapern. Carl wollte nicht mehr, dass sie den schweren Eimer mit dem Fressen für die Hunde trug, und Gustav stopfte ihr, wo immer sie saß, Kissen in den Rücken. »Ich bin doch nicht krank«, protestierte sie lächelnd, »ich bin doch nur schwanger.« Aber sie genoss die Fürsorge. Manchmal überfiel sie eine tiefe Traurigkeit, wenn sie an ihre Eltern dachte. Wie schade, dass Mama und Papa mein Glück nicht erleben können. Aber dann kam Fräulein von Karow mit einem heißen Tee, oder Clärchen wollte sehen, ob der Bauch wieder etwas dicker geworden war, und im Nu waren die trüben Gedanken verscheucht.

Die Novemberstürme hatten an Kraft zugenommen. Sie pfiffen heulend um das Haus und rüttelten an den Fensterläden. Dann kuschelten sich Maria und Clärchen in die Sessel vor dem prasselnden Feuer, tranken heiße Schokolade oder Tee und aßen die herrlichen von der Mamsell gebackenen Kekse. Sie spielten zusammen Dame oder Mühle, stickten oder lasen. Clärchen verschlang die *Gartenlaube* und Maria die Bücher von Georg. Sie versank in der Welt der Madame Bovary, litt heimlich mit der Kameliendame und erlebte in Goethes Tagebuchaufzeichnungen noch einmal ihre wunderbare Hochzeitsreise. Dann schwärmte sie ihrer kleinen Schwägerin davon vor. »Carl hat mir versprochen, bald wieder mit mir nach Venedig zu fahren. Dann nehmen wir dich mit. Ganz bestimmt.« Sie liebte dieses Kind und hoffte so sehr, dass Victors Befürchtungen nicht eintreten würden, denn wiederholte Versuche, Clärchen doch noch zu bewegen, den Winter im warmen Ausland zu verbringen, waren gescheitert.

»Carl«, sagte Maria eines Tages, »ich werde immer dicker. Mir passt fast nichts mehr.«

»Das ist ja wohl so, wenn man ein Kind bekommt. Du sagst doch immer, Grete ist so geschickt mit Nadel und Faden; kann sie nicht …?«

Maria unterbrach seinen Redefluss. »Grete ist mit ihrem Geschick am Ende. In meinen Kleidern ist kein Zentimeter Naht mehr drin zum Rauslassen. Ich brauche etwas Neues zum Anziehen.«

»Nina kennt sicher eine Schneiderin in Insterburg. Lass dir da etwas nähen.«

»Du fährst doch demnächst nach Königsberg«, sagte Maria. »Feda von Harden hat dort eine Couturière. Sie muss fabelhaft sein. Ich würde gern mit dir mitkommen und mir bei ihr etwas bestellen.«

»Eine Couturière, in Königsberg?« Carl sah aus, als hätte er auf eine Zitrone gebissen. »Meinst du nicht, eine Schneiderin täte es auch?«

Maria musste lachen. »Erstens würde ich gern mal etwas von meinem schrecklich vielen Geld ausgeben, zweitens möchte ich mal wieder hier raus, bevor ich endgültig zu einer Tonne mutiere, und drittens ...«

»Ist ja gut. Ich nehme dich mit. Aber du musst dich den ganzen Tag selbst beschäftigen. Ich habe zu tun und werde erst am Spätnachmittag fertig sein.«

Maria strahlte. »Ich werde Feda schreiben, dass ich komme. Sie hat mir angeboten, mich zu begleiten. Du siehst also, ich bin versorgt.«

»Aber dass du mir nicht auf dumme Gedanken kommst, fast allein in der Großstadt.«

Nun sah Maria ihn an, als wäre er nicht ganz bei Trost. »Ha, du hast wohl vergessen, woher ich komme, du Landei.«

Carl hatte seiner Frau ein Zimmer im Berliner Hof bestellt und auf ihren Einwand, wozu sie am Tag ein Hotelzimmer brauche, gesagt: »Falls du dich während des Tages unwohl fühlst, und vielleicht willst du dich ja mal ausruhen.« Jetzt schien es ihm fast peinlich zu sein. »Und du triffst dich doch dort mit Feda. Wenn sie sich verspätet, kannst du dich auf dem Zimmer ein wenig von der Fahrt erholen.«

Maria hatte nur müde gelächelt. Ausruhen konnte sie sich ja wohl in den nächsten Wochen genug. Dafür reiste sie wahrlich nicht nach Königsberg. Trotzdem sagte sie: »Wie lieb von dir. Danke, Carl. Man weiß ja nie …«

Feda erwartete sie bereits in der Halle. »Gut siehst du aus, Maria. Die Schwangerschaft bekommt dir blendend. Was willst du als Erstes machen? Madame Yvette erwartet uns; wir können kommen, wann wir wollen. Hast du Stoffe mitgebracht, oder müssen wir erst einkaufen gehen?«

Maria unterbrach sie lachend. »Ich habe eine ellenlange Liste mit Besorgungen, auch Stoff steht da drauf. Lass uns losgehen und die Einkäufe machen. Ich will den Tag nutzen und schon einige Weihnachtsgeschenke besorgen. Wer weiß, wann ich wieder dazu Gelegenheit habe, vor allem in Königsberg und auch noch in deiner Begleitung.« Sie hakte ihre Freundin unter. »Richtig viel Geld will ich heute ausgeben. Wozu habe ich es denn sonst!«

»Na, dann man los«, sagte Feda, »das ist etwas, was ich auch besonders gut kann.«

Lachend und plaudernd gingen die beiden von Geschäft zu Geschäft. Für Gustav bestellte Maria ein Paar handgefertigte Reitstiefel. »Seine alten gehen wirklich schon aus dem Leim«, sagte sie, »aber er findet sie noch ganz in Ordnung.« Bei Juwelier Gürtler sah sie eine goldene Taschenuhr im Schaufenster. »Das ist etwas für Carl, was meinst du, Feda?« Die war ganz ihrer Meinung. In den Deckel ließ sie *Weihnachten 1889, in Liebe Maria* eingravieren. Passend zu der Uhr erstand sie noch eine schwere goldene Uhrkette.

Fräulein von Karow sollte ein großes Schultertuch aus Kaschmir bekommen. Das fand sie in dem Stoffgeschäft, wo sie sich gleich Stoffe für mehrere Kleider kaufte. Für Clara kaufte sie eine Pelzmütze mit einem dazu passenden Muff. »Entzückend wird sie darin aussehen.« Maria war begeistert.

»Ist das Kind nicht krank?«, fragte Feda etwas später. »Nina erwähnte so etwas.«

»Es geht ihr sehr gut.« Maria war leicht ungehalten. »Sie ist fieberfrei und hustet kaum. Ich glaube, Victor sieht ein wenig zu schwarz.«

Feda wechselte schnell das Thema. »Da drüben ist eine Konditorei« – sie deutete auf die andere Straßenseite –, »wollen wir eine Pause machen und etwas zu uns nehmen, bevor wir zu Madame Yvette fahren?«

»Gern, ich bin schon ganz erledigt.« Maria bestellte sich eine heiße Schokolade und ein großes Stück Torte, während Feda sich mit einer Tasse Mokka begnügte. »Wenn ich so was zu mir nähme, würde ich schlagartig so dick werden wie die da drüben.« Sie deutete auf zwei mittelalterliche Damen, deren üppige Formen kaum in die zierlichen Sessel passten.

Maria musste lachen. »Ich kann es mir leisten, ich esse ja für zwei. Wahrscheinlich werde ich bald zu einer Tonne mutieren.«

»Noch hält es sich in Grenzen«, meinte Feda.

»Jetzt brauche ich noch ein Geschenk für Georg. Er ist ein solcher Ästhet. Sein Haus ist voller Kostbarkeiten. Fällt dir etwas ein?« Maria sah Feda fragend an.

»Das ist eine schwierige Frage.« Sie machte ein nachdenkliches Gesicht. »Ich kenne einen kleinen Antiquitätenhändler. Er ist ganz versteckt in einer Seitenstraße. Der hat manchmal sehr ausgefallene Stücke. Wenn wir zur Schneiderin fahren, können wir dort anhalten. Es liegt auf dem Weg. Vielleicht findest du ja da etwas.«

Ein gebeugter alter Mann begrüßte sie freundlich, als sie den Laden betraten. »Baronin von Harden, wie schön, Sie mal wiederzusehen. Womit kann ich dienen?«

»Meine Freundin sucht ein Geschenk. Dürfen wir uns einmal umsehen?«

»Aber natürlich, lassen Sie sich nur Zeit.« Er zog sich in den hinteren Teil des Ladens zurück.

Kaum hatte Maria sich an das Halbdunkel gewöhnt, rief sie: »Feda, sieh mal! Das ist genau das Richtige.« Vorsichtig hatte sie eine Plastik aus Jade in die Hand genommen. Sie bestand aus drei kleinen Affen. Der eine hatte die Hände vor den Augen, der zweite vor den Ohren und der dritte vor dem Mund. »Georg sammelt Figuren aus Jade. Weißt du das? In seiner Bibliothek hat er einen ganzen Tisch voll davon.«

Der Händler war zu ihnen getreten. »Verzeihen Sie, sprechen Sie von Georg Goelder?«

»Ja«, sagte Maria erstaunt, »das ist mein Schwager.«

Der alte Mann lächelte. »Ich weiß, dass Herr Goelder Jade liebt. Ich kenne seine Sammlung. Dieses wertvolle Stück habe ich gerade erst hereinbekommen und wollte es ihm in den nächsten Tagen anbieten. Was für ein Zufall ...« Er schnalzte mit der Zunge und schüttelte ungläubig den Kopf.

»Ich nehme sie«, sagte Maria überglücklich. Ohne zu handeln, bezahlte sie den horrenden Preis. »Bitte schicken sie mir die Figur in den Berliner Hof. Wenn möglich, sofort. Ich reise heute Nachmittag wieder nach Insterburg zurück und würde sie gern mitnehmen.« Sie wollte sie in ihr Turmzimmer stellen und sich bis Weihnachten daran erfreuen.

Nachdem sie bei Madame Yvette mehrere Kleider bestellt hatte, mit der Bitte, möglichst viel Stoff in den Nähten zu lassen, damit Grete gegebenenfalls in ein paar Wochen wieder etwas herauslassen konnte, lud sie Feda zum Mittagessen in den Berliner Hof ein. Das Restaurant war gut besucht. Der Maître wies ihnen einen ruhigen Tisch am Fenster zu.

Auf dem Weg dorthin grüßte Feda verschiedene Anwesende mit leichtem Kopfnicken. Als sie ihre Bestellung aufgegeben hatten – beide waren jetzt richtig hungrig –, erklärte sie Maria, wen sie gerade begrüßt hatte. »An dem Tisch hinten in der Ecke ... siehst du die Herren in Uniform?« Maria nickte. »Der mit dem Monokel ist Garnisonskommandeur von Pfuehl. Der junge Mann neben ihm ist Leutnant von Wallersleben.«

»Er sieht gut aus.«

»Ja, das finde ich auch.« Feda lachte. »Der Dritte ist Karl Lackner, er war Generalmajor bei den Ulanen. Seit Kurzem ist er pensioniert und lebt bei seiner Mutter auf Gut Lindicken. Sein jüngerer Bruder soll Rechtsanwalt in Insterburg sein.«

»Ja, er ist der Anwalt unserer Familie. Ich kenne ihn flüchtig.«

Zwischen Feda und dem hübschen Leutnant begannen die Blicke hin- und herzuwandern. Maria war amüsiert. Diese Feda scherte sich wirklich um nichts.

Am Nebentisch saß eine ältere Matrone, die das Ganze mit säuerlicher Miene beobachtete. »Das ist die Geheimrätin Merz. Sie hasst mich.« Feda lachte wieder. »Und soll ich dir was sagen, es ist mir piepegal. Übrigens, meine Freundin Ida Henkiel war bis gestern hier. Sie bedauert sehr, dass sie dich verpasst hat. Sie musste nach Klein Darkehmen zurück. Ihre Mutter hat heute Geburtstag.« Sie begann, Maria von ihrem aufregenden Leben zu erzählen. »Du weißt, dass ich mit einem sehr alten Mann verheiratet wurde? Es war schrecklich! Aber du weißt ja auch, dass das heutzutage üblich ist. Man hat mich einfach verschachert. Na ja, ich hatte Glück. Gott möge mir verzeihen, ehrlich. Aber ich war wirklich nicht besonders traurig, als mein ungeliebter Gatte so plötzlich verschieden ist.« Nachdenklich fuhr sie fort »Ich werde nie wieder heiraten. Diese Fron mache ich nicht noch einmal mit.«

Das Essen wurde serviert, und sie aßen mit großem Appetit.

Maria war mit einem Mal todmüde. »Ich werde mich eine Weile hinlegen«, sagte sie, als ihre Freundin sie fragte, ob sie noch etwas unternehmen wolle. »Ich bin vollkommen erledigt. Aber ich danke dir sehr, ohne dich hätte ich nicht so viel erledigen können. Meine Hauptgeschenke habe ich ja, den Rest kann ich in Insterburg besorgen.«

Sie verabschiedeten sich herzlich, mit dem Versprechen, sich baldmöglichst wiederzusehen.

In Gedanken leistete Maria Carl Abbitte, dass sie sich über seine Fürsorge lustig gemacht hatte. Heilfroh war sie jetzt über das Zimmer. Sie legte sich angezogen auf das Bett und fiel augenblicklich in einen bleiernen Schlaf. Als sie aufwachte, dämmerte es bereits. Ein Blick auf die Uhr sagte ihr, dass es kurz vor halb vier war. Noch eineinhalb Stunden, bis Carl kommen würde, um sie abzuholen. Sie überlegte gerade, was sie in der Zeit noch unternehmen könnte, als es klopfte und ein Page das Paket des Antiquitätenhändlers abgab. Ihr kam eine Idee. Warum besuchte sie nicht Georg? Sie könnte mit ihm einen Tee trinken und sich noch ein paar Bücher ausleihen. »Würden Sie so freundlich sein und mir eine Droschke rufen«, bat sie den Portier. »Ich möchte in die Mendelssohnstraße 4.«

Als sie vor Georgs Haus ankam, sah sie durch einen Spalt der geschlossenen Vorhänge gedämpftes Licht. Georg schien zu Hause zu sein. »Warten Sie bitte«, sagte sie zu dem Kutscher, »es wird nicht sehr lange dauern.«

Sie betätigte den Türklopfer. Leise Musik drang heraus, Männer lachten. Man schien sie nicht gehört zu haben. Sie klopfte erneut, jetzt etwas energischer.

»Arndt, Liebling, hast du das Klopfen nicht gehört? Es wird Edgar sein«, vernahm sie Georgs Stimme.

Maria glaubte, sich verhört zu haben. »Arndt ... Liebling ...«? Das konnte ja wohl nicht sein. Arndt war doch sein Diener?

Bevor sie weiter darüber nachdenken konnte, riss ein Stubenmädchen mit einem Staubwedel die Tür auf. Das Gesicht kam ihr irgendwie bekannt vor. »Mein Gott, Frau Goelder ...!«

Maria brauchte einen Moment, um zu erkennen, dass der Mensch, der sie da entsetzt anstarrte, tatsächlich Arndt war, geschminkt und als Stubenmädchen verkleidet. Beide waren wie erstarrt.

Durch die geöffnete Flügeltür zu dem schummrig beleuchteten Salon sah Maria Paare, die zusammen tanzten.

Eine große Frau löste sich von ihrem Partner und trat in die Halle. »Was ist, Arndt ...? O mein Gott, Maria, was tust du hier?« Es war Georg, geschminkt und bekleidet mit einem grünen Abendkleid.

Maria war stumm vor Entsetzen. Georg zog sie in die rechts von der Halle liegende Bibliothek. Er sank in einen Sessel und schlug die Hände vor das Gesicht. Maria zitterte. Sie fürchtete, ohnmächtig zu werden. Nach einer Weile sagte er: »Nun weißt du es also.«

»Was meinst du, was soll ich wissen?« Marias Stimme war nur mehr ein Flüstern.

»Dass ich homosexuell bin. Ich liebe Männer.«

Maria stand unter Schock. »Aber das ist doch verboten«, sagte sie hilflos. »Wieso bist du so?«

»Ja.« Georg lachte gequält. »Es ist verboten, und wenn meine Familie davon erfährt, werde ich mich erschießen.«

Die Tür wurde einen Spalt geöffnet. »Was ist, Georg?«, fragte eine Männerstimme. »Ich bin gerade gekommen und habe dich gesucht.«

»Bitte, Edgar, geh. Ich erklär es dir später.«

»Edgar ... ist er auch?«

Georg hatte sich wieder gefasst. »Ja, Edgar ist meine große Liebe. Wir wollten eigentlich unser Leben miteinander verbringen. Aber er musste heiraten. Ein Erbe für das Schloss sollte her. Und er hat es nicht gewagt, sich seinem Vater zu widersetzen.«

Mit einem Mal begriff Maria. Die Szene in der Oper, die spitzen Bemerkungen Georgs über Edgars Hochzeit und natürlich die jadegrünen Augen! »Wo hast du das Kleid her? Es ist hübsch«, erkundigte sich Maria nun, als interessiere sie im Moment nichts mehr als das. Dass sie sich Bücher ausleihen wollte, hatte sie vergessen.

»Es gehörte meiner Mutter. Seit ihrem Tod habe ich es heimlich in meinem Schrank. Und manchmal trage ich es, wie du siehst.«

Maria erhob sich. Ihre Knie zitterten. »Ich muss gehen, meine Droschke wartet. Bitte verzeih, dass ich dich gestört habe.«

Georg nahm ihre beiden Hände. »Leb wohl, meine geliebte kleine Schwägerin. Wir werden uns wohl nicht wiedersehen. Du bist ein Glücksfall für unsere Familie. Wenn Clärchen nach mir fragt, sag ihr, dass ich sie mehr als alles auf der Welt liebe.« In seinen Augen standen Tränen. »Ich fürchte, sie wird bald sterben. Wenn es so weit ist, tröste sie damit, dass wir uns im Himmel wiedersehen.«

Fluchtartig verließ Maria das Haus. Sie war wie betäubt. Sie wusste später nicht mehr, wie sie in das Hotel zurückgekommen war. Ihr Gesicht war schneeweiß, und ihre Hände zitterten, als der Empfangschef ihr den Zimmerschlüssel aushändigte. »Ist Ihnen nicht gut, Frau Goelder?«, fragte er besorgt. »Kann ich irgendetwas für Sie tun?«

»Nein, nein, es geht schon wieder. Ich habe mich wohl ein wenig überanstrengt.«

»Übrigens, Ihr Mann hat darum gebeten, Ihnen auszurichten, dass er sich um etwa eine Stunde verspäten wird.«

»Danke«, murmelte Maria. Sie konnte sich kaum noch auf den Beinen halten. Mit letzter Kraft erreichte sie ihr Zimmer. Dann brach sie zusammen. Weinend lag sie auf dem Bett. Was hatte Georg ihr da gesagt? Er sei homosexuell und liebe Männer. Was sollte das bedeuten? Maria konnte sich darunter nichts vorstellen. Ein einziges Mal, es war Jahre her, hatte sie ihre Eltern belauscht, als sie über einen Freund des Hauses sprachen. »Philipp Eulenburg ist homosexuell«, hatte ihr Vater gesagt. »Wenn das an die große Glocke gehängt wird, kann er sich erschießen.«

»Du wirst es doch wohl niemandem erzählen?«, hatte sie ihre Mutter antworten gehört. »Phili ist ein guter Freund, und was er in seinem Schlafzimmer macht, sollte uns egal sein.«

Da Onkel Phili weiterhin auf ihren Gesellschaften erschien, er sich also keineswegs erschossen hatte, hatte Maria die Geschichte bald vergessen. Jetzt plötzlich war sie wieder da. Was hatte Georg gesagt? »Wenn meine Familie davon erfährt, werde ich mich erschießen.«

Maria war verzweifelt. Sie schluchzte laut auf, als es leise an ihrer Tür klopfte. Sollte das etwa schon Carl sein? Was sage ich ihm bloß?, schoss es ihr durch den Kopf. Panik ergriff sie. Es klopfte erneut, und herein trat Charlotta. Maria starrte sie ungläubig an. Das war ja genauso schlimm wie Carl! »Der Portier hat mir gesagt, du wärest nach einem Besuch bei Georg völlig außer dir in das Hotel gekommen«, sagte sie und setzte sich auf die Bettkante. »Er war sehr besorgt und wollte gerade nach einem Arzt schicken. Ich habe ihm gesagt, dass ich erst einmal nach dir sehen werde. Also, was ist passiert?«

»Ich kann nicht darüber sprechen«, schluchzte Maria. Wieder strömten die Tränen aus ihren Augen. Voller Mitgefühl blickte Charlotta sie an. »Bist du hinter sein Geheimnis gekommen? Hast du herausgefunden, dass er Männer liebt?«

Maria hatte sich entsetzt aufgerichtet. »Du weißt es ...?«

»Ja, mein Kind, schon lange. Aber ich würde niemals darüber sprechen. Ich weiß auch, dass Georg Edgar liebt. Immer noch, und Edgar liebt Georg, obwohl er verheiratet ist. Sie werden niemals voneinander loskommen.«

»Aber es ist doch verboten ...«, flüsterte Maria, als hätte sie Angst, jemand könne sie hören. Plötzlich wurde ihre Stimme lauter. »Er sagt, er will sich erschießen, wenn die Familie davon erfährt.«

»Das wird er auch«, sagte Charlotta, die jetzt unruhig im Zimmer auf und ab ging. »Er wird es nicht ertragen, von allen geächtet zu werden.«

Wieder begann Maria zu weinen. »Er hat auch gesagt, dass Clärchen bald sterben wird, und ich soll ihr sagen, im Himmel werden sie sich wiedersehen. O Gott, Charlotta, was soll ich bloß tun?«

»Handle nach deinem Gewissen, mein Kind. Auch wenn Georg anders ist, so ist er doch kein schlechter Mensch.

Ich liebe ihn sehr und bin nie auf die Idee gekommen, ihn zu verurteilen. Ich weiß, meine Familie kann mich nicht ausstehen, weil auch ich anders bin als sie. Nur schere ich mich nicht um Konventionen. Ich habe nur dieses eine Leben, und das will ich genießen. Übrigens hat man mir gesagt, du warst heute mit Feda von Harden in der Stadt. Sie ist mir sehr ähnlich.« Nach einer kurzen Pause fuhr sie fort: »Was Clara betrifft, sie hat Tuberkulose, eine Krankheit, die in den wenigsten Fällen heilbar ist, vor allem nicht in unserem Klima. Victor hat wenig Hoffnung. Ich weiß es von Georg.«

»Aber warum hat er nicht mehr darauf gedrängt, dass wir sie in den Süden schicken?«

»Er meint, dass es zwar eine zeitweise Verbesserung zur Folge hätte, sie aber nicht endgültig heilen würde. Und da sie auch offensichtlich auf gar keinen Fall reisen wollte …« Sie blickte auf die leise tickende Standuhr. »Wann kommt Carl, um dich abzuholen?«

»Gegen sechs.«

»Ich werde dich jetzt allein lassen. Du hast eine Stunde Zeit, eine Entscheidung zu treffen. Ich kann sie dir nicht abnehmen.« Sie wandte sich zur Tür. »In einer halben Stunde nehme ich meinen Tee in der Halle. Vielleicht hast du Lust, mir Gesellschaft zu leisten.«

Maria lag noch einige Minuten auf dem Bett. In ihrem Bauch bewegte sich das Kind, als wollte es ihr sagen: Los Mama, tu etwas! Ein Glücksgefühl durchströmte sie. Die Panik fiel von ihr ab, als ihr Blick auf die Plastik mit den drei Affen fiel. Nichts hören, nichts sehen, nichts sagen! Jetzt wusste sie, was sie tun würde. Eilig schrieb sie ein paar Zeilen an Georg.

Das war mein Weihnachtsgeschenk für dich, mein geliebter Schwager. Ich finde, du solltest es heute schon haben. Deine Maria

PS: Lass Clärchen nicht zu lange warten, und bring Bücher mit.

Danach kühlte sie sich die verweinten Augen, legte etwas Puder und Rouge auf und verließ das Zimmer. »Bitte schicken Sie das Paket mit dem Brief in die Mendelssohnstraße 4. Und zwar umgehend. Ich möchte, dass Herr Goelder es heute noch bekommt.«

Dann nahm sie den Tee mit Charlotta, und die beiden plauderten und lachten wie zwei vertraute alte Freundinnen. Sie sprachen über alles, nur nicht über Georg.

»Willst du mal meinen Bauch fühlen?«, fragte Maria plötzlich. »Das Baby tobt darin, als führe es einen Freudentanz auf.«

»Tatsächlich«, erwiderte Charlotta und lachte. »Das fühlt sich ja an, als brütest du da mehr als eins aus. Es würde mich nicht wundern. Zwillinge sind in unserer Familie keine Seltenheit.«

»Um Himmels willen, eins langt doch fürs Erste, findest du nicht?«

Ab und zu kam jemand an ihren Tisch und begrüßte Charlotta. »Das ist meine Nichte, Carls Frau«, stellte sie Maria dann vor, und es klang fast, als sei sie stolz.

»Übrigens, hast du schon gehört, dass ich seit Jahren damit drohe, mein Alter in Weischkehmen zu verbringen?«, fragte Charlotta auf einmal.

Maria nickte. »Das sage ich nur, um meine lieben Verwandten zu ärgern. Ich weiß, sie fürchten sich davor mehr als vor der Pest.« Sie kicherte. »Nicht im Traum denke ich daran. Lieber würde ich mich erschießen. Sicher hat man schon Pläne geschmiedet, wie das verhindert werden kann.« Sie amüsierte sich köstlich. »Aber verrate mich nicht. Du würdest mir ein großes Vergnügen verderben.«

Maria schwieg. Das Thema war ihr unheimlich. Konnte Charlotta hellsehen?

»Ich muss jetzt gehen«, sagte die nach einer Weile. »Carl wird sicher gleich kommen. Ich erspare ihm lieber meinen Anblick.« Als sie Maria zum Abschied umarmte, flüsterte sie ihr ins Ohr: »Georg hat recht, du bist ein Glücksfall für unsere Familie.« Dann verschwand sie, eine aufrechte, stolze Gestalt, und Maria war glücklich, noch eine neue Freundin gefunden zu haben.

Über Nacht war es Winter geworden in Ostpreußen. Das weite Land versank im Schnee. Bäume und Sträucher ächzten unter der weißen Pracht, und mancher alte Baum brach unter ihrer Last zusammen. Die Temperaturen waren eisig, minus zwanzig Grad zeigte das Thermometer, und die Eisblumen an den Fenstern wollten an manchen Tagen gar nicht mehr auftauen. Schon um drei Uhr mussten die Lampen angezündet werden, und in allen Kaminen wurde das Feuer jetzt Tag und Nacht am Brennen gehalten. Oft, wenn Maria nachts wach lag, hörte sie die Magd durch das Haus schlurfen und Holzscheite nachlegen. Sie hatte mit niemandem über ihren Besuch bei Georg gesprochen. Nicht einmal mit Nina, der sie sonst alles anvertraute. Sie hatte für einen Moment in eine Welt geblickt, von der sie wünschte, nie etwas erfahren zu haben. Abgründe taten sich vor ihr auf, die ihr unvorstellbar erschienen. Die ersten Tage war sie in sich gekehrt, und auf Fragen von Carl, ob ihr etwas fehle, antwortete sie fahrig und zerstreut: »Nein, Liebster, es ist nichts.«

Carl führte ihr seltsames Benehmen auf die Schwangerschaft zurück. Tatsächlich lebte sie in ständiger Angst, Georg könnte sich etwas antun. Wenn eine Depesche oder ein Bote mit einem Eilbrief kam, schrak sie zusammen und bekam rote Flecken im Gesicht. Erst wenn Carl den Brief gelesen und achtlos beiseitegelegt hatte, atmete sie erleichtert auf und entspannte sich. Die Einzige, der ihr Benehmen merkwürdig vorkam, war Fräulein von Karow. Sie hat vor irgendetwas Angst, dachte diese bei sich. Was mag das wohl sein? Aber sie sagte nichts, das stand ihr nicht zu.

Die Familie saß wie jeden Nachmittag in der Bibliothek. Es war der wärmste Raum im ganzen Haus. Maria las zum dritten Mal *Madame Bovary*, Carl und Gustav spielten Schach, und Clärchen hauchte Löcher in die Eisblumen am Fenster. »Ich glaube, da kommt Victor!«, rief sie. »Ich erkenne sein Pferd.«

Fräulein von Karow kam gerade mit einem Teetablett herein und sagte: »Dann hole ich wohl noch eine Tasse«, und Carl ging hinaus, seinen Freund zu begrüßen.

»Was, erschossen ...? Das ist ja furchtbar!«, hörte Maria Carl rufen. Sie wurde schneeweiß. Das Buch war ihr aus den zitternden Händen geglitten und auf den Boden gefallen.

»Ist Ihnen nicht gut, Frau Goelder«, fragte Fräulein von Karow besorgt, als Carl und Victor hereinkamen.

»Was ist mit dir, Maria?« Carl stürzte zu seiner Frau.

»Ist etwas mit Georg, hat er sich erschossen?«, fragte sie mit kaum vernehmbarer Stimme.

Carl sah sie fassungslos an. »Um Gottes willen, nein. Wie kommst du denn darauf?«

»Aber ich habe doch gerade gehört, wie Victor dir gesagt hat …«

»Victor war in Paschkallnischken bei Bauer Kuhnke. Sein bestes Pferd ist auf einer Eisplatte ausgerutscht und hat sich so schwer verletzt, dass er es erschießen musste.«

Maria brach in Tränen aus. »Ich bin ja so froh!«, schluchzte sie. »Ach Carl, du weißt ja gar nicht, wie froh ich bin.«

»Willst du mir mal sagen, wie du auf die Idee kommst, mein Bruder könnte sich erschossen haben?« Carl war außer sich. Auf seiner Stirn schwoll eine Ader an, ein Zeichen äußerster Erregung. »Hast du noch alle Tassen im Schrank?«

»Ich hatte einen Albtraum, einfach ganz entsetzlich«, weinte Maria, was ja auch ungefähr der Wahrheit entsprach.

Nun mischte sich Victor ein. »Schwangere sind nicht mit normalen Maßstäben zu messen, alter Freund«, sagte er und klopfte Carl beruhigend auf die Schulter. »Ich werde deine Frau jetzt mal untersuchen.« Er wandte sich Maria zu. »Du hast ja ganz schön an Umfang zugelegt, seit ich dich das letzte Mal gesehen habe. Sind das die Königsberger Klopse?«

Die aufgeladene Stimmung entspannte sich, und Gustav, der die Szene sprachlos mit angesehen hatte, goss sich und Carl einen Schnaps ein. »Komm, mein Junge, trink«, sagte er. »Das brauchen wir jetzt.«

Kurz darauf kamen Victor und Maria zurück. »Na, willst du es ihnen sagen, oder soll ich …?«

Maria ließ sich in ihren Sessel fallen. »Ja, sag du's.«

»Also, es sind doch nicht die Königsberger Klopse«, erwiderte er lachend. »Maria bekommt Zwillinge. Ich habe deutlich zwei Herztöne gehört. Es gibt keinen Zweifel.«

»Das ist ja doll«, dröhnte Gustav und goss sich gleich noch einen Schnaps ein, und Carl strahlte schon wieder. »Zwei, das ist ja wunderbar.«

»Liegt ja offensichtlich in unserer Familie«, meinte Gustav.

»Das hat Charlotta auch gesagt.« O Gott, bin ich denn von allen guten Geistern verlassen?, dachte Maria. Erneut blickte sie in fassungslose Gesichter.

»Wann hast du mit Charlotta gesprochen?« Carls Stimme war schneidend.

»Habe ich dir nicht erzählt, dass ich sie im Berliner Hof in der Halle getroffen habe?«, stotterte sie.

»Nein, das hast du nicht!« Carls Ader schwoll schon wieder an. »Aber ich finde, du hättest Zeit genug gehabt, es mir auf unserer Heimfahrt zu sagen.«

»Ja, da hast du recht.« Maria hatte ihre Fassung wiedererlangt. »Jetzt will ich euch mal etwas sagen. Charlotta weiß, dass ihr sie nicht ausstehen könnt, weil sie anders ist als ihr. Ich mag sie und bewundere sie für ihren Mut, ihr Leben so zu leben, wie es ihr gefällt. Ich liebe mein Leben, wie es ist, weil ich einen Mann und eine Familie habe, die ich liebe. Wenn sich das als Irrtum herausgestellt hätte, wäre ich gegangen. Ich nehme an, das sind die Gene meiner Mutter.« Sie war aufgestanden. »Ich bitte euch, mich jetzt zu entschuldigen. Ich bin etwas erschöpft.« An der Tür drehte sie sich noch einmal um. »Und noch etwas. Ich möchte euch bitten, in Zukunft in meiner Gegenwart nicht mehr über Charlotta herzuziehen.«

Die drei Männer waren sprachlos!

Trotz der Freude über den doppelten Familienzuwachs war Carl ein paar Tage verstimmt. »Du hättest mir sagen müssen, dass du Charlotta getroffen hast«, sagte er.

»Sie wollte es nicht. Sie wollte dich auch nicht sehen. Sie meinte, ihr Anblick würde dir nur die Laune verderben.«

»Da hat sie ausnahmsweise recht«, brummte Carl. »Und die Sache mit Georg? Was sollte das denn bloß?«

»Ich habe dir doch gesagt, ich hatte einen Albtraum. Es wäre mir lieb, wenn du die Sache nicht mehr erwähnen würdest.« Aber ihre Angst blieb. Nur hatte sie sich jetzt mehr unter Kontrolle.

Das Leben lief wieder seinen normalen Gang. Nach ein paar sonnigen Tagen hatte es erneut angefangen zu schneien, und ein eisiger Wind fegte um das Haus. In der nächsten Woche wurden die Gäste zur Saujagd erwartet. Die Stubenmädchen waren dabei, die Gästezimmer herzurichten und aufzuheizen, und aus der Küche erklang das übliche »Errbarrmunk« der Mamsell über eine versalzene Suppe oder eine missglückte Pastete. Maria freute sich. Endlich mal wieder eine Abwechslung in dieser trostlosen Zeit.

Es war gegen drei Uhr am Nachmittag. Fräulein von Karow war gerade dabei, die Lampen anzuzünden, als Hasso und Flocke gleichzeitig die Ohren spitzten und aufgeregt zur Tür liefen. Gustav ließ die Zeitung sinken. »Ich glaube, wir bekommen Besuch.«

Clärchen lief hinaus, um nachzusehen. »Es ist Georg!«, rief sie. »Kommt nur, und schaut ihn euch an. Er sieht aus wie ein Schneemann.«

Carl und Gustav sprangen auf, während Maria noch einen Moment sitzen blieb, im Gesicht einen Ausdruck unendlicher Erleichterung.

Merkwürdig. Sie muss große Angst um ihn gehabt haben, dachte Fräulein von Karow.

Es dauerte eine Weile, bis Georg sich aus seinem Pelz geschält und von seinen Stiefeln befreit hatte. Carl umarmte seinen Bruder besonders herzlich. »Wie schön, dich zu sehen, alter Lorbas.« Auch Gustav sah man die Erleichterung an.

»Was ist los mit euch, habt ihr euch aus irgendeinem Grund Sorgen um mich gemacht?«, fragte Georg erstaunt.

»Maria hatte einen Albtraum. Sie hat geträumt, du hättest dich erschossen.«

»Totgesagte leben länger«, scherzte Georg. »Aber vielleicht sollte ich mich bei der Jagd vorsehen. Nicht dass mich jemand für eine Wildsau hält.« Als er Maria zur Begrüßung in den Arm nahm, flüsterte er ihr »Danke, du Liebe« ins Ohr, dann sagte er laut: »Ich habe dir einen Sack voll Bücher mitgebracht, damit du gut über den Winter kommst.«

Über ihre schicksalhafte Begegnung in Königsberg sprachen sie nie wieder ein Wort.

Ein paar Tage später war das Haus voll mit Jagdgästen, und diesmal fühlte sich Maria in keinster Weise gestört. Im Gegenteil, nach den einsamen Wochen und den ausgestandenen Ängsten um Georg genoss sie das gesellige Leben. An den Abenden blieb sie lange auf, plauderte mit den Gästen und lachte über die deftigsten Witze. Mathias hatte bei Glück wieder eine Standardausrüstung bestellt, was in Insterburg sofort die Runde machte und gleich am ersten Abend für ungeheure Heiterkeit sorgte. Mathias lachte am lautesten und meinte: »Nur kein Neid, meine Herren, man nur kein Neid. Wenn unsere Junggesellen« – er meinte damit Albert Lackner und Georg – »nicht für Nachwuchs sorgen, sehe ich mich in der Pflicht. Ostpreußen ist ein weites Land, wir müssen doch dafür sorgen, dass es nicht ausstirbt.« Dann wandte er sich an Carl. »Prost, mein Junge, wenigstens auf dich kann man sich verlassen. Und dann auch noch zwei auf einen Schlag.«

Albert meinte darauf, es sei bei ihm ja noch nicht aller Tage Abend, und Georg konterte: »Wenn ich eine Frau finde wie Maria, steht einer Hochzeit nichts mehr im Weg.«

»Wir werden ihm eine suchen, nicht wahr, Schatz«, sagte Carl gutmütig, und Maria war glücklich, dass offensichtlich niemand Georgs dunkles Geheimnis kannte.

Man sprach über die morgige Jagd. Die Treiber hatten anhand der Spuren im Schnee gesehen, dass die Sauen sich im Eichenwalder Forst befanden.

»Es müssen außerordentlich viele sein«, sagte Carl. »Der Bestand muss unbedingt verringert werden. Also Waidmanns Heil, meine Herren.«

Man prostete sich zu. Dann fiel Carl ein, was Maria gesagt hatte, als er versucht hatte, ihr den Sinn der Jagd klarzumachen. »Stellt euch vor, Maria hat die Befürchtung geäußert, dass wir demnächst womöglich Jagd auf Rotschöpfe in Ashruten machen könnten, um den dortigen Bestand niedrig zu halten.« Darauf folgte schallendes Gelächter und eine neue Runde Schnaps.

Wenn die Jagdgesellschaft morgens lärmend das Haus verließ, kuschelte Maria sich in ihre warmen Federbetten und war froh, nicht in die eisige Kälte hinauszumüssen. Meist kam der Wind von Osten, dann hörte sie aus dem nahen Wald das »Hepp-hepp« der Treiber und das Schlagen ihrer Stöcke an die Bäume, um das Wild herauszutreiben. Wenn dann die Schüsse fielen, hielt sie sich die Ohren zu. Sie wollte es nicht hören, wenn die armen Tiere erschossen wurden, obwohl sie wusste, dass es sein musste, und sie auch keineswegs einen leckeren Saubraten oder Rehrücken verschmähte.

An einem Tag, es war strahlender Sonnenschein, fuhr sie mittags mit Clärchen und Grete auf einem von Bruno gelenkten Schlitten in den Forst, wo sich auf einer Lichtung die Jäger an einem großen Feuer wärmten und sich über das am Morgen Erlebte unterhielten. Mit großem Hallo wurden sie empfangen, vor allem wegen der heißen Erbsensuppe, die sie mitbrachten. Grete füllte auf, und Maria und Clärchen verteilten die Teller.

»Einfach köstlich.«

»Gott, habe ich einen brüllenden Hunger.«

»Nichts geht über eine heiße Suppe«, waren die Kommentare der ausgehungerten und frierenden Männer. Bevor die Jagd weiterging, gab es von Bruno noch eine Runde Schnaps, und dann fuhren sie, eingepackt in dicke Felldecken, wieder nach Hause.

Ein paar Tage später kehrte erneut Ruhe ein im Haus. Erst zu Weihnachten würde wieder Trubel herrschen. Ein Tag verging wie der andere mit Lesen, Spielen, Grübeln.

Abwechselnd unterrichteten Maria und Fräulein von Karow Clärchen. Es war immer noch kein neuer Hauslehrer gefunden. Man hatte die Suche auf das Frühjahr verschoben.

Wenn das Wetter es zuließ, machten sie, manchmal in Begleitung von Gustav, aber immer mit den Hunden, lange Spaziergänge. Oft war Gustav der Wind zu »asig«, dann blieb er lieber vor dem Kamin und las seine Zeitung. »Geh du man allein mit dem jungen Volk«, sagte er dann zu Hasso, der ihn mit seiner feuchten Schnauze anstieß, um ihn zum Mitkommen aufzufordern. »Dein altes Herrchen ist zu klabastrich.« Manchmal kam Lischen mit, wenn sie ihrer Mutter nicht im Haushalt helfen musste. Dann tobten die Hunde und Kinder im Schnee, der an manchen Stellen so tief war, dass sie beinahe darin versanken. Wenn sie dann mit roten Nasen und von der Schneeballschlacht kalten Händen zurückkamen, servierte ihnen Meier heiße Schokolade und frisch gebackene Kekse, und während sie sich am prasselnden Kaminfeuer aufwärmten, las Gustav den Kindern eine Geschichte vor. Maria hätte nicht glücklicher sein können.

Zu Beginn ihrer Schwangerschaft hatte Nina Maria angeboten, ihr die Erstausstattung für das Baby zu leihen. Aber nun war auch sie wieder schwanger, und Maria erwartete ja gleich zwei, also versuchte sie unter Anleitung von Grete, Windeln zu nähen und kleine Jäckchen zu stricken. Was dabei herauskam, löste Lachanfälle bei der Familie aus, und Carl meinte: »Du hast so viele Talente, das musst du nicht auch noch können. Überlass das man getrost Gretchen und Minchen.«

Auch Fräulein von Karow beteiligte sich daran, Babysachen zu fabrizieren. Entzückende kleine Jäckchen, Mützen und Schühchen häkelte und strickte sie, alles in doppelter Ausfertigung, was von Clärchen liebevoll im Kinderzimmer in einen Schrank geräumt und immer wieder betrachtet wurde. Und Maria widmete sich ihrer Lieblingsbeschäftigung: Sie las. Clärchen ging es erstaunlich gut. Sie hustete zwar wieder und aß mit mäßigem Appetit, aber das war nicht ungewöhnlich, und man machte sich nicht allzu viele Sorgen.

Die Weihnachtsvorbereitungen begannen, und die Tage wurden kurzweiliger. Aus der Küche zogen wieder die köstlichsten Gerüche durch das Haus. Es wurde gepökelt und gebrutzelt, es roch nach frisch gebackenem Stollen, gerösteten Mandeln und Butterkeksen. Maria fuhr mit Carl nach Insterburg, um die letzten Weihnachtseinkäufe zu machen.

Endlich wollte sie Nina wieder einmal besuchen. Schon tagelang hatte sie gedrängelt, wollte allein fahren, aber Carl war strikt dagegen. »Ich werde dich in deinem Zustand und bei diesen Wetterverhältnissen auf keinen Fall allein fahren lassen«, hatte er gesagt. »Ich muss demnächst zur Bank und auch andere Dinge erledigen. So lange wirst du wohl noch warten können.«

Warm angezogen, in Pelzmänteln und –mützen, dicken Schuhen und Handschuhen, und eingepackt in Felldecken, fuhren sie im Pferdeschlitten durch die verschneite Landschaft. Die Sonne schien von einem wolkenlosen stahlblauen Himmel und machte so die klirrende Kälte erträglich. Die etwas tiefer liegenden kleinen Dörfer schienen zugedeckt von der weißen, glitzernden Pracht. In den Wäldern und Alleen herrschte lautlose Stille, nur ab und an wurde sie von dem Geräusch eines durch die Schneelast abbrechenden Astes unterbrochen.

»Ist es nicht ein traumhafter Tag?« Carls Gesicht strahlte.

»Ja, ein Wintermärchen«, sagte Maria. Aber im Stillen dachte sie, es dauere nur zu lange. Der Winter schien ihr schon jetzt endlos.

Die Geschäfte in der Stadt waren überfüllt, und in den Straßen drängten sich Menschen vom Land, die genau wie Maria noch das eine oder andere besorgen wollten. Ein Blick auf die Uhr sagte ihr, dass ihr nicht viel Zeit blieb, mit ihrer Freundin zu plaudern. Das Barometer war am Morgen gefallen, und Carl fürchtete, dass das Wetter umschlagen könnte. Tatsächlich zog der Himmel sich bereits zu, und es wehte ein eisiger Ostwind. »Ich möchte noch vor Dunkelheit nach Hause kommen«, hatte er gesagt, als er sie in der Wilhelmstraße absetzte. »Ich werde dich also nicht zu spät abholen.«

Völlig durchgefroren kam sie in der Theaterstraße an. »Na, wie geht es dir, du Schlachtschiff?«, begrüßte Nina sie gut gelaunt.

»Außer dass ich ein Eiszapfen bin, bestens. Aber langsam habe ich das Gefühl, Victor hat sich verhört. Ich glaube, ich brüte eine ganze Horde kleiner Goelders aus. Du siehst ja, ich bin eine wandelnde Tonne.«

»Was sagst du, ich soll mich verhört haben?« Victor war hereingekommen, um sie zu begrüßen. »Dann lass mich doch noch mal nachsehen.« Er setzte sein Hörgerät an. »Ich kann dich beruhigen, es sind wirklich nur zwei. Der Rest sind wohl doch die Königsberger Klopse.«

Carlchen kam auf wackeligen Beinchen an der Hand von Jette herein. »Sieh nur, er kann schon laufen!«, strahlte Nina.

»Toll, wirklich toll«, sagte Maria bewundernd und versuchte, ihre klammen Finger am Kaminfeuer zu wärmen.

»Ik bring Ihnen jleich 'nen heißen Tee«, sagte Jette und verschwand eilig in der Küche.

»Nun, wie überstehst du den ostpreußischen Winter?«, fragte Nina. »So weit weg von der Stadt ist es doch verdammt einsam.«

»Ja, Carl hat mich ja gewarnt. Und ich muss sagen, er hat nicht übertrieben. Die frühe Dunkelheit kann einen wirklich trübsinnig machen, und manchmal ist es entsetzlich eintönig. Wenn ich Georgs Bücher nicht hätte …«

»Sag mal, was war das denn mit Georg? Victor hat mir erzählt …«

»O Gott, ich weiß, es war schrecklich peinlich. Ich hatte in der Nacht einen Albtraum, in dem Georg sich erschossen hat. Aber du weißt ja von Victor, was passiert ist.« Sie schwieg. Für einen Moment war sie versucht, Nina alles zu erzählen, ihre Ängste mit jemandem zu teilen. Aber in ihrem Kopf hämmerte es: *Nichts sagen, nichts sagen.* Und gleich darauf war die Versuchung vorbei. Sie begann, über belanglose Dinge zu plaudern, und kurz darauf kam auch schon Carl, um sie abzuholen. Er drängte zum sofortigen Aufbruch.

»Sei doch nicht so ungemütlich«, sagte Nina. »Victor ist gleich fertig mit seiner Praxis und freut sich so, dich zu sehen. Ich dachte, ihr würdet mit uns essen.«

»Und ich bin doch gerade erst gekommen. Wir haben überhaupt noch nicht richtig reden können«, maulte Maria. »Wo ich Nina so lange nicht gesehen habe. Ich versauere ja langsam auf dem Land!«

»Es hat angefangen zu schneien. Wir müssen sofort los.« Carl wurde ungehalten.

Sie verabschiedeten sich eilig, und Carl ließ Grüße an Victor ausrichten. Dann sah die winkende Nina sie in einer Schneewolke verschwinden.

Maria war verstimmt. »Ich habe Nina ewig nicht gesehen. Warum hetzt du so? Ich habe mich so gefreut auf die Abwechslung von der täglichen Langeweile.«

»Binde dir deinen Schal vor dein Gesicht, sonst ziehst du dir Erfrierungen zu«, war alles, was Carl sagte. Sein Gesicht war versteinert. Maria spürte, sie hatte ihn getroffen mit ihren harten Worten. Mit lautem Peitschenknall trieb er das Pferd zur Eile an. Der eisige Wind wehte sie fast von ihren Sitzen, und die immer dichter fallenden Flocken ließen Carl kaum noch den Weg erkennen.

Die Dunkelheit brach herein, noch früher als sonst, und aus den entfernten Wäldern klang das Heulen der Wölfe. Ein paarmal schien es, als würden sie in einer Schneewehe stecken bleiben. Mit letzter Kraft schaffte es das arme Pferd, sie wieder herauszuziehen. Maria fürchtete um ihr Leben. Als sie endlich, halb erfroren, in Weischkehmen ankamen, sagte sie: »Entschuldige, Carl, ich habe mich vorhin saublöd benommen.«

Die Tage vor Weihnachten waren von ungewohnter Betriebsamkeit. Gästezimmer mussten vorgeheizt und die Betten frisch bezogen werden. Georg wurde erwartet und einige Verwandte aus Pillau. Bruno und August hatten eine riesige Fichte im Eichenwalder Forst geschlagen und in der Halle aufgestellt. Gustav, assistiert von Meier, schmückte den Baum. Das tat er jedes Jahr, und Marias Angebot, ihnen zu helfen, lehnte er vehement ab. »Lass man, Mädchen. Wenn ich zu klabastrich werde und von der Leiter falle, können wir noch mal darüber reden.«

Zur Feier des Tages war auch der große Saal geheizt worden. Zwei Kamine brannten schon seit Tagen, um die eisige Kälte zu vertreiben. Dort würde das weihnachtliche Abendessen für die Familie stattfinden.

Fräulein von Karow deckte mit Marias Unterstützung den Tisch. »Sie machen das einfach fabelhaft«, sagte Maria bewundernd, als sie die festliche, mit vergoldeten Tannenzapfen, Nüssen und Mistelzweigen geschmückte Tafel betrachtete. »Die Idee, die Äpfel als Tischkartenhalter zu benutzen, finde ich einfach genial.«

Vor jedem Gedeck stand ein glänzender, rotbackiger Apfel, und an dessen Stiel klebte ein aus Papier ausgeschnittenes Blatt mit dem Namen des jeweiligen Gastes. »Es sieht einfach entzückend aus.«

Fräulein von Karow lächelte erfreut. »Danke, Frau Goelder, wie lieb von Ihnen.« Dann verschwand ihr Lächeln. »Ich muss Ihnen etwas sagen. Ich weiß, es ist nicht der richtige Zeitpunkt, aber Clara macht mir Sorgen. Sie hat Fieberschübe, und auch ihr Husten ist wieder stärker geworden, vor allem nachts.« Sie verschwieg, dass das Kind seit einigen Tagen Blut spuckte. Sie wollte der Familie und vor allem Clärchen den Heiligen Abend nicht mit dieser schrecklichen Nachricht verderben.

»Das ist die Aufregung, da bin ich mir ganz sicher. Wenn der Trubel vorbei ist, wird die Temperatur wieder sinken.« Seit Maria in Weischkehmen lebte, kam und ging das Fieber. Warum sollte es diesmal nicht so sein?

Der erste Heiligabend in ihrer neuen Heimat war für Maria ein Wechselbad der Gefühle. Letztes Jahr war sie in Berlin allein mit ihren Eltern im Stadtpalais. Es war ein Nachmittag voller Ruhe gewesen, sie war umgeben von Luxus und umsorgt von Walter, ihrem Diener. Das restliche Personal hatte frei. Dann, am Abend, gab es ein großes Diner bei Ninas Eltern, mit einer illustren Gesellschaft, Champagner und Kaviar. Die Herren waren im Frack und die Damen in großer Abendtoilette.

Hier nun war seit Einbruch der Dunkelheit ein ununterbrochener Trubel. Gustav, Carl und sie empfingen eine nicht enden wollende Schar von fein gemachten Tagelöhnern mit ihren Familien und danach das Gesinde, ebenso im Festtagsgewand, die ihre Geschenke abholen und frohe Weihnachten wünschen wollten. Den Männern servierte Diener Meier heißen Glühwein, und Grete und Minchen boten Plätzchen und Stollen an. Kinder sagten Gedichte auf, und nach dem zehnten begann Maria zu stöhnen. »Halt durch, es ist bald vorbei«, flüsterte Carl ihr ins Ohr. Tatsächlich, noch zwei musste sie ertragen, dann hatte auch der Letzte seine Mütze, den Schal oder die Handschuhe sowie den bunten Teller mit Äpfeln, Nüssen und Gebäck in Empfang genommen und war gegangen.

Es war später Nachmittag. »Mein Bedarf an Gedichten ist für ein Jahr gedeckt«, gestand Maria lachend. »Noch eins mehr, und ich hätte eine Ohnmacht vorgetäuscht.« Sie hatte sich auf ihrem Bett ausgestreckt. »Ich muss mich ein wenig ausruhen«, sagte sie, »sonst komme ich womöglich heute schon nieder.«

Carl war dabei, sich für den Abend umzuziehen. »Tu uns das nicht an. Schlaf eine Stunde. Ich schicke dir dann Grete, sie kann dir beim Ankleiden helfen.« Maria war bereits eingeschlafen.

Vor dem festlichen Abendessen war Bescherung für die Familie in der Bibliothek. Als Maria hereinkam, sah sie einen Pelz über ihrem Sessel liegen. »Oh, wie schön, eine neue Decke«, sagte sie.

»Schau es dir doch mal genau an«, sagte Carl.

»O mein Gott, ein Mantel. Ein russischer Kronenzobel.« Maria war sprachlos. Sie wusste, das war das Teuerste, was es an Pelz gab. Ihre Mutter hatte auch einen solchen besessen.

»Irgendwie muss ich dir den langen ostpreußischen Winter ja versüßen«, meinte Carl.

Clärchen setzte den ganzen Abend ihre Pelzmütze nicht ab und nahm die Hände nur aus dem Muff, wenn sie das Besteck zum Mund führen musste. Es wurde gelacht, sehr viel gegessen, und es wurden Unmengen getrunken. Es war für lange Zeit der letzte unbeschwerte Abend.

1890

Einige Tage danach, es war Anfang Januar, sagte Carl: »Ich glaube, der Teich ist jetzt so tief zugefroren, dass wir die Kühlkammern auffüllen können. Ich werde Bruno bitten, für morgen acht bis zehn Knechte zum Eismachen abzustellen.«

»Dürfen Clärchen und ich zusehen?«, fragte Maria.

»Natürlich. Aber zieht euch besonders warm an. Es dauert nämlich Stunden.«

Als sie an dem hinter dem Hof gelegenen Teich ankamen, begleitet von Flocke und Hasso, waren die Knechte schon kräftig dabei, mit Sägen einen großen Block aus dem Eis zu schneiden. Mit langen Stangen, an denen Haken befestigt waren, wurde er aus dem Wasser gezogen. »Hau ruck!«, schrien die Männer dabei, begleitet vom Bellen der Hunde und aufmunternden Rufen einiger Neugieriger. Mit einem erneuten »Hauruck« luden sie dann die Stange auf einen Schlitten, der sie zu der unterirdischen Eiskammer unter der großen Kastanie auf dem Hof bringen würde. »Da hält sich dat Eis bis zum nächsten Winter«, erklärte Bruno, der die Aktion beaufsichtigte, Maria.

»Aber wie ist das möglich, irgendwann schmilzt das Eis doch?«

»Nee, nee, der Keller is so jut isoliert, die Wände jemauert und dat Dach mit Stroh bedeckt, dat hält, jlauben Se mir.«

Immer mehr Blöcke wurden herausgesägt, und am Rand des Teiches klaffte bereits ein tiefes Loch.

»Mir wird kalt, Clärchen, lass uns nach Hause gehen.« Die Kälte kroch langsam Marias Beine hoch, und ihre Finger waren klamm.

In dem Moment kamen Lischen und Paula, ihre Mutter, mit einem großen Eimer voll mit heißem Grog. »Ich will nicht, Maria. Lass uns noch ein bisschen bleiben. Mir ist überhaupt nicht kalt«, bettelte Clärchen. Jetzt, wo endlich ihre Freundin kam, sollte sie gehen! »Bitte, Maria, nur noch ein kleines Weilchen.«

»Na, denn trinken Se man 'nen ordentlichen Schluck, Frau Goelder.« Bruno reichte ihr einen dampfenden Becher. »Davon wird Ihnen janz schnell warm.«

Tatsächlich durchströmte sie sofort eine wohlige Wärme. Die Arbeit wurde für eine Weile unterbrochen. Auch die Männer bekamen einen Pott mit dem heißen Getränk, und die Stimmung hellte sich auf. Es wurde geflachst und gelacht. Die Kinder tobten etwas entfernt mit den Hunden im Schnee, und Maria setzte sich mit Paula auf eine Bank.

»Noch ein Schlubberchen?«, fragte Bruno.

Maria zögerte, ihr war schon ein wenig schwindelig. »Noch ein kleines Schlückchen wird Ihnen und die Kinderchens bestimmt nich schaden.«

Paula lachte. »Wann is et denn so weit?«

»Wir wissen es nicht so genau«, sagte Maria, »aber Dr. von der Halst meint, vielleicht in vier Wochen.«

Die beiden Frauen unterhielten sich über die Geburt und Kindererziehung. »Viere hab ik schon hinter mir«, sagte Paula. »Aber jetzt, hab ik Aujust jesacht, is erst mal Schluss.«

»Und was sagt August?« Maria lachte. In dem Moment hörten sie einen Schrei. »Hilfe, Clärchen, Hilfe! Sie ist ins Wasser gefallen! Hilfe!«

»O mein Gott, nein!« Maria war wie erstarrt. Voller Entsetzen sah sie Clärchens Pelzmütze auf dem dunklen Wasser schwimmen. Von dem Kind keine Spur.

Ohne zu zögern, sprangen zwei der Männer in den Teich. Einer tauchte unter und zog den kleinen Körper aus dem eisigen Nass. »Lischen, lauf ins Haus. Schnell. Man soll heißet Wasser machen!«, hatte Paula sofort gerufen. »Lauf schnell!« Dann hatte sie die zitternde Maria in den Arm genommen. »Et wird schon wieder. Regen Se Ihnen bloß nich so uff. Et wird allet jut.«

Aber nichts wurde gut! Obwohl das ohnmächtige Kind sofort in eine heiße Wanne gelegt und danach in sein mit warmen Ziegelsteinen vorgewärmtes Bett gepackt wurde, stieg das Fieber auf über vierzig Grad. Clärchens Zähne schlugen aufeinander, und durch ihre Glieder lief ein nervöses Zucken. Victor war gerufen worden. Er stellte eine schwere Lungenentzündung fest. »Ihr müsst euch auf das Schlimmste gefasst machen«, sagte er ernst. »Fräulein von Karow hat mir gestanden, dass Clara schon vor Weihnachten Blut gespuckt hat. Sie hat es verschwiegen, um euch die Feiertage nicht zu verderben. Vor allem dem Kind wollte sie noch einmal ein unbeschwertes Weihnachtsfest gönnen. Sie weiß schon lange, wie es um sie steht. Ihre kleine Schwester ist an der gleichen Krankheit gestorben.«

Die traditionelle Hasenjagd wurde abgesagt, keinem war nach Feiern und lärmenden, fröhlichen Gästen zumute. Im Haus herrschte tiefe Verzweiflung. Maria und Fräulein von Karow wachten Tag und Nacht abwechselnd an Clärchens

Bett, machten Wadenwickel, um das Fieber zu senken, und kühlten ihr die heiße Stirn. Der Atem kam rasselnd aus ihrer Brust, und Hustenanfälle schüttelten den zarten, entkräfteten Körper. Ihre schönen großen Augen, in denen das Fieber glühte, glänzten überirdisch. »Ich habe keinen Appetit, Isachen«, sagte sie mit matter Stimme, wenn diese verzweifelt versuchte, ihr eine kräftige Brühe oder eine heiße Schokolade einzuflößen.

»Aber du willst doch wieder gesund werden, mein kleiner Liebling. Wenn du nichts isst, dauert es viel länger.«

Nach zwei Schlückchen drehte Clara den Kopf zur Seite, als wüsste sie, dass es doch nichts mehr nützte.

Maria machte sich schwere Vorwürfe. »Ich hätte besser aufpassen müssen«, sagte sie mit erstickter Stimme und schluchzte. »Es ist alles meine Schuld.«

Carl und Gustav versuchten, sie zu beruhigen. »Man kann ein Kind doch nicht an die Leine legen. Es war ein Unfall. Hör auf, dir die Schuld dafür zu geben.«

Immer wieder sagte sie: »Ich wollte ja gehen, aber Clärchen nicht. Hätte ich ihr bloß nicht nachgegeben.« Sie war nicht zu beruhigen.

»Ich mache mir Sorgen um Maria«, sagte Carl zu Victor, der jeden zweiten Tag kam, um nach der Kranken zu sehen, obwohl er nichts mehr für sie tun konnte. »Sie zermartert sich mit Selbstvorwürfen und sitzt schon wieder seit Stunden an Clärchens Bett. Sie isst fast nichts, behauptet, keinen Appetit zu haben. So kann das doch nicht weitergehen.«

»Mir ist schon seit einiger Zeit aufgefallen, wie elend sie aussieht. Ich werde gleich mit ihr sprechen«, sagte Victor.

Als er das Krankenzimmer betrat, war Grete gerade dabei, die durchgeschwitzte Bettwäsche zu wechseln. Maria hielt das in eine warme Decke gewickelte Kind auf dem Schoß. Rote Fieberflecken bedeckten das wächserne Gesichtchen, und die blonden Locken klebten schweißnass an seinem Kopf. Ein schwerer Hustenanfall schüttelte es, und ein Schwall Blut tränkte das weiße Tuch dunkelrot, das Maria ihm vor den Mund hielt. Voller Verzweiflung blickte sie Victor an.

Er nahm ihr das zitternde Kind ab und legte es in das frisch gemachte Bett. Sie wiegt ja nicht mehr als eine Feder, dachte er. »Ich gebe dir jetzt ein paar Tropfen, meine Kleine. Dann wirst du eine Weile schön schlafen.« Beruhigend strich er Clärchen über die Stirn. Das nervöse Zittern hörte auf, und auch die kleinen Hände, die unruhig über die Bettdecke gezuckt waren, lagen jetzt ruhig. »Ich muss mit dir reden, Maria«, flüsterte Victor, als Clärchens flacher Atem zeigte, dass sie eingeschlafen war. »Grete wird hierbleiben, bis Fräulein von Karow sie ablöst.

Maria schüttelte stumm den Kopf.

»Ich bestehe darauf, sofort.« Victor zog sie mit sich. Im Kaminzimmer trafen sie auf Carl und Gustav. »Es ist gut, dass ihr alle da seid.« Victor ging unruhig im Raum hin und her. »Was ich euch zu sagen habe, fällt mir ungeheuer schwer. Ihr solltet Georg depeschieren. Es geht bald zu Ende mit dem armen Kind.«

Maria hatte die Arme um Carls Hals geschlungen und angefangen zu weinen. »Ich bin schuld, es ist alles meine Schuld.«

»Nein, Maria, hör auf damit, dir so etwas einzureden.« Victors Stimme wurde jetzt energisch. »Die Sache mit dem Weiher war ein Unfall, das weißt du, und du weißt auch, dass das Kind schwer krank war. Ich habe euch nie im Zweifel darüber gelassen, dass es keine große Hoffnung für es gibt. Der Unfall hat das Ende beschleunigt. Aber vielleicht tröstet es dich, dass Clärchen dadurch eine lange Leidenszeit erspart geblieben ist.« Eine Weile herrschte bedrückte Stille, nur unterbrochen von Marias leisem Weinen. »Und noch etwas möchte ich dir sagen, Maria. Mit deinen Selbstvorwürfen, dem mangelnden Schlaf und deiner Appetitlosigkeit gefährdest du das Leben deiner ungeborenen Kinder. Eine Frühgeburt würde ihren sicheren Tod bedeuten.«

Von Tag zu Tag verfiel das Kind mehr. Es fantasierte in seinem Fieber, rief nach seiner Mutter und Georg. Erst als dieser kam, wurde es etwas ruhiger. Jetzt saß er stundenlang an Clärchens Bett, las ihr mit leiser Stimme Geschichten vor oder hielt sie still in seinen Armen. Nach zwei Wochen gab sie den Kampf auf. Sie war nur dreizehn Jahre alt geworden.

Clärchen fand ihre letzte Ruhe neben dem Grab ihrer Mutter unweit des Weihers hinter dem Hof. Die Beerdigung fand unter großer Anteilnahme statt. Freunde und Verwandte, Tagelöhner aus den umliegenden Dörfern und das gesamte Gesinde folgten dem kleinen, von Georg und Carl getragenen Sarg, ein nicht enden wollender Zug dunkel gekleideter Menschen, mit Schals und Mützen der eisigen Kälte und dem asigen Ostwind trotzend. Pastor Clemens hielt eine kurze, anrührende Ansprache, die mit den Worten endete: »Ich habe dich getauft und konfirmiert, und nun gebe ich dich zurück in die Hände unseres Herrn. Amen.« Anschließend nahm die Familie in der Halle bei heißen Getränken und einem Imbiss die Beileidsbezeugungen der Trauergäste entgegen. Maria erschien es endlos.

Bis auf Albert Lackner, Nina und Victor waren alle Gäste gegangen. Es dämmerte bereits. Maria war erschöpft in ihren Sessel vor dem prasselnden Kaminfeuer gesunken. Die Kinder in ihrem Bauch strampelten, auch für sie war die ganze Aufregung wohl ein bisschen zu viel gewesen. Nina versuchte ihre Freundin mit Klatsch aus Insterburg ein wenig aufzuheitern. Georg saß in sich gekehrt am Fenster und blickte versonnen in die Ferne. Die Männer unterhielten sich, wie meistens, über Politik, Gustavs Lieblingsthema. »Ich sage dir, die Sozis gewinnen immer mehr Macht.« Gustav schnaubte empört. »Hast du gelesen, bereits anderthalb Millionen haben sie gewählt. Das ist doch unglaublich! Ihre Anhänger haben sich in den letzten Jahren verdoppelt.«

»Der Kaiser ist selber schuld«, sagte Albert, der über ausgezeichnete interne Informationen verfügte. »Er fordert Gesetze gegen Kinder- und Sonntagsarbeit, will Nachtarbeit für Frauen und Kinder verbieten, und ich weiß nicht, was noch. Das ist ja alles sehr ehrenwert. Aber Bismarck hat ihn gewarnt. Wenn man ihnen die Arbeitszeit kürzt, werden sie Lohneinbußen haben. Damit treibt man sie den Sozialisten direkt in die Arme.« Er zog an seiner Zigarre. »Und nun haben wir den Salat. Bismarck hat mal wieder recht gehabt.«

»Er ist schon ein alter Fuchs ...« Gustav ließ sich über die Qualitäten des Kanzlers aus – er bewunderte ihn restlos –, als Albert ihn unterbrach. »Er sollte mehr in Berlin sein als in Friedrichsruh. Ich höre von kompetenter Seite, der Kaiser treffe bereits eigene politische Entscheidungen. Es würden Intrigen gesponnen. Man trägt seiner Majestät zu, Bismarck sei Alkoholiker, ja sogar Morphinist. Einige Presseorgane beschäftigen sich ganz öffentlich mit Bismarcks Nachfolge.«

Während Gustav sich empört ein neues Glas Wein eingoss und laut lamentierte: »Sie werden es nicht wagen! Der Mann hat schließlich das Reich geschaffen!«, sprach Victor leise mit Carl. »Es wird nicht mehr lange dauern, bis Maria niederkommt. Die Herztöne sind bereits deutlich unterhalb ihres Nabels zu hören. Wenn die Wehen einsetzen, lass sofort die Gruberin holen.«

»Meinst du nicht, *du* solltest ...?«

Victor lachte. »Die Gruberin ist seit dreißig Jahren Hebamme. Hast du vergessen, dass sie uns allen auf die Welt geholfen hat? Ich habe sie einmal gefragt, wie viele es denn bis jetzt waren. Bei tausend, hat sie gesagt, hat sie aufgehört zu zählen. Also mach dir mal keine Sorgen.«

In dem Moment erschien Fräulein von Karow in der Tür. Sie war in Reisekleidung. Georg bemerkte sie als Erster. »Isachen, was ist? Willst du verreisen?«

Mit einem Schlag war es totenstill. Nur das Ticken der Standuhr war zu hören. Die Gesellschaft starrte sie entgeistert an. »Nein«, sagte sie. »Ich möchte mich verabschieden. Bruno wird mich freundlicherweise zur Bahn bringen.«

Maria hatte sich mühsam aus ihrem Sessel erhoben. »Aber Fräulein von Karow, ich hatte so gehofft, dass Sie bei uns bleiben. Gerade jetzt, wo ich ...« Sie legte beide Hände auf ihren gewaltigen Bauch. »Sie kommen wirklich nicht wieder? Habe ich Sie irgendwie verletzt?« Sie wirkte hilflos und verloren, wie sie da stand, mit Tränen in den Augen.

»Nein, Frau Goelder. Sie waren immer sehr lieb zu mir. Aber ich habe schon vor einiger Zeit eine Erbschaft gemacht. Ein Haus in Dresden und eine stattliche Summe, die mir ein sorgenfreies Leben ermöglicht. Ich bin nur geblieben, um mein geliebtes Clärchen zu begleiten. Ich habe sie sehr geliebt. Sie war für mich wie mein eigenes Kind.«

Hinter ihr tauchte Bruno auf. »Wenn Sie den Abendzug noch erreichen wollen, dann müssen wir.«

»Ich komme.«

»Leb wohl, Isachen.« Carl und Georg umarmten das errötende Fräulein. »Danke für alles.« Es war das erste Mal, dass sie ihr ihre Zuneigung so offen zeigten. Auch Maria legte die Arme um sie. »Ich wünsche Ihnen von Herzen alles Gute«, sagte sie. »Ich werde Sie vermissen.«

Gefolgt von Gustav verließ Fräulein von Karow das Haus, in dem sie fast dreizehn Jahre ihres Lebens verbracht hatte. Er half ihr in den Schlitten und breitete unbeholfen die Felldecke über ihre Beine aus. Zum Abschied küsste er ihr die Hand. »Ich danke Ihnen für alles, was Sie in all den Jahren für meine Familie getan haben. Ich war oft ein rechter Tölpel. Bitte verzeihen Sie mir.«

Der Schlitten fuhr an. »Es gibt nichts zu verzeihen«, sagte sie mit fester Stimme. Gustav winkte. Sie blickte nicht mehr zurück.

Am nächsten Tag setzten die Wehen ein. Georg, der in Königsberg erwartet wurde, packte seinen Koffer wieder aus. »Das lasse ich mir nicht entgehen«, sagte er aufgeregt. »Eure Brut will ich sehen, von Anfang an!«

Als Frau Gruber kam – eine kleine untersetzte Frau in den Fünfzigern mit fröhlich blitzenden blauen Augen und roten Apfelbäckchen –, schleppte Grete gerade zwei Eimer heißes Wasser die Treppen zum Turmzimmer hinauf, aus dem Marias leises Stöhnen bis in die Halle drang. »Tachchen,

Carl, wie jeht et denn?«, sagte sie und schälte sich gemächlich aus ihrem dicken Mantel.

»Danke, Gruberin, gut. Und mit dir?«

»Na dankschön, jut, und dat Vatchen und Jeorg, allet jesund?«

»Ja, bestens. Vater und Georg begrüßen dich später …«, er war leicht genervt, »… aber meine Frau, du hörst …!« Das Stöhnen war lauter geworden.

»Ach, nu man keene Eile nich. Dat Jretchen kennt sich aus. Die ruft mir schon, wenn et brenzlich wird. Bei all ihre kleinen Jeschwisterchen hat se mir jeholfen, sechse jlob ik … oder waren et siebene …?« Sie dachte kurz nach. Dann legte sich ihr Gesicht in bekümmerte Falten. »Übrijens, dat mit dat Clärchen, dat tut mir ja so leid. Wo ik ihr doch och …«

»Ja, Gruberin, lieb von dir. Aber solltest du nicht … meine Frau … du hörst doch …«

»Nu reg dir man nich uff. Wird schon allet werden.« Ohne die geringste Eile hatte sie sich endlich ihrer dicken Stiefel entledigt, die Pelzmütze gegen ein Häubchen eingetauscht und eine große weiße Schürze umgebunden. Das Stöhnen war in ein Schreien übergegangen.

»Was meinst du, Gruberin, soll ich nicht doch Dr. von der Halst, ich meine Victor, holen lassen?«

»I wo« – sie war jetzt leicht pikiert – »dat schaffen wir schon alleene, nich Jretchen?«

Diese lief gerade, beladen mit einem Berg weißer Tücher, an ihnen vorbei die Treppe hoch. »Na klar, Jruberin, wir schaffen dat schon.«

In der Bibliothek herrschte eine angespannte Atmosphäre. Gustav und Georg saßen vor dem Kamin, vor sich Gläser mit Brunos Selbstgebranntem, die ständig nachgefüllt wurden, während Carl nervös auf und ab rannte.

»Soll ich nicht doch nach Victor schicken?«, fragte er jedes Mal, wenn die Schreie wieder lauter wurden. Flocke, angesteckt von der allgemeinen Unruhe, winselte und kratzte an der Tür.

»Nimm noch ein Schlubberchen«, sagte Gustav. »Die Gruberin macht das schon.«

Die zweite Flasche war fast leer, als Georg sagte: »Es ist seit einer Weile so still. Ich höre gar nichts mehr.«

Da klopfte es an der Tür. Die über das ganze Gesicht strahlende Gruberin erschien, in jedem Arm ein winziges, in große Tücher eingewickeltes kleines Wesen. »Jratuliere, Carl. Da haste aber zwei stramme Jungchens zustande jebracht.«

Sie nannten sie Meinhard und Friedrich.

Marias Liebe zu Ostpreußen wurde auf eine harte Probe gestellt. Es war Ende März, und immer noch hielt der Winter das Land fest in seiner eisigen Hand. »Ich sehne mich so nach Licht, Sonne und Wärme«, jammerte sie oft, und manchmal fürchtete sie im Geheimen, die Melancholie ihrer Mutter könnte sie überkommen – es gab Tage, an denen sie nicht mehr lachte. Carl versuchte sie dann aufzuheitern. »Wenn die Jungen aus dem Gröbsten raus sind, fahren wir wieder nach Venedig. Ich verspreche es dir!« Nicht, dass sie sich über Langeweile beklagte. Fräulein von Karow fehlte ihr an jeder Ecke. Dinge, an die sie früher keinen Gedanken verschwendet hatte, waren plötzlich zu tun. Entscheidungen mussten getroffen werden, Personalfragen wurden an sie herangetragen, und Gustav jammerte in einem fort: »Was ist bloß in die Karow gefahren, uns hier auf Knall und Fall allein zu lassen?« Erst jetzt merkten alle, was sie an ihr gehabt hatten!

Victor war nach einem Krankenbesuch bei Bruno vorbeigekommen. »Er wird schon wieder, der alte Lorbas«, sagte er. »Er hat nur eine schwere Erkältung. Kein Wunder, bei dieser eisigen Kälte. Nach ein paar Tagen Bettruhe ist er wieder auf dem Damm.« Er wärmte seine klammen Finger über dem prasselnden Feuer. »Habt ihr schon gehört? Bismarck hat um seine Entlassung gebeten.«

»Waaas?!« Gustav fuhr aus seinem Sessel hoch.

»Angeblich wegen seiner angeschlagenen Gesundheit. Morgen wird es in allen Zeitungen stehen.«

»Was heißt angeblich?« Carl blickte seinen Freund fragend an.

»Ich habe vorhin Albert getroffen. Ihr wisst, er verfügt immer über die neuesten Informationen. Er sagt, die Intrigen gegen den Kanzler sind bei Kaiser Wilhelm auf fruchtbaren Boden gefallen. Er hat Bismarck nahegelegt, seinen Abschied einzureichen.«

Gustav war aufgesprungen. Er war empört. »Der Mann hat das Reich gegründet, Wilhelm eins zum Kaiser gemacht, ohne ihn wäre Wilhelm zwo nur ein popeliger König!« Aufgeregt lief er auf und ab. »Sie werden es nicht wagen!«

»Graf Eulenburg – er ist der beste Freund vom Kaiser – soll maßgeblich daran beteiligt sein«, sagte Victor. »Er gilt als dessen engster Berater.«

»Ach, ihr sprecht über meinen Onkel Phili«, warf jetzt Maria ein. »Er war ein enger Freund meiner Eltern. Ich mochte ihn sehr gern.« Und zu Carl gewandt sagte sie: »Erinnerst du dich nicht? Er war doch auf unserer Hochzeit.«

»Ein widerlicher Intrigant ist er!«, brüllte Gustav. »Du hast es doch gerade gehört!«

»Nun reg dich mal nicht so auf, Vater.« Carl war ehrlich besorgt. »Bismarck ist fünfundsiebzig. Findest du nicht, dass er seinen Ruhestand verdient hat?«

»Aber nicht so!«

»Ich habe noch eine Nachricht«, versuchte Victor von dem Thema abzulenken.«

»Na, hoffentlich eine erfreulichere«, brummte Gustav.

»Ich finde, ja. Albert wird heiraten.«

»Was, wen …?«, riefen die drei wie aus einem Mund.

»Ihr werdet es nicht glauben. Ida Henkiel aus Klein Darkehmen. Die Hochzeit ist bereits im Mai.«

»Seit wann kennen sie sich denn?« Maria fand das alles höchst interessant. Endlich passierte mal wieder etwas in dieser trostlosen Zeit.

»Sie haben sich vor Kurzem zufällig im Fotoatelier Schmid kennengelernt, als Albert sich mit seinen Brüdern dort hat fotografieren lassen. Das Foto war ein Geschenk für seine Mutter, und Ida hatte sich kurz vor ihnen porträtieren lassen. Albert ist ganz aus dem Häuschen. Er sagt, sie ist die Frau, die er immer gesucht hat. Deshalb will er ja auch so schnell wie möglich heiraten.«

»Na siehste«, sagte Gustav fröhlich, »jeder Topf findet einen Deckel.«

Meini und Fritzi, wie die beiden Jungen genannt wurden, entwickelten sich prächtig. Maria brauchte eine Weile, um sich von der aufreibenden Pflege von Clärchen und der schweren Geburt zu erholen. So war Grete wie selbstverständlich in die Aufgabe eines Kindermädchens geschlüpft. Schließlich hatte sie als älteste von acht Kindern reichlich Erfahrung mit Neugeborenen sammeln können, bevor sie in die Dienste der Goelders trat. Auch die Suche nach einer Amme erledigte sich von selbst. Wie bei vielen schlanken Frauen hatten Marias Brüste reichlich Milch, und so hatte sie, außer wenn sie ihren Kindern die Brust gab, reichlich Zeit, sich zu erholen, bevor sie die Aufgaben von Fräulein von Karow übernahm.

Wie in jedem Jahr brach der Frühling mit Macht über das Land herein. Wilde Stürme vertrieben den eisigen Winter, weichten die Wege auf, und auf den Äckern sammelten sich die ersten Krähen. Die Tage wurden länger, und bald darauf kamen die ersten Vögel zurück. Die Sonne schien von einem tiefblauen Himmel, und im Wald und auf den Feldern roch es nach Frühling. Sträucher und Bäume zeigten schon ein zartes Grün, und die Knospen der wilden Rosen an der Hauswand und den Büschen versprachen ein Meer von Blüten. Der Hof erwachte aus seinem Winterschlaf. Maschinen wurden von Rost befreit, Zaumzeug wurde geputzt, und das Vieh und die Pferde wurden auf Koppeln und Weiden gebracht. Dann kamen die Störche zurück. Ob es wohl dieselben vom Vorjahr waren?

Maria begann wieder zu lachen. Sie fuhr jetzt wieder regelmäßig nach Insterburg und verband ihre notwendigen Besorgungen mit einem Besuch bei Nina. Diese hatte vor einer Woche eine Tochter entbunden. Heute wollte Maria ihr Patenkind das erste Mal besichtigen.

Eine strahlende Nina begrüßte sie, ein winziges Wesen mit großen blauen Augen und einem Büschel schwarzer Haare auf dem Schoß. Neben sich ein stolzes Carlchen, der unbeholfen versuchte, seine kleine Schwester zu streicheln. »Liebe Mia, lieb«, sagte er.

»Sie heißt Eva-Maria«, versuchte Nina ihm beizubringen, aber er bestand auf Mia. Wie Nina später berichtete, war er nicht zu bewegen, sie anders zu nennen. Und so blieb es dabei. Aus Eva-Maria wurde Mia, für immer.

»Na, wie wäre es denn mit noch einem Töchterchen«?, fragte Nina ihre Freundin, nachdem diese ihr Patenkind gebührend bewundert hatte.

»Oh nein, nicht so schnell. Später vielleicht. Ich habe noch den endlosen Winter in den Knochen. Diese Dunkelheit und Eiseskälte.« Sie schauderte. »Carl hat mich ja gewarnt. Aber ehrlich gesagt, er hat nicht übertrieben! Nur ein paar Stunden Helligkeit am Tag, die letzten Monate auch noch fast ohne Bewegung mit meinen beiden Jungen im Bauch. Manchmal hatte ich Angst, den Verstand zu verlieren.«

Nina wusste nicht so recht, was sie dazu sagen sollte.

»Aber jetzt ist ja endlich wieder Frühling«, fuhr Maria lachend fort, »und Carl hat mir, als ich anfing, trübsinnig zu werden, versprochen, im nächsten Jahr mit mir nach Venedig zu fahren. Mit dem Sechsspänner, wie früher seine Eltern.«

»Aber dann seid ihr ja monatelang weg. Willst du etwa deine Kinder so lange allein lassen? Das könnte ich nicht.«

Hörte Maria da einen leisen Vorwurf? »Ich habe Grete; sie ist rührend zu den Jungen. Und Gustav und Markowsky können Carl wirklich mal eine Zeit lang vertreten.« Ihre Stimme war trotzig. »Außerdem sind wir ja nach zwei Monaten wieder da.« Es fehlte gerade noch, dass Nina ihr die Vorfreude auf diese Reise nehmen würde, das Einzige, das ihr helfen würde, den endlosen ostpreußischen Winter zu überstehen. Sie wechselte das Thema. »Was sagst du zu Albert und Ida. Ist es nicht verrückt, dass sie sich nie vorher begegnet sind?«

»Ja, Albert hat mit Idas Bruder in Königsberg studiert. Sie kennen sich gut. Johann ist Pastor, er wird die beiden am neunten Mai auf dem Gut ihrer Eltern trauen.«

»Ich weiß«, sagte Maria. »Die Einladung war gestern in der Post. Weißt du schon, was du anziehst?«

Der 9. Mai 1890 war ein warmer Frühsommertag. Durch eine breite Lindenallee fuhren die vier Goelders – Georg war aus Königsberg angereist – auf das imposante Herrenhaus zu. Am Rande eines daneben liegenden Weihers, unter Schatten spendenden blühenden Kastanien, waren lange, festlich gedeckte Tische aufgestellt. Dort würde nach der Trauung das Festessen stattfinden. Bei ihrem letzten Besuch in Insterburg hatte Maria Ida im Möbelhaus Glück getroffen, wo sie ein Schlafzimmer bestellte, und sie hatten in einer gegenüberliegenden Konditorei einen Tee zusammen getrunken. Ida erzählte lachend, dass in Klein Darkehmen die Hochzeitsvorbereitungen auf Hochtouren liefen. »Mein Vater hat panische Angst, dass die Gäste nicht genug zu essen bekommen. Die Kühlkammer platzt schon aus allen Nähten, und die Mamsell dreht fast durch. Dabei glaube ich, er hat nur Angst, selbst nicht genug zu bekommen.«

»Ich habe Menschen noch nie so viel essen sehen wie in Ostpreußen«, sagte Maria. »Manchmal wird mir nur vom Zusehen schlecht.«

»Wenn sie dabei schlank bleiben wie Georg, ist es ja in Ordnung«, sagte Ida und lachte, »aber du solltest mal meinen Vater sehen! Oft habe ich Angst, er könnte platzen.«

Dann hatte sie sich eilig verabschiedet. »Ich habe meine Mutter überredet, sich für meine Hochzeit ein neues Kleid nähen zu lassen. Kein schwarzes, obwohl das ihre Lieblingsfarbe ist. Sehr widerwillig hat sie sich auf Flieder eingelassen. Es ist heute fertig geworden. Ich muss es abholen, und dann geht es gleich nach Hause. Es gibt ja noch so viel zu tun.«

Idas Eltern, Antonia und Georg Henkiel, begrüßten sie herzlich. Antonia, eine kleine drahtige Frau, wirkte etwas verloren neben ihrem mächtigen, zwei Köpfe größeren Mann. Sie schien sich noch nicht so recht wohlzufühlen in ihrer eleganten fliederfarbenen Taftrobe und dem farblich passenden Spitzentuch auf den grauen, zu einem Knoten zusammengesteckten Haaren.

»Ihr Kleid ist wunderschön, Frau Henkiel«, sagte Maria. »Ida hat mir davon erzählt.«

»Oh, wirklich?« Sie strahlte. »Wissen Sie, es ist etwas ungewohnt, ich trage sonst nur Schwarz.«

Neue Gäste kamen, und die Goelders gesellten sich zu den fröhlich plaudernden Menschen auf dem Rasen vor dem Haus, wo befrackte Diener – »Leihpersonal aus Insterburg«, wie Georg gleich sachkundig feststellte – kleine Erfrischungen und einen Imbiss servierten. Feda, die sich gerade mit Hermann und Grete Lackner aus Harpenthal unterhielt, stürzte auf Maria zu. »Du siehst fabelhaft aus«, sagte sie anerkennend. »Wo hast du das Kleid her?«

»Es ist noch aus meiner Berliner Zeit, von Gerson. Gott sei Dank passe ich wieder rein. Während meiner Schwangerschaft bin ich ganz schön aus dem Leim gegangen.«

Feda klappte ihren mit Spitze besetzten Sonnenschirm auf. »Du bist eine Augenweide zwischen den ganzen Landpomeranzen hier«, sagte sie. »Schau dir bloß Grete an. Sie ist wirklich eine Seele von Mensch. Aber was sie wieder anhat!«

»Die Arme«, sagte Maria lachend. »Nicht jeder hat eine Madame Yvette. Dein Kleid, ist es von ihr?«

»Ja, nach einem Modell von Worth. Toll, was? Ich dachte, ich nehme mal Lindgrün, passend zur Allee, haha!«

Über Belanglosigkeiten plaudernd, gingen sie, hier und da Freunde und Bekannte begrüßend, in Richtung der kleinen Kapelle. »Übrigens, Idas Brautkleid hat sie auch gemacht«, sagte Feda. »Es ist ein Traum.«

Die Glocke hatte begonnen, die Gäste zur Trauung zu rufen. Auf dem Weg dorthin sah Maria, wie Vater Henkiel in Windeseile ein ganzes Tablett mit Kanapees in sich hineinstopfte. »Er leidet an dem Wahn, bald verhungern zu müssen«, bemerkte Feda.

Madame Yvette hatte ganze Arbeit geleistet. Ida war eine hinreißende Braut und Albert heute wahrscheinlich der glücklichste Mann Ostpreußens. Johanns Traurede rührte einige Damen zu Tränen. Er sprach in bewegenden Worten von der großen Liebe, die die beiden zusammengeführt habe, dass nichts im Leben Zufall sei, sondern Bestimmung, und dass Gott ihnen ihre Liebe bis an das Ende ihrer Tage erhalten möge. Die Bitte ging in Erfüllung. Sie liebten sich innig bis zu ihrem gemeinsamen, viel zu frühen und tragischen Tod, der ganz Ostpreußen erschüttern sollte.

Die kurzen, dunklen Tage des folgenden Winters waren ausgefüllt mit Vorbereitungen für die Venedig-Reise. Carl überließ das bereitwillig Maria und seinem Vater. »Macht ihr das man allein«, sagte er immer, wenn sie ihn ab und zu mit einbeziehen wollten. »Ich habe genug anderes zu tun.«

Stunden über Stunden saßen die beiden über Landkarten und Plänen und überlegten, welche Route denn nun genommen werden und wo der Pferdewechsel stattfinden sollte. »Bruno wird euch ja fahren«, sagte Gustav. »Er kennt alle Strecken. Auch wenn es nun schon über dreizehn Jahre her ist, dass er uns das letzte Mal nach Venedig kutschiert hat.« Sein Blick wurde trübsinnig. »Ach, mein liebes Kind«, sagte er traurig, »die Erinnerungen überkommen mich mit Macht, wenn ich hier mit dir so sitze.« Er schwieg eine Weile. »Weißt du, er hört nie auf, der Schmerz um meine Agathe.«

»Ich weiß.« Maria war voller Mitleid.

In dem Moment kamen Meini und Fritzi auf wackeligen Beinen in das Zimmer und stürzten sich auf ihren Großvater. »Opa, hoppe, hoppe!«, schrien sie, und Gustav vergaß augenblicklich seinen Kummer und die klabastrichen Knochen, ging in die Knie und ließ sie auf seinem Rücken durch das Zimmer reiten. Es war ein Quietschen und Quieken; Gustav stöhnte: »Ich bin ein altes Pferd, nicht so wild«, und Hasso und Flocke begleiteten das Ganze mit lautem Gebell.

Maria hielt sich die Ohren zu. »Ich geh dann mal«, versuchte sie, den Krach zu überschreien, »und bespreche den Speiseplan mit der Mamsell. Was wollt ihr, Jungs?«

»Popse!«, schrien die, was Klopse heißen sollte, und Gustav brüllte: »Heu, ich bin doch ein Pferd!«

»Ein Irrenhaus«, sagte sie zu Grete, die dazugekommen war. »Kaum zum Aushalten!« Aber eines wusste sie mit Sicherheit. Trübsinnig wie im letzten Jahr, das würde sie nicht mehr werden.

»Wollt ihr nicht über Wien reisen?«, fragte Gustav eines Tages. »Es ist eine so wunderschöne Stadt.«

»Aber dann sind wir ja noch länger unterwegs«, meinte Maria nach einem Blick auf die Landkarte. Inzwischen war ihr klar, dass sie mindestens drei Monate von zu Hause weg sein würden.

»Ach, die paar Tage«, warf Gustav ein. »Wien, die Burg, der Prater im Frühling – ein Traum.« Er bekam glänzende Augen.

»Warum fährst du nicht hin, wenn wir wieder zurück sind?«, sagte Carl. »Wir kommen hier ganz gut eine Weile ohne dich aus.«

»Keine schlechte Idee«, meinte Gustav.

»Nein, nicht über Wien«, mischte sich Maria ein. »Ich würde lieber über Salzburg fahren. Das ist kürzer, und Alma hat vor einiger Zeit dorthin geheiratet. Sie wird sich riesig freuen, wenn wir bei ihr ein oder zwei Tage logieren.«

»Ich wollte mich zwar nicht einmischen, aber mir kommt da eine Idee«, sagte jetzt Carl, der schon seit einiger Zeit bemerkt hatte, dass seiner Frau nicht wohl dabei war, die Kinder zu lange allein zu lassen. »Warum fahren wir nicht mit der Kutsche bis Salzburg und dann mit der Bahn weiter. Das wird die Reise weniger strapaziös und vor allem auch kürzer machen.«

»Ja!«, rief Maria begeistert. »Und diesmal nehmen wir schon ab Trento das Schiff.« Sie schloss die Augen. »Die Fahrt auf der Brenta war doch so wunderschön!«

»Keine schlechte Idee«, fand auch Gustav. »Bruno kann sich dort um das Unterstellen der Pferde und der Kutsche kümmern und dann mit der Bahn zurückkommen. So müssen wir ihn auch hier nicht so lange entbehren.«

Immer wieder wurde die Route geändert. Sollte man über Warschau fahren? Dort lebten gute Freunde, die gerade zur Saujagd da gewesen waren und auf einem Besuch bei ihnen bestanden hatten. Oder lieber als erste Station Posen ins Auge fassen, wo Cousin Andre mit seiner polnischen Frau auf einem stattlichen Schloss residierte, und dann weiter nach Waldenburg zu Tante Herta reisen? Man entschied sich für die kürzeste Strecke. »Je nach Wetter und Straßenverhältnissen werdet ihr zwei bis drei Pferdewechsel brauchen«, sagte Gustav. »Sicher hat sich einiges geändert in den letzten Jahren, aber die Poststationen und Gasthöfe wird es sicher noch geben.«

Eine lebhafte Korrespondenz begann mit Freunden und Verwandten, die an der Strecke wohnten, und Carl bestellte die gleiche Suite im Danieli, die sie vor zwei Jahren bewohnt hatten. Alma antwortete begeistert, wie sehr sie sich freue, Maria endlich einmal wiederzusehen, sie möge Fotografien mitbringen, vor allem von den Kindern. *Ich bin ja so aufgeregt, liebste Freundin, ich kann es kaum erwarten, dich hier bei mir zu haben*, schrieb sie.

An einem sonnigen Tag im Februar – es war immer noch eiskalt, die Landschaft tief verschneit und die Wege gefroren – fuhr Maria mit Meini und Fritzi nach Insterburg zum Fotoatelier Schmid. Anschließend wollte sie Nina besuchen. Es würde nicht mehr lange dauern, bis ihre große Reise begann, und sie wollte ihre beiden Rabauken dabeihaben, wenn auch nur auf einer Fotografie. Bevor es losging, gab es großes Geschrei. Als Grete sie in die extra für dieses Vorhaben angeschafften Matrosenanzüge stecken wollte, schrien sie aus voller Kehle: »Nein, neeeiiin!«, eines der wenigen Wörter, die sie meisterhaft beherrschten. Angelockt von dem Lärm, sagte Maria: »Gut, dann bleiben wir hier. Ich lasse den Schlitten wieder ausspannen.« Das wirkte. Ohne Widerrede ließen sie sich die ungeliebten kratzenden Wollstrümpfe und neuen Anzüge anziehen. Die dazu passenden Mützen rissen sie sich aber sofort vom Kopf, und als Grete ihnen dann mit Zuckerwasser die Locken glatt kämmen wollte, ging das Geschrei wieder los. »Lass man Gretchen, die Locken haben sie nun mal, also kommen sie auch mit auf das Bild. Und die dämlichen Mützen lassen wir zu Hause.« Nach kurzem Überlegen meinte sie: »Ich glaube, du kommst besser mit. Wenn das mit dem Gebrülle nicht aufhört, schmeiße ich die beiden womöglich aus dem Schlitten.«

Bei Nina angekommen, sank sie ermattet in einen Sessel. »Für mindestens eine Stunde will ich weder deine noch meine Brut sehen«, sagte sie in komischer Verzweiflung. »Grete, verschwinde bitte sofort mit den beiden im Kinderzimmer, sonst werde ich zur Furie!«

»Was ist denn los, haben sie was angestellt?« Nina musste lachen.

»Zwillinge, und auch noch zwei solche Rabauken wie meine, deren Lieblingswort ›Nein‹ ist, auf ein Foto zu bekommen bedeutet Schwerstarbeit.« Sie stöhnte. »Sogar der engelsgeduldige Schmid meinte, es sei leichter, drei Gäule aufzunehmen.« Sie hatte ihre Stiefeletten ausgezogen und wärmte ihre klammen Füße über dem Feuer. »Ach Nina, wie schön, mal wieder mit dir allein zu sein. Was gibt es Neues in Insterburg?«

»Hast du schon gehört? Ida hat letzte Woche einen Jungen bekommen, Walter soll er heißen.«

»Nein, das wusste ich noch nicht. Wir sind ja leider immer noch ziemlich von der Außenwelt abgeschlossen in unserem Weischkehmen.« Sie nahm einen Schluck von ihrem heißen Tee. »Grüß sie herzlich von mir. Leider reicht heute meine Zeit nicht, um bei ihr vorbeizugehen und zu gratulieren. Ich will unbedingt vor Dunkelheit zu Hause sein.«

»Wisst ihr schon, wann ihr reisen werdet?« Nina kannte natürlich die Pläne.

»Sowie die Straßen passierbar sind. Cousin Andre wird uns von Posen aus depeschieren, wann wir losfahren können. Hier ist der Winter ja immer noch etwas länger als weiter südlich.« Sie atmete tief ein. »Ein wenig bang ist mir schon bei dem Gedanken, zwei Monate von zu Hause und den beiden kleinen Ungeheuern weg zu sein.«

»Unvorstellbar!«, warf Nina ein.

»Aber andererseits freue ich mich wahnsinnig.« Maria wollte sich ihre Vorfreude nicht nehmen lassen. »Ich träume schon davon, wieder durch die Gassen Venedigs zu schlendern, und das nicht eingepackt wie ein Weihnachtspaket, sondern in luftigen Kleidern, Arm in Arm mit Carl. Und nichts zu hören von Pferden, die Husten, oder Kühen, die Koliken haben. Oh Nina, es wird himmlisch werden!«

Mit Macht hatten die Frühjahrsstürme eingesetzt, das Barometer war gestiegen, und Bruno holte den Sechsspänner aus der Remise. Schon lange war er nicht mehr benutzt worden. Die Räder mussten geölt, Schrauben erneuert, das Zaumzeug gewienert werden, und bald blitzten die braun angelaufenen Schnallen in der Sonne wie Silber. Die Polster wurden vom Staub befreit und mit neuen Plaids bedeckt – die ersten Tage der Reise würden noch frisch sein –, und bald war die Kutsche auf Hochglanz gebracht. Die großen, bereits fertig gepackten Koffer aus Juchtenleder standen schon in der Halle bereit und mussten nur noch aufgeschnallt werden. Als Cousin Andres Depesche – *Straßen bei uns sind frei, erwarten euch bald* – eintraf, entschlossen sie sich zur Abreise.

»Was meinst du, Bruno, können wir es wagen? Sind die Wege befahrbar?«, fragte Carl.

»Sieht jut aus.«

»Also dann, morgen früh geht es los.«

Es war ein strahlender Frühlingstag, die Sonne schien von einem tiefblauen Himmel, und in ein paar Stunden würde sie die morgendliche Kühle vertrieben haben. Neben Gustav und Grete, am Rockzipfel die beiden Kinder, hatte sich ein großer Teil des Gesindes eingefunden, um Carl und Maria zu verabschieden. »Hals und Beinbruch.« Gustav nahm beide fest in den Arm. »Kommt gesund zurück.« Und zu Maria sagte er: »Wenn ihr wieder da seid, blühen zu deiner Begrüßung bereits die wilden Rosen.«

»Machen Se Ihnen man keene Sorgen nich«, sagte Grete. »Ik werd schon jut uffpassen uff die kleenen Rabauken.«

Maria wollte gar nicht aufhören, ihre Kinder zu umarmen. »Seid schön brav«, sagte sie. »Mama kommt ganz bald wieder.«

»Nein, nein!«, riefen Meini und Fritzi im Chor, zur Erheiterung der Umstehenden.

Die Mamsell wischte sich heimlich mit dem Schürzenzipfel eine Träne aus dem Auge. »Errbarrmunk«, flüsterte sie. »Wenn dat man jut jeht.« Venedig! Sie hatte keine Ahnung, wo das lag. Aber es sollte ja schrecklich weit weg sein.

»Na, dann wolln wir mal.« Brunos Peitsche knallte, und die Kutsche, gezogen von sechs Pferden, setzte sich langsam in Bewegung. Einige Kinder des Gesindes und Hasso und Flocke liefen nebenher, aber als der Wagen immer schneller wurde, blieben sie zurück, winkend und »Gute Reise!« rufend.

Maria hatte sich immer wieder umgeblickt und den Menschen, die kleiner und kleiner wurden, gewunken, bis sie

sie schließlich nach der Einfahrt in die Lindenallee aus den Augen verlor.

Am ersten Tag kamen sie bis Allenstein. Die Wege waren immer noch aufgeweicht, und ein paarmal drohte das schwere Gefährt im Schlamm stecken zu bleiben. Aber Bruno, der erfahrene Kutscher, schaffte es immer wieder, aus dem Morast herauszukommen. In der Poststation vor der Stadt nahmen sie Quartier. Das Zimmer war einfach, die Betten klamm, und die niedrige Holzdecke schien Maria schier zu erdrücken.

»Der große Luxus ist es wahrlich nicht.« Carl lachte. »Daran musst du dich gewöhnen. Aber morgen bei Andre kannst du dich davon erholen.«

Früh am Morgen ging es weiter. Die Dunkelheit war schon hereingebrochen, als sie das Schloss außerhalb von Thorn erreichten. Carls Cousin Andre und seine schöne Frau Alexia begrüßten sie herzlich. »Habt Ihr nicht Lust, etwas länger zu bleiben? In vier Tagen feiern wir unseren fünften Hochzeitstag mit einem großen Fest.«

»Nein, das geht leider nicht, wir haben einen genauen Zeitplan.« Carl war klar, bei allen Verwandten und Freunden, bei denen sie planten, Station zu machen, würde man ihnen die gleiche Frage stellen. Gäste, wenn sie dann endlich mal da waren, ließ man ungern so schnell wieder ziehen.

Obwohl es bereits Abend war, waren Andre und Alexia noch nicht umgezogen. Carl wusste, zum Diner wurde auf dem Schloss große Garderobe erwartet. Als er Bruno die Anweisung gab, außer der Reisetasche auch den großen Koffer abzuladen, sagte Andre: »Lass es uns nicht so formell machen, lieber Carl. Wenn ihr morgen wirklich schon weiterwollt, lohnt die Mühe doch nicht. Bleiben wir alle, wie wir sind.«

Alexia hakte Maria unter. »Komm, ich zeige euch euer Zimmer. Wenn ihr euch etwas frisch gemacht habt, können wir gleich essen. Ihr müsst doch einen schrecklichen Hunger haben.«

»Wie rücksichtsvoll von den beiden«, sagte Carl, als sie ihre Reisemäntel ablegten und sich die Hände wuschen. »Normalerweise wird hier immer in Abendkleid und Smoking gegessen.«

Carls Verwandte lebten wirklich in großem Luxus. Die Tafel im Speisesaal war mit feinstem Porzellan aus Meißen gedeckt, schwere Kristallgläser und Karaffen blitzten mit dem Silberbesteck um die Wette, und die frischen Blumen aus den schlosseigenen Treibhäusern verbreiteten einen betörenden Duft. Unzählige Kerzen tauchten den Raum in ein warmes Licht, und ein großer Kamin verbreitete eine wohlige Wärme. Die Abende waren immer noch kalt.

Das Essen war exzellent, und die Weine waren von besonderer Qualität, wie Carl später bemerkte. Obwohl sie todmüde waren, blieben sie noch lange am Kamin sitzen. Zu viel hatten sie sich zu erzählen, und Maria und Alexia stellten fest, dass sie gemeinsame Freunde in Berlin hatten.

Erst weit nach Mitternacht gingen sie auseinander, mit dem Versprechen, sich so bald wie möglich wiederzusehen. »Spätestens im Herbst kommen wir zur Jagd nach Weischkehmen«, versprach Andre.

Als Maria in den weichen, duftenden Federn des Himmelbettes versank, flüsterte Carl ihr ins Ohr: »Schlaf gut, Liebling, für eine ganze Weile werden wir nicht mehr so fürstlich nächtigen wie heute.«

Je weiter sie nach Süden kamen, umso wärmer wurde es, und an den Bäumen und Sträuchern schimmerte das erste Grün. Vogelschwärme zogen über sie hinweg gen Norden, und Maria sagte versonnen: »Wenn wir zurück sind, werden die Störche wieder da sein.«

Die Wege wurden fester, und so kamen sie zügig voran. Südlich von Prag brachen schon die ersten Kerzen an den Kastanien auf, es schimmerte weiß und rot durch die grünen Blätter, und ab Linz standen die Obstbäume in voller Blüte, rosa die Kirschen und weiß die Äpfel und Birnen. Maria ging das Herz auf. »Es ist so schön, Carl«, sagte sie immer wieder, »so wunderschön.«

Zweimal hatten sie die Pferde wechseln müssen. »Mit dem dritten Gespann kommen wir bis Salzburg«, hatte Bruno gesagt. Es dauerte zwölf Tage, bis sie bei Alma ankamen. »Endlich, da seid ihr ja!« Die beiden Freundinnen lagen sich in den Armen.

»Drei Jahre haben wir uns nicht gesehen. Eine Ewigkeit.«

»Mein Mann wird euch gleich begrüßen, er ist noch in seinem Kontor.«

Kurz darauf erschien ein kleiner Herr mittleren Alters. Die mit Pomade glatt gekämmten, in der Mitte gescheitelten Haare waren leicht ergraut, und in dem runden, freundlichen Gesicht prangte ein gepflegter Kaiser-Wilhelm-Bart. Trotz seines gut sitzenden Anzuges sah man, dass er zur Fülle neigte. Ein Adonis ist er ja nicht gerade, dachte Maria. Was findet Alma bloß an ihm? »Grüß Gott, Hubertus Lugauer«, stellte er sich vor. »Meine liebe Alma ist ja schon seit Wochen ganz aus dem Häuschen über Ihren Besuch.« Er sprach mit deutlich österreichisch gefärbtem Akzent.

»Wie war die Reise, darf ich Ihnen eine Erfrischung anbieten?« Ohne eine Antwort abzuwarten, rief er: »Alma, bitte!«

Die sprang sofort auf. »Selbstverständlich, Hubertus, ich werde mich gleich darum kümmern. Entschuldigt mich für einen Moment. Ich bin gleich zurück.«

Du liebe Zeit, dachte Maria, wenn Carl so mit mir reden würde, ich weiß ja nicht ...

Während die Männer sich über das Unterstellen der Kutsche und der Pferde unterhielten – »Ich bin Ihnen da gern behilflich«, sagte Lugauer –, sah Maria sich in dem Salon um. Er schien nicht unvermögend zu sein, Almas Ehemann. Sie hatte ihr geschrieben, er betreibe einen Export-Import-Handel, genau wie ihr Vater. Die Einrichtung war nicht übertrieben elegant, aber gediegen. Überall standen frische Blumen, und das Haus befand sich in einer offensichtlich teuren Gegend.

Alma war zurückgekommen. »Das Mädchen wird gleich einen Imbiss servieren. Dann zeig ich dir euer Zimmer.«

»Und ich werde mich mit Herrn Goelder, oder darf ich Carl sagen ...?« – dieser nickte – »... also mit Carl um das Gespann kümmern. Ist der Kutscher versorgt?« Wieder dieser strenge Ton!

»Ja, er sitzt in der Küche bei der Köchin und bekommt gerade eine Brotzeit.«

»Bist du glücklich, Alma?«, fragte Maria ihre Freundin, als sie endlich allein waren.

»Ach, was heißt schon glücklich? Ich bin zufrieden.« Das klang nun wirklich nicht nach dem großen Glück. »Kurz nachdem du und Nina nach Ostpreußen gegangen seid, hatte ich mich unsterblich verliebt.«

»In wen, in Hubertus? Du hast davon gar nichts geschrieben?«

»Nein, wirklich nicht.« Alma lachte gequält. »In einen Studienfreund meines Bruders.«

»Ja und, warum hast du ihn nicht geheiratet?«

»Er hat keinerlei Vermögen und kam für meinen Vater als Schwiegersohn unter keinen Umständen in Frage.« Sie sah ihre Freundin traurig an. »Ich werde ihn immer lieben. Sie haben es geschafft, uns zu trennen, aber nicht, ihn aus meinem Herzen zu reißen.« Einen Moment sah es aus, als würde sie in Tränen ausbrechen, aber sofort hatte sie sich wieder in der Gewalt. »Na ja, und dann haben sie mich ganz schnell mit Hubertus verheiratet. So weit weg von Berlin wie nur möglich!« Sie senkte ihre Stimme zu einem kaum hörbaren Flüstern. »Bis zu meiner Abreise haben wir uns heimlich getroffen, Ellart und ich.«

Maria blickte sie entsetzt an. »Wie hast du das denn geschafft?«

»Mein Bruder ist mein Verbündeter. Er fand, die Mitgift, die mein Vater Hubertus in den Rachen geschmissen hat, hätte er auch Ellart und mir für eine Existenzgründung geben können. Er hält nämlich sehr viel von ihm. Aber Vater war nicht dazu zu überreden. Und nun bin ich hier.«

»Du tust mir so leid, Alma.«

»Ach, lass nur, es gibt schlimmere Schicksale. Du weißt doch selber, Liebesheiraten sind so selten wie Schnee im Sommer. Mein Mann ist zwar nicht meine große Liebe, aber er ist nett zu mir, und einmal im Jahr lässt er mich meine Familie in Berlin besuchen. Du verstehst …?«

Maria verstand erst gar nicht. Dann begriff sie. »Natürlich, und dein Bruder ist dein Verbündeter.«

Alma war schon wieder fröhlich. »Nun erzähl von dir, zeig die Fotografien. Wie geht es Nina, wie viele Kinder hat sie inzwischen ...?«

»Eins nach dem anderen«, sagte Maria und lachte. Und dann begann sie zu erzählen. Von ihrem Leben auf dem Land, das so anders war als ihre Jugend in Berlin, aber das sie über alles liebte. Über die Freude, Nina in ihrer Nähe zu haben, und natürlich von dem schrecklichen Tod ihrer Eltern.

Sie redeten und redeten und hatten das Gefühl, sich immer noch nicht alles erzählt zu haben, als sie nach zwei Tagen weiterreisten. Hubertus Lugauer hatte sich wirklich als reizender Gastgeber und äußerst hilfsbereit gezeigt, mit ihnen die Stadt besichtigt und sie in idyllischen Gasthäusern zur Jause eingeladen. Maria verstand jetzt, was Alma mit »schlimmeren Schicksalen« gemeint hatte. Sich gegen Eltern aufzulehnen war nur möglich, wenn man gesellschaftliche Ächtung und finanzielle Not in Kauf nehmen wollte. Die Gleichberechtigung der Frau lag noch in weiter Ferne. Alma hätte es wirklich schlimmer treffen können.

Mit Bahn und Postkutsche reisten sie weiter bis Trento, wo sie das Schiff auf der Brenta bestiegen. Vorbei an blühenden Mandelbäumen, gelben Forsythienhainen und endlosen grünen Weinbergen erreichten sie endlich Venedig. Drei Wochen unbeschwerte Ferien lagen vor ihnen. Maria war wunschlos glücklich.

Der immer gleiche Rhythmus der Jahreszeiten bestimmte das Leben der Menschen in Ostpreußen. Maria liebte die heißen Sommer und den milden Herbst. Die meiste Zeit verbrachte sie draußen, ritt mit Carl über die Felder, inspizierte mit ihm zusammen die Koppeln und überraschte ihn immer wieder mit ihrem fachmännischen Urteil über die Qualität einiger der jungen Fohlen. Aber sie war nicht nur eine perfekte Gefährtin, sondern auch eine wilde, leidenschaftliche Geliebte. Nicht selten zog sie ihn auf ihren Ausritten vom Pferd und verführte ihn in einem wogenden Kornfeld oder an einem einsamen Weiher. Carl war hingerissen von seiner Frau! Sie liebte es auch, mit den Kindern und Mägden Beeren zu pflücken, aus denen die Mamsell köstliche Marmeladen zubereitete und ganze Regale mit Einweckgläsern füllte. Ein besonderer Spaß war das Pilzesammeln, die dann unter ihrer Anleitung von den Kindern auf lange Fäden aufgezogen und zum Trocknen aufgehängt wurden. Später würden sie den Saucen der Wildbraten einen herrlichen Geschmack geben. An heißen Tagen ritten sie zu einem der kleinen Seen in der Nähe, von denen es unzählige gab, um den Kindern das Schwimmen beizubringen. Dann wurde im Schatten eines Baumes der von der Mamsell vorbereitete Picknickkorb ausgepackt und in Windeseile verzehrt. Während die Kinder mit Carl im Wasser planschten, döste Maria ein wenig vor sich hin und war einfach nur glücklich. Nein, in dieser Zeit gab es keine Langeweile. Diese Monate vergingen wie im Flug.

Geradezu endlos dagegen erschien ihr der eiskalte Winter mit den langen Nächten und dunklen Tagen. Nähen und Sticken hasste sie wie die Pest, sie verstand nicht, was die meisten Frauen daran so liebten, Whist spielte sie nur, wenn einmal der vierte Mann fehlte, und an den Diskussionen über Politik konnte sie auch nicht allzu viel Gefallen finden.

Einmal, Georg war gerade zu Besuch, las sie in der *Berliner Illustrirten Zeitung*, ihrem Lieblingsblatt neben der *Gartenlaube*, als sie laut ausrief: »O mein Gott, der arme Onkel Phili!«

Die Männer – sie saßen bei einer Partie Whist – ließen ihre Karten sinken. »Was ist mit ihm, ist er tot, der Verräter?«, fragte Gustav hoffnungsvoll.

»Nein, ihm wird der Prozess gemacht …«

»Bravo!« Gustav war begeistert. »Erst macht der Kaiser ihn zum Fürsten, und nun steht er vor Gericht! Was hat er denn angestellt?«

Maria war blass geworden. Die Zeitung in ihren zitternden Händen flatterte, als würde ein Sturm durch das Zimmer fegen. »Ich weiß nicht … Ich verstehe es nicht …«

Ihr Schwiegervater hatte ihr das Blatt aus der Hand genommen und brach in schallendes Gelächter aus. »Der Eulenburg ist ein Hinterlader. Ich glaub es ja nicht.«

»Vater, bitte!«, sagte Carl, »doch nicht in Marias Gegenwart.«

»Ein was …?« Maria blickte ihn entsetzt an. »Dein Onkel Phili soll homosexuell sein«, mischte sich Georg jetzt mit ruhiger Stimme ein. »Das ist im Deutschen Reich unter Strafe gestellt. Wusstest du das nicht? Vaters Ausdruck dafür ist ein wenig ungewöhnlich.«

»Was? Ein Offizier und Diplomat, das ist ja ungeheuerlich«, hörte sie Kromberg noch sagen, als sie fluchtartig das Zimmer verließ.

Maria liebte ihre Kinder sehr. Aber es fehlte ihr die Begabung und auch die Geduld, sich stundenlang mit ihnen zu beschäftigen. Grete und auch Gustav waren da wesentlich fantasievoller. Als die Jungen größer waren, wurde erst ein Hauslehrer eingestellt und dann Francine, eine französische Gouvernante. Wenn diese die beiden mal nicht »triezte«, wie Gustav deren Erziehungsmethoden beschrieb, waren sie auf dem Hof und spielten mit den gleichaltrigen Kindern des

Gesindes. So blieben Maria in der trostlosen Winterzeit nur die wenigen Besuche bei Nina – zu selten erlaubte es das Wetter –, Lesen – Georgs Bibliothek war unerschöpflich –, das Schreiben von Briefen und ihre Vorfreude auf ihre jetzt in jedem Frühjahr stattfindende Venedig-Reise. Nina hatte es aufgegeben, ihre Freundin deswegen zu tadeln und zu fragen: »Wie bringst du es nur fertig, Meini und Fritzi so lange allein zu lassen!«

»Ich liebe meine Kinder«, hatte Maria gesagt, »aber ich bin eben nicht so eine Übermutter wie du. Diese Reise entschädigt mich für acht Monate Langeweile. Ich würde durchdrehen, wenn ich das nicht hätte. Also hör auf, mir den Spaß zu verderben. Du lebst in der Stadt, bist nicht tagelang von der Außenwelt abgeschlossen.«

Ein wenig musste Nina ihr recht geben. Wenn ihr danach war, konnte sie durch die Straßen bummeln oder sich mit einer Freundin in einer Konditorei treffen, egal ob es stürmte oder schneite, und wie viele Abendeinladungen mussten ohne Maria und Carl stattfinden, weil Eis und Schnee die Wege unpassierbar machten.

Trotzdem war Maria glücklich. Beim besten Willen konnte sie sich nicht mehr vorstellen, ihr Leben in einer Großstadt zu verbringen, und das womöglich auch noch mit einem ungeliebten Mann.

Alma und sie korrespondierten regelmäßig. Die Briefe ihrer Freundin waren nicht unglücklich. Innerhalb von ein paar Jahren hatte sie drei Kinder bekommen. *Hubertus ist selig*, schrieb sie. *Er ist ein rührender Vater. Übrigens habe ich meine Berlin-Reisen eingestellt. E. hat geheiratet. Es zieht mich nichts mehr dorthin.*

»Sie hat resigniert«, sagte Maria zu Nina, die alles über Almas Schicksal wusste. Auch über Ellart. Oft sprachen sie davon, was für ein Glück sie doch hatten. »Wenn ich mir vorstelle, man hätte mich mit einem Mann wie Hubertus verheiratet …« Maria schüttelte sich. »Ich glaube, ich wäre Feministin geworden.«

»Das traue ich dir absolut zu.« Nina meinte es ernst. Zu sehr ähnelte Maria ihrer Mutter, in allem!

Nina versorgte Maria immer mit dem neuesten Klatsch aus Insterburg und Umgebung. Von ihren täglichen Einkäufen bei Metzger Schukat, Besuchen auf dem Markt und vor allem einem Schwätzchen mit Herrn Glück brachte sie immer das Neueste mit nach Hause. »Stell dir vor, was ich heute Interessantes erfahren habe.« Maria war mal wieder bei ihr zu Besuch. »Das pompöse Haus am Garwehner Teich, ist es dir schon aufgefallen?«

Maria nickte. »Ich bin schon ein paarmal daran vorbeigefahren. Es ist ungewöhnlich groß und sehr elegant. Was ist damit?«

»Das baut der Baron Orlov.«

»Ich erinnere mich, Carl sprach davon. Er lebt in Indien und verwaltet dort die Plantagen seiner Mutter.« Maria wusste das von Carl, der mit Hajo in Königsberg Landwirtschaft studiert hatte. Soweit sie wusste, besaßen die Orlovs ein Rittergut in der Nähe von Insterburg.

»Seine Frau verträgt das Klima in Indien nicht. Sie ist schwanger, und wenn sie entbunden hat, werden sie hierherziehen«, fuhr Nina fort.

»Ich weiß, hoffentlich ist es bald so weit.« Maria lachte. Das versprach wieder einmal etwas Abwechslung. »Es soll schon ganz bald sein«, berichtete Nina aufgeregt weiter.

»Erinnerst du dich? Es muss vor etwa zwei Jahren gewesen sein, da hat Hajo Marisa von Stumm in Berlin geheiratet. Meine Mutter hatte es mir geschrieben. Die Stumms sind Bekannte meiner Eltern.«

Maria erinnerte sich dunkel. »Von wem weißt du das mit den Orlovs? Ich meine, dass sie bald hier einziehen werden.«

»Na, von wem wohl?« Nina lachte. »Herr Glück hat es mir gestern erzählt. Der Bauleiter, ein Herr Garken, hat bei ihm einige Möbel für das Schlaf- und Kinderzimmer bestellt. Es muss alles nach Entwürfen eines berühmten Berliner Architekten angefertigt werden. Und du kennst doch den Glück. Im Nu wusste er alles.«

»Na, dann weiß es ja bald die ganze Stadt.« Maria musste schmunzeln.

»Glück ist ein bisschen pikiert«, erzählte Nina weiter. »Die meisten Möbel kommen aus Berlin. Es soll alles ungeheuer teuer sein. Die Wände mit Moiré bespannt, auf dem Boden Orientteppiche, und die Halle ist mit italienischem Marmor ausgelegt. Das Haus bekommt sogar eine Gasbeleuchtung, und stell dir vor, ein Wasserklosett soll es auch haben!«

Maria war beeindruckt. In Berlin konnte sie sich so etwas vorstellen, aber hier in Insterburg!

»Übrigens, die Lackners wollen auch bauen. Ida erwartet ihr zweites Kind, und das Haus in der Mühlengasse wird ihnen zu eng.«

»Aber doch wohl nicht so einen Palast?«

»Nein, das übersteigt mit Sicherheit Alberts Finanzen. Aber du weißt ja, er ist kürzlich Präsident der Anwaltskammer in Königsberg geworden, und Ida meint zu Recht, die gesellschaftlichen Verpflichtungen würden bald mehr werden. Sie brauchen dringend ein etwas größeres Haus.«

»Das wird der quirligen Ida gefallen«, meinte Maria lachend. Jeder wusste, diese liebte große Gesellschaften. »Dann hat Madame Yvette ja einiges zu tun.«

»Das wird wohl noch eine Weile dauern«, meinte Nina. »Sie haben ja noch gar kein Grundstück gefunden, das ihnen gefällt. Und Ida ist schon ganz ärgerlich, weil Albert es so gar nicht vorantreibt.«

Ein halbes Jahr später erschien Nina überraschend in Weischkehmen. »Victor hat in der Nähe zu tun, und da habe ich ihn gebeten, mich mitzunehmen. Ich brauchte dringend mal ein paar Stunden Erholung von meiner Rasselbande.« Inzwischen war diese auf vier kleine von der Halsts angewachsen. »Ich habe Neuigkeiten«, sagte sie, während sie es sich auf der Terrasse im Schatten der Pergola bequem machten.

»Darf ich mithören?«, fragte Gustav, der kam, um sie zu begrüßen.

»Natürlich.« Nina schmunzelte, weil sie seine Liebe für Klatsch kannte.

»Meier, bring uns etwas zu trinken und für die Frau von der Halst etwas zu essen. Du hast doch sicher Hunger?«

Es war ein warmer Sommertag, die wilden Rosen verbreiteten einen herrlichen Duft, und Nina berichtete, was passiert war. »Stellt euch vor«, sagte sie, »Albert Lackner hat die Orlov'sche Villa gekauft!«

»Waaas …?« Maria und Gustav starrten sie fassungslos an. Jeder im Landkreis kannte inzwischen dieses Haus und das, was man sich über den darin herrschenden Luxus erzählte.

»Der Albert muss verrückt geworden sein«, sagte Gustav. »Wie will er das denn finanzieren?«

»Wieso stand es zum Verkauf?«, fragte Maria das Naheliegendste.

»Also nun mal von Anfang an. Albert ist auch der Anwalt der Orlovs.« Das war allgemein bekannt. »Hajo stand vor ein paar Tagen bei ihm in der Kanzlei und hat ihn gebeten, das Haus zu verkaufen.«

»Ja, warum denn?« Gustavs Gesicht verriet Unverständnis. »Es ist etwas sehr Trauriges passiert. Marisa hatte eine Fehlgeburt und ist dabei gestorben. Hajo ist ganz verzweifelt. Ida hat mir erzählt, er sieht aus wie der Tod. Ein so schöner Mann, sagt sie, und so entsetzlich unglücklich.«

»Wie schrecklich.« Maria war voller Mitleid. »Aber wie ging es weiter?«

»Er wolle das Haus so schnell wie möglich verkaufen, hat er gesagt, und als er hörte, dass die Lackners auf der Suche nach einer neuen Bleibe sind, hat er es ihnen geradezu aufgedrängt, sagt Ida.«

»Na ja, halb zog sie ihn, halb sank er hin ...«, zitierte Gustav Goethe. »Aber es ist mir trotzdem ein Rätsel, wie Albert das finanzieren will. Wenn er sich da man nicht ein wenig übernimmt.« Nicht nur Gustav wunderte sich darüber.

1899

In diesem Herbst bekamen die Goelders eine kleine Tochter. Trotz Carls heftigem Wunsch nach mehr Kindern – vor allem wünschte er sich so sehr ein Mädchen –, war Maria in all den Jahren nicht schwanger geworden. Irgendwann wurde darüber nicht mehr gesprochen. Es sollte wohl nicht sein!

Maria bemerkte ihre Schwangerschaft in Venedig. Zuerst hatte sie ihre morgendliche Übelkeit auf das heftige Schaukeln der Kutsche geschoben. Die Wege schienen in diesem Jahr tatsächlich besonders uneben und die Löcher tiefer als sonst. Nach ihrer Ankunft meinte sie, es wäre der Klimawechsel, aber als ihre Brüste anfingen anzuschwellen, war sie sich sicher. »Carl«, sagte sie eines Morgens, »ich fürchte, ich bekomme ein Kind.«

»Was heißt, du fürchtest?« Carl war regelrecht empört. »Das ist doch wunderbar. Endlich!« Er war außer sich vor Freude. »Wäre es nicht schön, wenn wir ein kleines Mädchen bekämen?«

»Ja, das wäre wunderbar.« Marias Begeisterung hielt sich noch in Grenzen. Irgendwie hatte sie mit dem Thema abgeschlossen. Aber Carls überschäumende Freude riss sie mit, und so widersprach sie auch nicht, als Carl beschloss, mit der Bahn nach Hause zu fahren. »Es grenzt schon an ein Wunder, dass du die Herreise unbeschadet überstanden hast. Aber eine Rückreise in der Kutsche kommt überhaupt nicht in Frage. Ich will auf keinen Fall riskieren, dass du unser Kind verlierst.«

Der neue Kutscher – Bruno war inzwischen für solche Anstrengungen zu alt – wurde per Depesche angewiesen, die Kutsche in Venedig abzuholen und ohne sie nach Weischkehmen zu bringen. Sie würden die Rückreise aus gesundheitlichen Gründen mit der Bahn antreten. *Was ist los? Bin beunruhigt*, depeschierte Gustav zurück, woraufhin Carl antwortete: *Wir sind schwanger.*

Es war immer noch sehr warm, als die Wehen einsetzten. »Schick nach der Gruberin, Carl«, sagte Maria kurz nach dem Mittagessen. »Ich glaube, es geht los. Ich werde mich schon mal hinlegen.«

Es war stickig und heiß im Schlafzimmer, ihr Körper war in Schweiß gebadet, und ihr Atem ging stoßweise. »Minchen bringt jleich heißet Wasser und Tücher«, sagte Grete, die an Marias Bett saß und ihr mit einem feuchten Tuch die Stirn kühlte. »Janz ruhich, Frau Goelder. Die Gruberin muss bald da sein.« Die Wehen kamen jetzt in immer kürzeren Abständen. »Tief atmen und dann pressen.« Grete war die Ruhe selbst. »Wir schaffen dat och alleen, keene Sorje nich.«

Von Marias Schreien angelockt, stand Carl in der Tür. »Mein Gott, wo bleibt denn nur die Gruberin? Was machen wir bloß?«

»Nu man keene Panik nich, Herr Goelder.« Grete drängte Carl behutsam aus dem Zimmer »Männer können wir hier nu jar nich jebrauchen.« Und leise sagte sie dann: »Dat Köpfchen is schon zu sehen, jleich is et vorbei.«

Es vergingen keine zehn Minuten, als plötzlich Marias Schreie verstummten und kurz danach Carl und Gustav, angelockt von dem Weinen eines Babys, die Treppe heraufstürmten. »Et is ein Mädchen«, strahlte Grete. »Sehen Se mal, ein süßet kleenet Mädchen.«

In dem Moment hielt die Kutsche der Hebamme vor dem Haus. »Jut jemacht, Jretchen«, sagte die Gruberin anerkennend. »Hast nüscht verlernt in all die Jahre.«

»War doch en Klacks, wat, Frau Goelder?« Maria nickte glücklich und erschöpft. »Hat nich mal 'ne Stunde jedauert und die Kleene war da.«

»Wird wohl man en richtijer Wildfang werden, dat Kleinerchen.« Die Gruberin kannte sich aus. »Wer et so eilig hat, uff de Welt zu kommen, is och später nich zu bremsen. Die hab'n immer ihrer eijenen Kopp.«

In den Jahren danach sollte sich Maria oft an die Worte der alten Hebamme erinnern, wenn Marlene, genannt Lenchen, wieder einmal versuchte, ihren Dickkopf durchzusetzen.

Im Oktober traf die Einladung zu Albert und Ida Lackners Silvesterball ein.

»Ida will die Jahrhundertwende gebührend feiern«, hatte Nina Maria schon vor einiger Zeit erzählt. »Ihr prachtvolles Haus eignet sich ja auch wirklich dafür. Sie planen sogar ein großes Feuerwerk, und ich kann dir sagen, die Gästeliste ist handverlesen. Die gesamte Loge wird erwartet, du weißt ja, Albert ist bei den Freimaurern, dann Graf und Gräfin Donnersmarck, Landgerichtspräsident von der Trenck, Oberbürgermeister Dr. Kirchhoff und und und ...« Sie senkte ihre Stimme. »Und stell dir vor, sie wird einige Leutnants aus der Königsberger Garnison einladen. Das macht Stimmung, meint sie, und die tanzen wenigstens, das heißt, sie müssen tanzen. Dafür sind sie schließlich eingeladen. Du kennst doch die älteren Herren, hat sie gesagt, die reden lieber über Politik und trinken meist zu viel, und wir sitzen rum, wenn die Kapelle Walzer spielt.«

Wenig später berichtete sie: »Stell dir vor, Ida ist wieder schwanger. Und das vor ihrem großen Fest. Sie ist gar nicht begeistert, im Gegensatz zu Albert. Der freut sich wahnsinnig.«

»Du meine Güte, es ist ihr fünftes Kind! Und Lotte ist doch noch nicht einmal zwei«. Warum mussten die Leute bloß alle so viele Kinder kriegen? »In welchem Monat ist sie denn?«

»Sie weiß es nicht so genau, aber Dr. Grüben meint, es wird wohl im Februar oder März kommen.«

»Na, hoffentlich passt sie dann Silvester noch in ihr neues Kleid.«

Von Madame Yvette hatte Maria erfahren, dass Ida für diesen Anlass ein Modell von Poiret in Auftrag gegeben hatte. »In dunkelroter Seide und reich bestickt, mit einer Tournüre und kleinen Schleppe. Frau Lackner hat es in der *Berliner Illustrirten Zeitung* an der Schauspielerin Eleonora Duse gesehen. Ein sehr schönes Kleid, und sehr aufwendig«, hatte Madame Yvette erzählt. Sie konnte wirklich nichts für sich behalten.

»Ich wollte eigentlich auch etwas in Rot«, sagte Maria, »passend zu meinem Rubinschmuck.«

»Wie wäre denn Rosa?«

»Nein.« Maria hatte eine Rolle lindgrüner Seide entdeckt. »Im Tresor liegt auch Smaragdschmuck. Dieses Grün ist nicht zu dunkel, und auf unserer Reise nach Venedig gibt es dort einen großen Ball, da kann ich es gleich noch einmal tragen.« Sie blätterte nun in verschiedenen Modejournalen. »Ich möchte lange, enge Ärmel und ein tiefes Dekolleté, damit das Collier zur Geltung kommt …«, sagte sie, aber die Schneiderin plapperte weiter. »Zweimal haben wir das Kleid von Frau Lackner schon weiter machen müssen …«

»Vorn soll es eng sein«, versuchte Maria den Redeschwall zu unterbrechen, »und der Rock soll zu einem *Cul de Paris* gerafft sein.«

»Also sie darf auf keinen Fall auch nur noch ein Gramm zunehmen. Sie wissen, dass die Frau Lackner schwanger ist?«

»Ja, natürlich, das weiß doch inzwischen jeder.« Maria wurde jetzt leicht ungeduldig. »Nun wollen wir uns mal auf mein Kleid konzentrieren, Madame Yvette. Hier, dieses von Jacques Doucet, das möchte ich haben.«

Es war der letzte Tag des neunzehnten Jahrhunderts. Carl, Maria und Gustav hatten in dem am Markt gelegenen Hotel Rheinischer Hof Quartier genommen. Sie waren rechtzeitig losgefahren. Das Barometer war gefallen, man erwartete neuen Schnee. »Diesen Abend will ich nicht verpassen, nur weil wir wieder mal in einer Schneewehe stecken bleiben oder wegen des Wetters überhaupt nicht fahren können«, hatte Maria gesagt. »Ich krieg eine Krise, wenn mein Traumkleid von Madame Yvette im Schrank bleiben muss und Mamas Schmuck weiter ungetragen im Tresor verstaubt.«

»Ja, mein Schatz, ist ja gut. Du hast recht, wir werden schon vormittags losfahren. Papa kann über den Markt laufen, du weißt, er liebt das, während wir den Schmuck von der Bank holen. Dann essen wir zu Mittag bei Nina und Victor und gehen abends ausgeruht zu dem großen Fest.« Carl war glücklich, Maria so aufgeregt zu sehen. Seit Ende Oktober herrschte bereits tiefster Winter, aber trotz ihrer Freude über das gute Gedeihen von Lenchen – sie war wirklich entzückend, und ihre Brüder waren ganz verliebt in sie – war sie an manchen Tagen in sich gekehrt, und nichts konnte sie aufheitern. »Ihr fehlt Sonne und Licht«, sagte Victor, als Carl ihn zum wiederholten Mal besorgt fragte, ob womöglich die Krankheit ihrer Mutter über sie kommen könne. »Du weißt doch, wie ausgewechselt sie im Sommer ist. Nein, eine Melancholie plagt Maria nicht. Die überkommt die Menschen unabhängig von den Jahreszeiten.«

Die Goelders verbrachten einen unterhaltsamen Tag in der Stadt. Gustav schlenderte über den Markt. Er liebte es, an den Ständen vorbeizugehen, das eine oder andere zu kaufen, egal ob er es brauchte oder nicht, nur um mit den Marktfrauen einen Plausch zu halten und einen heißen Grog zu trinken. An einem Stand belauschte er ein Gespräch, das er zur allgemeinen Erheiterung beim Mittagessen zum Besten gab. »An einem Kartoffelstand sagt doch die schwangere Marktfrau zu einer ebenfalls schwangeren jungen Frau: ›Na, Frolleinchen, och verlobt?‹« Er konnte nicht aufhören, darüber zu lachen. »Das ist typisch ostpreußischer Humor«, sagte er zu Maria.

Ida und Albert begrüßten sie an der Tür der großen Halle, die bereits erfüllt war von dem Duft schwerer Parfüms und lautem Stimmengewirr, untermalt von der leisen Musik des Orchesters, das später zum Tanz aufspielen würde. Alle Damen waren in großer Toilette, die Herren in Frack, Cut oder Uniform.

»Wunderbar siehst du aus«, begrüßte Maria Ida. »Wo ist das Baby, hat Madame Yvette es weggeschneidert?«

»Das Mieder quetscht das arme Ding nach hinten«, erwiderte Ida und lachte. »Morgen lasse ich es frei. Aber hoffentlich platze ich nicht heute schon aus allen Nähten. Seit Wochen habe ich einen schrecklichen Hunger.«

»Ab dem Jahr 1900 kannst du so viel essen, wie du willst, Idachen«, meinte Albert.

Der Strom der Gäste riss nicht ab. Carl und Gustav erhielten von dem für den heutigen Abend engagierten Majordomus ein Kärtchen mit dem Namen ihrer Tischdame und der Bitte, diese nach dem Aperitif zu Tisch zu führen. Man mischte sich unter die Gäste.

Feda stürzte auf sie zu und ließ einen älteren Herrn, der auf sie einredete, stehen. »Bis später, lieber Trenck, den Rest erzählen Sie mir bei Tisch!«, rief sie ihm im Weggehen über die Schulter zu. »Wie schön, euch zu sehen«, sagte sie. »Ihr rettet mich. Landgerichtspräsident von der Trenck ist mein Tischherr und hat mich bereits seit zwanzig Minuten in seinen Klauen. Ida zuliebe ertrage ich ihn ja während des Essens, aber nicht schon eine Stunde vorher!«

Maria lachte. »Wie ich dich kenne, wirst du dich schon amüsieren. Du siehst übrigens fantastisch aus.« Von Madame Yvette hatte sie erfahren, dass Feda ihr Kleid in Paris bei Poiret gekauft hatte. Die tief dekolletierte Robe war aus cremefarbener Seide, die Taille so eng geschnürt, dass zwei Hände sie umfassen konnten, und der vorn enge Rock war hinten zu einer Tournüre aufgebauscht, auf der eine gleichfarbige Tüllschleppe befestigt war. »Das Kleid muss ja ein Vermögen gekostet haben«, sagte Maria bewundernd.

»Es hat mich beinahe ruiniert«, erwiderte Feda lachend, »aber dein Schmuck war mit Sicherheit noch viel teurer.«

»Er ist von meiner Mutter. Er verstaubt seit Jahren im Tresor der Bank. Ich bin froh, dass ich ihn heute mal ausführen kann.« Sie deutete auf eine kleine, zarte grauhaarige Dame. »Wer ist das da neben Großmutter Lackner?«

»Das ist ihre Schwester Anika, genannt die Dörrpflaume.«

»O Gott, warum denn das?«

»Den Namen hat ihr Großvater Lackner gegeben. Er konnte sie nicht ausstehen. Sie ist die Moral in Person und ständig einer Ohnmacht nahe, vor allem wenn einer einen Witz erzählt. Und du weißt, das kommt hier öfter vor. Sie ist seit zwanzig Jahren Witwe, und Amalie Lackner konnte sie erst zu sich nehmen, als ihr Mann gestorben ist. ›Nur über meine Leiche kommt die mir ins Haus‹, hat er immer gesagt. Na ja, und nun leben sie gemeinsam auf Lindicken und hassen sich.« Großmutter Lackner lachte schallend auf. »Bürgermeister Kirchhoff hat ihr bestimmt wieder eine Zote erzählt, und nun schau dir das Gesicht von Anika an.« Tatsächlich sah die aus, als hätte sie auf eine Zitrone gebissen.

»Mich hasst sie wie der Teufel das Weihwasser«, fiel Feda lachend ein. Kein Wunder …, dachte Maria.

In dem Moment trafen die jungen Leutnants ein, alle in Uniform, blendend aussehend, und nicht nur Feda war wie elektrisiert. »Da sind ja ein paar Leckerbissen dabei«, flüsterte sie Maria zu. »Nun bin ich aber gespannt, wem Ida sie als Tischherren zugeteilt hat.« Sie kicherte. »Ich muss heute den Trenck und Albert bei Laune halten, aber nur während des Essens. Danach habe ich freie Fahrt.«

Ehe Maria fragen konnte, was sie denn damit meinte, steuerte ein junger, hoch gewachsener Offizier auf sie zu.

»Ah, da ist ja Heini von Lichtenfeld, ein besonders hübsches Exemplar«, flüsterte Feda.

»Guten Abend, Feda«, sagte er und zu Maria gewandt: »Darf ich mich vorstellen? Heinrich Lichtenfeld.«

»Das ist meine Freundin …« Aber er unterbrach Feda aufgeregt. »Weißt du, wer Frau Maria Goelder ist?«

»Die wollte ich dir gerade vorstellen.«

Sein Gesicht strahlte. »Was für eine Freude, gnädige Frau. Sie sind meine Tischdame.«

»Hast du ein Glück«, erwiderte Feda lächelnd, »dass du nicht eine von den alten Scharteken wie die Kommerzienrätin Kunze oder Tante Anika erwischt hast. Man sieht dir deine Erleichterung geradezu an.« Und zu Maria gewandt sagte sie: »Und du kannst froh sein, dass du nicht neben dem alten General Brietzke sitzt. Wenn er nicht gerade bei Tisch einschläft, erzählt er in epischer Breite seine aufregenden Kriegserlebnisse aus den Schlachten von 70/71.«

»Feda, du bist unmöglich!«, sagten Maria und Heinrich von Lichtenfeld wie aus einem Munde.

In dem Moment bat Albert mit lauter Stimme zu Tisch, und die Gästeschar bewegte sich in Richtung Speisezimmer. Die festlich gedeckte Tafel erstreckte sich über zwei Räume, die von Hunderten Kerzen in ein warmes Licht getaucht wurden. Feda hatte Maria erzählt, dass ein Bediensteter nur dafür abgestellt war, runtergebrannte Kerzen sofort zu erneuern.

Als alle Gläser gefüllt waren, erhob sich Albert. Er klopfte mit seinem Zwicker gegen sein Glas, um die angeregte Unterhaltung zu unterbrechen.

»Das kann eine Weile dauern«, sagte Lichtenberg leise zu Maria, »das kenne ich.«

»Nein«, flüsterte Maria ihm zu, »keine Sorge, Feda hat von Ida den Auftrag, ihn zu kneifen, wenn er anfängt, auszuschweifen.«

Inzwischen war Ruhe eingekehrt. »Mamachen, liebe Familie und Freunde«, begann Albert. »Ida und ich schätzen uns sehr glücklich, mit euch gemeinsam diesen besonderen Jahreswechsel zu feiern. Möge das zwanzigste Jahrhundert euch allen Glück, Zufriedenheit und Gesundheit schenken, und dass alle eure Wünsche in Erfüllung gehen. Auf dass wir noch viele gemeinsame Feste feiern werden. Prosit!«

Aus allen Kehlen erklang ein lautes »Prosit«, und sofort setzte das Stimmengewirr wieder ein. »Das war aber wirklich kurz und schmerzlos«, sagte Marias junger Tischherr erleichtert. »Da bin ich andere Kaliber gewöhnt. Werden noch mehr Reden gehalten?«

»Nein, bestimmt nicht. Ida kann es nicht ausstehen, sie findet es todlangweilig und hat es allen, die sich angeboten haben, verboten.«

»Na, denn man prost«, lächelte der schöne junge Mann sie an. »Da bin ich ja heute ein Glückspilz, in jeder Beziehung.«

Das Essen wurde serviert, und der Majordomus sorgte dafür, dass keines der Gläser länger leer blieb. Lichtenberg aß mit ungeheurem Appetit. »Solche Einladungen sind bei uns in der Garnison äußerst beliebt«, erzählte er Maria. »So ein erstklassiges Essen ist wirklich eine wunderbare Abwechslung zu unserem Kasinopamps.« Er lachte. »Und Wein und Champagner bekommen wir auch nicht jeden Tag.« Dann senkte er seine Stimme. »Nur leider habe ich äußerst selten eine so bezaubernde Tischdame wie heute!« Er flirtete ganz offensichtlich mit ihr.

»Ich bin eine glücklich verheiratete Frau, Baron Lichtenberg«, sagte Maria mit gespieltem Tadel. Sie fühlte sich geschmeichelt. Wann hatte ihr ein Mann das letzte Mal solche Komplimente gemacht? Sie konnte sich nicht erinnern. Der

Wein begann ihr ein wenig zu Kopf zu steigen. Sie lachte ausgelassen über seine Geschichten, und ab und an schlug sie ihm mit ihrem Fächer leicht auf die Hand, als wollte sie sagen, bis hierher und nicht weiter. Carl blickte seit einiger Zeit ständig zu ihnen hinüber. Soll er doch ruhig mal eifersüchtig sein, dachte Maria trotzig. Seit Langem hatte sie sich nicht mehr so amüsiert wie heute Abend.

Das Essen war wirklich hervorragend. Nach Schleie in Dill gab es diverses Geflügel, Wild und Braten. Der Wein floss in Strömen, und die Stimmung hätte nicht besser sein können. Feda, die ihnen gegenübersaß, machte brav Konversation mit Albert und von der Trenck, die ab und zu amüsiert auflachten. Dabei flirtete sie schamlos mit einem jungen Leutnant am Ende des Tisches. »Na, heute wird wohl der Hülst der Glückliche sein«, grinste Lichtenberg. »Feda macht da nicht viel Federlesens.«

Nachdem die Eisbombe serviert war, hob Ida die Tafel auf, und der Tanz begann. »Am liebsten würde ich den ganzen Abend nur mit Ihnen tanzen«, flüsterte Lichtenberg Maria beim ersten Walzer ins Ohr, »aber leider haben wir Anweisung, auch die nicht so … na ja, Sie verstehen … die nicht so attraktiven Damen zu betanzen. Wenn dem Garnisonskommandeur Klagen kommen, werden wir von der Liste gestrichen. Oh, wie sehr ich das bedaure.«

In dem Moment kam Carl, um sie abzuklatschen, sodass ihr eine Antwort darauf erspart blieb. »Ein reizender junger Mann«, sagte sie zu Carl. »Er hat mich glänzend unterhalten.«

»Das habe ich gesehen!«

»Ach Carl, was für ein wundervoller Abend.« Sie gab ihm einen Kuss auf die Wange. »Jetzt hör auf, so finster zu gucken. Ich bin doch nicht Feda.«

In diesem Moment kam diese zerzaust und mit hochroten Wangen die Treppe herunter und kurz darauf der junge Leutnant von Hülst. »So was traust du mir doch wohl nicht zu?« Maria lachte laut auf.

»Das ginge ja wohl auch entschieden zu weit!« Carl fand die Situation ganz und gar nicht komisch.

Um Mitternacht versammelte sich die ganze Gesellschaft auf der Terrasse. Champagner wurde serviert, und als die Kirchenglocken zwölf schlugen, begann ein spektakuläres Feuerwerk, das mit der in den Himmel geschriebenen Zahl 1900 endete. Der einzige Insterburger, der das verpasste, war General Brietzke, der in der Bibliothek in einem Sessel selig schnarchte und später sagte, er hätte von einer Schlacht im Krieg 70/71 geträumt und das Knallen für Geschützfeuer gehalten.

1900

Noch tagelang wurde über das rauschende Fest gesprochen. »Diese Ida hat das wirklich fabelhaft organisiert, das muss man schon sagen«, meinte Gustav, der zwischen Großmutter Lackner und der Gräfin Donnersmarck platziert war. »Schon lange habe ich mich nicht mehr so amüsiert. Beide Damen haben mich glänzend unterhalten. Ein Vermögen muss das ja alles gekostet haben. Ich frage mich nur, wie der Albert das finanziert.«

»Das soll nun wirklich nicht unsere Sorge sein, Vater. Albert ist ein angesehener Anwalt, der wird schon wissen, was er tut«, meinte Carl.

Auch Maria schwärmte in den höchsten Tönen. Von den Kleidern, der Musik, überhaupt von allem. Nur die Leutnants, und vor allem Heini Lichtenberg, ließ sie unerwähnt. Dabei hatte deren Gegenwart dem Fest erst die nötige Spannung gegeben. Richtig jung hatte sie sich gefühlt, begehrenswert und zurückversetzt in ihre Berliner Zeit, als solche Feste und harmlosen Flirts an der Tagesordnung waren. Aber das verschloss sie in ihrem Herzen. Mit wem hätte sie auch darüber sprechen können? Höchstens mit Feda, aber die tanzte schon längst wieder auf einem anderen Ball. Immer wieder mal dachte sie in den folgenden Jahren an den jungen Leutnant, der ihr die Nacht der Jahrhundertwende so unvergesslich gemacht hatte. Was mochte wohl aus ihm geworden sein? Aber irgendwann vergaß sie ihn.

An Ida schrieb sie einen überschwänglichen Dankesbrief. *Es war das schönste Fest seit Jahren, liebste Ida. Auch im Namen von Carl und Gustav möchte ich dir von Herzen danken.*

Kommt ihr am übernächsten Wochenende zur Hasenjagd? Dann können wir euch noch einmal persönlich danken.

Ida antwortete umgehend: *Ich bin sehr glücklich, dass es euch gefallen hat.*

Zur Hasenjagd wird Albert wohl allein kommen. Wie ihr wisst, brüte ich und mutiere langsam zu einem Schlachtschiff. So, wie ich auseinandergehe, befürchte ich, mit Drillingen niederzukommen! Ich werde bis zur Geburt das Haus nicht mehr verlassen.

Aber Walter wird am fünften Februar neun. Willst du nicht mit Meini und Fritzi kommen? Wir erwarten einige Freunde von Walter mit ihren Müttern, sogar Grete kommt mit Johannes aus Harpenthal. Dann haben wir Gelegenheit, ohne Männer über alles zu reden.

Maria hoffte inständig, dass das Wetter ihr und den Kindern keinen Strich durch die Rechnung machen würde. Meini und Fritzi beobachteten täglich das Barometer, aber es blieb konstant. Gott sei Dank, es war kein Schneefall zu erwarten. »Willi wird euch fahren«, entschied Carl. »Wenn ihr zurückfahrt, wird es Abend sein. Du mit den Kindern in der Dunkelheit allein mit dem Schlitten durch den Wald, das kommt überhaupt nicht in Frage. Man hat Spuren von Wölfen in der Nähe der Ortschaften gefunden. Willi wird vorsichtshalber seine Flinte mitnehmen. Also keine Widerrede!«

Maria fügte sich, obwohl sie seine Fürsorge reichlich übertrieben fand.

Ida empfing ihre Freundinnen in ihrem Boudoir im ersten Stock. Maria kannte nur die Salons und das Speisezimmer im Erdgeschoss und war beeindruckt von der Pracht dieses Raumes. Die weinroten, mit Goldlitzen verzierten Samtportieren vor den Fenstern harmonierten mit den Bezügen der Polstermöbel, auf Beistelltischchen und Etageren standen Nippes, gerahmte Fotografien, Blumengestecke und silberne Kerzenleuchter, und in einem mit Marmor eingefassten Kamin prasselte ein Feuer. Ein Smyrnateppich bedeckte fast den ganzen Fußboden, und an der Wand über der gemütlichen Sitzgruppe hing ein lebensgroßes Ölgemälde mit Ida und ihren Söhnen Walter und Alfred.

Als Maria eintraf, wurde sie mit großem Hallo begrüßt. »Wir diskutieren gerade über *Effi Briest*. Hast du den Roman von Fontane schon gelesen?«, fragte Ida.

»Ja, Georg versorgt mich immer mit den neuesten Büchern.«

»Was meinst du, hat der Baron Instetten richtig gehandelt, die Arme zu verstoßen?«

»Was heißt hier die Arme«, schnaubte Idas Schwägerin Agnes Henkiel, die Frau des Pastors. »Sie hat schließlich gesündigt!«

»Nun lass doch mal Maria sagen, was sie dazu meint. Deine Ansichten in solchen Dingen kennen wir ja. Und ich denke, du hast das Buch gar nicht gelesen?«

»Aber ich weiß, worum es geht, um Unmoral und Betrug!«

Ida kochte. Ihr Busen wogte, aber bevor der Streit eskalieren konnte, sagte Maria: »Ach wisst ihr, ich bin da wohl ein wenig infiziert von den Ideen meiner Mutter. Nina, du weißt ja am besten, wie sehr sie sich für die Frauenbewegung interessiert hat. Sie war immer für die Gleichberechtigung der Frau.«

Das Dienstmädchen brachte frischen Kaffee, und von unten drang der Lärm der tobenden Kinder herauf.

»Sie war begeistert von den Salons der Henriette Herz und Rahel Varnhagen und von deren Ideen zur Stellung der Frau. Sie hat im Salon der Fanny Lewald verkehrt, die übrigens aus Königsberg stammte, wusstet ihr das?«

Offensichtlich war deren Ruf nicht bis Insterburg gedrungen, man verneinte allgemein.

»Ich kann mich erinnern«, warf Nina ein, »dass meine und Marias Mutter oft über deren fortschrittliche Ansichten gestritten haben. Die Männer dürfen ihre Frauen betrügen, deren Mitgift verschleudern und kommen ungestraft davon. Mehr noch, sie gelten als tolle Kerle, hat sie gesagt, aber wenn eine Frau das macht, wird sie verstoßen, ist gesellschaftlich ausgegrenzt.«

»Ja, eben wie Effi Briest«, warf Zara Markow, die neue Frau des Apothekers, ein. »Mein Mann hat ja seine erste Frau auch aus dem Haus gejagt, nachdem … Aber ihr kennt ja die Geschichte.«

Man diskutierte, zum Schluss aber war man sich einig, er hatte gar nicht anders handeln können, der Baron von Instetten.

»Übrigens, Maria, Leutnant von Lichtenberg hat sich überschwänglich bedankt«, wechselte Ida das Thema. »Schon lange hätte er nicht mehr so einen wunderbaren Abend gehabt.« Und mit einem giftigen Blick zu Agnes – sie konnte diese sauertöpfische Person einfach nicht ausstehen – fuhr sie fort: »Und ich möge doch Grüße und seine Verehrung ausrichten an seine überaus zauberhafte Tischdame.«

Maria wurde rot. »Er war wirklich reizend …«, stotterte sie.

»… und dein Mann stinksauer«, fuhr Nina lachend fort. »Hat er sich wieder beruhigt?«

»Natürlich.« Maria war leicht ungehalten. »Ich habe ja nun wirklich nichts angestellt.«

»Im Gegensatz zu Feda!«, rief jetzt Grete, die mit leuchtenden Augen und hochroten Bäckchen die Unterhaltung verfolgte. »Die kennt da ja nichts!« Fedas Ausflug mit Leutnant von Hülst in die oberen Gemächer hatte sich natürlich in Windeseile herumgesprochen.

»Sie ist nicht verheiratet und hat es auch für den Rest ihres Lebens nicht noch einmal vor«, warf Ida ein. »Sicher, sie übertreibt manchmal ein bisschen.«

»Ein bisschen?!« Agnes' Stimme klang schrill. Sie erhob sich abrupt. »Ich fühle mich ein wenig unwohl«, sagte sie. »Verzeih Ida, dass ich schon gehe. Franz wird den Weg nach Hause schon allein finden.«

»Ich lasse ihn von Fritz mit dem Automobil …« Das »bringen« hörte sie schon nicht mehr. Fluchtartig hatte sie das Zimmer verlassen. Für einen Moment herrschte betretenes Schweigen. Dann brachen alle in Gelächter aus.

»Das war wohl doch etwas zu viel für die Gute«, prustete Ida. »Sicher hält sie uns jetzt durch die Bank für absolut verdorben.«

Kurz darauf servierte das Dienstmädchen Lena Sherry, und die Stimmung wurde immer ausgelassener.

»Die Leutnants waren aber auch zu süß«, sagte Zara Markow schwärmerisch.

»Stellt euch vor«, berichtete Delia, »die Frau des Superintendenten Hundertmark, die Frau Bürgermeister aus

Gumbinnen, soll ein Verhältnis mit dem Mann ihrer besten Freundin haben.«

»Und Anton Orlov, der Bruder des unglücklichen Hajo, hat in Berlin heimlich geheiratet. Eine Frau mit Vergangenheit!«, wusste Zara.

»Übrigens, Hajo ist auf dem Weg von Indien hierher. Die alte Baronin ist todkrank, sie will ihn noch einmal sehen, bevor sie stirbt.« Ida wusste das von Albert.

»Hat er wieder geheiratet?«, wollte Grete wissen.

»Soweit ich weiß, nein.«

»Mein Gott, was für ein Jammer, ein sooo schöner Mann.« Zara verdrehte die Augen.

Der arme Markow, dachte Maria. Seine zweite Frau wird doch wohl nicht auch …? Andererseits ist er ja nun wirklich kein Adonis und von einer seltenen Humorlosigkeit.

Es war mittlerweile dämmerig geworden, Lena hatte die Kerzen angezündet, und Maria beschloss bald darauf, sich zu verabschieden. »Ich würde ja so gern noch ein wenig bleiben«, sagte sie bedauernd, »aber ich fürchte, wir müssen. Carl wird sich Sorgen machen, wenn wir zu spät nach Hause kommen.«

»Wir sehen uns ja spätestens Ostermontag in Harpenthal«, sagte Grete zum Abschied. »Ihr kommt doch?«

»Natürlich, euer herrliches Osterlamm lassen wir uns nicht entgehen.«

Es war bereits dunkel, als sie sich auf den Heimweg machten. Der Himmel war sternenklar, und ein fast voller Mond warf sein fahles Licht auf die verschneiten Wege. Warm in Felldecken verpackt saßen die Kinder dicht an ihre Mutter geschmiegt. Sie waren noch ganz erhitzt von den Ritterspielen und berichteten aufgeregt, was sich Kindermädchen Asta alles hatte einfallen lassen, während Maria nur mit halbem Ohr zuhörte. Sie hing ihren Gedanken nach. Lange hatte sie keinen so kurzweiligen Nachmittag mehr verbracht. Was war Ida doch für eine wunderbare Person! Sogar als Schlachtschiff, wie sie sich selbst bezeichnete, war sie noch attraktiv, und kaum eine Frau in Marias Freundeskreis war so unterhaltsam wie sie. Und Lichtenberg hatte sie grüßen lassen, bezaubernd hatte er sie genannt! Wie nett von Ida, das vor allen laut zu verkünden. Maria fühlte sich ungeheuer geschmeichelt. Ob sie den jungen Mann wohl einmal wiedersehen würde?

Die Kinder hatten aufgehört zu reden. Die unheimliche Stille, nur unterbrochen vom Geräusch der Pferdehufe auf den eisigen Wegen, machte ihnen Angst. »Es ist ja ganz schön gruselig«, flüsterte Meini, als in der Ferne das Heulen der Wölfe zu hören war.

Maria drückte die beiden noch fester an sich. »Keine Angst, die sind weit weg«, sagte sie leise, obwohl sie sich da gar nicht so sicher war. Heilfroh war sie jetzt, dass Willi mit seiner Flinte vor ihnen auf dem Kutschbock saß.

Das Heulen kam immer näher. Willi hatte die Flinte entsichert auf seine Knie gelegt. Mit lautem Hühü trieb er das Pferd zur Eile an, als dies plötzlich scheute. Für einen Augenblick sah Maria zwei wie Phosphor leuchtende Augen und ein Tier mit einem langen buschigen Schwanz, das im Unterholz verschwand. »Nur keene Bange nich«, sagte Willi, »war man bloß ein Fuchs.« Trotz der Eiseskälte war Maria schweißgebadet, als sie endlich zu Hause ankamen. Und die Geschichte, die Meini und Fritzi von der Fahrt erzählten, wurde von Mal zu Mal abenteuerlicher.

Die Vorbereitungen für ihre Venedig-Reise waren in vollem Gange. Diesmal wollten sie in München Station machen. Alma war mit ihrer Familie dorthin übergesiedelt, Maria kannte die Stadt noch nicht, und man wollte dort für ein paar Tage bleiben. Maria saß an ihrem Schreibtisch im Turmzimmer. Sie wollte gerade Almas letzten Brief beantworten, als dröhnendes Gelächter sie in die Bibliothek lockte. »Was ist so komisch, Vater?«, fragte sie Gustav, der, die Zeitung in der Hand, in seinem Sessel saß und vor Lachen brüllte.

»Jetzt hör dir an« – er wedelte mit der *Ostdeutschen Grenzpost* – »was hier unter ›Provinzielles‹ steht: ›*Gestern ereignete sich folgende skandalöse Begebenheit in Königsberg.*‹« Er musste eine Pause machen, es schüttelte ihn vor Lachen.

Mit Georg kann nichts sein, dachte Maria erleichtert. Dann würde er sich mit Sicherheit nicht darüber amüsieren.

»Feodora von Harden«, las Gustav jetzt weiter, *»eine Dame der Gesellschaft, ritt am helllichten Tag nackt auf einem Schimmel durch die Innenstadt. Zwei berittene Gendarmen, aufmerksam gemacht von aufgebrachten Bürgerinnen, geleiteten sie zur Hauptwache, wo sie in Gewahrsam genommen wurde. Nach einem zweistündigen Verhör durch den Leiter der Wache, Oberwachtmeister Krunke, in dem die Dame erklärte, dass es sich um die Einlösung einer Wette gehandelt habe, wurde sie wieder entlassen. Über den Inhalt der Wette wollte die Dame keine Auskünfte geben. Um weiteres Aufsehen zu vermeiden, wurde sie in einer Droschke, bekleidet mit dem Mantel eines Gendarmen und eskortiert von berittenen Offizieren, nach Hause gebracht. Frau von Harden muss mit einer Anzeige wegen Verursachung öffentlichen Ärgernisses*

rechnen.« Immer wieder hatte er seinen Vortrag unterbrechen müssen, weil ihm die Stimme vor Lachen versagte.

Carl war inzwischen dazugekommen, und er und Maria starrten Gustav entgeistert an.

»Ist sie nicht ein verrücktes Huhn, diese Feda?«, sagte Gustav und wischte sich mit einem riesigen karierten Taschentuch die Lachtränen ab.

Carl fasste sich als Erster. »Das kann man wohl sagen. Feda ist ja total verrückt geworden.« Er fand die Sache nicht einmal halb so komisch wie sein Vater.

»Die hat ja Mut«, meinte Maria, die auch nicht so recht wusste, wie sie das denn finden sollte.

»Ich muss unbedingt wissen, was das für eine Wette war.« Gustav platzte vor Neugier. »Musst du nicht bald mal wieder nach Insterburg? Ida weiß doch bestimmt mehr darüber.«

»Ich denke, nächste Woche.« Maria lächelte. Sie kannte doch ihren Schwiegervater. »Gretchen hat schon wieder eine lange Liste von Besorgungen für mich. Die Kerzen gehen aus, und Lenchen wächst zusehends. Sie braucht dringend ein paar neue warme Sachen. Bei der Gelegenheit werde ich bei Ida vorbeigehen.«

Aber so lange musste Gustav gar nicht warten. Ein paar Tage darauf stand Georg überraschend in der Tür. »Ich hatte Sehnsucht nach zu Hause«, sagte er, »und vor allem nach meiner reizenden Schwägerin.« Er zwinkerte Maria zu. »Habt ihr das von Feda gehört?«

»Natürlich, die Zeitungen sind ja voll davon!«, rief Gustav. »Weißt du Näheres darüber?«

»Ich weiß alles. Lasst mich erst mal meine Mitbringsel für die Kinder auspacken, dann berichte ich.«

Die beiden Jungen waren aus dem Lehrerzimmer gestürzt und hatten ihren Onkel stürmisch begrüßt.

»Zurück, Jungens!«, rief Carl. »Es gibt erst etwas nach dem Unterricht.«

»Also gut«, sagte Georg, »dann will ich euch nicht länger auf die Folter spannen. Ganz Königsberg ist aus dem Häuschen.« Er grinste. »Seit Tagen wird über nichts anderes geredet. Diese Feda ist wirklich total verrückt.«

»Ich finde sie unmöglich«, warf Carl ein.

»Nun lass ihn doch endlich erzählen!«, sagte Gustav unwirsch. »Sie wird schon einen Grund gehabt haben.« Und Georg fragte er: »Was war das denn nun für eine Wette?«

»Ihr kennt doch die Revenaus? Also der Hasso stellt Feda seit Jahren nach, das habe ich selbst öfter miterlebt. Aber Marion, seine Frau, behauptet, Feda sei die treibende Kraft. Sie redet überall schlecht über sie. Letztes Jahr waren sie, also die Revenaus und Feda, gemeinsam bei mir eingeladen, und als Marion davon hörte, hat sie mich doch tatsächlich wissen lassen, mit dieser Person setze sie sich nicht an einen Tisch.«

»Ha«, warf Gustav ein, »das ist ja ungeheuerlich! Was bildet sich diese Frau denn ein. Außer ihrem Geld hat sie doch wirklich nichts zu bieten.«

»Nur deswegen hat Hasso sie ja geheiratet«, sagte Georg. »Nachdem sein Vater das ganze Vermögen verspielt hat, blieb ihm ja nur die Wahl zwischen einer unstandesgemäßen reichen Heirat und einer unstandesgemäßen Arbeit. Gelernt hat er ja nichts.« Und Maria, die die Leute nicht kannte, erklärte er: »Wie du siehst, hat er den bequemeren Weg gewählt. Er hat die reiche, aber unattraktive Marion Heinke geheiratet, ihr ein Kind gemacht, und nun gibt er mit vollen Händen ihre Mitgift aus und ist hinter allen schönen Frauen her.«

Georgs Bericht wurde kurz unterbrochen, weil Meier Getränke und ein Tablett mit Brot, Wurst und Schinken servierte.

»Also, Feda war ziemlich wütend auf Marion.« Georg grinste. »Ich habe ihr die Geschichte natürlich erzählt.« Er aß genüsslich eine Scheibe Brot mit Leberwurst.

»Und weiter ...?« Gustav vibrierte vor Spannung.

»Es geht gleich weiter, Vater. Lass mich doch erst mal runterschlucken. Also kurz darauf traf Feda bei einer Gesellschaft erneut auf die Revenaus. Marion grüßte sie wieder nicht, drehte ihr einfach den Rücken zu, als sie aufeinandertrafen. Sie hatten Elsa, ihre Tochter, dabei. Sie war gerade achtzehn geworden und ist ganz niedlich.«

»Was, bei der Mutter ...«, warf Gustav ein.

»Feda muss der Teufel geritten haben«, fuhr Georg fort. »Sie war in Begleitung von Oberleutnant Granzoff, einem feschen Kerl, ihr kennt ihn?« Carl und Gustav nickten. »Der fand Elsa wohl ganz hübsch, und Feda wettete mit ihm, wenn er es schaffe, sie zu verführen, würde sie nackt durch Königsberg reiten.«

»Ja, und ...« Die drei starrten ihn fragend an.

»Das arme Ding ist im dritten Monat schwanger! Granzoff hatte sich schon Anfang des Jahres nach Berlin versetzen lassen. Er ist dort mit einer reichen Kaufmannstochter verlobt. Die Hochzeit findet in Kürze statt. Er will und kann Elsa nicht heiraten.«

»Das war aber wirklich gemein von Feda«, sagte jetzt Maria. »Das arme Mädchen, wie heißt sie noch?«

»Elsa«, sagte Georg. »Aber ich muss Feda ein wenig in Schutz nehmen. Sie hat mir versichert, schon am Tag danach die unselige Wette vergessen zu haben. Aber nun flog die ganze Geschichte auf, und Feda meint, Wett- und Spielschulden sind Ehrenschulden, und hat auch ihren Teil der Wette erfüllt.«

»Und wie geht es jetzt weiter?« Gustav konnte gar nicht genug davon hören.

»Es wird in Kürze eine Gerichtsverhandlung geben. Albert Lackner wird sie vertreten. Staatsanwalt Hecht meint, sie bekommt eine Geldstrafe, und damit ist die Sache für sie aus der Welt.«

»Für die Revenaus ja wohl nicht«, warf Carl ein. »Die sind doch gesellschaftlich erledigt. Ein uneheliches Kind!«

»Ach«, meinte Gustav, »der Hasso war schon immer ein Tunichtgut, und die Marion wird ihrer Tochter einen Ehemann kaufen. Hast du Feda nach dem Vorfall gesehen? Einige Spießbürger werden sich doch bestimmt fürchterlich darüber aufgeregt haben?«

»Natürlich, die Meinungen darüber sind geteilt. Aber Feda ist das völlig egal, ihr kennt sie doch. Sie war vor ein paar Tagen bei mir zum Tee und hat mir gesagt, nach der Verhandlung wird sie für eine Weile untertauchen, bis die Wogen sich geglättet haben. Sie geht zu Freunden nach Potsdam und Berlin, und wenn Gras über die Sache gewachsen ist, kommt sie wieder.«

»Ein dolles Mädchen ist das«, sagte Gustav, »wirklich doll.«

So aufregende Dinge passierten nicht so oft in Ostpreußen, und es dauerte eine ganze Weile, bis die Gemüter sich beruhigt hatten.

Ostern war dieses Jahr sehr früh. Der Winter hatte das Land noch fest im Griff. Das Barometer war gefallen, aber die Sonne schien von einem wolkenlosen Himmel, als die Goelders am Vormittag des Ostermontags nach Harpenthal aufbrachen.

Seit Jahren luden Hermann und Grete Lackner Freunde und Verwandte an diesem Tag zum Mittagessen ein. Gustav war blendender Laune, würde er doch sozusagen von Albert aus erster Hand alles über Fedas Gerichtsverhandlung erfahren. Auch Maria genoss die Fahrt durch die immer noch tief verschneite Landschaft. Jetzt, gegen Ende der trostlosen Jahreszeit, wo die Tage langsam länger wurden und das Frühjahr und ihre Abreise nach Venedig nicht mehr fern waren, hatte der Winter seinen Schrecken für sie verloren.

»Der Albert muss ja gut verdienen«, sagte Gustav, als sie in Harpenthal ankamen. Vor dem Gutshaus stand dessen Automobil, bewacht von seinem Fahrer Fritz, der gerade dabei war, einige neugierige kleine Jungen davon abzuhalten, in das Fahrzeug zu steigen. Natürlich wusste jeder in Insterburg und Umgebung von dieser ungeheuren Anschaffung des Rechtsanwaltes Lackner, gab es doch im ganzen Landkreis noch nicht einmal ein Dutzend dieser knatternden Ungetüme, und mancher Bauer musste, wenn es heranraste, seinem Pferd schnell seine Jacke über den Kopf stülpen, damit es nicht samt dem Gefährt durchging.

Die Goelders wurden mit großem Hallo begrüßt. Großmutter Lackner war mit ihrem Sohn Karl, dem pensionierten Generalmajor von den Ulanen, und ihrer unverheirateten Tochter Wilhelmine aus Lindicken herübergekommen. Zur Freude aller hatten sie die Dörrpflaume zu Hause gelassen. »Sie hat befürchtet, Feda zu begegnen«, sagte Wilhelmine schmunzelnd, »und Mama hat gesagt, dass sie bestimmt da sein wird, wie jedes Jahr.«

»Leider ja nicht«, bedauerte Großmutter Lackner. »Ich bewundere das Mädchen! Die hat wirklich Mut. Aber Ida hat mir gesagt, sie ist für eine Weile verreist.«

»Wie geht es eurer kleinen Tochter?«, fragte Maria. »Habt ihr schon einen Namen?«

Ida war vor vier Wochen, ausgerechnet an dem Tag, als Albert in Königsberg zu Fedas Gerichtsverhandlung war, niedergekommen. »Wir werden sie Martha nennen«, sagte sie.

»Und Pfingsten ist bei uns die Taufe«, strahlte Grete. »Aber ihr werdet ja wohl leider nicht dabei sein können.«

»Ich fürchte, nein. Bis dahin sind wir sicher noch nicht von unserer Reise zurück.«

Als Victor und Nina eintrafen – wie fast immer als Letzte –, begab man sich zu Tisch. Die Unterhaltung war äußerst lebhaft. »Die alte Baronin Orlov ist letzte Woche gestorben«, berichtete Victor, »ein paar Stunden, nachdem Hajo aus Indien angekommen war. Die Beerdigung findet heute im engsten Familienkreis auf ihrem Gut statt.«

»Hast du eine Ahnung, wie lange Hajo bleibt?«, fragte Albert. »Ich hätte ihn gern einmal wiedergesehen.«

»Er reist schon in den nächsten Tagen wieder ab«, warf Götz von Hagen, ein Freund und monatelanger Hausgast von Hermann und Grete, ein. »Ich habe Hajos Bruder Anton in der Stadt getroffen, er hat es mir erzählt.«

»Nun berichte doch mal von Fedas Verhandlung, Albert«, sagte Gustav. »Wie ist es denn ausgegangen?«

»Ach ja, unsere verrückte Freundin.« Albert lachte. »In genau fünfzehn Minuten war alles vorbei, zum Ärger des Publikums. Die Verhandlung war öffentlich, da könnt ihr euch vorstellen, was sich da versammelt hat.«

»Doch sicher niemand von der Königsberger Gesellschaft«, warf Götz ein.

»Nein, hauptsächlich Marktweiber und biedere Hausfrauen. Aber denen haben wir den Spaß gründlich verdorben. Hecht und ich hatten vorher schon einen Handel gemacht. Für eine saftige Geldstrafe, zugunsten des Wohltätigkeitsvereins der Geheimrätin Merz, die Feda sofort akzeptieren sollte, würde auf Zeugenaussagen und so weiter verzichtet werden. Wir, der Hecht und ich, waren uns einig, dass die Revenaus damit gestraft genug sind, dass die ganze ostpreußische Gesellschaft über die Details Bescheid weiß und sich die Mäuler darüber zerreißt. Es muss ja nicht noch auf dem Markt und beim Bäcker und Fleischer die Runde machen. Übrigens«, fuhr er fort, »Feda lässt euch viele Grüße ausrichten, ihr sollt ihr weiter gewogen bleiben. Und ihr schlechtes Gewissen ist inzwischen besänftigt. Marion hat sich von Hasso getrennt, Elsa mit einem mittellosen jungen Arzt in Berlin verheiratet, und sie selbst wird dort mit ihnen in Zukunft leben.«

»Na, hab ich es nicht gesagt?« Gustav grinste. »Mit Geld lässt sich alles hinbiegen.«

Man lachte und plauderte, und es wurden wie immer Unmengen gegessen – erst Suppen, dann auf verschiedene Arten zubereitetes Lamm mit fetten Saucen und diversen Beilagen und als Nachspeise Puddings, Eis und Torten.

Eben noch hatte die Sonne geschienen, aber mit einem Schlag wurde es dunkel, und dichtes Schneetreiben setzte ein. Ida blickte entsetzt nach draußen. »Albert«, sagte sie, »wir sollten fahren, es schneit. Man sieht ja die Hand vor Augen nicht mehr.«

»Ach was, wir warten, bis es aufhört.« Er befand sich gerade in einer interessanten Unterhaltung über Politik mit Götz und wollte nicht gestört werden.

Carl aber sprang auf. »Seid uns nicht böse, liebe Freunde, ich fürchte, wir müssen. Im Gegensatz zu Albert haben wir nur eine Pferdestärke«, sagte er lächelnd, »und obendrein auch kein Verdeck.«

Auch Maria und Gustav erhoben sich. Mit lautem »Wie schade«, »Habt eine gute Reise«, »Kommt gesund zurück«, »Bis bald dann« wurden die drei verabschiedet. Alle hatten Verständnis für den überstürzten Aufbruch. Von Ferne hörte man es grollen, ein Wintergewitter kündigte sich an.

Beim Hinausgehen hörte Maria noch einmal Idas flehende Stimme: »Albert, bitte, lass uns auch fahren, ich bitte dich!«, und dann Albert äußerst unwirsch: »Was ist denn heute bloß mit dir? Fritz wird uns schon sicher nach Hause bringen. Später!«

Am nächsten Nachmittag, es dämmerte bereits, war die Familie, wie immer im Winter, in der Bibliothek um den Kamin versammelt. Meier hatte gerade Tee und heiße Schokolade serviert. Maria und Carl spielten eine Partie Schach, Lenchen krabbelte auf dem Teppich herum und zauste Flocke an den Ohren, und Gustav – zu seinen Füßen den alten Hasso und Meini und Fritzi – wollte gerade beginnen, aus Karl Mays *Winnetou* vorzulesen, als die Hunde die Ohren spitzten. Gustav ließ das Buch sinken. »Erwartet ihr jemanden?«, fragte er.

»Nein«, sagten Maria und Carl gleichzeitig. Sie hörten ein Pferd herangaloppieren, und gleich darauf stand Victor in der Tür. Er war kreidebleich, und sein Atem ging pfeifend.

»Um Gottes willen, Victor, was ist los?«

»Ist etwas mit Nina?«

»Was ist denn passiert?« Alle sprachen durcheinander.

»Ida und Albert sind tot.« Für einen Moment herrschte Totenstille. Dann redeten wieder alle durcheinander.

»Aber wieso?«

»Das kann doch gar nicht sein!«

»Hatten sie einen Unfall mit dem Automobil?«

»Nein.« Victor war in einen Sessel gesunken. Er hatte Tränen in den Augen. »Wir sind gestern gleich nach euch gegangen. Aber Albert wollte unbedingt noch bleiben, und als sie endlich aufbrechen wollten, war es zu spät. Das Automobil wäre im Schnee versunken. Sie mussten in Harpenthal übernachten …« Wieder versagte ihm die Stimme.

»Ja, und was ist dann passiert?« Maria hielt es nicht mehr auf ihrem Stuhl. Händeringend lief sie auf und ab. »Nun sag schon, wieso sind sie tot? Und woher weißt du es überhaupt?«

»Ich habe Götz auf dem Postamt getroffen. Er hat es mir erzählt. Herman hat sie heute Morgen tot in ihren Betten gefunden. Man weiß noch nicht genau, was die Todesursache ist. Die Polizei hat ihre Ermittlungen aufgenommen. Götz war dabei, an alle Verwandten Depeschen aufzugeben und auch an die Berliner Versicherung. Wusstet ihr, dass Albert vor vier Wochen eine Lebensversicherung über eine Million Goldmark abgeschlossen hat?«

»Nein, warum denn das? Das ist ja wahnsinnig viel Geld«, sagte Carl, und Gustav meinte: »Da bin ich aber gespannt, ob die das freiwillig zahlen.«

Bei Maria löste sich der Schock erst später. Sie hatte die Nacht kaum geschlafen. Immer wieder war sie schweißgebadet aufgewacht, und die Erinnerung an die schreckliche Nachricht ließ sie ständig in Tränen ausbrechen. Carl, der auch keinen Schlaf fand, nahm sie dann in den Arm und wiegte sie sanft hin und her. Trösten konnte er sie nicht, ihm fehlten die Worte, auch er war zutiefst erschüttert.

»Unsere armen Freunde«, schluchzte Maria immer wieder. »Die frohe, lebenslustige Ida. Was für eine Tragödie. Und was wird bloß aus den armen Kindern?«

»Die Lackners sind eine große Familie. Für die Kinder wird gesorgt sein.« Und von Zeit zu Zeit sagte er, als wolle er für sich selbst eine Erklärung finden: »Es war wohl Gottes Wille. Es muss Gottes Wille gewesen sein.«

Der Morgen graute schon, als Maria in einen bleiernen Schlaf fiel. Carl und Gustav saßen bereits beim zweiten Frühstück, als sie bleich und mit rot verweinten Augen dazukam. »Ida und Albert sind an einer Kohlenmonoxidvergiftung gestorben«, sagte Gustav. »Die Zeitungen sind voll davon.«

»Wie kann denn so etwas passieren?«

»Das Gas tritt aus, wenn zum Beispiel eine Klappe an dem Ofen geschlossen bleibt«, sagte Carl. »Die Polizei prüft das noch. Aber die Leichen ...« Er schauderte, als er das Wort aussprach. »Die beiden sind zur Beerdigung freigegeben. Die Beisetzung findet in drei Tagen statt.«

Maria hatte sich eine Tasse Kaffee eingegossen, aber ihre Hände zitterten so stark, dass sich die Hälfte über ihr Kleid ergoss.

»Wir müssen einen Kranz bestellen«, sagte Gustav. »Übernimmst du das, Carl?«

»Ja, natürlich.«

»Bitte einen aus weißen Lilien, das sind ... waren Idas Lieblingsblumen.« Maria versagte die Stimme. »Es ist unfassbar, ich kann es einfach nicht glauben!«, schluchzte sie.

»Du musst etwas essen, Liebes, du siehst ganz elend aus.« Carl wollte ihr ein Brot schmieren. Aber Maria schüttelte den Kopf. »Mein Magen ist wie zugeschnürt. Ich bringe nichts herunter.«

Für den Tag der Beerdigung – der Beginn der Trauerfeier war für drei Uhr nachmittags im Saal der Freimaurerloge angesetzt – hatte Carl einen Tisch im Gasthaus zum Hirschen bestellt. Man wollte dort vorher mit Nina und Victor zu Mittag essen. Das Restaurant war voll besetzt mit schwarz gekleideten Menschen, darunter viele Bekannte. Die Stimmung war gedrückt, leise unterhielt man sich über das Unfassbare. Am Nebentisch saßen Staatsanwalt Hecht und Landgerichtspräsident Kubin mit ihren Frauen, angereist aus Königsberg, zusammen mit Oberbürgermeister Dr. Kirchhoff. Nicht weit davon General a. D. Brietzke, Generalmajor Gronau und Superintendent Hundertmark mit seiner Frau Delia. Man begrüßte sich mit einem Kopfnicken.

»Da hinten, in der Ecke, der einzelne Herr, ist das nicht Hajo von Orlov?«, fragte Victor leise.

»Ja, natürlich, das ist Hajo.« Gustav war erstaunt. »Ich dachte, er wäre schon wieder auf dem Rückweg nach Indien.«

Carl erhob sich. »Entschuldigt mich für einen Moment. Ich habe ihn seit Jahren nicht mehr gesehen. Ich gehe ihn schnell begrüßen.«

Kurz darauf kam er zurück. »Stellt euch vor. Er war tatsächlich schon auf der Rückreise, als er in Berlin zufällig in der *Königsberger Hartungschen Zeitung* die Todesnachricht von Ida und Albert gelesen hat. Er ist in den nächsten Zug nach Insterburg gestiegen und gestern spätnachts hier angekommen. Er macht sich solche Vorwürfe, Albert vor seiner Abreise nicht aufgesucht zu haben. Jetzt will er ihm und Ida wenigstens die letzte Ehre erweisen.«

Der Ober servierte die Suppe, dann erzählte er weiter. »Ihr werdet es nicht glauben. Im Speisewagen hat er Feda kennengelernt. Als er ihr den Grund für seine Reise sagte, ist sie zusammengebrochen. Sie wollte heute Ida besuchen und ihr das Taufkleidchen für Martha bringen.«

»O mein Gott …« Nina presste sich ihre Serviette vor den Mund, um nicht laut zu schluchzen, und Maria liefen die Tränen aus den Augen. »Wenigstens kann auch sie ihrer besten Freundin das letzte Geleit geben«, sagte sie mit tonloser Stimme, »wenigstens das.«

Der Saal der Loge war voll mit Kränzen und Blumengestecken – Kränze in allen Größen, aus Lorbeer, Tannen und Blumen in allen Farben, geschmückt mit Schleifen, bedruckt mit letzten Grüßen. Viele hatten innen keinen Platz mehr gefunden und säumten den Weg vom großen, schmiedeeisernen Tor bis zum Eingang des Saales. Die Särge, über und über bedeckt mit weißen Lilien, waren umgeben von riesigen achtarmigen Leuchtern mit brennenden Kerzen. Es herrschte ein betäubender Duft, ein Gemisch aus Blumen, Wachs und dem Parfüm der anwesenden Damen. Der Saal war überfüllt, die Sitzplätze reichten nicht aus, viele der Trauergäste mussten stehen.

Es war kurz vor drei Uhr, die Familie hatte in der ersten Reihe Platz genommen. Plötzlich standen die beiden kleinen Jungen, Walter und Alfred, auf und gingen zu den Särgen. Sie lehnten ihre Stirn dagegen, die kleinen Händchen strichen über das dunkle Holz, und beide weinten herzzerreißend. Der Anblick der verzweifelten Kinder brach nicht nur Maria das Herz. Lautes Schluchzen war zu hören, und auch die Männer konnten ihre Tränen nicht zurückhalten. Maria war für einen Moment wie erstarrt. Zum ersten Mal in all den Jahren kam ihr der Gedanke, dass ihnen auf ihrer monatelangen Reise etwas zustoßen könnte und Meini, Fritzi und Lenchen dann als Waisen zurückbleiben würden.

Pastor Henkiel, Idas Bruder, führte nun die weinenden Kinder auf ihre Plätze zurück, und der Oratorienverein begann *Wenn ich einmal soll scheiden* aus Bachs *Matthäuspassion* zu singen. Nie wieder will ich meine Kinder so lange allein lassen, schwor Maria sich in diesem Moment, dann brach sie in haltloses Weinen aus. Wie in Trance erlebte sie die erhebende Trauerfeier und den kurzen Weg zum nahe gelegenen Friedhof. Sie nahm kaum wahr, dass die Kapelle des Litauischen Ulanen-Regiments unter den Klängen des Chopin'schen *Trauermarsches* den nicht enden wollenden Trauerzug anführte, Superintendent Hundertmark an dem offenen Grab eine bewegende Rede hielt und Tausende von Menschen die Straßen säumten. Erst in den Tagen danach, als alle Zeitungen darüber berichteten, wurde ihr bewusst, wie groß die Anteilnahme an dem Tod ihrer Freunde gewesen war. »Eine Trauerfeier, wie sie noch nie stattgefunden hat«, berichtete tags darauf das *Ostpreußische Tageblatt.*

Die folgende Zeit war Maria still und in sich gekehrt. Sie sprach kaum, machte lange Spaziergänge mit Flocke und Hasso, und wenn sie zurückkam, suchte sie zuerst ihre Kinder, umarmte und küsste sie.

»Mama, was ist denn mit dir los?«, fragten die Jungen irritiert. Sie waren es nicht gewöhnt, mehr als einen Gutenachtkuss von ihrer Mutter zu bekommen.

»Ich hab euch so lieb«, sagte sie dann. »Ich will nur, dass ihr das wisst.«

Die Zwillinge fanden das äußerst befremdlich. Auch Carl fand das Benehmen seiner Frau eigenartig. »Maria ist so merkwürdig«, sagte er zu Gustav. »Meinst du, ich muss mir Sorgen um sie machen?«

»Sie trauert, mein Junge. Lass man, das wird schon wieder. Jeder macht das auf seine Weise.«

Das Frühjahr kündigte sich an, wie jedes Jahr mit wilden Stürmen. »Ich möchte nicht reisen, Carl, nicht in diesem Jahr«, sagte Maria eines Abends, als sie gemeinsam in der Bibliothek saßen und den üblichen Verdauungsschnaps tranken.

Carl und Gustav blickten sie verblüfft an. Das war das Letzte, was sie erwartet hatten.

»Bitte sag unsere Reise ab.«

»Wieso absagen? Was ist, fühlst du dich nicht wohl?«

»Doch, es geht mir sehr gut. Ich möchte nur die Kinder nicht allein lassen. Nicht, nachdem das mit Ida und Albert passiert ist.«

»Aber *ich* bin doch da«, warf Gustav ein.

»Ich weiß, Vater, du bist lieb, und bei dir sind sie auch gut aufgehoben. Aber als ich Walter und Alfred an den Särgen gesehen habe ...« Sie schluckte ihre aufsteigenden Tränen herunter. »Die armen, verzweifelten Kinder, schon da war mir eigentlich klar, dass ich zu Hause bleiben will.«

Carl nahm sie in die Arme. »Venedig läuft uns nicht weg, Liebes. Ich bleibe gern mal wieder ein Frühjahr zu Hause. Dann fahren wir eben nächstes oder übernächstes Jahr, ganz wie du willst.«

Seit langer Zeit strahlte Maria mal wieder. »Auch ich freue mich auf den Frühling zu Hause. Ich kann es kaum erwarten, dass die Störche zurückkommen und die Rosen beginnen zu blühen.«

Es sollte viele Jahre dauern, bis die Goelders wieder einmal nach Venedig reisten.

»Hab ich es nicht gesagt! Die Versicherung will nicht zahlen«, sagte Gustav.

»Welche Versicherung?« Carl und Maria waren gerade vom Vorwerk zurückgekommen. Der Ritt war herrlich. Sie waren erhitzt vom Galoppieren und freuten sich auf einen kühlen Trank.

»Na, die Lebensversicherung, die Albert kurz vor seinem Tod abgeschlossen hat.«

»Und wieso nicht? Woher weißt du das denn überhaupt?« Carl hatte sich einen Schnaps eingegossen, den brauchte er jetzt dringend.

»Victor war vorhin kurz hier. In der Stadt schnüffeln zwei Männer von der Berliner Versicherung herum und fragen die Leute aus. Albert hat wohl große Schulden hinterlassen. Sie behaupten, es wäre Selbstmord gewesen, und in dem Fall müssen sie nicht zahlen.«

»Jetzt brauche ich auch einen Schnaps«, sagte Maria empört. »Selbstmord ist doch völlig ausgeschlossen.«

»Der Meinung sind wir alle, aber überzeuge davon mal eine zahlungsunwillige Versicherung.« Gustav schnaubte vor Wut. »Das sind doch alles Ganoven, diese Versicherungen.«

»Die armen Kinder«, sagte Carl. »Ich hatte gehofft, dass sie wenigstens finanziell versorgt sind.«

»Aber eine gute Nachricht habe ich auch.« Gustav lachte verschmitzt. »Ihr werdet es nicht glauben …«

»Na, was, nun sag schon.«

»Feda und Orlov …« Er machte wieder eine Pause, um die Spannung zu erhöhen.

»Was ist mit ihnen?«

»Sie wollen heiraten!«

»Nein!«, schrien die beiden wie aus einem Mund. Dann brachen sie in schallendes Gelächter aus. »Feda wollte doch niiiiie wieder …« Maria konnte sich gar nicht beruhigen.

»Man soll eben niemals nie sagen«, sagte Gustav lächelnd.

So verging Jahr um Jahr im immer gleichen Rhythmus der Jahreszeiten. Feda war mit Hajo Orlov nach Indien gegangen, und die Versicherung hatte, obwohl ein Selbstmord sich nicht nachweisen ließ, statt einer Million nur hunderttausend Goldmark gezahlt. Die Lackner-Kinder waren in alle Winde verstreut. Charlotte und Paula lebten bei Verwandten, Martha war nach Berlin adoptiert worden, worum ein großes Geheimnis gemacht wurde, und die beiden Jungen besuchten erst die Kadettenanstalt Köslin und später die Hauptkadettenanstalt Berlin-Lichterfelde, zusammen mit Meini. Fritzi machte in Insterburg Abitur und anschließend ein Volontariat beim Grafen Lehndorf in Trakehnen. Er interessierte sich nicht für das Militär. Seine ganze Liebe galt, zur Begeisterung seines Vaters und Großvaters, der Pferdezucht. Hausgäste waren das ganze Jahr über willkommen, und die Besuche der Zwillinge in den Ferien oder an Wochenenden, oft begleitet von Kameraden oder Schulfreunden, waren für die ganze Familie eine turbulente und unterhaltsame Zeit.

Zwei stattliche Burschen waren sie geworden, Meinhard und Friedrich, wie sie jetzt genannt werden wollten, was in Weischkehmen allerdings niemand zur Kenntnis nahm. Dort hießen sie weiter Meini und Fritzi. Groß und schlank, kamen sie ganz nach ihrem Vater. Beide brachten gute Noten nach Hause und waren der ganze Stolz ihrer Eltern. In der Küche herrschte dann Hochbetrieb, denn »die Kinderchens fressen ja wie die Scheunendrescher«, wie die Mamsell befand. Es wurden Spiele gespielt, Pferderennen veranstaltet, und abends wurde nach der Musik des Grammofons getanzt. Gustav lebte dann richtig auf. Er ließ sich vom Leben in der Kadettenanstalt berichten und, als Meinhard später in die Hauptkadettenanstalt Berlin-Lichterfelde kam, vom Berliner Nachtleben. Er steckte ihm heimlich Geld zu. »Damit du mal was erleben kannst!«, sagte er. »Nur lass dich nicht erwischen.« Man konnte dort Urlaub für das Wochenende einreichen, um Freunde und Verwandte zu besuchen, was natürlich zu mancherlei verbotenen Dingen genutzt wurde.

Georg kam regelmäßig zu den Jagden, den gesellschaftlichen Höhepunkten des Jahres. Auch Maria hatte ihre Aversion dagegen aufgegeben, hatte gelernt, mit dem Gewehr umzugehen, und genoss die Feste mit ihren Freunden und Verwandten. Oft kam Georg auch unangemeldet, blieb einige Tage und berichtete zu Gustavs großem Vergnügen den neuesten Klatsch aus Königsberg. Immer hatte er Geschenke dabei. Für Marlene eine Puppe, für Gustav Zigarren und für Maria Parfüm oder ein neu erschienenes Buch. Nie wieder hatte sie sein dunkles Geheimnis erwähnt. Er liebte sie dafür auf seine Art. Dann verschwand er so plötzlich, wie er gekommen war.

Ab und an fuhr Maria mit Carl nach Königsberg und einmal im Jahr für eine Woche nach Zoppot. Oft begegnete ihnen dort Charlotta, zur großen Freude von Maria, was Carl gar nicht recht war. Mit schmalen Lippen stand er dabei, wenn sich die beiden Frauen auf der Promenade trafen und herzlich begrüßten. Eine Einladung zum Abend- oder Mittagessen lehnte er grundsätzlich ab, aber Maria sagte dann: »Ich nehme gern heute Nachmittag den Tee mit dir. Um drei Uhr in der Halle, ist es dir recht?« Carl schäumte jedes Mal, aber das war Maria egal. »Ich mag sie«, sagte sie dann und lachte. »Was der Rest der Familie von ihr hält, ist mir egal.« Maria war mit ihrem Leben restlos zufrieden.

Marlene entwickelte sich, wie von der Gruberin vorausgesagt, zu einem unbändigen Wildfang. Sie hatte vor nichts und niemandem Angst, versuchte, ihren großen Brüdern auf die höchsten Bäume nachzuklettern und schmiss sich dazwischen, wenn die in eine Keilerei verwickelt waren. Mit vier bekam sie ihr erstes Pony und mit acht ein eigenes Pferd. Sie ritt im Herrensitz und trug die abgelegten Hosen ihrer Brüder. Ein Kleid zog sie nur widerwillig und unter Androhung von Strafen an. Sie hatte einen unglaublichen Dickkopf! »Wir müssen uns endlich um einen Hauslehrer kümmern«, sagte Maria eines Abends. »Lenchen wird im Herbst sechs, und die Francine scheint mir für das Kind nicht die richtige Autorität aufzubringen.«

»Mir hat sie erklärt, sie will mit ihren Freunden Mathes und Ernst in die Volksschule nach Paschkallnischken«, sagte Gustav.

»Was, mit den größten Rabauken vom Hof?« Maria war entsetzt.

»Du kennst doch deine Tochter«, erwiderte Carl lächelnd. »Wenn wir die Drohung wahr machen und sie hier mit einem Hauslehrer einsperren, büchst sie aus.«

»Ja, aber das geht doch nicht, irgendwann muss sie ja mal Zucht und Ordnung lernen.« Maria war leicht verzweifelt.

»Seit die Jungen aus dem Haus sind, ist Mademoiselle Francine praktisch arbeitslos. Wenn sie Lenchen zum Unterricht ruft, ist die plötzlich spurlos verschwunden.«

»Ich weiß«, sagte Maria. »Unsere Tochter findet die Francine und Französisch doof. Also, was soll'n wir tun?«

»Lass sie doch in die Dorfschule gehen«, sagte Gustav. »Lesen und schreiben wird sie da schon lernen und ein bisschen Kopfrechnen auch.« Gustav wusste, seine Enkelin würde sich sowieso durchsetzen.

»Gut« – Maria resignierte – »aber nur unter der Bedingung, dass sie eine Stunde am Tag mit Francine Französisch lernt ... na ja, im Sommer eine halbe. Darauf bestehe ich. Sonst kracht's!«

Lenchen wurde von Jahr zu Jahr hübscher. Sie hatte das herzförmige Gesicht mit den hohen Wangenknochen und die vollen Lippen ihrer Mutter und die wilden blonden Locken ihres Vaters geerbt. Gustav und Carl wickelte sie nach allen Regeln der Kunst um den Finger. Nichts, aber auch gar nichts konnten sie ihr abschlagen. Maria musste manchmal all ihre Kraft aufbringen, um ihrer Tochter wenigstens ein bisschen Disziplin beizubringen. »Das Kind verwildert immer mehr«, beklagte sie sich manchmal bei Nina, mit der sie sich regelmäßig traf. »So kann das doch nicht weitergehen. Sie sieht aus wie die Jungen vom Hof, läuft nur in den abgelegten Hosen und Hemden ihrer Brüder rum. In der letzten Zeit ist sie übrigens unglaublich in die Höhe geschossen.«

»Na, lass sie mal ein bisschen älter werden«, sagte Nina, »dann wird sie schon entdecken, was ein hübsches Kleid aus einem Mädchen machen kann. Ich weiß, wovon ich rede.« Ihre Töchter waren ein paar Jahre älter als Marlene. »Meine wollen ständig etwas Neues zum Anziehen.« Nina lachte. »Aber wenigstens spricht sie inzwischen ganz passabel französisch, obwohl ich nicht weiß, wozu das in Weischkehmen nötig ist.«

»Also wirklich!« Maria war leicht empört. »Sie wird ja wohl mal heiraten, und ich hoffe nicht, dass es einer der Dorfrabauken ist. Dann hast du allerdings recht, dann war meine ganze Mühe umsonst. Dafür braucht sie wirklich keine Fremdsprache. Dafür reicht ihr Ostpreußisch. Das kann sie nämlich perfekt.«

Ein paar Jahre später, Marlene ging jetzt auf eine Mädchenschule in Insterburg – Maria hatte sich durchgesetzt! –, planten die Goelders wieder eine Venedig-Reise. Briefe wurden geschrieben, die Fahrtroute wurde bestimmt und im Danieli ihre alte Suite bestellt. Der in die Jahre gekommene Bruno ließ es sich nicht nehmen, mit Willi, seinem Nachfolger, den Sechsspänner auf Hochglanz zu polieren. Die Abreise stand kurz bevor, als eines Morgens Gestütsmeister Markowsky schreckensbleich in der Tür stand. Er war völlig außer Atem. »Sie müssen sofort kommen, Herr Goelder.«

Carl war aufgesprungen. »Um Gottes willen, Markowsky, was ist los?«

»Ich weiß nicht, einige Tiere liegen auf dem Boden, sie stehen nicht mehr auf …« Die Stimme versagte ihm.

»Haben Sie den Tierarzt verständigt?«

»Ja, er wird gerade geholt.«

»Jetzt setzen Sie sich erst mal, und beruhigen Sie sich.« Gustav hatte ihm ein großes Glas Schnaps eingeschenkt. »Nun erzählen Sie mal der Reihe nach.«

»Seit einigen Tagen sind die Tiere schon so unruhig«, berichtete Markowsky, »aber ich habe das auf den Wetterumschwung geschoben. Die Stürme, Sie wissen ja, der beginnende Frühling und die langen Monate im Stall …« Er nahm einen kräftigen Schluck. »Aber heute Morgen, als ich nach den Pferden sehen will, liegt Grace auf dem Boden, mit verdrehten Augen und Schaum vor dem Maul.« Seine Stimme zitterte. »Wir haben versucht, ihr aufzuhelfen, aber es ging einfach nicht.«

»Um Himmels willen, was ist mit den anderen Tieren?«

»Mary ist völlig apathisch und hat hohes Fieber. Ich bin wie der Teufel hierhergeritten, Sie zu holen.« Er zitterte vor Aufregung.

Carl sprang auf. »Ein Teil der Herde ist seit einigen Tagen auf den Koppeln. Wir müssen sie inspizieren. Ich lasse unsere Pferde satteln; in fünf Minuten können wir reiten. Du kommst doch mit, Maria?«

Nach ein paar Tagen stand die Diagnose fest. Eine gefährliche Seuche, perniziöse Anämie genannt, war in Weischkehmen ausgebrochen. Ein Mittel dagegen gab es nicht. Die Tiere bekamen hohes Fieber und brachen zusammen. Immer wieder versuchten sie aufzustehen, ein Anblick, der jedem, der das mit ansehen musste, das Herz zerriss. Zitternd, mit verdrehten Augen und Schaum vor dem Maul, verendeten sie schließlich unter schrecklichen Qualen. Tag und Nacht waren Carl und Maria unterwegs, versuchten zu helfen, wo es nichts zu helfen gab, und trösteten manch einen Pferdeknecht, der weinend neben einem toten Tier saß und mit ihm sprach, als könnten seine Worte es wieder zum Leben erwecken. Der Tag der Abreise verstrich. An einen Urlaub war nicht mehr zu denken. Noch immer starben täglich Tiere, und als der Spuk endlich vorbei war, war der Bestand der Herde einschließlich Reit- und Arbeitspferden von dreihundertfünfzig auf achtunddreißig geschmolzen.

»Wir haben noch vier Zuchthengste und sechs Mutterstuten«, sagte Carl eines Abends verzweifelt. Es war der erste

Tag, an dem ihm kein Tod eines Tieres gemeldet worden war. »Das ist dann wohl das Ende der berühmten Zucht Goelder. Gustav saß in seinem Sessel, der Blick leer. Sein graumeliertes, immer noch volles Haar war über Nacht weiß geworden.

»Was redest du denn da!« Maria war aufgebracht. »Du wirst doch wohl nicht aufgeben. Wir fangen eben wieder von vorn an.«

»Ja, wovon denn? Im letzten Jahr habe ich alles Geld für Neueinkäufe ausgegeben, um die Zucht zu vergrößern, das weißt du doch.«

»Ich werde Alfred von Benning bitten, all mein Kapital flüssig zu machen und auf mein Königsberger Konto zu überweisen. Du kannst es haben. Und meinen Schmuck können wir auch verkaufen, wenn das nicht reicht.«

»Kommt gar nicht in Frage ...«

»Andere Ehemänner bringen die Mitgift ihrer Frauen mit irgendwelchen Weibern durch. Bei uns sind es halt Pferde. Glaub mir, das ist mir wesentlich lieber!«

»Maria«, sagte Gustav mit Tränen in den Augen, »du bist ein Glücksfall für unsere Familie, und das in jeder Hinsicht.«

Es sollte Jahre dauern, bis die Goelder'sche Zucht sich wieder erholt hatte. Dank Marias stattlicher Mitgift, die durch Bennigs Verwaltung von Jahr zu Jahr gewachsen war, konnten sie noch im gleichen Jahr mehrere Beschäler und Mutterstuten erwerben. Sie begannen auch mit der Zucht von Trakehnern, schon seit jeher ein Traum von Carl, und zur großen Freude von Fritzi, der sein Volontariat in Trakehnen beendet hatte und eine große Stütze seines Vaters wurde.

1914

Wieder wurde eine Venedig-Reise geplant. »Ich bin gespannt, was diesmal dazwischenkommt«, unkte Maria, als sie mit den Vorbereitungen begannen. Sie war jetzt zweiundvierzig Jahre alt, aber immer noch eine attraktive Frau. Nur etwas fülliger war sie geworden, also musste bei Madame Yvette eine neue Garderobe bestellt werden. Die war immer noch die beste Couturière in Königsberg, daran gab es keinen Zweifel. Wieder wurde der Sechsspänner aus der Remise geholt und auf Hochglanz gebracht, die Suite im Danieli bestellt und Briefe an Freunde und Verwandte geschrieben, die man »diesmal aber bestimmt« aufsuchen wollte.

»Haben Sie schon gehört? Markowsky ist die Frau weggelaufen.« Gutsinspektor Krombach war zur täglichen Besprechung zum zweiten Frühstück gekommen. »Ich fürchte, das gibt eine Katastrophe.«

»Damit rechnen wir doch schon seit Jahren«, meinte Maria. »Wer ist denn der Glückliche?«

»Der Konditor aus Putnutzken. Da hat die Rieke sich immer mit ihren Freundinnen zum Kaffee getroffen.«

»Ha«, sagte Maria, »wer's glaubt, wird selig!«

»Also, sie hat Markowsky einen Zettel hinterlassen«, fuhr Kromberg fort, »dass sie nicht mehr wiederkommt. Sie will die Scheidung.«

»Und wie hat er es aufgenommen?«

»Seitdem ist er betrunken. Wir müssen etwas unternehmen, Herr Goelder.« Kromberg war ernstlich besorgt.

»Wie Sie wissen, planen wir eine Venedig-Reise. Wenn ich Markowsky entlasse, kann ich unmöglich so lange wegfahren. Wo sollen wir so schnell Ersatz herbekommen?«

»Ich habe es doch gewusst!« Maria rollte mit den Augen. »Es soll wohl einfach nicht sein.« Für sie war die Reise bereits abgeschrieben.

Jetzt mischte Fritzi sich ein. »Ich hab da eine Idee, Papa«, sagte er. »Der Lehndorf'sche Gestütsmeister ist verlobt mit einem Mädchen aus Ashruten. Er will sie unbedingt heiraten, aber sie will hier nicht weg. Er hat mir damals gesagt, wie gern er Arbeit in ihrer Nähe finden würde. Er ist ein hervorragender Mann.« Er sah seinen Vater fragend an. »Soll ich ihm schreiben?«

»Noch besser, du depeschierst ihm!«, rief Carl. »Er soll sich so schnell wie möglich bewerben.«

»Erich Padruttke, Jestütsmeister a. D. vom königlich preußischen Hauptjestüt«, stellte er sich bereits ein paar Tage später bei Carl vor.

»Außer Dienst, sagen Sie? Haben Sie beim Grafen Lehndorf schon gekündigt?«

»Jenau. Als Fritzis Depesche ankam, hab ik jrade meijne Sachen jepackt. Hab jut verdient beim Jrafen und en bisken wat jespart. Mein Roselchen will ja man partout nich von hier wech, und wir wollen endlich heiraten.«

Seine Referenzen waren erstklassig. »Sie schickt der Himmel, Padruttke«, sagte Carl erleichtert. »Willkommen in Weischkehmen. Sie sind engagiert. Markowsky räumt gerade sein Haus. Dann steht ja auch Ihrer Hochzeit nichts mehr im Wege.«

Padruttke arbeitete sich in kürzester Zeit ein. »Du hast unsere Reise gerettet, mein Junge«, sagte Carl. »Deine Mutter wird dir ewig dankbar sein.«

Maria blickte ihren Mann skeptisch an. »Nach den Erfahrungen der letzten Jahre glaube ich es erst, wenn wir in der Kutsche sitzen und kurz vor München sind.«

Lenchen war jetzt vierzehn Jahre alt. Noch immer trug sie zu Hause die Hosen ihrer Brüder, ritt im Herrensitz, und kein Hindernis war ihr zu hoch. Wenn sie in Weischkehmen war, hielten weder Eis noch Schnee sie davon ab, täglich auf ihrer Lieblingsstute Angel auszureiten. Jedes Mal war Maria froh, wenn sie ihre Tochter wieder heil in die Arme schließen konnte.

An einem Sonntag Mitte März passierte es. Meinhart, inzwischen Leutnant und in der Königsberger Garnison stationiert, war mit einigen Regimentskameraden zu Besuch. Nach einem ausgiebigen Frühstück beschloss man, gemeinsam auszureiten. »Was haltet ihr davon, wenn wir zum Vorwerk reiten und ich euch die neugeborenen Fohlen zeige?«, fragte Fritzi. Die allgemeine Begeisterung war groß. »Padruttkes Frau wird uns einen Grog machen, und zum Mittagessen sind wir wieder zurück.« An seine Mutter gewandt fuhr er fort: »Sagst du bitte der Mamsell Bescheid, dass es ein wenig später werden kann?«

»Mach ich, aber seid vorsichtig. Die letzten Tage hat es getaut, die Sonne wird jetzt immer wärmer. Aber über Nacht zieht es an, und die Wege werden vereist sein. Und Marlene« – so nannte sie ihre Tochter nur, wenn sie es wirklich ernst meinte – »das gilt besonders für dich.«

»Ach Mama, wenn ich etwas kann, dann ist es reiten. Das solltest du am besten wissen. Und Angel ist doch lammfromm.«

Unter lautem Gelächter und munteren Zurufen trabte die Gruppe los, kurze Zeit später in einen leichten Galopp fallend. Der Himmel war wolkenlos, kein Lüftchen regte sich, und die immer noch tief verschneite Landschaft glitzerte im hellen Licht wie tausende Kristalle. Die überwältigende Schönheit ließ die jungen Leute verstummen. »Ich komme mir vor wie in einem Märchen«, flüsterte Heinrich von Harms, einer der Freunde Meinhards, als sie durch den wie mit Puderzucker bestäubten Eichenwalder Forst ritten. Erhitzt von dem Galopp und der jetzt schon wärmenden Sonne, kamen sie auf dem Vorwerk an.

»Tachchen, Marlene, Tach, die Herren«, begrüßte der Gestütsmeister die jungen Leute. »Hatten Sie eijnen anjenehmen Ritt?«

»Es war unglaublich«, sagte Harms. »Das wird mir unvergesslich bleiben.«

»Dann müssen Se mal im Sommer kommen, wat, Fritzi?«

»Wenn Meinhard mich noch einmal einlädt ...«

»Jederzeit, mein Lieber«, sagte der, und zu Padruttke: »Leutnant von Harms kommt aus Berlin. Er kennt Ostpreußen noch nicht.«

»Na, dann jehn wir mal unseren Nachwuchs besichtigen, und danach hat meine Frau eine Kleinichkeijt für Sie vorbereitet.«

Voller Stolz und mit großer Sachkenntnis erklärte Fritzi die Vor- und Nachteile eines jeden Fohlens und der dazugehörigen Mutterstute.

»Ja, unser junger Chef kennt sich jut aus«, warf Padruttke ab und an ein und fügte das eine oder andere Detail hinzu.

Nach einer ausgiebigen Vesper – der Tisch in Rosel Paduttkes guter Stube bog sich unter den üblichen Köstlichkeiten wie Blut- und Leberwurst, Schinken und Pasteten – machte man sich wieder auf den Heimweg. Kaum waren sie losgeritten, rief Marlene: »Wer als Erster zu Hause ist!«, und gab ihrem Pferd die Sporen. Sie preschte davon, tief über den Hals ihrer Stute gebeugt. »Denen werden wir es zeigen, wir zwei Mädchen«, flüsterte sie ihrem Pferd ins Ohr. Ab und an blickte sie sich um. Ihre Verfolger waren nur ein paar Pferdelängen hinter ihr. Im Eichenwalder Forst, der Weg machte eine leichte Kurve, bog sie links ab in einen schmalen Pfad. In Sekunden war sie im Dickicht verschwunden, unsichtbar für ihre Verfolger. Kurz darauf hörte sie: »Lenchen, wo bist du?«, »Marlene« und bald weiter entfernt: »Marleeeene!«. Dann herrschte lautlose Stille. Sie lockerte die Zügel und strich dem dampfenden Pferd anerkennend über den Hals. »Brav, altes Mädchen, brav hast du das gemacht. Jetzt kannst du ein wenig verschnaufen.« Sie würde die Abkürzung über den Teich nehmen, in jedem Fall wäre sie vor den anderen da.

Das Pferd ging jetzt im Schritt. Der Pfad war uneben, und manchmal verhinderte ein abgebrochener Ast oder ein umgestürzter Baum ein schnelles Weiterkommen. Endlich waren sie aus dem Dickicht heraus. »So, Angel, jetzt müssen wir uns doch ein wenig sputen«, sagte sie und gab ihrem Pferd die Sporen. Sie flogen auf den Teich zu. »Gleich haben wir es geschafft, altes Mädchen«, sagte sie. Das war das Letzte, an was sie sich später erinnern konnte.

»Wo ist Marlene«, fragte Maria verwundert, als die Burschen allein zurückkamen. Sie blickte in verlegene Gesichter.

»Im Eichenwalder Forst war sie plötzlich verschwunden. Sie wollte als Erste hier sein, vermutlich hat sie eine Abkürzung genommen.«

»Aber sie ist nicht hier.« Maria geriet in Panik. »Es muss ihr etwas passiert sein.«

»Vielleicht hat sie Angel selbst in den Stall gebracht und versorgt«, meinte Fritzi hoffnungsvoll.

»Da is se nich«, sagte der Knecht, der ihnen die Pferde abnahm, um sie in den Stall zu bringen. »Ik hätte ihr ja sehn müssen.«

»Ihr müsst sie suchen. Sicher ist ihr etwas passiert.« Marias Stimme überschlug sich. »Ihr müsst sie suchen, sofort!«

Carl und Gustav, die in der Hoffnung auf das schon längst überfällige Mittagessen bereits im Speisezimmer saßen, kamen jetzt herausgerannt. »Was ist denn los?«

»Lenchen ist verschwunden, direkt vor uns im Eichenwalder Forst«, sagte Meinhard, »und Mutter befürchtet, dass ihr etwas passiert ist.«

»Nun mal mit der Ruhe«, sagte Carl. »Ihr kennt euch doch hier genauso gut aus wie sie. Was meint ihr, welchen Weg sie genommen haben könnte?«

»Du weißt, sie will immer gewinnen. Der kürzeste Weg ist über den Teich«, sagte Fritzi.

»Vielleicht ist Angel ausgerutscht.« Maria rannte bereits los.

»Sattel frische Pferde!«, rief Carl dem Knecht zu, während er den anderen hinterhereilte. »Vielleicht müssen wir gleich die Gegend absuchen!« Auch er war jetzt in Panik.

In der Mitte des Weihers fanden sie Marlene. Sie war bewusstlos, auf ihrer Stirn klaffte eine große Wunde. Einige Meter von ihr entfernt hing ihr Pferd mit den Vorderläufen in einem in das Eis geschlagenen Loch, der Kopf lag verdreht an dem zackigen Rand, das Hinterteil und die Hinterläufe ragten bizarr in die Luft. Es atmete nur noch schwach. Alle waren starr vor Entsetzen.

»Bringt das Kind ins Haus«, sagte Carl mit belegter Stimme. »Meinhard, du verständigst auf dem schnellsten Weg Victor, und du, Friedrich« – noch nie hatte er seine Söhne so genannt – »bring mir mein Gewehr.«

Zu dem herbeigelaufenen Gesinde sagte er: »Hierfür möchte ich nachher eine Erklärung. Und nun lasst mich alle allein.« Er nahm den Kopf des leise stöhnenden Tieres in den Arm. »Gleich bist du erlöst, mein armer Engel. Ich weiß, dich trifft keine Schuld.« Tränen liefen ihm über die Wangen, als er den erlösenden Schuss abgab.

Eine Stunde später war der Schuldige gefunden. Einer der Tagelöhner gab zu, in der vergangenen Nacht ein Loch in das Eis geschlagen und gefischt zu haben. Über Nacht hatte eine dünne Eisschicht die offene Stelle verschlossen, und die Gefahr hatte von niemandem erkannt werden können. Jeder auf dem Hof wusste, dass das strengstens verboten war. Täglich spielten auf dem Eis die Kinder. Ein Loch, egal in welcher Größe, hätte sofort markiert werden müssen.

»Mein Sohn wird dir deinen Lohn auszahlen«, sagte Carl mit kalter Stimme. »Dann pack deine Sachen und geh. Ich will dich hier nie wiedersehen.« An der Tür drehte er sich noch einmal um. »Wenn meine Tochter tot wäre, würde ich dich jetzt erschießen.«

»Sie wird schon wieder«, sagte Victor, nachdem er Marlene gründlich untersucht hatte, »aber ein Weilchen wird es schon dauern.« Ihre Platzwunde musste mit zehn Stichen genäht, das gebrochene Bein eingegipst werden, und zusätzlich hatte er eine schwere Gehirnerschütterung diagnostiziert.

Meinhard war, nachdem er sicher war, dass seine geliebte Schwester überleben würde, mit seinen sichtlich geschockten Kameraden nach Königsberg zurückgefahren, und die Familie saß mit Victor im Speisezimmer. Seit dem Frühstück hatte keiner mehr etwas gegessen, und nun, als die Erleichterung sich Platz machte, langten alle bis auf Maria kräftig zu.

»Sie wird die Nacht durchschlafen«, sagte Victor. »Ich habe ihr ein Schmerz- und Beruhigungsmittel gegeben. Gretchen bleibt über Nacht bei ihr. Es könnte ihr übel werden, eine typische Begleiterscheinung bei einer Gehirnerschütterung.«

»Unsere Reise können wir wohl in den Wind schreiben«, sagte Maria. »Ich habe es ja geahnt.«

»Nun mal langsam«, meinte Carl. »Lenchen wird schon wieder, sagt Victor. Sie ist zäh. Und wenn alle Stricke reißen, fahren wir eben etwas später. Diesmal wird uns nichts davon abhalten, das verspreche ich dir.«

»Dein Wort in Gottes Ohr.« Maria rollte mit den Augen in komischer Verzweiflung. »Ich habe es dir schon mal gesagt. Ich glaube es erst, wenn wir kurz vor München sind.«

»Ich kann Papa bestimmt schon ganz gut vertreten«, sagte jetzt Fritzi.

»Und ich bin schließlich auch noch da«, nuschelte Gustav, der die Erleichterung über den halbwegs glücklichen Ausgang des schrecklichen Unfalls mit mehreren Schlubberchen Schnaps begoss. »Ich reiße meine klabastrichen Knochen noch einmal zusammen.« Er war jetzt neunundsiebzig und betonte immer, er fühle sich eigentlich wie sechzig.

Marlene erholte sich nur langsam. Der Schock über den Tod ihrer geliebten Stute saß tief. Tagelang hatte sie geweint. »Ich bin schuld daran, dass meine Angel nicht mehr lebt. Was habe ich nur getan.«

»Du kannst nichts dafür«, versicherte man ihr immer wieder. »Das Loch war nicht zu sehen.«

Wie jämmerlich das arme Pferd fast verendet wäre und dass ihr Vater ihm den Gnadenschuss geben musste, verschwieg man ihr. »Angel war sofort tot. Sie hat sich das Genick gebrochen«, war die Version, die man ihr erzählte.

Im Schlaf rief sie immer wieder: »Angel, mein liebes altes Mädchen, komm, wir reiten aus!«, und wenn sie dann aufwachte, brach sie in Tränen aus.

Die äußeren Wunden waren bald verheilt, und in Kürze sollte der Gips abgenommen werden.

»Wenn das Kind sich nicht langsam beruhigt, reise ich nicht«, sagte Maria entschieden. »Womöglich tut sie sich etwas an, wenn wir nicht da sind. Das würde ich nicht überleben.«

»Nun übertreib man nicht.« Carl hielt seine Frau für absolut übergeschnappt. »Ich finde es wirklich an der Zeit, dass wir jetzt losfahren. Es ist schließlich schon Anfang Mai.«

Carl besprach die Situation mit Gustav. »Sind denn hier alle Weiber verrückt geworden?«, sagte er. »Gut, ein Pferd ist tot, das ist sehr traurig, aber doch nun wirklich keine Tragödie. Lenchen ist wieder so gut wie neu, sie wird ein neucs Tier bekommcn und es genauso lieben wie Angel; also, wo liegt das Problem?« Er war ehrlich aufgebracht.

»Warum nehmt ihr sie nicht mit? Es wird ihr guttun und sie ablenken.«

Carl sah ihn erstaunt an. »Vater, du bist genial! Warum sind wir bloß nicht selbst darauf gekommen?«

Marias Einwand »Dann versäumt sie ja noch einmal zwei Monate in der Schule« wurde von Gustav sofort entkräftet. »Es wird doch wohl in Venedig einen Privatlehrer geben. Ich spendiere ihn!«

»Mein Vater ist wirklich ein weiser Mann«, sagte Carl. »Sieh dir unsere Tochter an, wie sie in den letzten Wochen aufgeblüht ist.« Sie saßen auf dem Markusplatz im Café Quadris. Wie jeden Nachmittag hatten sie mit Marlene die Stadt durchstreift, ihr die Plätze gezeigt, die diesen Ort so unvergleichlich machten und die sich in all den Jahren, die sie nicht hier gewesen waren, nicht verändert hatten. »Es ist, als wäre die Zeit stehengeblieben«, sagte Maria.

»Ja, sogar die Ober sind dieselben.« Carl lachte leise. »Und wie findest du unsere Tochter? Ohne Murren lässt sie sich jeden Morgen drei Stunden unterrichten. Meinst du, ihre Gehirnerschütterung hat ihr zu etwas mehr geistiger Reife verholfen?«

Maria lachte laut auf. »Der Grund ist wohl eher der hübsche italienische Student, der sie dank seiner deutschen Sprachkenntnisse unterrichtet.«

»Ach, meinst du …?« Carl blickte sie entgeistert an.

Männer sind doch manchmal zu begriffsstutzig, dachte Maria amüsiert.

Marlene hatte Tauben gefüttert und kam jetzt mit einem etwa gleichaltrigen Mädchen, mit dem sie sich in fließendem Französisch unterhielt, an ihren Tisch. »Das ist Jeanne de Rochefoucault aus Paris«, stellte sie ihre neue Bekanntschaft vor. »Sie ist mit ihren Eltern im Hotel Des Bains am Lido. Darf ich sie morgen besuchen? Sie hat Geburtstag und würde mich gern einladen.«

»Natürlich, mein Kind«, sagte Maria erfreut, »aber bei Dunkelheit musst du zurück sein.«

»Je peux venir«, strahlte Marlene, und Jeanne war begeistert. *»Ça me fait très plaisir, merci mille fois.«*

»À demain!«, rief Marlene ihr nach, als Jeanne mit ihrer Gouvernante zum Anlegesteg lief, um das Boot zum Lido zu erreichen.

»Na, mein Schatz«, sagte Maria stolz, »nun hat sich der Drill von Mademoiselle Francine ja endlich gelohnt«, und zu Carl: »Das muss ich Nina erzählen. Sie hat meine Bemühungen in dieser Richtung immer für völlig überflüssig gehalten.«

Das hoteleigene Boot holte Marlene am nächsten Mittag ab und brachte sie auch pünktlich wieder zurück. Mehrere Male erschien Jeanne mit ihrer Begleiterin, um sie zu einem Spaziergang oder der Besichtigung einer Kirche abzuholen. Deshalb hatten Carl und Maria auch keinerlei Bedenken, als ihre Tochter sich immer öfter mit ihrer neuen Freundin traf. »Ich laufe ihnen entgegen, ich muss doch nicht immer abgeholt werden. Ich bin doch schließlich kein kleines Kind mehr. Bald werde ich fünfzehn.«

»Ist es nicht schön, dass Lenchen hier eine so nette Freundin gefunden hat und auch noch ihr Französisch aufpolieren kann?«, meinte Maria, und Carl lachte: »Und wir dadurch auch mal ein bisschen mehr Zeit für uns allein haben. Was für eine göttliche Fügung!«

Es war der 28. Juni 1914. Marlene war schon morgens zum Lido aufgebrochen. »Jeanne und ich wollen schwimmen und Fahrrad fahren. Bitte, Mama, Papa, erlaubt es mir.«

Sehr recht war es ihnen nicht, das Kind den ganzen Tag so weit weg zu wissen. »Und dein Unterricht …?«

»Einmal kann er doch ausfallen«, hatte sie gebettelt. »Ich war die ganze Zeit wirklich fleißig.«

»Also gut«, sagte Maria, »aber sei bitte pünktlich wieder da.« Wenn sie freiwillig auf drei Stunden mit dem schönen Luigi verzichtete, musste sie sich in dieser Hinsicht ja wohl keine Sorgen mehr machen, dachte Maria erleichtert.

Sie hatten noch im Negligé und Morgenmantel am Frühstückstisch auf ihrem Balkon gesessen, der zum Canal Grande hinausging. Jeden Morgen aufs Neue genossen sie das Bild, das sich ihnen bot: Gondeln mit verliebten Pärchen, Gondoliere, die sich in unverständlichem Italienisch etwas zuriefen oder laut sangen, mit verschiedenen Waren beladene Kähne, die auf diesem Wege Lebensmittel und andere Güter in die Stadt brachten. Jeden Tag das Gleiche und doch immer wieder neu.

Plötzlich hatte Marlene bereits fertig angezogen in der Tür gestanden. »Ich nehme das erste Boot!«, rief sie. »Bis heute Abend!« Bevor ihre Eltern sich von ihrer Überraschung erholen konnten, war sie bereits verschwunden.

»Irgendwie wird sie mir ein bisschen zu schnell erwachsen«, sagte Carl kopfschüttelnd.

Sie verbrachten einen herrlichen Tag. Es war sommerlich warm. Vom Meer wehte ein leichter Wind, der die Hitze erträglich machte. Hand in Hand schlenderten sie durch die schmalen Gassen, machten eine Pause in einer kühlen Kirche oder tranken ein Glas Wein in einem der unzähligen kleinen Lokale. Hin und wieder verliefen sie sich, um plötzlich auf einem Platz zu stehen, der ihnen bekannt vorkam und sie wieder wussten, wo sie waren. In einer Trattoria – der Wirt begrüßte sie nach all den Jahren wie alte Freunde – aßen sie zu Mittag und leerten eine Flasche Chianti.

Glücklich und erschöpft kamen sie in ihr Hotel zurück. Sie liebten sich, wie schon lange nicht mehr. Gerade waren sie in einen erschöpften Schlaf gefallen, als Carl von lauten Geräuschen auf dem Gang geweckt wurde. Gepäckwagen rollten vorbei, und Menschen in verschiedenen Sprachen redeten laut mit erregten Stimmen.

»Es muss etwas passiert sein, Liebes«, sagte Carl schlaftrunken. »Ich werde einmal nachsehen, was los ist.«

Leise zog er sich an. In der Halle bot sich ihm ein chaotisches Bild. Die sonst so elegante, gedämpfte Atmosphäre hatte sich in die Stimmung einer Bahnhofshalle verwandelt. Aufgeregte Menschen in Reisekleidung rannten hin und her, Koffer wurden hinausgeschleppt, und einzelne Grüppchen hatten sich gebildet, die in allen möglichen Sprachen diskutierten. »Was um Gottes willen ist denn passiert?«, fragte Carl den Chefportier, der gerade versuchte, eine Telefonverbindung mit Wien herzustellen.

»Ich bedaure, Herr Graf«, sagte er zu einem älteren Herrn, dessen Gesicht mit roten Flecken überzogen war, »alle Leitungen sind besetzt. Sie müssen noch einen Moment Geduld haben«, und zu Carl: »Ja, wissen Sie denn noch nicht, was passiert ist? Österreichs Thronfolger Franz Ferdinand und seine Frau Sophie sind in Sarajevo ermordet worden.«

Der Herr neben ihm war in einen Sessel gesunken und hatte zu weinen begonnen. »Das wird Krieg geben«, schluchzte er. »Ich bin mir sicher, dass es Krieg geben wird.«

»Haben Sie meine Tochter gesehen, ist sie schon vom Lido zurück?«

»Nein, Herr Goelder, aber Sie sehen ja, was hier los ist. Die Menschen reisen in Scharen ab. Auch am Lido stürmt man die Boote, wie ich gehört habe.«

»Bitte verbinden Sie mich mit dem Hotel Les Bains. Familie Rochefoucault. Ich möchte wissen, ob meine Tochter noch dort oder auf dem Weg hierher ist.«

Es dauerte nur wenige Minuten, bis die Verbindung hergestellt war. »Mein Kollege im Les Bains bedauert. Die Rochefoucaults sind schon vor zehn Tagen abgereist.«

Carl war es, als zöge man ihm den Boden unter den Füßen weg.

»Wo warst du?!«

Marlene war strahlend, mit zerzausten Haaren, ihren Strohhut in der Hand, in die Suite ihrer Eltern gestürmt. Sie blieb erschrocken stehen. »Wieso fragt ihr, das wisst ihr doch …«

»Wo du warst, wollen wir wissen.« Die Stimme ihres Vaters war schneidend, sein Gesicht schneeweiß, und die Augen funkelten dunkel vor Zorn.

»Ich war bei Rochefoucaults, wo soll ich denn sonst gewesen sein.« Ihre Stimme klang schon nicht mehr ganz so forsch.

»Du lügst, Marlene.« Er gab ihr eine schallende Ohrfeige. Das hatte er noch nie gemacht! Sie sah ihn entsetzt an. Die Augen weit geöffnet, fasste sie sich an ihre glühende Wange.

Maria, die mit dem Rücken zu ihnen am Fenster gestanden hatte, drehte sich langsam um. »Die Rochefoucaults sind vor zehn Tagen abgereist. Warum lügst du uns an?«

Das Mädchen brach in Tränen aus. Jetzt erst bemerkte sie, dass überall Gepäckstücke herumstanden, noch nicht fertig gepackte Koffer und halbleere Hutschachteln. Die persönlichen Gegenstände, wie gerahmte Familienfotos, Pillendosen und Fächer, die das Zimmer so persönlich gemacht hatten, waren verschwunden. »Was ist hier überhaupt los?«, rief sie. »Warum wollt ihr so plötzlich abreisen?«

»Hast du denn keine Augen und Ohren im Kopf?«, brüllte ihr Vater. »Die Welt ist in Aufruhr. Der österreichische Thronfolger ist ermordet worden. Kein Mensch weiß, was daraus entstehen kann.« Er rannte aufgebracht im Zimmer hin und her wie ein im Käfig eingesperrter Tiger. »Wir werden so bald wie möglich abreisen.«

Marlene hatte sich zu voller Größe aufgerichtet. »Ich werde nicht mitkommen. Ich bleibe.«

Ihre Eltern sahen sie entgeistert an. »Hast du völlig den Verstand verloren?!«, schrie Carl. »Du bist vierzehn Jahre alt!«

»Fast fünfzehn!«, sagte sie trotzig. »Luigi und ich wollen heiraten.«

»Was wollt ihr? Heiraten?« Carl verlor jetzt vollends die Fassung. »Ich werde deinen Luigi fordern, zum Duell mit Pistolen.« Das war die schrecklichste Drohung, die er ausstoßen konnte. Ihm fiel nichts Schlimmeres ein.

Maria, die bisher geschwiegen hatte, sagte ruhig: »Geh auf dein Zimmer Marlene, und gnade dir Gott, wenn du es noch einmal ohne Erlaubnis verlässt. Ich habe mit deinem Vater zu reden. Wir sprechen uns gleich.«

Nachdem Marlene gegangen war, nahm Maria ihren Mann liebevoll in den Arm. »Unsere Tochter ist verliebt. Ich habe es geahnt, aber leider nicht ernst genommen. Und noch weniger habe ich geglaubt, dass sie es wagt, uns zu belügen und sich heimlich mit ihm zu treffen.« Sie lächelte. »Ich wäre auch mit dir durchgebrannt, wenn mein Vater gegen unsere Verbindung gewesen wäre. Das Aufsässige haben wir wohl beide von meiner Mutter.«

»Was sollen wir bloß tun?« Carl war ratlos.

»Ich werde mit ihr reden, von Frau zu Frau. Schreien macht alles nur noch schlimmer. Mach dir keine Sorgen, ich krieg das schon hin.«

Marlene lag schluchzend auf ihrem Bett. Ihr luftiges weißes Musselinkleid war verknittert und das Kissen nass von ihren Tränen. Maria setzte sich zu ihr und gab ihr ein Taschentuch. »Nun beruhige dich erst mal, mein Kind, und wisch dir dein Gesicht ab, und dann lass uns über alles reden.«

Marlenes Augen waren geschwollen, und in ihrem kindlichen Gesicht zeigten sich rote Spuren von der Hand ihres Vaters. »Papa hat mich noch nie geschlagen.« Schon wieder füllten sich ihre Augen mit Tränen.

»Du hast ihn auch noch nie so enttäuscht. Er ist außer sich.«

Das immer noch schluchzende Mädchen schlang beide Arme um den Hals seiner Mutter. »Ich bin doch so verliebt, Mama. Nie mehr in meinem Leben werde ich wieder jemanden so lieben wie Luigi.«

Maria musste lächeln. »Ich verstehe dich ja, mein Kleines.« Sie strich ihr liebevoll übers Haar. »Aber du musst auch deinen Vater verstehen. Du hast uns hintergangen, seit Tagen lügst du uns an. Auch ich bin sehr enttäuscht von dir ...«

»Aber ihr hättet mir doch nie erlaubt, Luigi allein zu sehen.«

Maria blieb ihr die Antwort darauf schuldig. »Dein Vater hat vor, Luigi zu fordern. Du weißt, was für ein guter Schütze er ist. Dein Luigi hat gegen ihn keine Chance.«

»Du meinst, Vater wird ihn erschießen?« Entsetzt schlug Marlene die Hände vor ihr Gesicht.

»Damit kannst du rechnen«, fuhr Maria fort. »Ich weiß aus seiner Jugend, dass er jedes Duell gewonnen hat.« Sie log schamlos. Sie wusste von keinem einzigen Duell, im Gegenteil, Carl fand diese Sitte geradezu albern. »Aber der Zweck heiligt die Mittel«, sagte sie später zu ihm. »Verrate mich ja nicht.«

»Schließlich hat der junge Mann dich entehrt«, sagte sie zu Marlene.

»Wir haben uns doch nur geküsst.« Das junge Mädchen lief puterrot an. »Ist das denn so schlimm?«

»Sonst war nichts?«

»Nein, wirklich nicht, Mama.«

»Na ja, das, was war, ist schlimm genug. Dein Ruf ist ruiniert. Dein Vater wird das nicht hinnehmen.« Hoffentlich schluckt sie das, betete Maria innerlich.

»Wenn Luigi stirbt, will ich auch sterben«, jammerte Marlene nun. »Oh Mama, was kann ich bloß tun?«

»Wenn du morgen mit uns abreist, kann ich Papa vielleicht davon überzeugen, Luigi nicht zu fordern. Hinterlass ihm eine Note. Heimlich, ich werde deinem Vater nichts davon sagen. Er soll dir schreiben. Und wenn sich die Welt wieder beruhigt hat, fahren wir so bald wie möglich wieder hierher.«

»Wirklich, Mama? Versprichst du mir das?« Maria erhob sich.

»Natürlich, mein Kind. Ich werde dir jetzt ein Zimmermädchen schicken, das dir beim Packen hilft. Wir sehen uns später unten beim Abendessen.«

Der Speisesaal – um diese Zeit war sonst hier jeder Tisch besetzt – war halb leer. Man unterhielt sich leise, die Stimmung war gedrückt. Die Goelders nahmen schweigend ihre Mahlzeit ein. Marlene war blass und verweint. Mit niedergeschlagenen Augen saß sie da, nahm kaum einen Bissen zu sich. Carls Gesicht war versteinert. Er würdigte seine Tochter keines Blickes. Ihr Benehmen hatte ihn zutiefst erschüttert. Am Nebentisch saßen vier Herren, die leise, aber äußerst lebhaft das entsetzliche Geschehen besprachen. Es schien sich um Diplomaten zu handeln. Da Goelders kein Wort sprachen, konnten sie jedes Wort verstehen. »Ich glaube nicht, dass es Krieg gibt«, sagte ein untersetzter Herr mittleren Alters. »Auf dem Balkan schlagen sie sich doch schon seit Jahren die Köpfe ein. Österreich wird Serbien eine Lektion erteilen. Das müssen sie. Dieses Attentat ist ein unglaublicher Affront.«

»Ich habe vorhin mit Außenminister Berchtold in Wien telefoniert.« Carl erkannte den Grafen, den er in der Halle hatte weinen sehen. »Er sagt, er wolle eine Generalabrechnung mit Serbien. Ein für alle Mal müsse man diesem Volk von Mördern und Attentätern das Handwerk legen. Das klingt nicht nach einer einfachen Lektion.«

»Sie wissen, die Serben haben einen Bündnisvertrag mit Russland«, warf nun ein Herr in Uniform ein. »Im Falle eines Angriffs Österreich-Ungarns auf Serbien müssen sie eingreifen.«

»Russland ist nicht vor 1916 bereit, sich auf einen solchen Konflikt einzulassen«, sagte ein junger Mann mit ostdeutschem Akzent, der bisher geschwiegen hatte. »Ich habe da ausgezeichnete Informationen. Aber wenn sie nun doch Serbien zu Hilfe kommen, wozu sie verpflichtet sind, muss Deutschland sich auf die Seite von Österreich schlagen, ob sie wollen oder nicht. Auch dort besteht ein Bündnisvertrag.«

Der Offizier machte ein bedenkliches Gesicht. »Franz Joseph und vor allem Berchtold werden darauf bestehen.«

»Was das bedeutet, ist Ihnen doch wohl klar«, sagte nun der Graf. »Daraus würde ein Weltkrieg entstehen.«

Einen Moment herrschte beklommene Stille. Die vier löffelten schweigend ihre Suppe. Dann erhob der Graf sein Glas. »Meine Herren, lassen Sie uns darauf trinken, dass der

Himmel verhüten möge, dass es so weit kommt. Denn dann gnade uns Gott.«

Sie wechselten das Thema, und Goelders verließen den Speisesaal. »Morgen in aller Frühe reisen wir ab«, war das Einzige, was Carl an diesem Abend noch sagte.

Die Rückreise verlief schweigend. Man sprach nur das Nötigste. Carl hatte seiner Tochter noch nicht verziehen. Sie machten nirgends länger Station als nötig und ließen die Pferde bis zur Erschöpfung laufen. Mitte Juli kamen sie in Weischkehmen an, vierzehn Tage früher als geplant.

»Was meinst du, Vater, wird es Krieg geben?«, fragte Carl, als sie am Abend ihrer Ankunft auf der Terrasse im Schatten unter der Pergola saßen.

»Es sieht nicht danach aus«, sagte der. »Wie ich den Pressemeldungen entnehme, bemüht man sich ernsthaft um eine diplomatische Lösung. Ich halte das Säbelrasseln in Berlin nicht für allzu gefährlich.«

Maria beteiligte sich nicht an der Unterhaltung. Die Reise und die Aufregungen der letzten Wochen hatten sie mehr mitgenommen, als sie sich eingestehen wollte. Sie atmete tief ein. Der Duft der wilden Rosen – sie standen jetzt in voller Blüte – erschien ihr intensiver als je zuvor. Waren es mehr als im letzten Jahr oder kam es ihr nur so vor, diese überwältigende Blütenpracht in all den leuchtenden Farben? Blutrot ging die Sonne am Horizont unter. Ihre letzten Strahlen ließen den sich in der Ferne dahinschlängelnden Fluss wie ein silbernes Band erscheinen. In was für einer Idylle wir doch leben, dachte Maria. Die Dämmerung brach herein. Nach der hochsommerlichen Hitze herrschte jetzt eine angenehme Kühle. Sie hatte die Augen geschlossen. Was hatten sie mit all dem zu tun? So weit weg von dem schrecklichen Geschehen auf der Welt? Sollten sie sich doch auf dem Balkan die Köpfe einschlagen! Sie döste vor sich hin. Plötzlich war sie hellwach.

»Wenn es tatsächlich Krieg geben sollte«, sagte Gustav, »und Deutschland mit Österreich gegen Serbien mobil macht, können die Russen gar nicht anders – sie müssen Deutschland angreifen. Und das heißt, wir sind die Ersten, die dran glauben müssen.«

»Was meinst du damit? Wieso wir?« Blankes Entsetzen stand ihr im Gesicht.

»Die russische Grenze ist nicht einmal siebzig Kilometer von uns entfernt. Ich wage gar nicht daran zu denken, was dann passiert.«

Auf Marias Idylle fielen plötzlich dunkle Schatten. Es war die Ruhe vor dem Sturm.

Ende Juli überschlugen sich die Ereignisse. Victor, der jetzt täglich bei seinen Hausbesuchen über Land in Weischkehmen vorbeikam, wusste bereits schon am Abend vorher, was die Zeitungen am nächsten Tag berichten würden. Ein Journalist der *Ostdeutschen Grenzpost* war sein Freund und hielt ihn ständig auf dem Laufenden. »Russland lässt mobil machen«, sagte er, »das bedeutet nichts Gutes.«

»Aber Kaiser Wilhelm will doch unter allen Umständen einen Krieg vermeiden«, sagte Gustav. »Ich habe es heute in der Zeitung gelesen.«

»Soweit ich informiert bin, hat Zar Nikolaus auf die Bitte vom Kaiser, sich gemeinsam an einen Tisch zu setzen, um das Schlimmste zu verhindern, nicht reagiert.«

Es stimmte, wie sich herausstellte. Am nächsten Tag befahl Russland die Generalmobilmachung.

»Jetzt haben wir den Salat«, sagte Gustav. Obwohl es noch früher Morgen war, goss er allen einen großen Schnaps ein. »Das bedeutet Krieg. Jetzt heißt es, die Arschbacken zusammenkneifen. Die Russen werden als Erstes in Ostpreußen einfallen.«

»Wir liegen schließlich fast zwanzig Kilometer nordwestlich von Insterburg. So schnell werden die Kosaken ja wohl nicht vorankommen. Schließlich haben wir ja eine gut ausgebildete Armee«, versuchte Carl seine verstörte Familie zu beruhigen.

Die Einzige, die das Geschehen um sie herum nicht tangierte, war Marlene. Sie litt unter ihrem Liebeskummer wie jedes junge Mädchen in diesem Alter. Sie nahm zwar an den Mahlzeiten teil, aß aber kaum etwas und antwortete nur, wenn sie gefragt wurde. Die meiste Zeit schloss sie sich in ihr Zimmer ein. Ihr Vater schien immer noch unversöhnlich. Er ignorierte sie, und ihre Mutter hatte momentan andere Sorgen. Was war der Liebeskummer einer Fünfzehnjährigen verglichen mit der drohenden Gefahr eines Krieges!

Meinhard war mit seinen Kameraden aus Zoppot, wo sie Urlaub gemacht hatten, in ihre Garnisonen beordert worden. Es herrschte höchste Alarmbereitschaft. In Kürze würden sie an die Front müssen. Maria war in Panik!

Es war der 1. August 1914. Die Familie saß gerade bei Tisch, als Georg verschwitzt und völlig aufgelöst hereinplatzte, in der Hand ein *Extrablatt*. »Deutschland hat Russland den Krieg erklärt«, sagte er außer Atem. »Ich bin wie der Teufel hierhergeritten.« Alle starrten ihn entsetzt an. Nur Minchen, die gerade die Suppenteller abservierte, sagte laut: »Errbarrmunk.«

Georg war auf einen Stuhl gesunken. »Meier, würden Sie bitte mein Pferd versorgen lassen«, wandte er sich an den Diener, der wie versteinert mit der leeren Suppenterrine an der Tür stehen geblieben war.

Nun redeten alle durcheinander. Maria rang die Hände. »Meinhards Regiment ist in Königsberg stationiert. Sie werden die Ersten sein, die an die Front müssen. Ich habe so schreckliche Angst um ihn.«

»Nun denk mal nicht gleich an das Schlimmste«, versuchte Carl sie zu beruhigen.

»Ich werde mich morgen als Freiwilliger melden«, sagte nun Fritzi.

Maria brach in Tränen aus, und sogar Marlene erwachte aus ihrer Lethargie. »Nein, Fritzi, bitte nicht!«, rief sie. »Bitte!«

Der Einzige, der die Ruhe bewahrte, war Gustav. »Nun spielt hier mal nicht alle verrückt. Noch ist nicht aller Tage Abend. Nichts wird hier übereilt. Fritzi, du bleibst erst mal hier. Wer weiß, was noch alles auf uns zukommt. Es genügt, wenn einer aus der Familie das Vaterland verteidigt.«

Maria sah ihn dankbar an. Sie wusste, sein Wort hatte immer noch Gewicht.

»Ich werde in Weischkehmen bleiben«, sagte Georg. »Vielleicht kann ich mich ja ausnahmsweise mal nützlich machen. Und es ist mir lieber, die Russen erwischen mich hier als in Königsberg.«

Die Atmosphäre im Haus war angespannt. Keiner wusste, was in der nächsten Zeit auf sie zukommen würde. Aus der Küche erklang immer öfter das klägliche »Errbarrmunk« der Mamsell, und Gustav leerte jeden Abend eine Flasche Schnaps. Das ließ ihn die Angst um seine Familie leichter ertragen. »Ich bin ein alter Mann«, sagte er zu Georg, »aber um euch mache ich mir große Sorgen. Wenn die Kosaken über uns herfallen, dann gnade uns Gott.«

»Wird schon nicht so schlimm werden, Vater«, versuchte Georg ihn zu beruhigen. Aber so recht glaubte er selbst nicht, was er da sagte.

Die Nachrichten in den nächsten Tagen überschlugen sich. Frankreich verbündete sich mit Russland, und England erklärte, zu Frankreich zu stehen. Ganz Europa machte mobil. Der erste Weltkrieg stand kurz bevor.

Einige Tage später fuhr Maria nach Insterburg, um Besorgungen zu machen. »Wir müssen uns mit dem Nötigsten eindecken«, sagte sie. »Wir brauchen genug Salz, Öl für die Maschinen, Kerzen und Petroleum für die Lampen.«

»Und vergiss bloß nicht meine Zigarren aus dem Frösischen Zigarrenladen!«, rief Gustav. »Wer weiß, wann die Kosaken uns überrollen.«

In den Straßen der Stadt herrschte hektischer Betrieb, und die Geschäfte waren überfüllt. Vor einem öffentlichen Gebäude auf dem Ulmenplatz bildeten sich lange Schlangen von Reservisten, die sich freiwillig zum Kriegsdienst meldeten und dort auch gleich eingekleidet wurden. Herr Glück berichtete, dass seit Tagen mehrere Regimenter durch Insterburg Richtung russische Grenze gezogen seien. »Täglich kommen Flüchtlinge aus dem Osten«, sagte er. »Mein Haus is schon voll bis unter dat Dach mit Verwandten aus Stallupönen.«

An allen Fronten herrschte jetzt Krieg. Noch gab es Zeitungen. Die *Ostdeutsche Grenzpost* berichtete von kleinen Scharmützeln in der Nähe von Stallupönen. »Sie sind also schon über die Grenze, die verdammten Ruskis«, sagte Gustav. »Unsere Leute sollen sich schon bis nach Gumbinnen zurückgezogen haben. Lange kann es nicht mehr dauern, bis sie hier sind.«

Mitte August fuhr Maria noch einmal in die Stadt.

»Es ist aber das letzte Mal, dass ich dir erlaube, nach Insterburg zu fahren«, sagte Carl. »Die Gefahr, dass die Russen näher rücken, wird täglich größer.«

»Dann bring mir noch mal eine Kiste Zigarren mit«, sagte Gustav, »und für Georg eine Flasche anständigen Cognac.« Dessen sensibler Magen vertrug Brunos Selbstgebrannten nicht. »Hosenbrummer« nannte er ihn wegen seiner anschließenden Verdauungsprobleme.

Auf ihrer Fahrt begegneten ihr Menschen auf der Flucht Richtung Westen. Vollgepackte Pferdewagen mit hinten angebundenem Vieh. Menschen zu Fuß mit Leiterwagen, beladen mit dem Wenigen, das sie in der Eile zusammenpacken konnten. Weinende Kinder und Erwachsene mit leerem Blick; ein Anblick des Jammers. In der Stadt das gleiche Bild. Fuhrwerke mit Flüchtlingen und verwundeten Soldaten. Auf den Straßen und Plätzen Ansammlungen von Menschen, die darüber diskutierten, ob man bleiben oder auch sich und seine Familie in Sicherheit bringen sollte. Die Geschäfte waren überfüllt, jeder wollte sich mit dem Nötigsten eindecken. Maria ergatterte eine der letzten Flaschen Cognac, und auch im Frösischen Zigarrenladen war die Auswahl nicht mehr groß. »Die Leute hamstern«, sagte Herr Frösisch, »aber mir soll es recht sein. Wenn die Russen kommen, können sie mir nichts mehr klauen. Haben Sie schon gehört? Die sollen morden und plündern, Frauen schänden und dann aufschlitzen …«

»Um Gottes willen, hören Sie auf, mir stehen die Haare zu Berge. Das ist ja entsetzlich!« Fluchtartig verließ sie das

Geschäft und stieß auf Herrn Glück, der vor seinem daneben liegenden Laden auf der Straße stand. An Möbeln schien im Moment kein Bedarf zu bestehen. Er unterhielt sich aufgeregt mit einem Herrn. »Tachchen, Frau Goelder«, unterbrach er sein Gespräch, »mein Freund Krause will mich jerade überreden, och abzuhauen. Sie sehn ja, wat hier los is.« Wieder ratterte ein mit Haushaltsgeräten, Koffern und Kleinvieh beladener Pferdewagen an ihnen vorbei. »Aber ik weeß nich. Meijne Jüngste, dat Anne-Lieschen, hat Keuchhusten. Mit nem kranken Kind uff de Flucht ...«

»Tja, Herr Glück, da kann ich Ihnen auch nichts raten. Jedenfalls wünsche ich Ihnen alles Gute.« Sie ging eilig weiter. Als sie am Bahnhof vorbeikam, sah sie Trauben von Menschen, die noch versuchten, auf einen bereits abfahrenden Zug aufzuspringen. Trittbretter und sogar das Dach waren besetzt. In den Gesichtern der Zurückgebliebenen war die Verzweiflung zu lesen. »In der Stadt ist die Hölle los«, sagte Maria zu Nina, die sie bereits sehnsüchtig erwartete.

»Ja«, meinte die, »die Menschen fliehen in Scharen. Man erzählt sich Horrorgeschichten von den Russen. Hast du schon gehört, dass ...«

»Hör bloß auf, Herr Frösisch hat mich schon mit Einzelheiten versorgt. Mir ist jetzt noch ganz übel. Ich dachte, die Russen seien auch Menschen und nicht nur Barbaren.«

Ninas Sohn Carlchen, inzwischen fertiger Mediziner und Mitarbeiter in der Praxis seines Vaters, kam herein. »Tachchen, Tante Maria, schön, dich zu sehen.« Und seine Mutter fragte er: »Wann kommt Vater wieder zurück?«

»Ich erwarte ihn jede Minute. Er müsste eigentlich schon längst da sein.«

»Hoffentlich ist ihm nichts passiert.« Er machte ein bedenkliches Gesicht.

»Wo ist er denn?«, fragte Maria.

»Er holt seine Eltern aus Berschallen. Er will sie in Sicherheit bringen. In Gumbinnen sind starke Truppenbewegungen, man rechnet in den nächsten Tagen mit schweren Kämpfen. Es ist dort zu gefährlich für sie.«

»Ach Nina, ist es nicht schrecklich, was hier passiert. Ich kann keine Nacht mehr schlafen. Meini ist mit seinem Regiment an der Ostfront. Ich mache mir solche Sorgen.«

»Weißt du noch, wie unglücklich ich war, als außer Carlchen alle meine Kinder sich so weit weg von mir verheiratet haben? Jetzt bin ich froh, dass sie in Sicherheit sind.«

»Stell dir vor, Fritzi wollte sich sofort freiwillig melden. Aber Gustav hat es ihm verboten. Das hätte mir gerade noch gefehlt!«

»Gott sei Dank ist Carlchen Arzt. Er wird hier gebraucht. Victor hat ihm das eindringlich klargemacht, als er auch anfing mit dem Gerede, er müsse das Vaterland verteidigen.« Sie waren sich einig, das Ganze sei ein fürchterlicher Albtraum.

Ein paar Tage später erschien Victor völlig aufgelöst in Weischkehmen. »In Gumbinnen hat eine furchtbare Schlacht stattgefunden. Es gibt Tausende Tote und Verletzte auf beiden Seiten. Die Lazarette und Krankenhäuser sind hoffnungslos überfüllt. Ist es möglich, in einer eurer Scheunen eine Krankenstation einzurichten?«

»Selbstverständlich«, sagte Carl. »Wir werden zwar überlaufen von Flüchtlingen aus dem Osten, aber sie machen meist nur kurz Station und ziehen dann weiter. Wir machen die große Scheune frei ...«

»... und Marlene und ich werden uns natürlich nützlich machen und helfen, wo es geht«, sagte Maria.

»Ich bin euch sehr dankbar, es fehlt an allem, natürlich auch an Krankenschwestern.«

»Meini kämpft an der Ostfront, hast du etwas von ihm gehört?« Marias Stimme zitterte.

»Ich kann dich beruhigen. Gestern war ich in Gumbinnen hinter der Front und habe die Liste der Gefallenen und Verletzten einsehen können. Er scheint wohlauf. Auch die beiden Lackner-Jungen haben in Gumbinnen gekämpft. Sie sind nach Rudkowitz versetzt worden.« Er berichtete weiter. »Die Meldungen überschlagen sich. Gestern hieß es noch, General von Prittwitz hätte die Schlacht gewonnen, aber vorhin höre ich, dass er den Rückzug befohlen hat. Kein Mensch weiß wirklich, was los ist.«

Kurz darauf trafen Lastwagen mit Feldbetten, Operationstischen und -bestecken sowie Kisten mit Verbandsmaterial, Medikamenten und Krücken ein. In aller Eile war die große Scheune ausgeräumt worden, und unter der Aufsicht eines Stabsarztes half das gesamte Gesinde beim Einrichten des Lazaretts. Jetzt überschlugen sich die Ereignisse. Zeitungen gab es nicht mehr, man war auf mündliche Berichte angewiesen.

Victor hatte den ersten Verwundetentransport nach Weischkehmen begleitet. Er war von nun an für die Bewohner die einzige Nachrichtenquelle. Ohne ihn hätten sie überhaupt nicht gewusst, was um sie herum und in der Welt vorging. »In der Stadt ist die Hölle los. Die Menschen fliehen in Panik. Die Russen rücken immer weiter vor. Es gehen keine Züge mehr. Die Straßen nach Westen sind hoffnungslos verstopft mit Pferdefuhrwerken. Manche sind so schwer beladen, dass sie zusammenbrechen und am Straßenrand zurückgelassen werden müssen. Die Menschen gehen zu Fuß weiter, manche reiten zu zweit auf einem Pferd oder fahren zu dritt auf einem Fahrrad.« Er schwieg erschöpft.

»Was ist mit euch, mit Nina und deinen Eltern?«

»Ich bleibe auf jeden Fall in der Stadt, ich werde dort gebraucht. Carlchen kommt morgen mit Ellart von Kranitz, einem jungen Arzt, hierher. Sie werden Stabsarzt Siebert unterstützen. Es gibt ja täglich neue Verwundete. Und Nina will mich nicht allein lassen. Aber das ist mir gar nicht recht ...«

»Du bringst sie und deine Eltern sofort hierher!«, rief jetzt Maria. »Wir sind immerhin fast zwanzig Kilometer von Insterburg entfernt, also noch halbwegs in Sicherheit.«

»Soll ich mitkommen und sie holen?« Nun mischte sich Gustav ein.

»Das wirst du schön sein lassen. Victor schafft das schon allein.«

»Ich hoffe doch.« Er wirkte erleichtert. »Ich bin euch wirklich sehr dankbar.«

»Sag mal, spinnst du?« Carl blickte ihn empört an. »Wir sind doch Freunde, oder nicht?«

Bereits früh am nächsten Morgen – Nina und Victors Eltern hatten eingesehen, dass sie nicht in der Stadt bleiben konnten – waren sie in Weischkehmen eingetroffen. »Die Russen stehen fünf Kilometer vor Insterburg«, berichtete Victor. »Stadtrat Bierhoff hat eine Bürgerwehr gebildet. Vom ganzen Magistrat sind nur noch Dietz, Kessler, Bergau und zwei Polizei-Sergeanten da. Der Rest hat sich schon vor Tagen aus dem Staub gemacht.«

»Und Oberbürgermeister Kirchhoff ...?«

»Der war als Erster verschwunden.«

»Das ist ja ungeheuerlich!« Gustav brauchte daraufhin sofort einen Schnaps.

Victor zeigte auf eine weiße Armbinde, die mit drei Stempeln vom Magistrat versehen war. Darunter hatte er mit roter Farbe ein rotes Kreuz gemalt. »Ich bin jetzt Arzt und Polizist«, flachste er. »Übrigens, Glück hat sich auch sofort gemeldet.«

»Ach, dann ist er doch nicht geflohen«, sagte Maria. »Vor einer Woche war er sich da noch nicht ganz sicher.«

»Wollt ihr etwa Insterburg verteidigen, ihr paar Männeken?«, fragte jetzt Georg.

»Nein«, sagte Victor. »Wir werden die Stadt ohne einen Gewehrschuss freigeben. Von Prittwitz hat sich mit seiner Armee bis zur Weichsel zurückgezogen. Man spricht davon, dass er von Hindenburg abgelöst werden soll. Mal sehen, was dann passiert. Jedenfalls ist bei uns kaum noch Militär da. Sollen wir uns etwa alle erschießen lassen?«

Am 24. August, es war Marlenes fünfzehnter Geburtstag, nahmen die Russen Insterburg ein. Es kam kein Zivilist zu Schaden, wie Victor später berichtete. Die Bevölkerung hatte sich auf Anweisung von Bierhoff in ihre Häuser zurückgezogen. Ein paar Schüsse waren gefallen, ein Trupp wild aussehender Kosaken war durch die Straßen galoppiert, und ein freundlicher russischer Offizier hatte sich bei Victor erkundigt, ob es einen Stadtkommandanten gebe. »Ich habe ihn gefragt, ob er gut deutsch spricht«, erzählte Victor. »›Sprechen wenigerrr, verrstähen sehrr gut‹, hat er gesagt. Ich habe ihm erklärt, dass wir Männer mit der weißen Armbinde dafür sorgen, dass keiner auf russisches Militär schießen wird. Wir verbürgen uns mit unserem Kopf dafür. Und dass das Wasser nicht vergiftet ist. Sie könnten alles essen und trinken, was man ihnen anbietet.« Alle lauschten fasziniert seinem Bericht.

Gefeiert wurde in Weischkehmen nicht. Dazu war keine Zeit. Die Mamsell hatte zwar eine Geburtstagstorte gebacken, man nahm sich auch am Nachmittag eine halbe Stunde Zeit für einen Kaffee und ein Stück Kuchen, aber dann gingen die Frauen wieder hinüber in das Lazarett. Marlene arbeitete bis zur Erschöpfung. Vom ersten Tag an war sie von morgens bis abends bei den Verwundeten, lernte schnell, Verbände zu wechseln, Wunden zu säubern, und hielt Sterbenden die Hand. Als ein Brief von Luigi kam, legte sie ihn achtlos zur Seite. »Dafür ist jetzt keine Zeit«, sagte sie und eilte zurück zu den Patienten.

»Sie müssen sich einmal ausruhen«, sagte Ellart von Kranitz, der fasziniert war von dem jungen Mädchen. »Wenn Sie so weitermachen, brechen Sie uns noch zusammen.«

»Sie will an ihre Grenzen gehen«, meinte Carlchen lachend. »Das war schon früher so. Sie war wilder und ungestümer als alle Jungens zusammen.«

Natürlich fiel auch ihren Eltern die Verwandlung auf. »Ich glaube, unser Lenchen ist über Nacht erwachsen geworden«, sagte Maria erstaunt zu Carl.

Der lächelte und meinte: »Wir können sehr stolz auf sie sein.« Er hatte ihr schon lange verziehen.

In der Scheune herrschte eine brütende Hitze. Das Thermometer war am Tag wieder über dreißig Grad gestiegen, und der Abend hatte kaum Abkühlung gebracht. Die Luft war stickig. Es roch nach Blut, Schweiß und Erbrochenem. Die Stille wurde nur unterbrochen vom Stöhnen der schwer verletzten Soldaten. Ab und zu rief einer nach seiner Mutter.

Marlene saß am Bett eines am Nachmittag mit einem Bauchschuss eingelieferten Offiziers. Oberst Heinrich von Lichtenberg hatte sie auf dem Operationsbericht gelesen, den Stabsarzt Siebert ihr gegeben hatte, um ihn in dem provisorisch hinter einem Vorhang eingerichteten Büro abzugeben. Der Mann schien große Schmerzen zu haben. Seine Augen waren geschlossen, die Lider flatterten, und auf seiner Stirn stand kalter Schweiß.

»Sie sollten sich endlich ein wenig ausruhen, Fräulein Goelder.« Ellart von Kranitz war neben das Bett getreten. »Ich mache mir langsam Sorgen um Sie.«

In dem Moment schlug der Mann seine Augen auf. Ein Strahlen erhellte sein eingefallenes Gesicht. »Maria Goelder, sind Sie das? War es nicht gestern, als wir zusammen getanzt haben, in der Silvesternacht?«

»Ich heiße Marlene, Herr Oberst, Maria ist meine Mutter.«

Er ergriff jetzt ihre Hand. »Ich habe Sie nie vergessen können, Maria. Was für ein Glück, dass Sie da sind.«

Marlene sah Kranitz ratlos an. »Was sollen wir tun?«, fragte sie leise. »Er hält mich für meine Mutter. Sollen wir sie holen?«

»Nein«, flüsterte er. »Es wird nicht mehr lange dauern. Er hat zu viel Blut verloren. Sie sehen Ihrer Mutter sehr ähnlich. Lassen Sie ihn in dem Glauben, dass er sie wiedergefunden hat. Er wird glücklich sterben.«

Lichtenberg begann jetzt zu fantasieren. »Maria, ich habe dich all die Jahre nicht vergessen können. Und du warst entsetzlich weit weg.«

Marlene wischte ihm den Schweiß von der Stirn, streichelte seine Wangen und sagte immer wieder leise: »Es wird alles gut werden, Heinrich. Ich bin ja jetzt bei dir.«

Nach einer Weile wurde er unruhig. Seine schmalen aristokratischen Hände fuhren auf der Bettdecke hin und her. »Ich habe solche Schmerzen, Maria, bitte hilf mir, bitte.« Sein Stöhnen wurde lauter, und Kranitz eilte mit einer Morphiumspritze herbei.

»Gleich wird es dir besser gehen, Heinrich«, sagte sie. Ihr Gesichtchen war weiß vor Kummer, und sie blickte den Arzt verzweifelt an. »Können Sie denn gar nichts mehr für ihn tun?«

In dem Moment riss der Sterbende seine Augen weit auf und zog sie mit ungeahnter Kraft an seine Brust. »Wie schön, dass ich dich wiedergefunden habe«, waren seine letzten Worte. Mit einem tiefen Seufzer entwich das Leben aus seinem Körper. Marlene lag haltlos weinend auf dem toten Mann, der ihre Mutter so viele Jahre unglücklich geliebt zu haben schien.

»Kommen Sie, Marlene, Sie müssen sich ausruhen.« Kranitz zog sie sanft von dem Toten weg. »Ich bringe Sie nach Hause.«

Schweigend gingen sie über den Hof zum Herrenhaus. Grillen zirpten, und im nahe gelegenen Weiher quakten die Frösche. Von den Koppeln war ab und an das Wiehern eines Pferdes zu hören. Immer noch verströmten die wilden Rosen einen betörenden Duft. Es war bereits weit nach Mitternacht. Im Haus war es dunkel, alles schlief.

Ellart von Kranitz hatte Marlene in seine Arme genommen. Ihr Kopf lag an seiner Schulter. »Das Lazarett wird morgen nach Tannenberg verlegt. Vor zwei Stunden habe ich die Order bekommen. Hindenburg plant eine große Offensive.«

Marlene blickte ihn entsetzt an. »Was, morgen schon …?«

»Ja, wir müssen uns verabschieden. Sie sind ein außergewöhnliches Mädchen, Marlene. Es ist Krieg, und ich will und kann Ihnen nichts versprechen. Aber darf ich Ihnen schreiben?«

Ein unglaubliches Glücksgefühl durchströmte sie. Sie nickte, sie war zu müde zum Sprechen.

Für einen Moment drückte er sie fest an sich. »Was ist das für ein herrlicher Geruch?«, fragte er.

»Das sind die wilden Rosen.«

»Wenn ich fort bin, wird dieser Duft mich immer an Sie erinnern.« Dann gab er ihr einen Kuss auf die Stirn. Ohne ein weiteres Wort verschwand er in der Dunkelheit.

Als sie am nächsten Nachmittag aufwachte – sie hatte fünfzehn Stunden geschlafen –, waren die Ärzte und Schwestern schon lange abgefahren und die letzten Verwundeten auf die umliegenden Krankenhäuser verteilt.

Zum Erstaunen der ganzen Familie war Marlene von diesem Tag an wie verwandelt. Sie war wieder wie früher. Sie lachte und scherzte mit Gustav, spielte mit ihrem Vater Schach und ritt mit Georg auf ihrem neuen Hengst aus. Es war das Geburtstagsgeschenk ihres Vaters, und wie erwartet hatte er sofort ihr Herz erobert und sie den tragischen Tod ihrer Stute vergessen lassen. Aber sie sprach nicht mit ihrer Mutter über den Tod von Oberst von Lichtenberg – vielleicht später einmal, dachte sie – und auch nicht über ihren Abschied von Ellart von Kranitz. In ihrem Innersten wusste sie, dass sie ihn wiedersehen würde.

Wenn Victor abends aus Insterburg herüberkam, lauschte sie interessiert seinen Berichten. Dank seines Status als Arzt und Polizist konnte er sich trotz Ausgangssperre auch noch nach acht Uhr auf die Straße wagen. Neben seiner Armbinde trug er eine weiße Fahne mit einem roten Kreuz. »Für alle Fälle«, sagte er. In Insterburg schien alles ruhig zu sein. »Ich weiß nicht, warum die Leute aus Stallupönen solche Schauergeschichten verbreitet haben. Die Russen sind anständige Leute. Sie bezahlen alles, was sie kaufen. Zwar mit Rubel, und niemand weiß, ob sie das Papier wert sind, auf dem sie gedruckt wurden, aber bis jetzt hat noch keiner geplündert.«

»Wie verständigt ihr euch denn?«, wollte Carl wissen.

»Viele von ihnen sprechen deutsch, vor allem die Gebildeteren.« Ein andermal berichtete er, der russische Kommandant habe angeordnet, dass seine Leute keinen Alkohol trinken dürften, und wer plündere, würde gehängt. »Wir wundern uns alle, dass sie sich daran halten. Mancher Kosake sieht aus wie der leibhaftige Teufel.«

Ein paar Tage später – Victor war zwei Tage ausgeblieben, was zu großer Besorgnis führte – wusste er wieder Erstaunliches zu berichten. »Stellt euch vor, Fürst von Amhoff, ein Kosaken-Offizier, hat tatsächlich sechzehn seiner Leute hängen lassen.«

»Was haben sie denn angestellt?«, riefen alle entsetzt.

»Sie haben gesoffen und dann geplündert. Und jetzt kommt das Dollste. Der Fürst hat den Glück aufgefordert, doch dabei zuzusehen.«

»Und hat der das gemacht?«

»Nein, er hat dankend abgelehnt.« Er musste lachen, als er an das entgeisterte Gesicht von dem gutmütigen Glück dachte, als der ihm die Geschichte erzählte. »›Ich verzichte auf den Genuss dieses Vergnügens‹, hat er zu Amhoff gesagt, und der hat gelacht und erwidert: ›Bei uns habben die Kerrle nicht so vielll Ährrgefihl wie bei Ihnen.‹«

»Donnerwetter«, sagte Gustav, »vielleicht habe ich die Kosaken doch falsch eingeschätzt, und der Glück hat Courage, alle Achtung!«

In Weischkehmen blieb weiter alles ruhig. Es tauchte kein Russe auf, auch Schüsse waren nicht zu hören. Aber auch Victor kam tagelang nicht, was nicht nur seine Familie, sondern auch seine Freunde äußerst beunruhigte. »Was kann denn bloß passiert sein?« Nina war den Tränen nahe. »Diese Ungewissheit macht mich ganz krank.«

Es war jetzt Anfang September. Die Familie saß auf der Terrasse und genoss die milde Abendluft. Auf Anordnung von Gustav hatte Meier den besten Mosel aus dem Weinkeller holen müssen. »Der Gedanke, dass dieser edle Tropfen den Kosaken in die Hände fällt, verursacht mir das kalte Grausen«, sagte er. Gutsverwalter Krombach saß noch bei ihnen, und Mathias war aus Ashruten herübergekommen. Sein Gut lag nordwestlich von Weischkehmen, und auch er war bisher von den Russen verschont geblieben. Ab und an ritt er herüber, um zu erfahren, was Victor Neues berichtet hatte.

Endlich, es war schon nach elf, hörten sie sein Pferd. »Da bist du ja endlich.« Nina fiel ihm um den Hals, und die Männer klopften ihm erleichtert auf die Schulter. »Was war denn los, wir haben uns schreckliche Sorgen gemacht.«

»Lasst mich erst mal verschnaufen, und gebt mir etwas zu essen und zu trinken. Die Versorgung in der Stadt wird immer schlechter.«

Georg schenkte ihm ein Glas Wein ein, und Meier eilte in die Küche, um noch etwas Essbares aufzutreiben.

»Es ist einiges passiert«, begann er. »Vorgestern wollte der Kommandant die Banken ausheben lassen. Bei der Raiffeisen wurde angefangen. Nicht nur er, auch wir vermuteten dort ungeheure Schätze. Der Zahlmeister wurde geholt, hatte aber keinen Schlüssel für die Stahltür. Also machten sich zwanzig Soldaten mit Bajonetten, Brechstangen und Schraubenschlüsseln daran, die schwere Tür aufzubrechen.« Er musste lachen. »Als wir endlich drin waren, war da nichts außer Spinnengeweben.«

»Nein, das glaub ich ja nicht.« Gustav schlug sich vor Vergnügen auf die Schenkel. »Und bei den anderen Banken?«

»Das Gleiche, nichts! Könnt ihr euch die Gesichter der Russen vorstellen?«

Die ganze Gesellschaft lachte jetzt Tränen.

Meier kam mit einem Brett voll Wurst, Käse und Brot, und Victor aß mit großem Appetit. Dann fuhr er fort. »Also, ich kann euch sagen, der Kommandant fand das weniger komisch. Aber jetzt kommt es erst wirklich dicke. Der kommandierende General, er hat sich im Dessauer Hof einquartiert, hatte nicht genug Wasser. Mit aller Gewalt sollte der Dieselmotor im Wasserwerk wieder in Gang gebracht werden. Keiner hatte eine Ahnung, wie das gehen sollte. Zehn Arbeiter, Magistrat Bierfreund und ein russischer Rittmeister waren dabei. Der Russe schrie immer wieder: ›Es muss gähen, loss, muss gähen!‹, und als das Schwungrad endlich einige Umdrehungen machte, explodierte der ganz Motor.«

»O mein Gott …!«, sagte einer, und Victor erzählte weiter. »Es gab Tote und Verletzte, der Russe schwebte in Lebensgefahr. Bierfreund konnte sich unverletzt retten. Er weiß gar nicht mehr, wie er da unversehrt rausgekommen ist.« Er nahm einen Schluck Wein. »Jedenfalls wurden er und Stadtrat Kessler sofort verhaftet, danach Glück, Bergau, Provisor

König und ich. ›Preußische Schweine haben Dynamit gelegt, um Wasserwerk zu zerstörrren‹, soll der General gebrüllt haben. Man teilte uns mit, wenn der Russe stirbt, werden wir alle erschossen.«

Nina schlug ihre Hände vors Gesicht.

»Offensichtlich hat er es ja überlebt«, sagte Gustav in das entsetzte Schweigen.

»Ja, Gott sei Dank. Aber zehn Stunden haben wir um unser Leben gezittert, das kann ich dir sagen.« Er wandte sich Meier zu: »Kann ich noch einen Schluck Wein haben?« Dann berichtete er weiter. »Seit Tagen herrscht in der Stadt eine merkwürdige Anspannung. Es sind unzählige Verwundete in die Lazarette gebracht worden. Irgendwo muss eine große Schlacht stattgefunden haben. Der Wind kam von Südwesten, und man hat lauten Kanonendonner gehört. Aber niemand weiß etwas Genaues, und aus den Russen ist nichts rauszukriegen. Nachts haben wir Truppenbewegungen Richtung Osten bemerkt. Also irgendetwas stimmt da nicht.«

»Vielleicht schafft es ja Hindenburg, die Russen in die Flucht zu schlagen«, sagte Carl, und man war einer Meinung, das wäre zu schön, um wahr zu sein.

Todmüde, aber ungeheuer erleichtert begab man sich zu Bett. Es war bereits weit nach Mitternacht.

Victor kam jetzt zu ganz unregelmäßigen Zeiten. Mal mittags, mal am frühen Morgen, nur um kurz Bericht zu erstatten und sofort wieder zurückzureiten.

»Hindenburg hat tatsächlich die Schlacht bei Tannenberg gewonnen«, erzählte er eines Tages aufgeregt. »Die Russen müssen schreckliche Verluste erlitten haben. Ständig kommen Transporte mit Toten und Verletzten durch die Stadt.

Die Russen sind sehr nervös. Sie schießen auf alles, was sich nachts bewegt. Nicht mal ich wage mich nach Einbruch der Dunkelheit mehr auf die Straße. Übrigens, Carlchen hat mir mit einem Geheimkurier eine Note zukommen lassen. Es geht ihm gut. Sein Lazarett ist nach Masuren verlegt worden. Dorthin haben sich die Kosaken zurückgezogen. Und, Marlene, Ellart von Kranitz lässt dich herzlich grüßen.«

Marlene lief puterrot an. »Danke, wie nett«, sagte sie. Ihr Herz klopfte so laut, dass sie dachte, jeder im Raum müsste es hören.

Aber keiner achtete auf sie. Alle lauschten weiter Victors spannendem Bericht. »Meini geht es gut, Carlchen hat ihn in Tannenberg gesehen.«

Maria atmete erleichtert auf. »Was für eine gute Nachricht.«

»Meini hat ihm erzählt, einer der Lackner-Jungen sei gefallen und einer schwer verwundet. Sie haben Seite an Seite in der Schlacht bei Rutkowitz gekämpft.«

»Wer ist tot, Walter oder Alfred?«, wollte Marlene wissen. Sie war tief betroffen. Sie erinnerte sich gut an die beiden blendend aussehenden Offiziere, die mit ihrem Bruder zusammen die Kadettenanstalt besucht hatten und oft auf ihren Jagden zu Gast gewesen waren. Immer wieder hatte sie ihre Familie über den so frühen Tod von deren Eltern sprechen hören, und für sie umwehte diese beiden jungen Männer immer ein Hauch von Tragik.

»Gestern habe ich Glück und Stadtrat Kessler im Rheinischen Hof getroffen«, berichtete Victor weiter. »Sie tranken Sekt … am Mittag! ›Was gibt es denn zu feiern?‹, habe ich sie gefragt.« Er musste schmunzeln. »Dieser Glück ist einfach zu komisch. Was dem dauernd für Sachen passieren!«

»Nun erzähl schon.« Gustav konnte es kaum erwarten, die Geschichte zu hören.

»Also, der Glück war morgens mit seinem Sohn Bubi spazieren gegangen. Als sie am Hotel Königlicher Hof vorbeikommen, winkt ein Kosaken-General, der gerade auf der Terrasse frühstückt, sie herein. ›Hat sich wohl jelangweilt, der Kosak‹, meinte Glück. Ihr müsst wissen, wir verkehren mit den russischen Offizieren recht freundschaftlich.«

»Wie ist das denn möglich, das sind doch unsere Feinde!«, warf Mathias, der gerade dazugekommen war, leicht empört ein.

»Wir sind ja auch ihre«, sagte Victor lachend, »aber sie tun nur ihre Pflicht, sind anständig, und wir wollen doch alle bloß überleben.«

»Jetzt erzähl weiter«, sagte Carl.

»Der Russe also fragt Bubi: ›Wie alt bist?‹, und Bubi antwortet: ›Ich werde nächste Woche elf.‹ ›Grossserr Junge, hab sehrr schöne Gescchänk firr dich‹, sagt der Russe und gibt dem Kind ein Tesching. ›So, jetzt prräsentierr und bring Hoch auf Kosaken aus‹, hat der Russe gefordert. ›Dat Jewehr war jrößer als mein Bubi, jezittert wie Espenlaub hat dat arme Kind, aber es hat jespurt und brav präsentiert‹, hat Glück uns erzählt.« Victor konnte den ostpreußischen Dialekt von Herrn Glück so täuschend echt nachmachen, dass die ganze Gesellschaft Tränen lachte. »Dann mussten sie aus großen Wassergläsern Wodka trinken«, berichtete Victor weiter. »›*Nastrovje!* hat der Russe bejeistert jeschrien und uns immer wieder nachjeschenkt. War uns wohl schon eijnije Schlubberchen voraus‹, meinte Glück. Beim dritten Glas bekam dann Bubi glasige Augen, und Glück hat sich eilig verabschiedet. ›Hab dringende Polizeiarbeit zu tun, Herr Jeneral. Und Bubichen, sach schön Danke für dat jroßzügije Jeschenk‹, hat er gesagt. Bubi lag dann zu Hause im Bett und hat gekotzt, und Glück meinte, dieses Geschehen müsse weiter begossen werden, und hat Kessler und dann auch mich zu Sekt eingeladen.«

Für einen Moment waren Krieg und Tod nicht gegenwärtig. »Schade, dass meine Manneskraft schon seit einiger Zeit nachgelassen hat«, wieherte Mathias. »Ich höre immer noch sein entsetztes ›Was, schon wieder?‹, wenn ich bei ihm die übliche Standardausrüstung bestellt habe.«

Victor verabschiedete sich jetzt hastig. »Bis bald«, sagte er. »Vielleicht mit besseren Nachrichten.«

»Pass gut auf dich auf!«, riefen sie ihm nach.

Nachts waren jetzt Flugzeuge zu hören, einige Male überflogen spätabends Zeppeline Weischkehmen in Richtung Insterburg, und Geschützfeuer klang bis zu ihnen herüber.

»Es sind Bomben gefallen«, berichtete Victor tags darauf. »Die Russen beginnen zu fliehen. Die Straßen nach Gumbinnen sind verstopft. Sie treiben Vieh vor sich her und nehmen mit, was nicht niet- und nagelfest ist. Gestern haben sie Arnold verhaftet. Er soll mit einem Krimstecher nach den Fliegern gesehen und gewunken haben.«

»Bleib doch hier«, flehte Nina ihn an, als er sich kurz darauf wieder verabschiedete. »Du riskierst doch dein Leben.«

»Man muss sich nur still verhalten«, beruhigte er sie. »Ich kann meine Patienten nicht im Stich lassen. Die Mutter von Bergau hat ein offenes Bein und muss täglich frisch verbunden werden, und die Enkelin von Metzger Schukat hat hohes Fieber.« Er strich ihr liebevoll über das Haar. »Es sind nur noch wenige Russen in der Stadt. Glaub mir, in ein paar Tagen ist der Spuk vorbei.«

»Meinst du, wir haben den Krieg gewonnen?«, fragte Gustav hoffnungsvoll.

»Kein Mensch bei uns weiß, was an der Westfront los ist«, sagte Victor, »aber sowie unsere Besatzer verschwunden sind und Nachrichten hereinkommen, werden wir mehr wissen.«

Nach zwei Wochen und vier Tagen russischer Besatzung war Insterburg wieder preußisch.

Nach und nach kamen die geflohenen Menschen zurück, und in Insterburg und Umgebung kehrte Ruhe ein. Aber diese Ruhe war trügerisch. Es erschienen wieder Zeitungen, und was täglich darin berichtet wurde, war nicht dazu angetan, das frühere beschauliche Leben wieder aufzunehmen, als sei nichts geschehen. Jeden Tag gab es erneut lange Listen von Gefallenen aus Insterburg und Umgebung, viele Söhne und Ehemänner von befreundeten Familien waren dabei, und Carl und Maria schämten sich insgeheim dafür, dass sie erleichtert aufatmeten, wenn ihr Sohn sich nicht darunter befand. Die Presse berichtete, dass Hindenburg die Russen am 10. September in Masuren geschlagen hatte, und man nahm an, dass das deren Flucht aus Insterburg veranlasst hatte.

Maria hatte Grete Lackner in der Stadt auf der Straße getroffen. Sie war ihr weinend um den Hals gefallen. »Hast du gehört, Alfred ist gefallen«, schluchzte sie. »Erst hat man uns mitgeteilt, Walter wäre tot und Alfred sei schwer verletzt aus Rudkowitz nach Königsberg verlegt worden. Wir sind sofort hingefahren und fanden dort Walter. Stell dir vor, er wusste noch nichts vom Tod seines Bruders. Es ist so schrecklich, Maria.« Sie konnte sich gar nicht beruhigen. »Der arme Junge ist völlig verzweifelt. Seit dem Tod ihrer Eltern hat er sich für Alfred verantwortlich gefühlt. Die beiden waren fast nie getrennt.«

»Lass uns drüben in der Konditorei einen Kaffee trinken«, hatte Maria gesagt, aber Grete schüttelte den Kopf. »Ein anderes Mal gern. Aber ich muss weiter. Hermann erwartet mich in der Bank, und vorher habe ich noch einige Besorgungen für Walter zu machen. Sobald es ihm besser geht, kommt er zu uns nach Harpenthal.«

Meinhard war an die Westfront versetzt worden. Ab und zu kam ein Feldpostbrief von ihm, und auch Marlene erhielt hin und wieder Post von Ellart von Kranitz. Dann strahlte sie, schloss sich in ihr Zimmer ein und schrieb endlos lange Antwortbriefe. Maria sah es an den dicken Kuverts, die dem Postboten mitgegeben wurden. »Ich glaube, unsere Tochter ist wieder verliebt«, sagte sie zu Carl.

»Ja, in wen denn?«, fragte der und sagte dann: »Jeder andere ist mir lieber als der Italiener.«

»Es scheint mir Ellart von Kranitz zu sein, der junge Arzt aus dem Lazarett. Du erinnerst dich doch an ihn?«

»Ja, natürlich. Netter Mann. Aber warten wir doch mal ab. Junge Mädchen verlieben sich, und plötzlich ist alles wieder vorbei.«

Die Monate vergingen. Der Winter hatte das Land fest im Griff, die Temperaturen fielen bisweilen unter minus dreißig Grad.

1915

Es war Ende Februar. An allen Fronten wurde jetzt gekämpft, zu Wasser und zu Land. In Ostpreußen herrschte eine trügerische Ruhe. Die Familie traf sich wie jeden Nachmittag in der Bibliothek. Im Kamin loderte das Feuer und verbreitete eine wohlige Wärme. Meier servierte Tee und Gebäck. »Wenn wir nicht jeden Tag lesen würden, dass Krieg herrscht, könnte man meinen, es wäre gar nichts passiert«, sagte Gustav und schlug die eben eingetroffene Zeitung auf. »Jetzt hört euch das an«, rief er plötzlich aufgeregt, »der Hindenburg, dieser Teufelskerl, hat die Kosaken schon wieder geschlagen, vor ein paar Tagen, und noch einmal in Masuren!«

»Aber das ist ja gar nicht weit weg von uns.« Carl war entsetzt. »Und wir wiegen uns hier in Sicherheit.« Er war sichtlich geschockt.

»Man schreibt hier, sie sind vernichtend geschlagen.« Gustav schlug sich vor Begeisterung auf die Schenkel. »Vernichtend, hört ihr! Ich glaube, vorläufig müssen wir vor denen keine Angst mehr haben.«

Die Jahreszeiten bestimmten nun wieder das Leben in Weischkehmen. Fohlen wurden geboren, Vögel und Störche kamen zurück, und eine reiche Ernte wurde eingefahren. Man schlachtete wie jedes Jahr, um die Kühlkammern für den Winter zu füllen, und sammelte Pilze und Beeren für die

Vorratskammern der Mamsell. Wäre da nicht die ständige Angst um Meinhard und der Umstand, dass mehr Frauen als Männer auf dem Hof arbeiteten – viele der Knechte waren eingezogen worden oder hatten sich freiwillig gemeldet –, man hätte glauben können, der Krieg wäre nur ein böser Traum. Eine Weile hatten sie nun schon von Meinhard nichts gehört. Maria wurde von Tag zu Tag unruhiger. »Keine Nachricht ist eine gute Nachricht«, versuchte Carl sie zu beruhigen.

Es war Ende September. Die Familie saß auf der Terrasse. Padruttke war vom Vorwerk herübergekommen, um mit Carl und Fritzi zu besprechen, welche Pferde man verkaufen und welche man zur Zucht behalten sollte. Marlene spielte Schach mit Gustav, Maria las ein Buch.

»Eine Depesche ...« Meier hielt ein Kuvert in der Hand. Alle starrten ihn an. Maria fiel das Buch aus der Hand. Sie war kreidebleich. Marlene sprang auf und riss den Umschlag auf. *Bin verwundet – stop – macht euch keine Sorgen – stop – komme morgen nach Hause – stop – Meinhard.*

Marias Erleichterung löste sich in einem Strom von Tränen. »Er lebt, Gott sei Dank, er lebt!«, rief sie immer wieder.

Meinhard kam in Begleitung von Ellart von Kranitz. »Ich habe überraschend ein paar Tage Fronturlaub bekommen«, sagte er, »und will meine Eltern in Gerwischkehmen besuchen.«

»Im Zug haben wir uns getroffen«, mischte sich Meinhard ein.

»Ja, und da habe ich beschlossen, ihn hierherzubegleiten. Er ist ja so unbeweglich mit den Krücken«, sagte Ellart. Meinhards Knie war von einem Schrapnell zertrümmert worden, und man hatte ihn als kriegsuntauglich entlassen.

Am nächsten Tag hielt Ellart um Marlenes Hand an.

Es sollte noch zwei Jahre dauern, bis Marlene und Ellart von Kranitz in Weischkehmen getraut wurden. In Russland war Revolution, Zar Nikolaus hatte abgedankt, und von den Bolschewiken drohte Ostpreußen keine Gefahr. Weihnachten 1917 fand die Trauung in der kleinen hauseigenen Kapelle statt. Das Haus war voller Gäste. Ellarts Eltern und Geschwister waren angereist. Nina, Victor und Carlchen mit Braut waren da und natürlich Georg. Grete und Hermann Lackner kamen aus Harpenthal herüber. Sie brachten Walter mit, der jetzt bei den Fliegern war. Seinen Dienst bei den Grenadieren hatte er wegen seiner schweren Verletzungen aufgeben müssen. Er war Ellarts Trauzeuge. Sie waren seit ihrer Kindheit enge Freunde, hatten zusammen die Schule besucht und sich auch, nachdem beide so verschiedene Berufswege eingeschlagen hatten, nie aus den Augen verloren. Seit langer Zeit war der große Saal über der Halle mal wieder geheizt und festlich geschmückt worden. Aus der Küche klang tagelang wieder, wie immer bei solchen Gelegenheiten, das laute »Errbarrmunk« der Mamsell herüber.

Marlene trug das Brautkeid ihrer Mutter, dass diese all die Jahre aufbewahrt hatte, in der Hoffnung, einmal ihre Tochter darin heiraten zu sehen. Es passte wie angegossen, und Gretchen, die immer noch so gut mit Nadel und Faden umgehen konnte, musste keinen Stich daran ändern.

»Du siehst bezaubernd aus«, flüsterte Ellart, als er sie darin sah, und Maria weinte Tränen der Rührung bei den anrührenden Worten von Pastor Clemens, der Marlene schon getauft hatte.

»Ellart hat mir erzählt, dass ihr euch im Lazarett kennengelernt habt«, sagte Walter, als er mit der Braut nach dem Hochzeitsessen tanzte. »Als ich in Rudkowitz so schwer verletzt im Lazarett lag, war da auch eine junge Schwester. Sie hat mich aufopfernd gepflegt.« Er bekam einen träumerischen Blick. »Sie war so lieb und süß. Aber eines Abends war sie verschwunden. Ich konnte nicht nach ihr suchen. Sie wurde von allen nur Schwesterchen Sausi genannt. Keiner wusste ihren richtigen Namen.«

»Du hast sie nie wiedergesehen?«

»Nein, leider nicht.«

»Wie schade«, sagte Marlene.

Lange Zeit zu flittern blieb dem jungen Paar nicht. Es hatte eine Woche, dann musste Ellart wieder an die Front. Sie liebten sich jede Nacht, als würde es kein Morgen geben. Die Sehnsucht, das lange Warten aufeinander entlud sich in einer nicht enden wollenden Leidenschaft. Sie schliefen kaum. Die kurze Zeit, die sie miteinander hatten, war zu kostbar, um sie damit zu vergeuden. Wenn sie sich nicht liebten, redeten sie. Wie sehr sie dieses Ostpreußen liebten, die unglaubliche Schönheit und Weite dieser Landschaft. »Und immer, wenn ich an dich denke«, sagte Ellart, »glaube ich, den Duft der wilden Rosen zu riechen.«

Sie zählten die Stunden und am Ende die Minuten, die ihnen noch blieben, bevor ein ungewisses Schicksal sie wieder auseinanderriss. Der Abschied war tränenreich. Würde man sich jemals wiedersehen?

1918

Die Berichte von den Kämpfen wurden immer dramatischer. Die Zeitungen berichteten von unzähligen Toten und Verletzten. Wieder bangte man im Hause Goelder um einen Menschen, den man liebte. Von Ellart kam keine Nachricht, monatelang. Marlene hatte keine Adresse, wohin sie ihm schreiben konnte. Es war bereits wieder tiefer Winter, als dieser sich nach der Kapitulation der Deutschen von der Westfront nach Ostpreußen durchschlug. Im ganzen Land herrschte Chaos. Züge fuhren nur unregelmäßig, manchmal blieben sie auf offener Strecke stehen, und man musste sehen, wie man weiterkam. Wenn Ellart Glück hatte, nahm ihn ein ostwärts fahrendes Fuhrwerk mit, dann wieder lief er endlose Kilometer zu Fuß. Er wollte endlich nach Hause.

An einem Nachmittag im November, es dämmerte bereits, spitzte Gustavs Jagdhund Hasso – es war schon der dritte mit diesem Namen – die Ohren. »Da kommt jemand«, sagte Gustav, der sich gerade ein Verdauungsschnäpschen eingoss. Eine große, dunkle Gestalt kämpfte sich durch wildes Schneetreiben die Auffahrt hinauf. Kurz darauf stand Ellart in der Tür. Weinend vor Glück und Erschöpfung, schloss er seine Frau und seinen Sohn in die Arme. Dieser war zwei Monate alt. Marlene hatte ihn Heinrich genannt.

Einen Moment lang glaubte Ellart, den Duft von wilden Rosen zu riechen.

Nachwort

Ellart von Kranitz ließ sich im Frühjahr 1919 in Königsberg als Arzt nieder, wo er fortan mit Marlene, seinem Sohn Heinrich und ihrer im September 1919 geborenen Tochter Ingrid lebte. Alle Familienfeste verbrachten sie auf Weischkehmen.

Ein häufiger Gast dort und auch in ihrem Königsberger Haus war Walter Lackner, der in Königsberg stationiert war.

Wenn Sie sein Schicksal und das seiner Familie interessiert, lesen Sie das Buch UND WUNDER GIBT ES DOCH.